그리움의 빛깔

그리움의 빛깔

이대동창문인회 엮음

개미

소통과 공감

　우선 스물다섯 번째 수필집을 내면서 고마웠다는 말씀을 전합니다. 또 한편으로는 이 자리를 빌어 이화문인 가족과 소통·공감하는 갈피를 열게 되어 기쁩니다.

　나는 1986년 처음 이대동창문인회에 가입을 하고나서 학부모 직업란에 '시인'이라 쓰게 되었을 때 속으로 얼마나 기뻤는지 모릅니다. 요즘 대학 들어가기도 전에 커리어를 설계하는 젊은 후배들은 구식이란 생각을 하겠지만, 일찍이 주부로 살아온 내겐 큰 감동이 아닐 수 없었습니다.

　그래도 시가 있고, 가족과 문학이 함께 있어서 행복했습니다. 이렇게 시를 쓰고, 산문도 쓸 수 있어서 더욱 행복합니다. 아직도 우리 사회는 여성이 사회 활동을 하고 창조적 예술 활동을 하는 데는 많은 어려움이 따릅니다.
　이화문인 가족 중에도 가정과 문학살이 사이에서 적지 않은 갈등을 느끼는 회원이 있으리라 생각합니다. 최근 신문에서 '소통'이라는 단어를 자주 접하게 됩니다. 신문 기사에 의하면 외국인의 눈에 한국은 친구 간의 수평적인 소통문화는 끈끈하지만, 세대 간에 이뤄지는 수직적 소통은 보기보다 원만해 보이지 않는다고 합니다.

　동기 간엔 마음 터놓고 쉽게 살아가지만, 선후배 간에는 대화가 다소 어려워지는 것은 사실입니다. 우러러봤던 선배에게 어떻게 말씀을 드려야 할지는 사실 어려운 일이고, 또 후배와의 소통 또한 어려운 건 사실입니다. 알고 보면 별 것 아닌 것 가지고도 그런 어려움들이 쌓여 오해가 되기도 합니다.

　우리에게는 '梨花'라는 모교의 빛나는 정신이 꽃피어 있고, 시가 있고, 수필이 있고, 그리고 소설과 아동문학·문학평론들이 있습니다. 이 가운데 이번엔 모두가 모두의 가슴속을 훤히 들여다 볼 수 있는 수필집을 꾸미게 되었습니다. 수필은 주관적인 문법으로 표현할 수 있는 문학이라서 읽어보고 소통하기엔 그만이라 생각합니다. 어쩌면 이렇게 함께 어울려 수필 수필집을 묶어낼 수 있는 에너지도 문학을 통한 우리들의 소통과 교류의 날개짓 행위 결과가 아닐까요?
　누가 잘 쓰고 못 쓰고가 문제가 아닙니다. 다만 이런 기회를 통해 선후배 간 서로가 서로를 이해하고 그러안아 포용할 수 있는 글사랑방을 마련했다는 데 더 큰 의의가 있다고 봅니다.

　모쪼록 개성 있는 필치로 귀한 글을 보내 준 선후배 문인들에게 이 자리를 빌어 고마운 인사말씀 드립니다

2012년 11월
이대동창문인회 회장 李周南

| 차례 |

1부

시계가 빨랠 해?

2부

숨은 그림 찾기

3부

나의 밤은 당신의 낮보다 아름답다

4부

거위 엄마

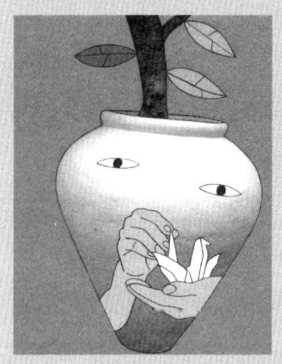

5부

멀리 있어야 더 환하다고?

6부

아씨지행 기차를 타고

1부

시계가 빨랠 해?

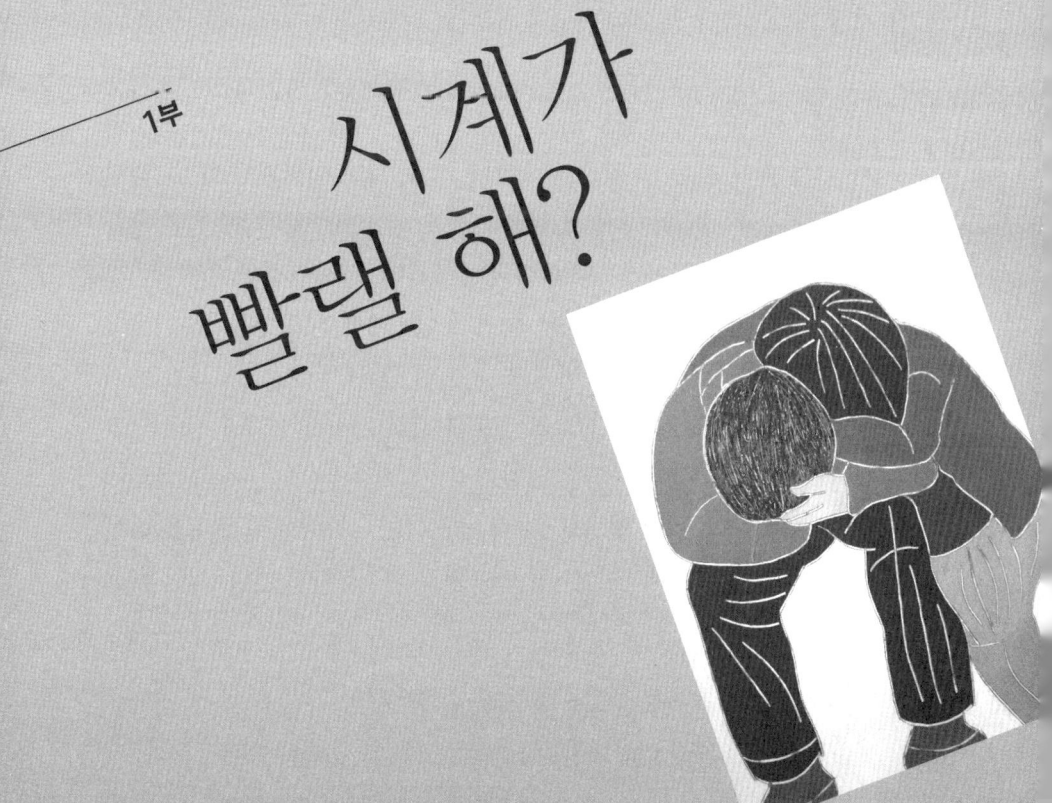

아름다운 나의 아버지

고윤화 _ 외화번역작가, 영문학과 69

나에게 아버진 비현실적인 존재다. 너무 어린 나이에 아버질 잃었기 때문이다. 대한민국 최고의 바리톤 가수였던 아버진 6·25 전쟁 때 이북으로 납치를 당했다. 세월이 흐르면서 아버지에 대한 기억이 흐려져, 사진이 없었다면 아마 아버지 얼굴조차 잊어버렸을 거다. 그런데 아버지의 존재를 새삼 깨닫게 한 사건이 일어났다.

우연한 기회에 슈베르트의 연가곡 〈겨울 나그네〉 24곡 전곡을 감상하게 되었는데 '보리수' 외엔 별로 들은 기억이 없는 나머지 곡들도 모두 기억이 나 거의 따라 부를 수 있을 정도였다. 알고 보니 아버지가 독일 '리이트'를 즐겨 부르셨던 것이다. 그 일을 계기로 난 아버지에 대해 많은 생각을 하게 됐고, 어떤 분이었는지 몹시 궁금해졌다. 그래서 아버지와 헤어질 당시 중고등학생이었던 언니 오빠를 만나 아버지에 대해 많은 얘길 들었다. 왜 진작 어머니 생전에 아버지에 대해 더 많은 얘길 들려달라고 하지 못했을까 안타까웠고, 나보다는 훨씬 오랜 기간 아버지와 함께 지냈을 언니 오빠가 그렇게 부러울 수가 없었다.

그날도 아버진 미소 띤 얼굴로 "갔다 올게……." 하며 아침에 집을 나섰고, 어머닌 큰 길까지 내 손목을 잡고 아버질 배웅했다고 한다. 그런데 그게 영원한 이별이 될 줄이야……. 10년 만에 생긴 막둥이인데다 똑똑했다던 날 아버진 몹시 귀여워하셨단다. 우리집의 백과사전이 나 때문에 다 해졌고, 오페라 〈카르멘〉에서 아버지가 투우사역을 했을 땐, 다섯 살짜리가 오페라를 몇 번 본 뒤 카르멘의 아리아 '하바네라'를 부르며 춤을 춰, 아버지 친구들은 오기만 하면 시키셨다고 한다.

　나의 아버지(고종익)는 1914년 개성에서 대지주의 외아들로 태어났다. 안채엘 들어가려면 대문을 세 개나 거쳐야 했던 그 넓은 집이 언니의 기억엔 아직도 생생하다고 했다. 고등학교 졸업 후 어머니와 결혼한 뒤 동경으로 유학 간 아버지는 음악전문학교를 졸업하고 독일인 선생에게 사사한 뒤 귀국했다. 그리곤 1935년 조선일보사 주최 제1회 전조선 음악콩쿨 성악부문에서 테너 이인범 씨와 공동1위를 차지했다. 조선일보는 아버지를 개성의 천재 성악가라고 극찬하며 아버지의 독창회까지 열어주었다. 그후 아버지는 방송 출연이나 레코드 취입을 하며, 한국 초연의 오페라 〈라 트라비아타〉와 〈카르멘〉에 출연하는 등 왕성한 음악 활동을 하면서 서구적인 외모와 미성으로 많은 이들의 사랑을 받았다.

　음악 활동 초기에 아버지는 서울 관훈동으로 이사했고, 아버지와 동경 유학 시절 디자인 공부를 했던 어머니는 종로에 〈스타 테일러〉라는 양장점을 차렸다. 그 당시 몇 안 되던 양장점 중 하나였던 그곳엔 황금심, 복혜숙 등 연예인, 배우들이 단골로 와서 옷을 맞추었으며, 관훈동 집은 성악가, 화가, 무용가들의 아지트였다. 무용가 진수방, 소프라노 마금희, 김자경, 화가 김인승(전 이대 미대학장), 조각가 김경승, 피아니스트 김원복(전 서울대 음대 기악과 과장)을 비롯해 많은 예술가들이 자주 놀러왔다. 제 2차 대전 말 궁핍할 때에도 "고 선생 댁엔 늘 술과 음악이 있다"며 예술가들은 우리집에 들러 술을 마시며 예술을 논했다. 우리집엔 당시 집 한 채 값이던 피아노와 아코디언, 기타, 만돌린 등 아버지가 연주하던 열 가지 정도의 악기가 있었으며, 음악이 끊일 날이 없었다.

생각해보면 아버지는 우리에게 엄청난 문화적 유산을 남기셨다. 오빠는 아버지의 미성을 타고나 오페라 가수가 되었고, 언니는 서울대 음대 기악과에서 피아노를 전공했으며, 난 이화여고 재학 시 반 대항 합창 콩쿨의 지휘를 했다. 얼마 전 오랜만에 만난 동창은 어린 시절 '카타리' 등 많은 이태리 가곡을 불러줘 문화의 새 지평을 열어주었던 나에게 감사한다고 했다. 언니는 아비지가 너무 미남인데다 말이 없어서 항상 신비스런 존재였다고 회상했다. 성품이 고와 화를 내거나 남의 욕을 하는 법이 없었고, 다른 아버지들처럼 짓궂은 장난을 치는 적도 없었으며, 항상 조용하면서도 아이들의 정서교육을 중요시해 악기를 가르쳤고, 저녁마다 아이들이 좋아하는 과자를 사들고 들어오는 그런 다정다감한 아버지였다고……

그런 아버지가 모진 공산당원들에게 끌려가면서 "나 지금 잡혀갑니다." 라고 쓴 쪽지를 전해왔다. 그게 마지막이었다. 사랑하는 아내와 아이들을 놔두고 끌려갈 때의 아버지 심정이 어땠을까. 더구나 고생을 모르던 아버지에게 북한에서의 생활은 얼마나 고통스러웠을까. 눈을 감는 순간까지 아버질 그리워하며 가슴아파하던 어머니의 심정을 지금은 더 잘 알 것 같다. 그렇게 고결한 인격을 갖춘 아름답던 남편…… 그렇게 사랑하던 남편을 서른일곱에 잃다니…… 난 어머니가 가엾고, 아버지가 가엾고…… 두 분이 너무 그리워 가슴이 미어진다. 그래서 믿지 않던 내세마저 꿈꾸어 본다. 아버지 어머닐 만날 수 있지 않을까……

첫 번째 연애를 시작한 너에게

고은주 _ 소설가, 국문학과 90

너를 처음 만났던 1981년 여름을 기억한다. 그때 나는 열다섯 살. 그때 너는, 나의 큰언니가 낳은 첫 아이로, 그리고 내 생의 첫 조카로 내 앞에 왔었지.

그때 나의 큰언니는 스물다섯 살, 나의 어머니는 마흔일곱 살. 갓 태어난 아기의 엄마와 외할머니는 그렇게도 젊고 고운 모습으로 기도를 드렸단다. 병원에서 우리집으로 데려와 방에 눕힌 아기의 머리맡에 찬물 한 사발을 떠놓고……

그 아름다운 모습과 경건한 분위기는 나를 압도하기에 충분했다. 네가 기억하지 못하는 너의 그 순간, 나는 단숨에 너에게 반해버리고 말았지. 내 나이 열여덟 살의 첫사랑보다 3년 앞서 그렇게 다가왔던 너는, 나의 첫정이었다.

너의 얼굴, 너의 미소, 너의 냄새, 너의 웃음소리……. 정말 무조건 보고 싶던 그 마음을 네가 이해할 수 있을까? 그야말로 맹목적으로 그리운 존재가 바로 너였다.

큰언니는 거의 주말마다 너를 데리고 친정 나들이를 했지만, 나는 그것으로 만족할 수가 없었단다. 주말만 손꼽아 기다리다가 방학이 되면 짐을 싸들고 너의 집이 있는 도시로 달려가는 버릇이 스무 살 무렵까지 이어졌으니까.

물론 지금은 그 정도로 너에게 집중하지는 않는다. 모든 사랑이 그러하듯이, 첫정으로 다가왔던 사랑 또한 세월에 무디어졌고 그 모습은 변했다. 사랑의 그러한 속성을 너도 이제는 알고 있겠지? 그토록 작은 아기였던 네가 어느덧 이십대 후반으로 자라는 동안, 아마도 어떤 형태로든 사랑을 경험해 보았을 테니까.

그러나 내가 알기로 너는 이제 첫 번째 연애를 시작하였다. 짝사랑도 외사랑도 아닌 연애. 두 존재가 서로 애틋하게 그리워하는 사랑.

물론 너는 그동안 어른들이 알지 못하는 사이에 연애를 해본 적이 있는지도 모를 일이다. 하지만 컴퓨터 바탕 화면에까지 사진을 띄워놓고 가족들에게 알리는 연애는 분명 처음이다. 그만큼 공개하고 싶은 사랑, 세상 속으로 함께 섞여들고 싶은 사랑을 너는 처음으로 시작한 셈이겠지.

지난여름, 그래서 우리는 흥분했다. 너의 엄마, 너의 아빠, 그리고 너의 삼촌과 이모들……. 이른바 꽃미남도 아니고 몸짱도 아니지만 그 누구보다도 착하고 성실한 너를 제대로 알아본 여자가 대체 누구인지 우리는 정말 궁금했다.

상대가 대학 동아리 후배인데다 나이 차이도 제법 난다는 이야기를 전해 듣고서 우리들은 신기해 했지. 너의 아빠 또한 나이 차이가 제법 나는 복학생 선배로서 대학 동아리 후배인 너의 엄마와 연애를 하고 결혼을 했으니까. 어쩌면 그런 것조차 아빠를 닮았냐며 깔깔거리기도 했단다.

그렇게 우리는 어른의 체통도 잊은 채 너와 함께 들떴다. 나는 슬그머니 네게 용돈을 건네주면서 여친 얼굴 좀 보여 달라고 떼를 써보기도 했지. 하지만 이모한테까지 소개하기는 아직 부담스럽다며 고개를 가로젓던 너.

그런 너를 우연히 길에서 마주친 그날. 미처 나를 발견하지 못한 너는 환한 얼굴로 여자 친구의 손을 잡은 채 거리를 걷고 있더구나. 꼭 잡은 두

손은 나와 눈이 마주친 뒤에도 풀릴 줄을 몰랐고…….

그 애기를 전해 듣자 너의 엄마는 웃으면서 말했단다.

"우리집에 인사 왔을 때에도 그렇게 손을 꼭 잡고 있더라."

그런 애기들을 전해 들은 너의 삼촌은 단박에 이렇게 말하더구나.

"와우, 부럽다."

나는 묻지 않을 수 없었지.

"왜? 오빠는 예전에 안 그랬어?"

"안 그러긴……. 지금 돌아보면 내가 어찌 그랬을까 싶은 행동은 다 하고 다녔지."

그래, 너희들은 지금 그런 시절을 보내고 있는 거란다. 돌아보면 어느새 아련하게 그리워질 그 순간. 어쩌면 그 기억으로 평생을 살아가게 될지도 모를, 바로 그 기억의 현재.

손을 잡는다는 건 그런 것이지. 너를 안고, 너에게 입맞추고, 너를 보호하기 위해 네 손을 잡아준 적은 있을지언정 너와 내가 함께 손을 맞잡은 적은 없다. 누가 먼저랄 것도 없이 서로 끌어당겨 체온을 주고받은 기억이 우리에겐 없다. 그것이 바로 사랑과 연애의 다른 점, 어쩌면 결혼과 연애의 다른 점, 나아가 추억과 현재의 다른 점일지도 모른다.

너희 둘 다 대학 졸업반인지라 취업만 되면 결혼까지도 할 수 있으리라 어른들은 내심 기대하는 눈치지만, 너의 첫 연애는 결혼으로 이어지지 못할 수도 있을 것이다. 어쩌면 그때 비로소 너는 진짜 어른이 될지도 모른다. 그것은 세상과의 첫 불화이자 인생과의 첫 대결이 되기도 할 테니까.

세상 속에 당당하게 섞이고 세상으로부터 승인받고 싶으나 뜻대로 하지 못하는 것. 그러한 경험은 너를 한층 성숙하게 만들 것이니 그리 되어도 나쁘지는 않을 것이다. 너의 첫 연애가 보다 단단해지고 마침내 결혼에 이르는 것. 그러한 경험은 시행 착오를 줄여주고 진화하는 사랑을 펼쳐보일 것이니 그리 되어도 역시 나쁘지는 않을 것이다.

하지만 나는 전자의 경험보다 후자의 경험이 더 나으리라고 생각한단다. 젊은 날 가능하면 많은 유형의 사람들을 만나 다양한 형태의 연애를 해보는 게 좋다고들 하지만, 굳이 그런 시행 착오를 자청할 필요는 없지 않을까? 너보다 십수 년 앞서 연애를 하고 결혼을 하면서 살아온 내 입장에서 말해보자면 그렇구나.

무엇보다도, 결혼과 함께 진화해 가는 사랑이 생각보다 훨씬 더 재미있고 그럴듯하거든. 변하는 게 아니라 웅숭깊게 변모해 가는, 우물처럼 깊어가는 사랑. 멀리, 거듭 진화하는 사랑. 지난여름 이후로 어느새 가을과 겨울이 지나 봄을 맞은 지금, 사계절을 모두 함께 한 너희들에게도 그런 사랑이 희미하게 윤곽선 정도는 드러내지 않았을까?

너의 첫 연애가 앞으로 어떤 길을 걷게 되든 지금은 우선 네가 더 많이 행복하기를 바란다. 그래야만 나도 더 많이 기분 좋은 에너지를 전달받을 수 있을 테니까. 이제는 아련해졌지만 언젠가 나도 분명 느껴 보았던 마음에 다시금 취해볼 수도 있을 테니까. 세상이 무작정 아름다워 보였고 모든 것이 긍정적으로 보였던, 지구라도 들어올릴 것 같았던 그 씩씩한 마음에……

아, 어머니

김양식 _ 시인, 영문학과 54

아, 어머니.

지나치는 오솔길의 들꽃을 보아도 또 거기 날아와 앉는 노랑나비, 흰나비를 보아도 아련한 그리움은 언제나 어머니를 향하여 달려감을 어이하랴.

해 저물어가는 서산마루 위, 슬쩍 비치이는 초승달에도 어머니를 향한 그리움 또한 서려있으니 이 또한 어이하랴.

어머니는 내 나이 꼭 60에 내 품 안에 안기신 채 운명하셨다. 어머니의 이승에서의 85년간의 마지막 두 달을 내 집에 뫼시어 정성을 다하여 수발해드렸다고 생각하지만 그래도 다 못함이 많아 가슴 메이고 날이 갈수록 그리움은 더욱 쌓여만 가는 것인가 보다.

나는 지금도 어머니가 쓰시던 2층 화류장농과 다듬이돌을 소중하게 간직하고 있다. 어려서부터 매만지며 보고 자라왔기에 어머니와의 추억이 담뿍담뿍 서려 있어 더욱 소중한가 보다. 어머니는 그 장롱에 언제나 어머니의 옷과 또 어머니가 지어주신 내 설빔도 같이 얌전히 개켜 넣어놓으시곤 했다.

또 때로는 대청마루에서 어머니와 마주 앉아 신나게 박자를 맞추어가며 다듬질을 해대던 모녀의 즐겁던 추석은 지금도 내게 큰 기쁨으로 남아 있다. 때로 밤이면 희미한 전등불 아래서 어머니는 이것저것 옷을 매만지시 거나 꿰매시기도 하셨다. 나는 어머니 옆에 붙어 앉아 어머니 솜씨를 배우 려고 못 쓰는 헝겊조각에 홈질과 박음질 그리고 상침 뜨는 것까지도 열심 히 해보았다. 그래서 지금까지도 누가 취미가 무엇이냐고 물으면 '바느질' 이라고 대답해왔다.

해마다 봄이 오면 어머니는 영락없이 마당 가운데에 타원형으로 이루어 놓으신 화초밭에 씨를 뿌리셨다. 이 일은 언제나 이 딸과 같이 하시기를 원하셨다. "아가야, 씨는 이렇게 뿌리는 것이란다"라고. 씨 뿌린 자리에 싹이 돋아나와 화초로 자라서 꽃이 피고 또다시 씨가 맺히는 과정을 어머 니는 빠짐없이 내게 가르쳐주시면서 몹시 즐거워하셨다. 실제로 이 같은 자연의 섭리와 그 신비로움과 아름다움을 손수 실천으로 가르쳐주셨다.

어머니는 강화에서 한漢학자의 막내따님으로 태어나시어 어려서부터 집 에서 한학과 붓글씨를 배우셨고, 학교에선 신학문을 공부하셨다. 성장하 시어서는 유치원 선생님의 경력도 쌓으셨다. 물론 어머니의 결혼 전까지 의 경력이지만.

어머니께선 이승을 떠나시는 그날까지도 조용하신 미소를 잃지 않으셨 다. 항상 수줍음을 머금은 그리고 보조개가 살짝 패이는 고운 미소를 지으 시던 어머님은 왠지 내가 좋아하는 꽃들과도 겹쳐져서 내게로 다가온다. 초여름, 뒷산에 오르면 으레히 옅은 살빛의 원추리꽃이 내 어머니의 모습 이라도 만난 듯 몹시 반가웁다. 여기 그렇게 쓰여진 시 한 수를 적어본다.

원추리꽃
— 어머니 생각

초여름 풀섶 사이사이 바람 일면

어느 샌가 긴 꽃대 위로 받쳐 올린
연살빛 향내음의 원추리꽃엔

버얼써 가신 어머니, 우리 어머니
살멋한 보조개 패이던 고운 미소가
잔잔히 겹치어 아른댄다

눈 부비고 부비고 바라보아도
어김없이 참으로 고우시던 그 미소가
자꾸만 꽃잎에 겹치어 아른댄다

　　1931년, 어머니께서 날 나셨으니, 60년이란 세월을 거의 한 하늘 밑, 이 땅에서 살아왔으니 그 험한 일본식민지하의 36년도 겪으셨고, 1945년 해방이 되어 그 어지러움 속에서도 가슴 펴고 살까했더니 사상의 양극화로 백주에도 테러가 난무하고 1950년에는 급기야 그 지긋지긋한 6 · 25 한국동란을 겪게 되었다.

　　그나마 세상이 좀 안정되면 조금은 나은 세상에서 마음 편히 살아갈 수 있겠지 하는 희망을 가졌었는데 우리 집안은 결국 참으로 견디기 힘든 6 · 25에서 9 · 28까지 겨우 목숨을 부지하였다. 허나 그것도 잠시, 1951년 1월, 1 · 4후퇴에 같이 멀리 내려가 끝내 부산에서 2년 9개월이란 피난살이를 할 수밖에 없었다. 배고픔과 추위를 견디면서 그래도 어머니의 슬기로 나는 계속 공부를 할 수 있었고 그 고통스럽고 한스럽던 남북전쟁이 휴전으로 들어가 겨우 서울 집으로 돌아왔다.

　　폐허 속에서 식구들은 각기 자기의 일들을 시작했다. 졸업반이던 나 역시 다시 본교로 등교하게 되어, 친구들과 더불어 마지막 한 학기를 충실하게 마치고 다음 해 2월, 강추위 속에서 졸업식을 가졌다. 그 졸업식에서 입은 연분홍 비단한복 역시 어머니께서 밤늦게까지 정성껏 지어주신 옷이었다.

"어머니, 다녀오겠습니다."

내 경대 위에는 언제나 어머님 사진이 놓여 있다. 그래서 나갈 채비를 다 마치면 으레히 어머니께 다녀온다는 인사를 드리고 또 돌아와서도 역시,

"어머니, 잘 다녀왔습니다."

라고 인사드리는 것이 나의 일상이 되어 있다. 기쁜 일이 있으면 그 일을 말씀드리기도 하지만 속상한 일은 될수록 다 말씀드리지 않는다. 어머니께서 더 속상하실까 해서.

내게 있어 어머님의 초상은 언제나 곱고 인자하시다. 어머님 살아계실 때, 평생을 나가시던 성당에서 언젠가 시인이시며 영문학자이시던 이하윤 교수께서는 어머님의 딸인 내게 다음과 같은 말씀을 남기셨다.

"우리 성당에서 가장 성녀聖女같으신 분은 바로 자네 어머니시네."

하시며 부드러운 미소를 지으셨다.

나는 정말 나를 낳아주신 어머니, 우리 어머니가 참으로 자랑스럽기 그지없었다. 나는 지금도 어머니께서 남겨주신 붓글씨 한 점을 무엇보다 소중한 내 마음의 보물로 간직하고 있다.

오늘은 잔잔히 웃음 띠우신 어머니, 어머니가 더욱 그립다.

부용꽃
— 어머니 생각

밤새 풀잎에 맺힌 감로甘露를
하이얀 모시수건에 촉촉이 적시어
노모老母 눈가에 접힌 시름의 잔주름을

살뜰히 곱게 씻겨드리면 어느새
어머니 얼굴은 은은한 부용芙蓉꽃
다소곳이 피어난 부용꽃이네.

전업주부의 변

김창란 _ 수필가, 영문학과 66

여러 해 전 대한여학사협회(KAUW) 주관으로 티 파티가 있었다. 경복궁 옆에 있는 L한복연구소 겸 박물관에서였다. 나는 마침 그날 아무런 스케줄이 없어서 오랜만에 회원으로 있는 그 모임에 참석했다. 오랫동안 한복에 애정을 가지고 연구하고 만들어 온 그 주인의 외길 인생에 가슴으로부터 존경이 갔다. 한 우물을 파라고 했듯이 무엇에나 열심을 가지고 노력하는 모습은 아름다워 보인다.

그곳에는 그리 많은 사람들이 모이지는 않았다. 외국 외교관 부인들과 정무 제2장관, 교수들, 박사들도 있었고 나 같은 전업주부도 몇 명 있었다. 어딘지 나를 빼고 그들이 모두 훌륭해 보였다. 여성으로 가정에만 매달린 것도 아니고, 한 인간으로서 자기 발전도 함께 한 사람들 같아 나는 공연히 주눅이 들었다.

"너는 꼭 뭔가 될 줄 알았는데."

고교를 졸업하고 몇십 년 동안 만나지 못했던 동창들이 내게 한 말이었다. 평범한 가정주부가 되어 있는 나를 보고 실망을 한 모양이었다.

그 '……알았는데'라는 말이 한동안 나를 떠나지 않았었다. 어쩌면 나의 이상은 '현모양처'였는지도 모른다. 대학 때 잠시 동안은 문학에 전념하고

픈 마음이 없었던 것은 아니었다. 미국의 대학원에 입학허가도 받아 놓았었다. 그래도 꾸준하지 못한 나의 성격은 나를 한 남자의 아내로 또 세 아이의 엄마로 안주하고 조금도 후회 없이 그날까지 살게 했다.

그런데 어느 날 아이들이 다 커버리고 나에게 많은 시간이 주어졌을 때, 다시 대학원 공부를 시작하기에는 너무 나이가 많고, 그냥저냥 보내기에는 너무 나이가 젊다고 느껴졌다. 참 어중간한 나이였다. 내게 그런 날이 오리라는 것을 막연히 알고 있었지만 실제로 닥치고 보니 미리 준비하지 못한 것이 후회가 되었다. 그래서 이곳저곳 기웃거려 보았다. 한국일보의 문화센터에서 하는 수필 공부반에도 나가고, 국립중앙박물관에서 하는 박물관 대학도 가보고, 그런 여성들의 모임도 그중 하나였다. 그런데 그곳에서는 자기 발전을 충분히 한 여성들이 내로라는 듯이 우뚝 서 있고 뒤처진 내 모습이 서글프게 느껴져서 내 자리가 아닌 것 같았다. 성공한 사람들을 쓸쓸하게 바라보았다. 다른 사람들이 나를 어떻게 보느냐에 따라 우리의 자아상이 결정된다고 해도 과언이 아니기 때문이다. 세상에서는 사회적으로 중요한 위치에 있는 사람들을 '이름이 있는 사람'이라고 말한다. 그들의 행동이나 말은 자연히 관심을 받으며, 존경 또한 받게 된다.

아담 스미스가 쓴 『도덕적 감정론The theory of Moral Sentiment』에서 '이 세상에서 힘들게 노력하고 부산을 떠는 것은 무엇 때문인가? 탐욕과 야망을 품고, 부를 추구하고, 권력과 명성을 얻으려는 목적은 무엇인가? 생활필수품을 얻으려는 것인가? 그것이라면 노동자의 최저 임금으로도 얻을 수 있다. 그렇다면 인간 삶의 위대한 목적이라고 하는 이른바 삶의 조건의 개선에서 얻는 것은 무엇인가? 다른 사람들이 주목하고, 관심을 쏟고, 공감어린 표정으로 사근사근하게 맞장구를 치면서 알은체를 해주는 것이 우리가 거기서 얻을 수 있는 모든 것이라고 말할 수 있다'라고 했다.

내가 지나온 세월이 결코 무의미했다고는 생각하지 않는다. 세 아이를 출산해서 키웠다는 것은 대단한 소득이다. 아무것도 가진 것이 없다고 해도 나는 사랑하는 사람 셋을 이 세상에서 만들었고 옆에 든든하게 두고 있으니까.

그래도 전업주부란 여성으로서, 한 인간 개인으로 얼마나 남 앞에 내 세울 것이 없는가 하는 생각이 들었다. 그것은 아마도 아직 가슴속에 살아 있는 명예욕과 시기심과 자기 발전에 대한 욕구가 남아 있기 때문일 것 같았다. 그러나 전업주부란 결코 만만한 직업이 아니었다.

"나는 아이 셋을 낳아 성인으로 키워 이 세상에 내 놓았소." 한들 누가 알아주며 훌륭하다고 할까. 나는 장관이요, 박사요, 의사요, 변호사, 교수요 해야만 다시 한 번 더 의미 있게 바라보며, 악수도 힘 있게 하는 세상이 아니던가. 이즈음 어떤 분야에 꼭 전문가가 아니더라도 붙일 수 있는 타이틀 중에 '회장'이라는 것이 있다. 물론 어느 기관이나 모임 또는 대기업의 장을 이르는 말이기도 하지만, 그 보다는 더 넓게 퍼진 타이틀이 아닌가 한다.

이 세상에서는 어느 모임이나, 정치, 교육, 경제, 문화, 봉사면에서, 그 외에도 참 훌륭하고 잘나고 멋있는 여성들이 많이 있다. 아이 많이 낳아서 키웠다고 훌륭하다고 하는 사회는 별로 없는 것 같다. 그래서 요즘 젊은이들은 결혼도 필수가 아니고 선택이며, 혼기도 늦어지고 결혼을 한다고 해도 아이를 낳지 않는 풍조가 나날이 심해지는 것 같다.

때로 여자란 남편의 지위에 따라 조금은 신분의 상승을 맛 볼 수 있다. 물론 내조의 공을 말하기도 한다. 뒤웅박 팔자라고 선인들은 말했다. 어찌 보면 타인에게 얹혀서 잠시 동안만 착각으로 맛보게 되는 신분인 것 같다. 그것이 어느 날 갑자기 없어졌을 때, 다시 한 번 자신의 실체를 바라보며 뒤늦게 깨닫게 된다.

그래서 요즈음은 딸들도 능력이 있고 본인이 원하면 끝가지 뒷바라지해서 성공한 인생이 되게 하고 싶은 것이다. 같은 여자인 어머니들의 소망이 되기도 한다. 이 시대 젊은 여성들은 우리 시대보다 더 똑똑해서 자기의 앞길을 잘 이끌어 갈 것 같은 생각이 든다.

나의 집 지어주

김현자 _ 평론가, 국문학과 66

"건축가 르 코르뷔지에는 그의 만년 작품으로 어머니를 위한 집을 남겼습니다. 그는 스스로가 모더니스트 건축가의 선봉임에도 불구하고, 〈어머니의 집〉은 아주 따뜻하고 소박한 형태로 세심하게 설계했습니다. 기쁠 때나, 때로 힘들 때 저에게도 어머니는 가장 큰 박수와 격려를 주시는 분입니다. 최고의 〈어머니의 집〉을 짓기 위해 최선을 다하겠습니다."

10여 년 전 생일날 아들에게서 받은 편지이다. 나는 이 글을 받고 황홀하고 행복해서 수첩 속에 끼워 두고 가끔 꺼내보곤 한다. 신혼시절 단칸방과 낡아빠진 전셋집을 거쳐 아파트에 살면서, 가지고 싶은 집에 대한 나의 갈망은 늘 마음속 중심에 커다랗게 자리 잡고 있다. 그의 말대로 따뜻하고 소박한 집이되, 나의 꿈을 이루어 줄 수 있는 집을 생각나는 대로 적어 본다.

나는 이런 집을 갖고 싶다.

첫째, 집 안에서도 하늘을, 천체의 운행을 잘 느낄 수 있으면 좋겠다. 나는 집 안에 있으면 늘 세상바깥이 궁금하다. 아침에 눈을 뜨면 산 너머로 해 떠오르는 광경이 보이고 저녁이면 노을이 잘 바라보이는 곳에 터를 잡고 싶다. 멀리 은은하게 바다가 바라보이는 곳이면 더욱 좋겠다.

둘째, 무엇보다 커다란 서재를 갖고 싶다. 일자로 나란히 줄 서 있는 도

서관식의 책꽂이가 아니라 집의 선반이나 벽장 밑, 자투리 공간에도 거기에 맞는 서가를 짜맞추고, 손때 묻은 책들과 따끈따끈한 신간을 나의 관심별, 주제별로 배열하고, 장소마다 다른 기분이 드는 곳에서 책을 읽고 싶다. 군데군데 작은 책상을 만들어서 순간적으로 스쳐가는 생각들을 붙잡아 쓰고 싶다. 오늘은 이 책, 내일은 저 책 동가식서가숙東家食西家宿하면서 원도 한도 없이 책과 놀고 이야기하고, 책과 뒹굴며 살고 싶다.

셋째, 이 층 어느 귀퉁이에 다락방을 만들고 일 층 아래로 층층계를 일곱 개쯤 내려가면 닿게 되는 지하실도 갖고 싶다. 다락방에는 아이들 어릴 적 쓰던 장난감과 동화책, 가족사진을 걸어놓고 때때로 그것들이 주는 추억의 힘으로 미소 짓고 싶다. 지하실에는 커다란 화분을 들여 놓고 움파를 잔뜩 심어 한 겨울에도 싹트고 자라는 모습을 보고 싶다. 집을 수직으로 오르락내리락하면서 바쁘게 살아야지.

요즘 나의 낙樂은 설계할 장소로 현장답사를 가는 아들과 동행하는 일이다. 그가 집터를 둘러보고 설계의 구상을 위한 스케치와 메모를 하는 동안 나는 아무 생각 없이 앉아서 그 장소의 공기를 마시고 하늘과 땅과 나무를 바라보다 같이 돌아오곤 한다.

돌아오는 차 안에서 이렇게 말을 걸어본다.

"건물주들의 요구가 매우 다양해서 힘들 때가 많지?"

"엄마, 우리 모두는 스스로를 특별한 사람이라고 생각하지만, 의외로 사람들은 보편성에 근거해서 살고 있는 것 같아요. 자신의 집을 짓는데도 요구가 명확하지 못하고, 대체로 몇 가지로 유형화돼요."

"뜻밖이네. 막상 나도 집을 지어준다고 써 보라고 하니 어렵네."

"자기 집을 짓는다는 것은 최대의 개성의 표출이라고 할 수 있는데, 우리 모두가 자신에 대한 이해나 성찰이 부족한 탓이지요."

"그렇구나. 아침에 출근하고 저녁에 돌아와서 TV나 보다가 잠자는, 생활방식도 비슷하게 하루하루 똑같은 일상을 살다보니 집에 대한 생각도 기성복 같구나."

"그래요. 집을 지을 때 건축주가 열린 마음으로 자신의 생활습관이나 스스로를 들여다보고 만들어 가는 과정으로 즐기면 좋겠어요."

"흠! 집짓기가 자아탐색하고 연관된다는 말이지. 좋은 깨달음을 주네."

아들은 오늘도 열심히 다른 사람의 집을 짓고 있다.

아들아, 수첩 속 카드는 낡아가고 아파트 속 너의 어머니는 나이 들어가고 있다.

언덕 위의 집
노루 사슴이 뛰어 놀고
걱정소리 하나도 들리지 않는
그곳에 나의 집 지어주

시계가 빨랠 해?

나영균 _ 번역가, 영문학과 49

먼 옛날, 그러니까 내가 여학교 1학년 때 이야기이다.

익선동 아주머니는 아버지가 어려서 부모님이 정해주신 배필인데 아버지가 거부했던 분이다. 아버지는 그러나 그 아주머니를 위해 익선동에 아담한 한옥을 사주시고 생활비를 대주셨다. 그리고 나에게 외롭고 불쌍한 분이니 이따금 찾아뵈라고 이르셨다.

나는 아버지 분부를 따른다기보다 일종의 호기심에서 익선동을 찾아가곤 했다. 아주머니는 당시 아마 40대 후반쯤 되었을 것이었다. 키도 몸집도 자그마한 아주머니는 언제나 쪽진 머리에 흰 수건을 두르고 발목이 드러나게 짤막한 치마 위로 행주치마를 질끈 동여매고 있었다.

내가 가면 여름이나 겨울이나 떡국 한 그릇과 김치 한 보시기를 개다리소반에 얹어 내주었는데 그 떡은 언제나 덜 물러서 딱딱하게 느껴졌다. 아주머니와 나 사이에 공통의 화제가 있을 리 만무라 나는 우두커니 앉았다 오기가 일쑤였다. 그날도 답답한 마음으로 방 안을 둘러보다가 벽에 걸린 큼직한 시계가 눈에 띄어 입에서 나오는 대로 물었다.

"저 시계가 빨리 가나요?"

"뭐? 시계가 빨랠 해?" 하고 되묻는 아주머니 말에 나는 피식 웃고 말았다. 아니, 누가 시계가 빠랠 한댔나, 저렇게 엉뚱하긴. 그러고 나서야 나는 혹시 아주머니 귀가 먼게 아닌가 하는 생각이 들었다.

그런데 그 우스운 일이 이제 나 자신에게 닥쳐오고 말았다. 내 귀가 멀어지기 시작한 것이다. 처음에 이상을 느낀 것은 TV에서 듣는 가수의 노래의 음계가 틀리게 들렸을 때였다. "이상하다. 그럴 리가 없는데. 전문가들인데."

다음부터 나는 음악 프로그램이 있을 때마다 유심히 들어보았다. 그리고 모든 가수가 조금씩 음계를 벗어나서 노래하고 있다는 것을 발견하게 되었다. 그렇다면 이건 그들이 아니라 내게 문제가 있구나 하는 것을 깨닫는데 그리 오랜 시간이 걸리지 않았다.

나의 아마추어 생각으로는 아마 어떤 음대의 소리를 내 귀가 듣지 못하는 것이 아닌가 싶다. 그 이후로 음악적 난청이 심해져서 지금은 기악이건 성악이건 멜로디를 일체 못 알아듣게 되어버리고 말았다. 모든 가수가 곡조도 없이, 혹은 똑같은 단조로운 투로 가사만 외우는 것 같이 들리는 것이다.

그러고 나서 유의해보니 강연장에서 강사들의 말소리가 안 들리는 것이었다. 왜 저렇게 작은 소리로 이야기하나 할 정도로 강사들은 입만 움직이지 소리를 내지 않는 것처럼 느껴지는 것이다. 사석에서는 좀 나은 편인데 그래도 자꾸 되물어야 할 때가 많아졌다.

여름에 아이들을 만날 겸 한참 외국 여행을 다녀온 뒤 나는 김용권 씨에게 전화를 걸었다. 김용권 씨(서강대 영문과 명예교수)는 학생 시절부터의 지기인데 오랫동안 무소식이면 궁금해지는 그런 사이이다.

"여보세요. 저 나영균이에요. 안녕하셨어요?"

"아, 예, 언제 오셨어요?"로 시작한 이야기가 그날 따라 소음이 섞이면서 잘 안들리기 시작했다. "……를 발굴했는데……. 김명렬 씨하고. ……."

자꾸 캐묻기도 미안해서 나는 그동안에 무슨 문학 자료가 새로 발굴되어서 그것을 김명렬 씨(서울대 영문과 명예교수)와 함께 어떻게 한다는 말인가 지레짐작을 했다.

"그래요. 신문에 났나요? 어디서 본 것도 같은데."

한참 소음 섞인 말이 계속된 다음 "신문엔 뭐. …… 캔서가……. 수술을 해서……." 이런 말이 들리는 것 같았다.

"뭐라구요? 누가 캔선데요?"

"아, 본인이 그렇다니까요"

"네에?"

나는 기겁을 하고 말았다. 김용권 씨라면 마른 편이긴 하나 자타가 공인 하는 건강체의 소유자이다. 어떻게 그럴 수가? 그러니까 아까 '발굴'로 들린 말은 암이 '발견'되었다는 소리이고 김명렬 씨와 함께 발굴 자료를 다루는 것이 아니라 그가 그동안 병원을 다녀가서 자세한 사정을 아니 그리 전화를 걸어보라는 뜻이었다. 이거야 "시계가 빨래를" 하는 정도가 아니지 않는가.

허둥지둥 건 전화에 나온 김명렬 씨의 말소리는 분명해서 시원하게 궁금증을 덜 수가 있었다. 아무 생각 없이 건강진단을 받으러 갔다가 간 한가운데 3.7센티미터의 종양이 발견됐다는 것이다. 아들이 감사로 있는 아산병원에 긴급 입원하고 수술을 받았는데 경과는 양호하다고 했다. 일단 안도의 숨을 내쉬긴 했으나 나의 뚱딴지 같은 전화 대응이 너무 미안하고 쓴 뒷맛이 남겼다.

어려서 노인의 먼 귀를 비웃었던 내가 이제 늙어서 그보다 더한 귀머거리가 되었으니 이것을 인생무상人生無常이라고 하는 것이리라.

가정은 작은 천국

문복희 _ 시인, 국문학과(대학원) 86

가족이라는 이름은 얼마나 아름답고 고귀한 말인가?

풀벌레 소리보다 싱싱하고 밤하늘의 별빛보다 맑은 영혼이 담긴 단어이다. 아파트 현관에 신발을 나란히 벗어놓을 수 있다는 것, 이른 아침 떠오르는 해를 함께 바라볼 수 있다는 것은 얼마나 큰 행운이며 축복인가? 사랑하면서도 가족이라는 이름으로 묶일 수 없는 사람들에게 가족이라는 단어는 참으로 절실하고 부러운 공동체 이름이다.

요즈음은 동료나 친지의 집을 방문하게 되면 벽에 걸린 가족사진이 먼저 눈에 띤다. 각기 다른 듯하지만 닮은꼴들이 모여 찍은 가족사진에서 나는 숲의 모습을 발견한다. 큰 나무 작은 나무 한 그루 한 그루가 제자리를 지키고 서 있으면서 숲을 이루는 것처럼, 가족 한 사람 한 사람이 가만히 제자리를 지키면서 생명의 중심이 되어주는 그 자체가 조화로운 숲의 모습이다.

가정은 사랑의 나무가 모여 사는 숲이 되어야 한다. 서로 화해하고 융합하는 사랑의 통로가 되어야 한다. 하나님이 우주를 경영하시는 기본 단위가 가정이다. 한 가정이 건강해야 세계가 건강해진다. 하나님은 우리 가정을 통하여 아름다운 인간을 교육하고 평화로운 이웃을 형성하며 자유와 사랑의 씨가 세계에 뿌려지도록 계획하셨다.

우리는 하나님의 거룩한 우주계획에 의해 가정에 파송된 선교사이다. 따라서 건강한 가정생활을 유지해야 하고 가족의 기능이 강화될 수 있는 길을 가야 한다. 부부는 가위와 같다는 말이 있다. 가위는 나란히 똑같이 움직여야 제구실을 한다. 두 개의 날 사이에 간격이 있으면 가위질이 안 된다. 가위처럼 나란히 붙어 있어야 문제가 발생하지 않는다. 부부뿐 아니라 자녀와의 관계도 그러하다.

"기뻐하는 자와 함께 기뻐하고 우는 자와 함께 울라(롬12:15)"는 바울의 교훈처럼 가정은 함께 나누는 사랑의 장이 되어야 한다. 가정이 건강할 때 힘이 생기고 그것이 사회에 선한 사랑의 힘으로 작용하게 된다.

괴테는 "왕이든 농부이든 자기 가정에서 평화를 누릴 수 있는 자가 가장 행복한 자"라고 했다. 행복의 근원은 가정이다. 가정에서 모든 행복이 출발한다. 우리는 가정을 통해 천국을 배우며, 결국 가정은 작은 천국이다.

끝으로 테레사 수녀의 일화를 통해 사랑의 출발이 가정이라는 것을 다시 확인하고자 한다. 테레사 수녀가 노벨 평화상을 받는 날, 한 기자가 물었다.

"세계 평화를 위하여 가장 긴급한 일이 무엇이라고 생각하십니까?"

테레사 수녀는 웃으면서 질문자에게 말했다.

"기자 선생께서 빨리 집에 돌아가셔서 가족을 사랑하는 것이 가장 긴급한 일입니다."

가정은 나눔의 숲이 되어야 한다. 사랑을 나누는 숲이 되어야 한다. 우리가 숲을 잃어버린다면 가을이 깊어져도 단풍 든 숲길을 걸을 수 없을 것이고, 숲이 사라진다면 아름다운 새소리를 기대할 수 없으며, 생의 찬란한 교향악도 들을 수 없을 것이다. 사랑의 나무가 모여 사는 숲 속에 싱싱한 풀벌레 소리가 들려오고 맑은 별빛이 쏟아진다면 그곳이 작은 천국이다. 나는 우리 모두의 가정이 교향악이 울리는 작은 천국이 되기를 기도한다.

오빠

박영자 _ 수필가, 국문학과 63

오빠가 있다는 것은 얼마나 축복받은 일인가. 핵가족으로 하나 아니면 둘을 낳아 키우는 시대가 되어 이모와 고모가 귀해지고 오빠도 따라서 부르기가 쉽지 않게 되었다.

그런 이유 때문인지 안면만 조금 있어도 오빠라는 호칭을 쓴다. 대학시절, 우리는 어색한 사람 앞에서는 아저씨라 불렀다. 한동안은 그런 분위기가 형으로 바뀌더니 요즈음은 오빠로 부르는 듯하다.

며늘아기는 초등학교를 다니는 자식 앞에서 남편을 "오빠"라고 부른다. 며느리가 오빠라고 부르는 것이 듣기 거북하다며 고치도록 말하라고 남편은 말하지만, 나는 그렇게 하지 않았다. 다정한 목소리로 오빠 하고 부르면 종일 피곤하게 돌아온 아들의 마음을 풀어 주기에 이보다 더 좋은 애정 표현이 어디에 있겠는가. 식었던 정도 새롭게 솟아날 것만 같아 예쁘게 만들렸다. 하지만, 혈육만큼이야 하겠는가. 아버지 안 계신 자리에 오빠가 있다는 것을 나는 감사한다.

아무도 듣는 이 없지만, 오라버니하고 부르려다 오빠하고 불러본다. 오라버니하고 부르면 하고 싶었던 속마음은 달아나고 할 말만 해야 하는 듯 거리감이 생긴다. 오빠하고 부르면 바로 옆에 오빠가 있는 듯 가깝게 여겨진다. 그러나 혈육의 정을 어찌 거리로 측정할 수가 있겠는가. 오빠하고 나직하게 불러 보면, 오빠는 아버지요 친구이자 든든한 후원자가 되는 느낌을 받는다.

어려운 고비에 단념할 것을 단념하지 못해 괴로울 때면 오빠 생각이 간절해지고 오빠라면 이럴 때 어떻게 처리했을까 하는 생각을 한다. 오빠의 입장에서 결정을 하고 나면, 당장은 어리석게 보였지만 시간이 지나면 양보하고 뒤로 물러났던 판단이 옳았구나 하게 된다. 오빠가 미국에서 살기에 다행이지 한국에 살았다면 나로 해서 시도 때도 없이 괴로움을 겪었으리라.

20년 동안 외국 생활을 하고 돌아온 오빠에게 나는 짐도 풀기 전 A4용지에 쓴 수필 한 편을 읽으라며 방문을 노크했다. 오빠가 막 잠이 들었던 듯한데 싫은 내색 없이 마치 어린아이에게 칭찬을 하듯 "오! 작품을 썼구나." 하며 받아 읽던 오빠의 모습을 생각하면 나이를 먹었어도 나는 오빠 앞에선 어린아이였다.

언제나 오빠는 늘 마음이 편안했고 서두르는 일이 없었다. 수양을 하며 마음을 다스리려는 것이 아니라 천성적으로 착한 사람이었다. 어머니가 운수업을 할 때였다. 오빠에게 주유소에 외상값을 갚으라고 심부름을 시킨 일이 있었다. 돈을 가지고 가다가 버스 정류장에서 노인이 사정을 했다.

"어제 상경했는데 내려갈 차비가 없어 노숙을 해야 하니 차비만 주면 내려가는 즉시 돈을 보내 주겠다"고 하였다.

오빠는 그 값만 주어도 될 일을 가진 돈 전부를 주었다. 어른이 되어서도 그 마음은 바뀌지 않아 어머니의 속을 많이 태웠다. 약국을 경영할 때 조제를 하다가도 노인이 길을 물으면 말로만 해도 될 일을 굳이 밖으로 나와 "오른쪽으로 돌아 저 건물을 끼고 왼쪽으로 100m를 가시면 바로 나옵니다" 자세하게 길 안내를 하고 그가 정확히 찾아 가는지를 확인한 다음 하던 일을 마쳤다.

사람들이 오빠의 성품이 호인이라며 칭찬을 하면 어머니는 그런 칭찬을 좋아하지 않았다.

"그런 소리 마소. 저누무 성격이 우째 이 험한 세상을 살겠소…… 내 속 타는 거 누가 알랑교. 남에게 베풀지는 못해도 당하고는 살지 말아야 제……." 하며 걱정을 했다.

오빠는 엄마에게 바람 앞에 선 등잔불처럼 보였으리라. 그러나 실상 당하고 사는 것은 오빠가 아니라 어머니였다. 동업을 하다보면 처음 약속과 달리 자본금을 털리고 돌아서야 했던 일들은 어머니에게는 다반사였다. 급한 성격인 어머니와 느긋한 오빠의 성격이 때로는 조화를 이루었지만, 하나밖에 없는 자식이 물러 터졌다며 늘 어머니와 의견충돌이 잦았다. 나는 어머니의 소망을 덜어 드리기라도 하려는 듯 행동은 빠르고 이익을 위해서는 손해 보려 하지 않았다. 눈칫밥을 먹은 아이처럼…….

결혼을 해서도 신혼의 재미보다 오빠가 만족해 드리지 못한 허전함을 보여 드리기라도 하려는 듯 열심을 다해 아이를 기르고 통장을 늘리며 남편의 사업을 도와 밤을 낮으로 삼았다. 노력하며 사는 나와 천성적으로 이해심이 깊은 오빠는 자신에게는 혹독했지만 남에게 베푸는 일을 먼저 그 사람의 입장에 서서 행동했다.

사람은 추억을 먹고 산다고 한다. 창문을 열고 밖을 내다보니 하얀 눈발이 엇각으로 날려 세상은 온통 흰색이다. TV에서는 30년만의 추위라는 아나운서의 목소리를 들으며 65년 전 아이로 돌아갔다.

종종걸음으로 오빠가 가는 곳이면 어디든지 따라 다녔다. 그래도 귀찮아하는 기색 없이 나를 데리고 다녔다. 철사를 불에 구부려 나무 판에 올려놓고 만든 썰매를 들고 근처 논밭으로 갔다. 울퉁불퉁한 얼음 위를 썰매장이라며 추위를 잊고 얼음을 지쳤다. 내가 손을 호호 불고 발을 동동 구르며, "이제는 그만 집으로 가자"하고 조바심을 내면 오빠는 숨을 고르며 한 바퀴만 더 돌고……아득히 사라졌다. 나는 사라지는 오빠의 등이 오빠가 아니라 아빠 같다는 생각을 했었다.

오빠가 미국으로 가던 날 저녁 말했다. "남편과 돈 때문에 싸우지 말고 네게 주니 그리 알아라" 본인이 없는 것을 준다는 것은 어려움이 많아 설마 했다. 위임장이 오고 구비서류와 함께 오빠의 편지가 왔다. 서류를 보기 전 오빠의 편지를 먼저 읽는다.

"막 공증을 받고 두서없이 몇 자 적는다. 어렸을 때 우리 남매에게 어머님 모시고 고생하면서도 그 속에 어머님을 통해 인생살이를 배우고 꿋꿋이 자란 우리가 너무도 장하고 장하다는 자부심을 느낀다. 언제나 남에게 폐를 끼치지 말라는 말씀대로 우린 정직하게 살아 왔다고 자부한다. 서류 작성해서 공증받아 보내니 모든 일이 잘 되길 빈다……."(생략)

오빠의 정을 잊고 있다가 내 이익을 위해 서류를 보내고 받은 편지에서 정을 느끼다니― 나는 편지를 가슴에 묻고 죄인 같은 심정이 되어 한참을 울었다.

돈이 무엇인지 모르는 동안은 그런대로 돈을 우습게 알기도 하지만, 돈이 무엇인가를 알고 나서는 결코 우습게 알지 못하는 것이 돈이다. 돈이라면 부모·자식이 등을 돌리고 어제까지 서로를 아긴다며 입으로 뇌이던 의좋은 형제가 적이 되어 그 자식들까지 인연을 끊고 사는 것은 흔히 있는 이야기가 아닌가. 재물이 3대를 못 간다는 말도 있다.

어느 날 어머니가 어두운 표정으로 우리집에 오셨다. 미국에서 대학을 다니던 손자가 학점을 이수하지 못해 졸업이 늦추어 졌다는 것이다. 실망은 되었지만, 자신을 위해서는 적은 돈도 사리며 쓰지 않는 오빠가 아니던가. 자식의 일이니 흔쾌히 대답하리라 여겼다. 등록금은 물론 자식에게도 나무라지 않고, "애비 된 도리니 어쩔 수 없지 않아요? 걱정 마세요 어머니." 할 줄 알았다. 그런데 오빠가 냉정하게 거절하더라는 것이다. 어머니가 그 말을 전할 때 내가 잘못들은 줄 알고 재차 물었다. "저희가 해야 할 공부를 못한 것은 당사자의 문제이니 본인이 책임을 져야겠지요" 했다는 것이다. 좀처럼 허튼소리를 할 줄 모르는 오빠가 그런 결단을 내린 것에는 이유가 있으리라. 하지만, 남도 아닌 자식의 일에 그토록 매정할 수가 있었을까. 결코 위세나 아버지의 권위에서 한 말이 아니라 자식의 장래를 위해서 내린 결정이라고는 생각했지만 오빠답지 않다는 생각이 들었다. 오빠에게는 돈이 주인이 아니라 사람이 주인이라고 생각했었다. 그러나 아들이 양화점으로 햄버거집으로 아르바이트하는 모습을 먼발치로 바라보며 가슴 아파하면서도 내색하지 않았다는 것이다.

오빠는 자식에 대한 애정뿐 아니라 삶을 아픔으로 사랑하는 사람이었다. 나는 돈을 기쁨으로 사랑한 것 같아 잠 못 드는 밤이다.

내시경

서성림 _ 시인, 국문학과 75

LA에 사는 딸아이 집에 들렀다가 남편과 함께 미국 동부 여행길에 올랐다. 유학 온 딸집에 들러 라스베가스, 그랜드캐니언, 샌프란시스코 등 서부는 몇 번 가봤지만 국내선 비행기를 타고 동부 여행은 처음이다.

설레는 마음으로 출발했는데 뉴욕행 비행기를 타면서부터 옆자리의 남편 입에서 간간이 좋지 않은 냄새가 났다.

말하기도 그렇고 해서 참고 있었는데 버스로 워싱턴 나이아가라 폭포 등을 구경하면서는 더욱 참기 힘든 냄새로 변해갔다. 할 수 없이 말하기로 마음먹고 남편에게 입에서 악취가 난다고 하니 남편은 무안한지 얼른 화장실로 가서 양치를 하고 왔다.

그러나 사태는 조금도 호전되지 않고 똑같은 냄새가 났다. 방금 양치를 하고 왔는데도 냄새가 나니 난 은근히 걱정이 되기 시작했다. 뱃속에 염증이 있나 보다, 좋지 않은 큰병이면 어떡하나!

함께 여행하는 동안 자꾸 불길한 예감이 들며 초조했다. 남편에게 한국 가면 빨리 병원에 가서 위내시경 검사를 받아 보라고 종용했다. 그러나 워낙 병원을 싫어하던 사람이라 내 말을 귓등으로 들었다. 남편은 먼저 귀국하고 난 손주들 봐주느라 한 달 후에 한국으로 돌아갔다.

내가 신신당부한 말은 벌써 잊어버렸는지 병원문 앞에도 안 가봤단다. 그런데 며칠 후 아들 내외가 놀러왔는데 아들이 아빠한테서 심한 입 냄새가 난다고 하는 것이 아닌가. 난 가슴이 털컥 내려앉았다. 큰일 났구나 싶어 아들에게 미국서 냄새났던 일을 얘기하며 빨리 아빠가 내시경 검사를 받게 하자고 합의했다.

그러나 어떤 말을 해도 자기 기분에는 별일이 없는 것 같다고 하며 끝내 거절하는 것이 아닌가. 난 죽기 살기로 온갖 모진 말을 해가며 검사받기를 권했고 더는 피할 수 없었던지 남편은 모 대학병원에 예약을 했다. 지성이면 감천이라고 이젠 됐구나 싶었다. 요즘은 웬만한 병이나 초기암도 잘 치료된다고 하니 병원만 가면 살 수 있을 것 같았다. 검사받기까지 남은 3주가 빨리 가기를 바랐다.

별일 없겠지, 별일 없어야지 하며 혼자 가슴을 졸였다. 드디어 그날이 오고 남편이 집에 들어오자마자 검사 결과부터 물어봤더니 결과는 일주일 후에 나온다고 한다. 아휴, 일주일이나 또 기다려야 한다니 진이 빠졌다. 그래도 안 좋은 것이 눈에 보였으면 의사 선생님은 즉시 알아볼 텐데, 뭐라 귀띔이라도 해주지 않은 걸 보면 큰일은 없나 보다 하고 조금은 맘을 놓았다.

또다시 맘 졸이는 일주일이 가고 정말 그날이 왔다. 퇴근하자마자 어찌 됐냐고 하니, 다른 일은 없고 위에 헬리코박터균이 많아서 냄새가 심하게 났다며 일주일 동안 약을 먹으면 치료된다고 하였단다.

음, 그랬구나. 한시름을 놓으며 마음이 밝아졌다. 큰병이 아니라 정말 다행이었다.

그동안 남편에게 살갑지 못하게 대했던 것이 미안했다. 화나면 남편이 없어도 잘 살 수 있다고 소리 지르며 욕도 했지만 과연 남편이 이 세상에 없으면 지금과 같이 당당하게 살 수 있을까 하는 생각이 들었다.

자식 셋 잘 키우려고 밤낮을 가리지 않고 이리 뛰고 저리 뛰며 분주히 살다보니 남편에겐 많이 소홀했던 게 사실이다. 그러나 그것은 남편은 철인이요, 전인적 인간이라는 전제하에 오로지 커가는 아이들에게만 신경을 썼던 게 아니었을까. 그래도 생각해보면 남편도 아내로부터 아기자기한 사랑을 받고 싶어 하는 범부가 아닐까싶으니 미안하고 안쓰럽다.

요즘은 잇몸이 아프다는 이유로 죽도 끓여주고 선식과 요구르트도 잘 만들어 주니 좋아한다. 아이들이 다 출가하면 서로 의지할 사람은 부부뿐인데 더 늙기 전에 돈독한 부부애를 만들어봐야겠다.

그대여 파이팅!

할머니의 초상

신필주 _ 시인, 국문학과 73

나는 지금 한여름 폭서 속에 앉아서 이 글을 쓴다. 나는 청탁원고를 미루지 않는 편인데 제목이 자유라 이번 원고는 더위 때문에 좀 늦어졌다.

나에게는 두 분 할머니가 계셨다. 친할머니와 외할머니는 내가 제법 나이가 들을 때까지도 사랑을 아낌없이 안겨주신 분들이다. 친할머니는 자손들이 많아도 친손녀인 나를 가장 사랑하셨다. 세상살이의 지혜를 안겨주신 그분은 집안에서 일어나는 모든 일을 현명하게 대처하셨다.

이 세상에서 가장 나를 사랑하신 당신은 선비이신 할아버지와 화음을 이루시며 집안의 식구들을 공평하게 다루셨다.

어머니가 여동생을 연년생으로 낳으셔서 나는 자연히 할머니의 손에 자라게 되었다. 요즈음 아이들은 우리와는 성장과정이 다르다. 할머니의 존재가 차츰 옅어지고 운이 조금 닿는 아이들은 할머니의 따뜻한 품속에서 인간의 기본성장을 얻게 된다. 할머니의 사랑 속에서 자란 아이들은 인간의 참사랑을 깨닫게 되고, 성격도 원만해서 사회생활을 잘 하게 된다.

내가 초등학교 다닐 때 몸이 많이 아파 아침에 등교를 포기하고 방에서 끙끙 앓고 있으려니, 할머니는 흰밥을 물에 말아서 한술 두 술 나에게 먹이셨다. "네가 먹는 밥은 다 누구에게 주고, 몸이 살이 찌지 않느냐." 할머니는 나를 보고 안타까워하셨다. 한 번은 할머니에게 딱한 사람을 도와주었다고 말씀드렸더니 "참 잘했다. 남을 도와주는 일은 복 받을 일이지." 또 한 번은 내가 시인이 되었다고 하니 "참 잘했어. 얼마나 행복한 일이냐." 보통 사람은 만류할 텐데 할머니는 나의 인생행로에 가장 마음이 통한 사이이다. 할머니는 어디를 가시든지 나를 꼭 데리고 다니셨다. 할머니의 인정으로 마을의 가난한 사람들을 많이 도왔다.

할머니의 신나는 이야기를 한 수 들어보자.

할머니가 사시는 부산에 내가 갔을 때다. 반송 고모님 댁에서 할머니를 오시라하니 할머니는 속옷과 미숫가루를 준비해 오셨다. "길 떠날 때는 이것이 소중하지." 할머니는 그토록 언제나 준비된 삶을 사셨다. 할머니는 나의 생일 때마다 마음에 드는 선물을 사주셨다. 언제인가 동그란 작은 손거울을 선물로 주셨다. 선물이란 이심전심으로 주는 이와 받는 이가 함께 즐거워해야 진가가 있다.

이제 외할머니 이야기를 해보자. 외할머니는 공주의 변두리인 연기군에 사셨다. 외할아버지는 문장이 좋아서 시집보낸 나의 어머니에게 편지를 보내기도 하셨다. 두 분 다 온순한 성품이셨다. 외할아버지와 나는 집 뒷동산에 올라 암자에 가서 바위에서 흘러내리는 산물을 실컷 받아마셨다. 쪽박에 찰랑거리는 물그림자에 기도를 올렸다. 마을에 봄이 오면 복숭아꽃과 살구꽃이 만발하여 온 들판을 화사하게 물들였다. 큰길에 차를 내려 저만치 들판가에 열린 대문까지 좁다란 논둑길을 걸어갔다. 몸이 아픈 나를 위해 외할머니는 풍로에 불을 지펴 탕약을 끓여주셨다. 외손녀를 아끼는 외할머니의 정성으로 나는 튼튼한 몸으로 들판 길을 달리고는 하였다. 외할머니와 함께 이불을 꾸미며 어머니의 성장기를 웃으며 들려주셨다. 그 옛날의 어머니는 외할머니의 온유하신 마음으로 고이고이 자랐으리라. 친할머니와 외할머니는 건강을 지켜 오래오래 사셨다.

외할머니는 언젠가 우리집에 오셨을 때 산뜻하게 그려진 태극선 부채

한 개를 주셨다. 경주 관광지를 구경 다니다가 내가 생각나서 사오셨다고…… 진심으로 기뻐하는 나의 손에 살포시 쥐어주셨다. 두 할머니의 사랑을 가득 받고 살았던 젊은 날의 나의 초상은 미래를 살아가는데 당당한 자신감을 가지게 되었다.

　이제 조금 특이한 이야기를 해야겠다. 울산의 집에서 부산의 수녀원까지 그다지 거리가 멀지 않았다. 서둘러 찾아간 성 베네딕도 수녀원, 이곳에서 일하고 공부하는 수녀님들이 한없이 맑고 존엄해 보였다. 마리로사 수녀님을 찾으니, 미국에 공부하러 가셨다고 낯익은 수녀님이 말하신다. 내가 난감하여 서 있으니 실내에 계시던 할머니 수녀님이 나를 응접실로 데리고 가서 나에게 따뜻한 눈짓을 하며 금년이 예순 살이라고 말씀하시며 "마리로사 수녀는 내가 미국에 보내어 공부하라고 할 만큼 똑똑하고 성실한 나의 수제자예요." 할머님 수녀는 얼굴이 밝고 키가 작았다. "피정을 하시려면 고성에 있는 성 베네딕도 수녀원으로 가세요." 해는 벌써 중천에 떠있는데 갈 길이 멀다. 나는 마음먹고 고성으로 가기로 하며 수녀원의 검소한 의자에서 일어섰다. 할머니에게 갈 길을 잘 가르쳐주어 고맙다는 인사를 하려하니 순간적으로 노수녀님은 주방에 가서 무엇을 들고 오신다. 잘 익은 바나나 세 송이였다. 나의 가방에 바나나를 넣어주시며 이렇게 말씀하셨다. "내가 세상을 떠나기 전에 다시 한 번 만날 수 있다면 참 좋을 텐데요." 할머니 수녀님의 마음이 참 외로워보였다. 평생을 수녀원에서 사셔서 바깥세상 물정을 잘 모르시나보다. 처음 왔던 이 수녀원의 언덕방의 벽에 걸린 커다란 벽화를 다시 보니 변함없는 노인의 마음이야말로 본받아야 하리라 본다.

쓰르라미야, 너는 '목메달'의 의미를 알고 있니?

육영애 _ 수필가, 초등교육학과 69

새벽 공기를 흠뻑 다 마실 듯 쓰르라미가 노래를 한다. 한 마리가 시작을 하면 너도 나도 그 뒤를 따라 신명을 내서 노래를 한다. 하찮은 미물인 쓰르라미도 예전이나 지금이나 변함없이 자기들의 엄마 아빠가 살던 방식을 그대로 따르며 살아간다. 그 모습이 부럽다. 왜 인간에게는 그런 삶이 어려운 것일까.

나는 아들만 둘이다. 아들 둘이 아무리 미운 짓을 해도 미움이 들기는 잠깐이었고, 금방 풀어져서, 둘이서 떠드는 소리에 사는 재미가 솔솔 피어나던 날들을 보냈다. 잘못했을 때는 올바른 길로 가라고 혼도 내고 매도 들었지만, 자식 예뻐하고 사랑함에는 나도 여느 엄마들과 다를 바가 없었다. 내게 두 아들은 진정으로 삶의 끈이었고, 나를 언제나 당당하게 살도록 만든 힘의 원천이었다. 나는 아이들을 금메달감으로 키우려 애썼다. 그런데 아들만 둘을 낳은 엄마는 목을 매달라는 '목메달'이란다. 이게 무슨 소리란 말이냐.

근래에 올림픽으로 금메달이니 은메달을 따는 소릴 듣고 있는 판에, '목메달'이란 소리를 듣고 나니 가슴에 얼음골이 생겼다. 요즘 젊은 사람들이 지어낸 말 중에는 생활의 활력소가 되는 우스갯소리도 있지만, 그 당시 사회문제를 그대로 반영한 풍자성이 강한 가슴이 서늘해지는 이야기도 많다. 그런 줄은 익히 알고는 있지만 '목메달'이란 단어는 내 가슴에 구멍을 뻥 뚫어놓았다. 몹시 기분 나쁘게 들리는 생소한 말이 내 머리에 충격의 직격포를 쐈다.

동창 모임에서 동기생들이 그런 우스개들을 인터넷에서 찾아와 읽고 알려준다. 그날도 그랬다. 발단은 누군가의 "아들 둘을 두었으면 '목메달'이란다."라는 말에, 항상 그랬듯이, 처음엔 다들 마구 웃었다. 웃다가 보니 아들 둘을 둔 몇몇 동창들의 얼굴빛이 변하고 있었다. 아들 장가보낸 시어머니의 입장에 찬물을 끼었었다. 예전과는 달리 며느리 시집살이가 독하다는 현실에 마음이 왜소해져 있는 마당에, 동메달도 아닌 '목메달'이라니. 그녀들은 아예 메달반환하고 싶은 지경이리라. 남에게 속 얘기도 맘대로 못 꺼내고 있는 아들만 둔 동창들이 어찌 마구 깔깔대겠는가. 조금은 다들 머쓱해지고 말았다. 그중 아들 둘 가진 친구가, 잠깐 사이에 숙연해진 좌중을 둘러보며, 묘하고도 개그적인 요소를 담뿍 담은 목소리로 목청껏 소리를 질렀다. 다른 동창을 겨냥한 손가락이 떨고 있었다.

"애, 넌 그래도 아들이 하나이니 '목메달' 아니지? 난 그럼 어쩌지? 그냥 지금 여기서 목을 매달까?"

그녀의 익살스런 그 표정과 제스처에 다시 왁자지껄 웃어가며 무사히 그 자리는 무마되었다. 허나 나는 머릿속에 앙금이 남아 식사시간 내내 '목메달'만 곱씹었다. 집에 오는 전철 안에서도 '목메달'이 떨쳐지지 않았다.

생각을 가다듬고 정리를 해보았다. '아들이든지 딸이든지 외동인 경우에는 부모는 키우기 편하겠지만 본인은 자라면서 형제가 없어 외롭기 마련이다. 그래서 동메달이라고 하는가 보다. 딸만 둘이면 금메달이란다. 아들 먼저 낳고 딸이면 동메달도 못 따고, 위로 딸이고 아래로 아들을 두어야 은메달이란다. 또 아들 둘에, 딸 둘이면 자녀의 수로는 이상적일지는 몰라도 그 교육비를 어찌 감당하느냐며 메달권 이탈이라고 했고, 아들 하나 딸 둘이면 들어오는 며느리가 시누이가 둘이라 마음이 불편하다 하여 그것도 메달권 이탈이란다. 그럼 '무자식이 상팔자'란 말인가. 요즘 젊은 애들은 똑똑해서 결혼에 있어서 사랑은 차치하고 상대의 조건을 고르고 골라서 결혼한다고 한다. 며칠 전 일본 방송에 결혼 적령기의 여자가 나와서, 최악조건의 배우자는 누이가 둘 이상 있는 남자라고 했다. 이웃나라 일본에서도 시누이의 존재는 한국과 다를 바 없다. '때리는 시어머니보다, 말리는 시누이가 더 밉다'란 말이 그냥 나온 소리가 아닌가보다. 남편은 필요하고 시어머니랑 시누이는 필요 없다는 얘기이다. 이제는 의술이 좋아져서 아들과 딸은 가려 낳아야 하는 시대에까지 왔구나.'하는 생각에 까지 도달하고 보니 갑자기 목이 탔다. 냉수라도 벌컥벌컥 들이키고 싶어졌다.

금메달이니 은메달이니 더욱이 목메달은 전혀 모른 채로 아이를 낳아 키웠던 내 세대들은 행복했었다. 낳고 키우는데 아들 딸 가리지 않았고, 그저 내 자식이라는 생각만으로 사랑과 기쁨이 샘솟았지 않았던가. 무슨 맛있는 요리를 해줄까, 하는 행복한 고민으로 콧노래를 흥얼대며 부엌으로 향하지 않았던. 요즘 유행하는 노래 제목처럼 '무조건의 자식사랑'이었다.

문득 어느 관광버스 기사가 인터넷에 올린 글이 떠올랐다. 젊은 부부와 나이든 부부로 이루어진 가족여행객이 버스를 타면, 나이든 부부가 젊은 남자 쪽의 부모인지 여자 쪽의 부모인지 확연히 드러난다고 썼다. 남자 쪽 부모이면, 돌아오는 길에는 두 어른의 얼굴빛이 완연하게 달라져 있다고 했다. 어른들은 씁쓸함과 외로움으로 범벅되어 있고, 그 당장 젊은 부부의 싸움이 일어날 것 같은 위험이 도사려서, 운전하면서도 내내 마음이 편치가 않다는 내용이었다. 생판 모르는 남이 보기에도 별난 행동으로 속 터지게 하는 며느리들이 너무 많다고 했다. 그는, 세상의 며느리들이 남편으로 인해 예쁜 자식도 생겼음을 깨닫고, 의당 남편을 낳아 길러주신 시부모께 고마움을 표현하는 게 인간의 기본도리라며, 자기 딸들은 잘 교육을 시켜서 시집을 보내야겠다고 썼다. 그 운전기사는, "며느님들, 조금만 시어머님께 마음을 써 드리면 어떨까요?" 라는 문구로 끝을 맺었다. 그 글을 읽고 딸 없는 나는 은근히 속이 시렸다. 그리고 딸을 많이 낳은 여자는 딸들이 여기서 오라 저기서 오라 해서 비행기 속에서 죽고, 아들이 하나면 아들이 오라고 하지를 않아서 골방에서 외롭게 죽는다는 측은한 얘기까지 떠올랐다. 아들 가진 엄마는 죽은 뒷모습마저 서럽게 보이는 세상이 되었다. 머릿속에 커다란 구멍이 하나 뚫려나가는 것처럼 지글거리는 소리와 함께 한숨이 절로 나왔다. 이게 바로 '목메달'의 현실인가.

가슴이 찡해진다. 시어머님께서는 늘 막내였던 남편만 보면 싱글벙글 모든 시름 다 잊으신 듯 기쁨을 감추지 못하셨다. 지금 내가 내 아들 얼굴만 보면 입이 저절로 실실 벌어진다. 이제야 시어머님의 마음이 되짚어진다. 어리고 젊은 나이에 내가 뭘 알았겠는가. 이 나이가 되니 저절로 눈과 마음이 환히 열린다.

올림픽에서의 메달은 4년간의 피나는 노력의 성과이며, 인생의 찬란한 목표를 향한 꿈의 완성이다. 나는 두 아들을 두어서 금메달을 받은 선수보다 더 뿌듯하고 자랑스러운데, 남들은 나에게 '목메달'을 걸어준다. 어쨌거나 너무나도 언짢은 비유이다. '목메달' 이라니……

별안간 나의 이 애달픈 마음을 쓸어가듯 쓰르라미가 노래한다.

"쓰르라미야, 너는 '목메달'의 의미를 아니? 쓰르라미야. 나도 너처럼 아무것도 모른 채로 즐겁게 노래하며 살고 싶구나."

효孝 — 심의心醫와 식의食醫

이예경 _ 수필가, 교육학과 70

"내가 무슨 낙樂이 있겠니. 식사시간이 제일 즐겁지" 86세 어머님은 일곱 개 남은 치아로 다진 반찬들을 죽과 함께 오물오물 잡수신다. 열심히 잡수시는 모습이 다행스럽고 감사하다.

중풍, 당뇨, 고지혈증으로 입원하셨던 어머님은 쓰러진 지 여러 개월 만에 내 집으로 오셨다. 입원 당시 손가락 하나도 못 움직이는 상태였지만 지금은 숟가락도 잡으시고 용변도 해결하실 수 있으니 얼마나 다행인지 모르겠다.

나는 의학서적을 찾아보고 이웃의 체험담도 참고하면서 식사준비에 신경을 썼다. 주의할 음식이 많기도 하다. 마음을 담는 그릇이 육체라면 기운을 담는 그릇이 피며 음식이야말로 최상의 기공이라 하더니, 나날이 회복에 차도를 보이신다. 이젠 의자에서 일어나실 수도 있고 혈압 당뇨수치도 계속 정상이다. 가족들은 모두 숨을 돌렸다.

그런데 한 달 후 틀니를 끼워 드리자 음식이 모두 꿀맛이라며 계속 잡수신다. 당신 병에는 절제 있는 식사와 운동이 살길이라 하면서도 식사 때마다 매번 더 달라고 하신다. 그러다가 수치를 재보면 혈당은 정상 수치를 훨씬 웃돌고 어머님은 몸이 무거워졌다고 한숨을 내쉰다. 하루에 운동이라 해야 거실 서른 바퀴 돌기, 의자에 앉았다 일어났다 서른 번 정도인데 매번 중간에 쉬러 들어가신다.

현재 어머님의 모습이 미래의 내 모습일 수도 있다 생각하니 마음이 편치 않다. 그래도 너무나 행복한 얼굴로 식사를 하시는 분께 그만 잡수시라고 말리는 일도 잠깐 뿐이다. 며느리인 나는 어머니의 입맛을 맞춰 마음을 기쁘게 해드릴지, 절제 있는 건강관리로 몸을 회복시키는데 더 신경을 써야 할지, 식사 때마다 매번 갈등에 빠진다.

그런데 남편은 갈등이 무슨 필요냐고 한다. 오로지 어머님 몸 회복을 위해서 매사에 주의를 준다. "어머니, 오늘은 운동을 얼마큼 하셨어요. 좀 부족하게 하셨으니 지금 제가 보는 데서 걷기 열 번 더하세요. 진지는 한 공기만 잡수시고 고기도 줄이셔요. 야채를 많이 드시고 마요네즈 소스는 그만 치셔요……" 그렇지만 어머니는 전혀 귀를 기울이지 않으시니 어머니와 아들의 실랑이는 계속된다. 양쪽 분들의 속마음을 아는 나는 오늘도 어쩔 줄을 모르겠다.

평생 질병에 시달리던 세조世祖는 자신의 체험을 바탕으로 쓴 '의약론'에서 명의를 이르기를, 환자의 마음을 편안하게 하여 병을 낫게 하는 심의心醫, 음식 조절로 병을 고치는 식의食醫, 그리고 약을 잘 쓰는 약의藥醫가 있는데 그중에 으뜸은 심의라 하였다. 그러나 지금 내 눈앞에서 환자분이 과식을 즐겨 하니 마음을 기쁘게 해드리는 결과로 건강이 나빠진다면 정답이라 할 수 없지 않은가.

그런데 대부분의 노인들은 절제하면서 재미없게 오래 살아봐야 뭐하겠느냐 한다. 노인이 노인 마음을 잘 알 터이고, 어차피 어머님은 옆에서 누가 뭐라던 듣지 않으니 다른 방법도 없지만, 자손된 입장에선 안타깝기만 하다.

어느 날 한밤중에 눈이 부셔서 웬일인가 했더니 어머니가 보행기를 딛고 서서 나를 내려다보고 계셨다. 건강 때문에 답답해서 잠이 안와 따지러

왔다고 하신다. 자신의 몸이 이렇게 불편한데 왜 아무것도 안 하느냐고 당장 내일 검사받으러 병원에 가야겠다고 하신다.

나는 한밤중에 왜 이래야 되나 짜증스럽고 내가 뭘 잘못했단 말인가 억울한 생각마저 들었다. 하지만 며느리가 환자 어머님께 뭐라 하겠는가. 혀를 깨물며 참는 수밖에 없으니 나 또한 답답하다. 어머니께서도 환자로서 오죽 답답하면 그러실까.

나는 마음을 가다듬고서 지난달 병원에서 검사했던 결과를 다시 알려드리며 어머니께서 현재 의사의 처방대로 중풍, 당뇨, 고지혈증 약을 복용 중이고, 집에서는 그에 맞는 음식을 만들어 드리고 있으니 이제는 어머니께서 제발 운동시간을 늘여주신다면 좋아질 거라고 말씀드렸다. 어머니가 방에 가신 후 나는 잠이 다 달아났다. 내게는 기도가 필요하다.

그러나 오늘도 어머님은 식사를 넘치게 잡수시자마자 기분 좋게 침대에 누우셨다. 운동은 언제 하실지 모르겠다. 그리고는 화장실에 다녀오시면서 몸이 계속 무겁다고, 당신 건강이 왜 이리 안 좋은지 모르겠다고 하신다. 나중에는 팔자八字 타령까지 나오시니 내 마음도 덩달아 무겁다. 이럴 때는 어머니를 아기 달래 듯하며 팔을 부축하여 하나 둘, 하나 둘, 걷는 운동을 같이 해드려 본다.

나는 그렇게 하루에도 몇 번씩 심의心醫였다가 식의食醫였다가 한다. 세상사가 다 그렇지만 효도 한다는 게 쉽지 않은 건 분명하다.

너 때문에 웃는다

이재연 _ 소설가, 독문학과 67

지난 초가을 해질 무렵이었다. 딸과 아이와 나, 셋이서 양재천을 따라
걸을 때였다. 무슨 축제행사가 있는지, 길 끝의 공원 쪽에서 여러 악기가
어울려 꿍짝꿍짝 소리가 울려 퍼졌다. 어릴 적 곡마단을 구경하러 갈 때처
럼 설레는 마음이 밀려왔다. 갑자기 딸은 걸음이 빨라져 앞장서 걷기 시작
했다. 어디선가 자신을 부르는 소리가 들려오는 것처럼 몽롱한 얼굴로 어
디에도 매이지 않은 듯한 사뿐한 걸음걸이로 걸어갔다. 딸의 그런 모습은
나의 삼십대의 모습과 어딘지 닮아 있었다. 세 살짜리 딸을 데리고 이국의
거리를 배회할 때의 무언가에 빠져 있는 모습을 연상시켰다. 유학생인 남
편은 수업이 없으면 집에서 공부를 했다. 나는 딸을 데리고 밖으로 나와
쏘다녔다. 스위스의 날씨는 늘 잿빛이었다. 국경도시 바젤의 구석구석을
떠돌아다니면, 어디선가 나를 부르는 소리가 들리는 듯했다. 보리밭의 임
부르는 소리 같은 그리운 사람의 소리가…… 고향 바닷가에서, 아직 겪어
보지 않는 앞날의 저 먼 미지의 공간에서, 열망이 환상을 낳아 누군가 저
앞에서……

세 살짜리 아이는 갑자기 울음을 터뜨리며 앞장서 스스로 취해서 걸어
가는 향기나는 엄마 뒤를 뒤뚱뒤뚱거리며 달려갔다. 언제가 비 오는 날,

아이는 떨어져 있다가 음식점에서 엄마를 만나자 머리에 코를 대고 엄마 냄새, 향기 냄새가 난다고 했다. 아이는 어른이 되어도, 엄마의 향기가 그리워 세상을 떠돌며 엄마 같은 여자를 찾아 헤맬 것인가.

— 이것은 갈대야! 나는 우는 아이를 향해 습관적으로 사물 이름을 말해준다. 지는 햇살에 갈대밭이 황금빛으로 물들어 가볍게 춤을 추고 있다. 흔들리면서 갈망하는, 부드러우면서도 강인한 생명력으로 춤을 추는 갈대, 저것을 왜 여자한테 비유했을까.

— 아니야, 강아지풀이야!

아이는 울면서도 한마디하고는 저녁놀에 물든 쓸쓸한 갈대 같은 엄마 뒤를 뒤뚱거리며 뛰어갔다. 딸은 뒤를 돌아다보지 않고 걸어갔다. 아마 딸은 제 아들을 자기 없이도 잘 견디는 아이로 키우려고 일부러 저렇게 모르는 척하고 빨리 걸어가는지도 모른다. 나는 딸이 자신만의 꿈을 실현하도록 소망하면서 키웠고, 그 대가로 지금 나는 짊어져야 할 짐을 지고 걸어가고 있는 것이다. 하나뿐인 딸인 아이의 엄마는 혜화동 연극 모임에 가야만 하고, 아빠는 회사에 가야만 하는 그런 날엔 아이는 과천 할머니집으로 온다. 동화책 가방, 옷가방, 장난감이 든 작은 가방이 이삿짐 보따리처럼 거실 입구에 내려지고, 아빠 뒤에 수줍게 서 있는 아이가 얼굴을 쫑긋 내밀고 다시 뒤로 숨어버리는 의식이 끝나고 나면 그때부터 나는 바빠진다. 어머니처럼 살지 말라고 손자를 봐주지만, 나중엔 아들이 하나뿐인 딸은 누구를 봐줄 것인가. 여자의 자기만의 인생은 몇 살부터 시작하는 것일까. 나의 어머니 피가 내 속에 흐르고 있어, 석양의 갈대밭처럼 흔들리면서 저녁이 되면 불쑥 쏘다니고 싶은 마음이 솟구치는 것일까. 쪽머리를 한 나의 어머니는 바닷바람이 불어대고 뱃사람들의 유행가 소리가 구성지게 울려퍼지는 저녁 땐 밀짚가방을 들고 무채색옷을 입고 바닷바람이 불어대고 있는 선창가 집을 나섰다. 운 좋게 어머니를 동행할 때, 어린 나는 낮의 얼굴과는 다른 상기된 어머니 얼굴을 훔쳐보곤 했다. 눈에서 빛이 나고 생기에 찬 어머니는 목포 시내 번화가를 쏘다니며 그동안 쌓인 스트레스를 돈으로 풀어대기 시작했다. 짐 같은 자식들의 필요한 물건을 정신없이 사들이면서 입가엔 흐뭇한 미소가 떠돌았다. 사고 싶은 물건을 하나씩 살 때마다 아버지 곁의 여자들을 향해 냅다 뺨을 내리갈기는 듯한 쾌감을 느낀 것일까. 아버지의 외도에 맞서는 길은 쇼핑의 중독성이었을까. 갯바람 마시며 허무한 유행가 가락에 젖어 헤매는 발걸음이 탈출구였을까.

아이는 가끔 엉뚱한 데가 있다. 오월의 아침 햇살은 맑고 하늘은 푸르고 나무들은 비온 끝에 더욱 푸른 어느 날의 오후였다. 배낭을 메고 한 손엔 아이의 손을 잡고, 아이는 마티즈 개 끈을 잡고서 관악산 입구 계곡으로 돌멩이 던지는 놀이를 하러 갔다. 얼마 뒤 햇볕이 쩽쩽 내려쬐자, 집으로 돌아와 대문을 열고 나만의 비밀의 화원 같은 정원으로 들어갔다. 이번에는 아이에게 자연실습을 시키기 위해 부추와 어린 채소의 싹들을 딴 뒤에, 저만큼 가서 붉은 장미꽃 한 송이와 보랏빛 방울꽃을 꺾었다. 장미향은 잡을 듯 말 듯한 아련한 기억들을 연상시킨다. 안개 속에서 누굴 사랑했던 것일까. 그 향기나는 순간은 어디로 사라져버린 것일까. 기억의 골목을 돌아서 나오자, 문득 아이와 개가 생각났다. 배낭을 메려고 문 입구 쪽으로 나와 보니까, 하얀 개만 보이고 아이가 보이지 않는다.

— 김우림!

길엔 아무도 없다. 오후의 햇살에 거리는 환한 적요 속에 누워 있다. 순간 아찔한 생각이 들었다. 저쪽 외고 입구 쪽에서 청소부 같은 한 남자가 집 쪽으로 걸어오고 있었다.

— 남자 아이 봤어요?

— 못 보았는데요.

햇볕을 하얗게 되쏘고 있는 거리, 정적…… 아이는 도대체 어디로 갔단 말인가. 아이 낳기도 힘든 세상, 요즘은 정부에서 돈이 나와 미아를 데려다 키운다고 하지 않는가. 환청처럼 날아드는 소문에 발길이 휘청거린다.

누가 아이 입을 재빨리 막고 차에 태워 사라져버린 것은 아닐까. 하나뿐인 딸의 우주는 아이, 딸의 기쁨은 아이. 앞으로 난 어떻게 딸을 본단 말인가. 나는 다시 집으로 돌아와 구석구석을 살피고 다녔다.

옆집과의 낮은 담벼락 쪽으로 가보기도 하고, 허드레 물건들이 널려 있는 층계 밑으로도 가보았다. 어디에도 없다. 절망이 온몸 구석구석에서 피어나 심장을 압박하고, 공포로 온몸이 타는 듯하다. 마지막으로 이층집으로 올라가는 층계를 하나씩 밟고 올라갔다. 만일 여기서 찾지 못하면 아이는 잃어버린 것이다. 한번 잃어버리면 찾는다는 것은 거의……. 10분이 중요하단다. 벌써 10분쯤 지났을 것이다. 아까 재빨리 이층으로 와 신고해야 하지 않았을까.

층계 절반 정도 왔을 때 다용도실 미닫이 문 쪽에서 달그락하는 아주 작은 소리가 났다. 무슨 신호일까. 다용도실 문을 열자 아이가 두 손에 신발을 쥐고서 앉아 있었다. 나를 보더니 싱긋 웃었다.

— 왜, 그랬어?

— 할미 웃기려고.

평상시에도 장난꾸러기 아이의 엉뚱함에 웃곤 하는데, 오늘의 연기는 단연 최고의 슬픈 코미디 연기였다. 그래, 네가 날 웃겼다. 너 때문에 슬퍼도 웃는다. 거기 있어줘서, 고맙다. 나는 두 손이 위로 올라가는 것을 간신히 참으며 눈물을 흘리며 웃음을 머금었다.

'싸랑'이 뭐 김치인 줄 알아?

이주남 _ 시조시인, 영문학과 69

"할머니 '싸랑' 해요."

매주 월요일 아침이면 저 지구 어느 편에 있는 손녀 수빈이가 전화기에 대고 하는 말이다. 다섯 살배기가 사랑이 뭔지 알아? 처음에는 할머니더러 사랑한다는 말을 하길래 코웃음이 나오더니, 이것도 중독성이 생겨 그런지 월요일 아침이면 은근히 딸의 전화를 기다리게 된다.

시골살이 여럿 형제 속에서 북적거리며 자라온 내게는 어떻게 보면 '사랑해.'라는 말이 참 어색하게 들린다. 아닌게 아니라 국립 국어원 발행 '표준 국어 사전'에 보면, 사랑의 그 첫 번째 의미가 '상대에게 성적으로 끌려 열렬히 좋아하는 마음, 또는 그 마음의 상태.'라고 적혀 있다.

성적으로 끌려? 줄을 긋듯 다른 해석도 있지만, 꼭 집어 딱히 이거라고 마음따라 전해주는 맞춤해석은 아니지 않은가? 미국땅에서 자라나는 수빈이에게는 '사랑해요.'라는 말이 아주 흔한 '아일 러뷰'일 것이다. 그러나 한국에서 자라난 내겐 그다지 쉽게 주고받는 익숙한 표현만은 아니다.

한 번은 남편따라 미국에 갔을 때다. 그곳에서 시카고 판사 존 투어테랏 (John Tourtelot) 가족 얘기를 '월스트리트 저널'에서 읽은 적이 있다. 투어

테랏 판사는 어린 시절부터 '사랑해.'라는 말을 항상 잘 주고받았다고 한다. 결혼 후 가정을 이룬 다음에도 가족들에겐 늘 '사랑해.'라는 말을 자주 했다고 한다.

어느 날 투어테랏 판사는 외출하는 열여덟 살짜리 딸에게 '내가 널 사랑한다는 걸 항상 기억해.'(Remember I love you.)라고 말했다. 딸 크리스틴도 질세라 '아빠, 사랑해요.'(I love you, too, dad.)라고 대꾸를 하며 차를 몰았다. 그렇게 딸을 배웅한 지 몇 시간도 채 되지 않아 투어테랏 판사는 크리스틴이 교통사고로 죽었다는 소식을 들었다. 갑작스런 딸의 죽음에 넋을 잃었다. 판사는 그래도 딸에게 마지막으로 사랑한다는 말을 할 수 있어 행복했다고 회상한다.

또 하나는 작년 가을 미국 동부에서 지진이 났을 때 친구가 전해준 이야기다. 지구 반대편에서 보면 별 피해없이 지나갔던 지진이지만, 겉으로는 피츠버그 시내 고층 빌딩에서 사람들이 온통 거리로 쏟아져나와 흡사 재난 영화를 보는 듯한 장면이 연출되었다.

갑작스럽게 전동차도 멈추고, 전화기도 꺼져버렸다. 운좋게도 연락이 된 사람은 메시지라도 남길 수 있었다. 한 엄마는 '내게 무슨 일이 생기면 아이들한테 엄마가 사랑한다고 전해줘.'라는 메시지를 남기기도 했다. 이는 자기 자식들에게 늘 말하던 '공부 열심히 해.'라는 잔소리가 아니다.

요즘 한창 죽음과 노년에 대한 책들이 베스트셀러에 떠오르고 있다. 그 많은 책들의 화두를 쭉 정리 요약해보자면, 어떻게 하면 멋있게 늙어가며 재미있게 살다 마지막으로는 후회없이 행복한 죽음을 맞을 수 있을까 하는 데 관심이 집중되어 있다. 얼마 전까지만 해도 인기였던 '죽을 때 후회하는 스물다섯 가지'라는 베스트셀러를 생각지 않더라도 한국 사람은 임종 때 '돈 많이 벌어라.' '좋은 대학 들어가라.'라는 식의 유언을 남기는 일은 별로 없다. 무협 영화에 흔히 나오던 '넌 꼭 살아서 내 원수를 갚아다오.' 이런 말도 잘 하지 않는다. 그저 가족들에게는 '고맙고, 미안하고……, 사랑한다. 잘 살아라.'는 표현이 대부분이라고 알려져 있다. 하지만 왜 이런 중요한 표현을 미리미리 해두지 꼭 죽을 때가 다 되어서야 하는지 모를 일이다.

얼마 전 미주리에 사는 딸이 내게 노트북을 하나 사보냈다. 덕분에 독수리 타법으로 이 원고도 간신히 내리찍어가며 썼다. 언젠가는 딸년 내외와 화상 채팅을 하자면서 말이다.

컴퓨터를 켰더니, 이용자가 '엄마!'라고 미리 찍어 놓았다. 그러나 비밀번호는? 월요일 아침까지 기다릴까 하다가 딸 퇴근 시간에 맞춰 전화를 걸어봤다. 비밀번호를 물었다. 딸은 느닷없이 앵무새처럼 '싸랑해, 싸랑해.'라고 말했다.

'이 가시나가······.' 오랜만에 한판 붙자는 건가? '비밀번호가 뭔데?' "아아니, 비밀번호가 '싸랑해.'라고! 엄마는 나한테 그런 말 안쓸 테니까, 아침 저녁으로 '싸랑해.' 타이프라도 쳐주세요." 모처럼 딸년의 재치에 한 방 먹었다.

"싸랑이 뭐 김치인 줄 알아? 묵히면 묵은지라도 되는 줄 아시나? 천만의 말씀. 김치독만 깨진다구. 싸랑은 행복 바이러스니까, 자꾸 그말만 하면 행복해지는······."

행복한 고민

임덕기 _ 수필가, 국문학과 72

산수유 꽃이 필 무렵이었다. 지인들과 서울 근교에 있는 갤러리를 겸한 한식집에 갔다. 식사가 끝나고 실내장식과 조각 작품들을 돌아보면서 감탄하고 있을 때였다. 딸한테서 전화가 왔다.

"엄마, 엄마가 기뻐할 일이 생겼어."

"무슨 일인데?"

"어제 병원에 갔더니 임신했대."

"그래, 정말이니? 고맙다, 너무 잘됐다."

어찌나 기쁜지 "고맙다."라는 말이 저절로 나왔다.

내가 대학교에 합격한 소식을 공중전화로 처음 어머니에게 전했던 날 어머니는 "고맙다."고 하셨다. 왜 '고맙다'고 하셨을까 그때는 알지 못했다. 전화선으로 들렸던 어머니 목소리가 아직도 아련히 들리는 듯하다. 그런데 나도 딸한테 그 말을 하고 있지 않은가.

두 해 전, 딸이 느지막이 결혼했지만 아이에 대한 생각이 별로 없는 듯해 은근히 걱정을 했다. 나는 딸에게 병원에 가자고 전화해야지 하다가도 이날저날 미루다 그 일을 잊고 있었는데, 이런 기쁜 소식을 주다니 정말 고마웠다. 걱정거리가 사라져 홀가분했지만 무엇보다 아이를 좋아하는 사위가 기뻐할 것을 생각하니 내가 더 기쁘다. 친구들이 딸애의 임신 여부를 물을 때면 할 말이 없어 난처했다. 이제 오래된 숙제를 하고 자리를 털고 일어선 느낌이다.

딸의 임신 소식을 며느리에게 알렸다. 며느리에게 왜 전화를 하느냐고 지인들이 말렸다. 그렇지 않아도 그들은 며느리가 둘째 아이를 기다리는 것을 알고 있었다. 공연히 맘이 더 불편해 하지 않을까 염려해서였다.

손자가 다섯 살인데 장난치고 놀 동생이 없어 외로워 보였다. 손자에게 사촌이 생긴다는 것은 반가운 소식이지 싶어 전하고 싶었다. 며느리는 반갑게 전화를 받았다.

지인들 중에도 결혼하지 않은 자녀들도 있지만, 대부분 손자손녀 숫자를 손가락으로 헤일 정도로 많다. 다섯 명이라고 자랑하는 친구는 아이들이 어릴 때는 좋았지만 이제는 식당에 갈 때마다 시끄럽고 정신이 없어 식사도 제대로 할 수가 없다고 행복에 겨운 불평을 했다. 나는 그 말이 부러울 때가 많았다.

반가운 소식을 들은 날은 내 생일 바로 전 날이었다. 일요일에 가족들이 일식집에서 만나기로 약속이 되어 있었다. 약속 장소로 가면서 '며느리도 둘째 아이가 생기면 얼마나 좋을까.' 하는 생각에 가슴 한 편이 서늘했다. 아이를 기다리고 있으니 혹시 시누이가 아기가 생기면 시샘을 해 임신이 될 수도 있지 않을까 하는 희망을 품은 채 음식점 문을 열었다. 그런데 자리에 앉자마자 며느리로부터 놀라운 소식을 들었다.

"어머니, 저도 임신했어요."

"뭐, 너도 임신했어?"

나는 너무 놀라 꿈인가 현실인가 싶었다. 며느리는 내 생일에 소식을 전하려고 일부러 기다렸다 말한 듯했다. 밝게 웃는 며느리 앞에서 나도 모르게 박수를 쳤다. 그리고는 눈물이 났다.

"아니, 이런 일이 생길 수 있다니."

너무 놀랍다. 둘은 약속이나 한 듯 이틀 간격으로 아기를 낳는다고 하지 않는가. 내 생애 최고의 생일 선물이었다. 순간 내가 이렇게 큰 복을 받아도 되는가 싶어 가슴이 떨렸다.

"봉사활동해서 축복을 주셨나보다."

마음속으로 느끼던 생각이 나도 모르게 입 밖으로 터져 나왔다.

남들은 쌍둥이를 낳았다고 기뻐하던데 내게도 쌍둥이나 다름이 없겠다 싶다. 아이들이 보고 싶다. 올 가을 은행잎이 노랗게 물든 날 만나러 가리라.

두 명의 아기가 태어나면, 과연 어느 아기를 키워줘야 할까? 행복한 고민에 빠져본다.

나팔꽃도 어울리게 피었습니다

정숙향 _ 동화작가, 사회학과 86

　7월의 베란다엔 나팔꽃이 한창이다. 나란히 매달아 놓은 줄 따라 초록 잎들이 거침없이 타고 오른다. 나팔꽃을 키워보긴 결혼 후 처음이다. 잦은 이사로 베란다에 꽃씨를 뿌리는 일은 상상조차 해본 적이 없던 터였다. 두 아들이 약속이나 한 듯이 기숙사 학교로 진학하고 보니, 덩그러니 40대에 빈 둥지 가정이 되고 말았다. 그토록 원하던 자유를 선물로 받았건만, 적응이 쉽지 않다. 반찬 걱정도 없고, 밀린 빨래도 없고, 마음 다잡아 잔소리할 일도 없어졌는데, 왜 마음 한 구석엔 휭한 바람이 불어댈까?

　나팔꽃을 심었다. 하얀 스티로폼 박스에다 흙을 퍼 담아 우연히 얻은 꽃씨를 줄지어 뿌렸다. 정말 며칠 후 앙증맞은 싹이 고개를 디밀더니 하루가 다르게 쑥쑥 자라는 것이었다. 이 모습에 감탄하며 반가움을 금치 못했던 사람은, 정작 내가 아닌 남편이었다. 아침잠에서 깨어난 그가 맨 처음 하는 일도, 아직 깊은 잠에 빠져 있을 아들 녀석들 얼굴 살피듯 베란다를 둘러보는 것이었고, 퇴근 후에도 부엌에서 밥하고 있는 나보다 베란다로 먼저 가서 인사하기 일쑤였다.

　남편도 나와 같으리라. 말은 하지 않아도 아들 녀석들이 남기고 간 빈 공간의 허허로움을……, 2인분 식사의 단조로움을……. 남편이 몇 안 되는 화분과 식물에 물을 주고 있을 때, 난 그의 뒷모습에서 남자의 나이를 느낀다. 약간은 어깨가 내려앉고, 어쩐지 머리숱도 좀 비어보이긴 하지만, 20여 년 동안 서로에게 잘 길들여진 맞춤형 남편이다. 그동안 나에게 싫은 소리나 언성 한번 높이지 않고 살아온 건 선천적인 그의 조용한 기질 탓도 있겠지만, 애당초 눈에 쓰인 콩깍지 덕도 한 몫 한 것일 게다. 언젠가 남편과 팔짱끼고 외출한 적이 있었는데, 다음날 직장에서 불륜 운운하는 소문이 돌았단다. 물론 놀리느라 그랬겠지만, 부부가 팔짱끼고 손잡고 걷는 일은 지극히 자연스러운 일인데, 색안경을 끼고 보는 세태가 되레 건강하지 못한 것이리라.

며칠 전 TV에서 한 시골 노부부의 생생한 일상을 방영한 적 있다. 당뇨병이 깊어진 할머니와 지극 정성으로 수발하는 할아버지. 70대 중반의 할아버지는 집안 살림은 물론 병든 할머니의 식사 수발, 용변 처리까지 감당하며 진정한 부부 사랑이 어떠함을 그의 행동을 통해 보여 주었다.

모든 시간과 생활비를 할머니를 위해 쓰면서도 늘 미안해하는 할아버지, 남편의 지극한 대접을 받으며 어떨 땐 자신의 부끄러운 곳까지 드러내야 하는 처지이면서도 의기양양해 하는 할머니, 고개가 갸우뚱해지는 부분이지만 할아버지의 고백을 들으면서 그 의문은 쉽게 풀렸다.

"저 사람이 먼저 가 버린다면, 난 하루라도 못 살 것 같아."

할머니는 할아버지를 위해 아무것도 해줄 수 없는 몸이지만, 그런 존재였다. 할아버지에게 있어서 부부란 곁에 있기만 해도 서로에게 충만한 존재일까. 그 노부부의 모습은 이제 갓 노년생활(?)에 입문한 내게 잔잔한 감동과 함께 작은 파문을 던져 주었다. 장대 같은 두 아들이 든든하다지만 남편과 같을 리 없고, 끝내 이 땅에서의 마음의 동반자는 미우나 고우나 남편일 것이다.

서로를 감고 싸면서 높이높이 타고 올라 마침내 소박하면서도 아름다운 꽃을 피워내는 저 나팔꽃, 오늘따라 더 어여쁘다.

2부

숨은
그림 찾기

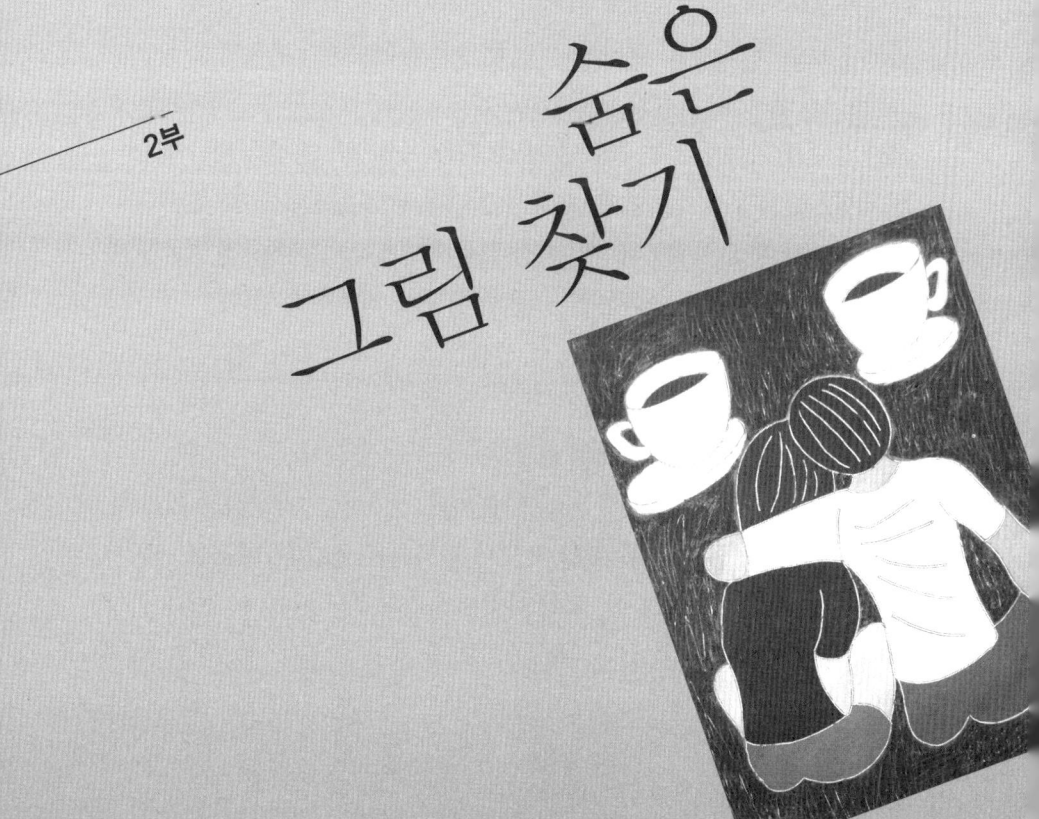

나의 바다

강숙희 _ 수필가, 불문학과 78

    오늘도 종이배를 접는다. 순식간에 여러 척의 크고 작은 배들이 줄을 선다. 나는 늘 배를 접는다. 언제부터 시작된 버릇인지 뚜렷한 기억도 없다. 어떤 종이든 손에 닿으면 습관적으로 종이배를 접는다. 떠나고 싶다는 무의식의 발로이런가 종이배를 접으며 기억 속에 중단된 시간, 그 시간 속에 머물러 있는 옛 기억들, 흘러간 그 시간 속으로 타임머신이 돌아간다.

    이층 내 방에서 창 밖을 내다보면 바다가 보였다. 커다란 네모 창은 언제나 물결로 가득차 있는 듯했다. 햇빛 밝은 아침이면 햇살은 바다에 눈부신 금빛가루로 부셔지곤 했다. 금빛 물결 가득 담고 일렁이는 창, 달빛 쏟아지는 밤이면 은빛 물결무늬 수놓아진 검푸른 벨벳창, 그 창에 늘 얼굴을 박곤 했었다. 유년 시절 바다는 늘 그렇게 내 곁에 가까이 있었다. 이렇듯 바다가 코앞에 보이는 도시에서 어린 시절을 보낸 나는 엄마에게 늘 코티분 냄새가 배어 있었던 것처럼 내 마음의 고향에는 늘 바다냄새가 배어 있다.

    넓고 큰 유년의 바다, 그것은 생각하며 꿈꾸는 공간이었다. 오가는 커다란 배들을 보며, 큰 물결, 작은 물결에 따라 일어나는 빛 반사를 따라 내 상상은 미지의 엘도라도를 향해 끝없이 달려가곤 했었다. 때로는 아버지가 자주 다녀 오시던 서울이, 친척 아저씨가 공부하러 떠난 머나먼 이국땅이 어린 나의 엘도라도가 되기도 했다. 어른이 되면 떠나보리라고 다짐하며 바닷가 방파제에서 눈감고 콧노래 부르며 가다가 급기야는 바다에 빠지기까지 했었다. 물속에 잠기던 그 순간 코끝에 와 닿던 거대한 숨막힘에 압도당했던 그 기억은 한세월 나를 놓아주지 않아 수영을 배우기까지 숱한 좌절을 맛보게 했었다. 얼굴이 수면에 닿는 순간 느껴지는 그 숨막힘은 참으로 견디기가 힘들었던 것이다. 행복했던 유년의 바다는 어느 한 해 들이닥친 사라호 태풍으로 말미암아 고통스런 삶의 편린들을 내게 보여주기도 했었다. 태풍 몰아치는 바닷가, 집채만한 파도가 덮치면서 부서져 나가던 방파제 모퉁이들, 그 위에 목숨부서져 널부러져 있던 갈매기들, 사정없이 내려꽂히는 빗방울들은 평화롭던 나의 바다를 온통 들쑤셔 잔잔한 수면을 순식간에 곰보투성이로 만들어 버렸다. 자연이 위대하고도 잔인함을, 인간의 의지로 움직일 수 없는 삶의 부분이 있다는 것을 어렴풋이 깨닫게 하는 순간이었다.

내 유년의 바다는 신혼 시절 살았던 부산 해운대 바닷가로 그 연緣을 이어갔다. 해운대 윗동네에 들어서 있던 아파트군들 끄트머리에 자리한 산등성이를 넘어가면 '벌써 바닷가로 가슴을 열고 있는 마을'(A.까뮤 티파사의 결혼) 청사포가 불쑥 나타나 쪽빛 바다와 함께 그림처럼 앉아 있었다. 집들이 옹기종기 모여 있는 작은마을, 고깃배가 드나들던 곳, 그곳은 언제나 평화로이 꿈꾸며 사는 듯한 작은 바닷가 마을, 긴 항해 끝에 이제 항구에 돌아와 닻을 내린 뱃사람들처럼 행복한 삶의 여정에서 만났던 나의 바다였다. 해지고 어둠이 몰려오기 시작하면 멀리 바라다 보이던 해운대 모래사장 비치 파라솔 아래 하나씩 둘씩 켜져서 반짝이다 명멸明滅하던 불빛들, 검푸른 바다에 하얗게 부서지던 물비늘들이 봄바다의 적막함을 조금씩 흔들어 놓았었다.

때로는 시간이 그 시점에서 멈추었으면 할 때가 있다. 더러는 시간에 날개가 달려 하룻밤 자고깨면 먼 세월의 뒤안길을 돌아와 있었으면 싶을 때도 있다. 차라리 삶이 멈추었으면 할 때도 있다. 일상이 평화로울 때는 사는 것에 대해 무심하다가 어느 날 사는 것이 왜 이러냐고 고개를 들고 보면 마음 밖으로 분출하지 못하는 꿈들이 삶이란 현실의 무게에 눌려 납작 엎드려 있다. 짓눌린 그 꿈들은 때때로 반항이라도 하듯 삶을 이리저리 몰고 가며 흔들어 대기도 한다. 그 흔들거림을 감당하지 못하여 정녕 속수무책일 때가 있다. 그럴 때 나의 바다가 보고 싶어진다. 다시 그것을 품고 싶어진다. 바다는 쏟아내지 못하고 들끓어 대는 온갖 생生의 욕망도, 기대도, 보내버린 꿈의 아쉬움도 모두 품어 안는다. 바다는 분노로 출렁이듯 하다가도 모든 것을 아래로 가라 앉힌다. 늘 수평을 유지한다. 흘러드는 모든 강물을 바다가 품어 안듯이 절망과 분노, 좌절마저도 품어 안는 그런 바다가 되고 싶다.

오늘도 나의 바다에 작은 종이배 하나 띄우고 세월이 가도 변치 않을 것들을 꿈꾸어 보련다. 설령 그것이 헛된 꿈이라 할지라도.

친구와 보낸 하루

고미자 _ 시인, 국문학과 63

더덕 향이 짙게 풍겨오는 지하철 통로를 따라 많은 군중들이 부산히 오간다. 인절미에 노란 콩가루를 뿌려 얹은 맛깔스럽게 썰어놓은 떡장수 아주머니부터, 현란한 보석을 박아 걸어놓은 작고도 앙증맞은 장신구들을 진열해 놓은 가게가 지나는 이의 눈길을 붙잡는다.

3호선 경복궁역에서 하차.

내리자마자 반백의 짧은 컷을 한 옛 친구가 잠시 쉬는 의자에 걸터앉아 정신없이 뜨개질을 하고 있었다. 아주 지척 간에 옛 친구를 보는 순간 여고 시절의 오랜 세월이 한눈에 와락 뛰어들었다.

"오래 기다렸어?" 나는 슬그머니 손을 밀어 넣어 54년 전 여고 시절의 체온을 확인하려 했다. 가끔 여고 친구들 혼사에 한두어 번 만났으나 멀리서 볼 뿐 곰살궂게 우정을 나눈 적은 없고 각자 열심히 살아 그 연륜이 묻어나는 의젓한 노인들이 되어버렸다. 지하철 통로를 빠져나온 우리는 적선동을 지나 창선동 옛길을 걸었다. 학교 수업이 끝나면 경복궁 돌담을 끼고 친구들과 광화문까지 재잘대며 무거운 가방도 아랑곳 않고 걸어서 광화문이 기점基点이 되어 각자 버스며 전차로 집으로 돌아가던 아주 익숙한 길 그대로다.

복伏이라 매우 더운 날씨다.

점심 요기도 할 겸, 더위도 식힐 겸 마땅히 식사할 곳을 찾는데 민어 전문점(**마을)이란 플래카드를 걸어놓은 한옥 음식점이 눈에 띄었다. 요새는 여름 한 철 몸보신 음식으로 흔히 닭으로 탕湯을 만들어(삼계탕) 팔지만 옛날 서울에선 복伏중에는 아주 큰 민어를 사다 주로 지리를 하거나(무, 미나리) 매운탕을 끓여 가족끼리 즐겼고 여름철엔 두서너 번 양념한 장어를 숯불을 피우고 풍로에 석쇠를 놓고 기름장을 발라 서너 차례씩 구우면 그 윤기가 자르르 흐르고 달콤하고 간이 맞아 통통한 살점을 씹을 때의 기쁨이란 지금도 잊을 수 없는 여름 보양식이었다. 점심을 먹으며 지난 이야기를 나누다 창성동 옛 모교를 찾아보자고 친구가 제의했다. 복중이라 햇볕은 따갑고 더워서 땀을 주체할 수가 없다. 조용하고 적막감까지 느껴지는 한적한 민가, 학창 시절, 지각하면 눈매가 날카롭고 호리호리한 훈육 선생님이 대마왕처럼 교문 안 철문 뒤에서 회초리를 들고 기다리던 그 높고 암담했던 학교의 붉은 벽돌담은 온데간데없고 육중한 건물이 위용 있게 민가의 한가운데 자리 잡고 있었다. 골목 요소요소엔 안전요원들이 눈에 띄어 바로 청와대가 매우 가까이 있음을 실감할 수 있다(학교 터는 청와대 별관으로 변했다). 모교가 있던 자리는 일본의 병탐으로 우리의 모든 것을 송두리째 뺏으려 할 즈음 고종의 계비 엄비께서 현명하게도 자하골 옛 궁터를 동생에게 하사하시어 망하려는 조선의 혼을 살리려는 결심으로 여성교육기관을 만드셨으니 그 지혜가 여성으로서는 가히 높이 받들 현명한 처사였음에 감탄하지 않을 수 없다.

학교 정문 맞은편에는 춘원 이광수 선생의 부인 허영숙 여사가 살던 병원 터였던 한옥이 있었으나 찾아볼 수 없고 먹어도 먹어도 질리지 않던 대용빵(당시 비교적 큰 밀가루빵)을 팔던 구멍가게도 진한 추억의 장소로 기억만 새로울 뿐이다.

대통령 후보로 유세 도중 돌연사하여 국민들에게 애석함을 받았던 해공

신익희 선생의 생가(평일에는 공개하여 방문자를 받음). 친일파 윤덕영이 그의 딸을 위해 지은 집에 살고 있다는 박노수 화백의 저택(문화재 자료 1號)이 있으나 문은 굳게 닫혀 정적만 더 키울 뿐이다. 그 외에도 윤동주 시인의 하숙집 터, 이중섭 화백의 가옥이 있었다하나 안내판이 없어 찾을 길이 묘연하다.

우리는 다시 큰 길을 건너 옥인동 길로 접어들었다. 1980년대 이후 주택이 부족하여 우후죽순 격으로 보급된 연립주택들이 답답하게 밀집된 주택지를 지나자 길 끝에 파노라마처럼 펼쳐지는 인왕의 위용이 눈앞을 가로막았고 유난히 흰 바위가 치마처럼 푸른 산을 두르고 있다. 바위에 얽힌 슬픈 여인의 이루지 못할 사랑 이야기가 가슴을 저민다.

당대의 폭군이었던 연산을 몰아내고 연산의 아우인 진성대군을 옹립하니 그가 바로 중종이다. 신씨의 친정아버지, 신수근과 그의 형제들을 죽이고 유자광은 대비전에서 중전 신씨도 폐출하지 않으면 임금(중종)마저도 폐출하겠다고 으름장을 놓자 분위기가 험악해진 것을 안 신씨는 궁궐을 나와 옛날 살던 집으로 돌아왔다. 그녀는 살아 있는 동안 인왕산 바위에 붉은 치마를 걸어 임금(중종)을 그리워하겠다고 약속을 남기고 궁을 나왔다. 그후 그녀는 매일 아침 일찍 인왕산에 올라 중종과 함께 살던 때 자주 입던 붉은 치마를 바위에 널었고, 이 소식이 전해지자 중종도 자주 경회루에 올라 인왕산 쪽을 바라보며 신씨를 그리워했다 한다. 또, 중종이 사직단 제사를 지내려올 때를 기다려 말죽을 쑤어 사직단 정문에 기다리다 중종이 탄 말에 먹이를 주는 등 부부애를 과시했지만 끝끝내 궁에 돌아오지 못했다. 신씨(중종의 원비, 단경왕후)는 70세 생을 마감할 때까지 51년간 인왕산 치마바위에 붉은 치마를 널었다 하니 치마바위에 얽힌 애틋한 여인의 사랑 이야기가 너무 애처롭다.

치마바위 아래 위치한 수성동 계곡(누상동과 옥인동의 경계지역)은 문화재 서울시 기념물 31호로 2012년 7월 11일 개방되었는데 수채화처럼 아름다운 계곡이다. 조선 후기 겸재 정선이 그린 산수화에도 있듯이 화폭에 담은 기린교는 안평대군(1419~1453) 집터에 있던 장대석(긴 돌다리)을 찾아 이곳에 다리를 놓았는데 돌다리 하나도 역사를 품에 안고 옛일들을 일깨운다. 그 주위엔 사모정이란 자그마한 새 정자가 있는데, 선명하게 단청된 정자를 지나는 행인의 휴식처로 안성맞춤이다. 정자의 난간 이음새도 옛 방식대로 쇠못은 전혀 쓰지 않고 나무로 깎아 못을 박은 정성이 깃든 건물이다. 정자에 올라 난간에 기대니 복중 더위는 간데없고 청명한 산바람이 가슴에 안긴다.

6백 년이 넘는 귀한 고도古都 서울에 살면서 용광로 같은 하루하루에 정신없이 보낸 덧없는 생활이 한스럽게 느껴진다.

옥인동 한 곳에도 이렇게 많은 역사 유적지와 조상님들의 흔적을 생생하게 느끼며 여름 하루의 즐거움에 오랜 친구와 보낸 뜻있는 시간을 생각하니 돌아오는 발걸음은 아주 가벼웠다.

길 위에서 만나 길이 된 사람

김선영(본명 김은자) _ 수필가, 국문학과 60

"여보세요!"

웬 남자분의 음성임은 분명했었으나 이후 뭐 때문인지 전화선 안에서 서로의 말이 겉돌기만 했다.

"여보세요?"

잘못 걸려온 전화인 것 같아 수화기를 내려놓았을 때, 다시 벨이 울렸다.

"말씀을 좀 여쭙겠습니다. 혹시……."

상대방은 이미 30여 년이 지난 일의 얘기를 대충 전하며 우리 아이들 이름을 대며 그네들의 어미인 나를 찾았다.

"아, 기억이 납니다. 기자분이시지요. 그때 뵐 때, 40대 초반 정도로 보였었는데…… 미국에 가시게 되었다고 말씀하셨지요?"

"잊지 않으셨군요. 고맙습니다."

아이들이 어릴 때 한 신문사에서 주최한 경연대회에 참가해 우리 아이가 상을 받게 되었다며 기자라는 분이 전화로 소식을 전해주고 취재를 하기 위해 집으로 찾아오겠다고 해 바쁜 분을 번거롭게 하느니 가서 만나는 게 나을 것 같아 시간을 약속한 후 신문사 가까이에 있는 장소로 아이들과 함께 나갔던 적이 있다.

"다시 축하드립니다. 그리고 멀리까지 나오셔서까지 협조를 해주셔서 감사드립니다."

"아닙니다. 오히려 제가 감사를 드립니다."

만나 차를 마시는 동안 잠깐 얘기를 주고받았던 적이 있었을 뿐인데 뜻밖에 그 기자 분에게서 생각지도 않았던 전화를 받은 것이다.

'이럴 수도 있는 것이구나!'

그동안 여러 번 이사를 한데다 아이들과 함께 약속 장소를 정해 나가기 전에 단 한 번 통화를 했었을 뿐인데…… 그 전화번호를 가지고 있어 통화까지 할 수 있게 되다니…… 마침 그분이 미국에서 잠시 귀국해 서울에 계신다고 하기에 만나 뵙는 것이 예의일 것 같아 뜻을 전했다.

"요즘은 전과 달리 강남이 서울의 대세 지역입이다. 교통편도 그렇고요. 강남에서 뵈면 어떨까요? 아니면 장소를 정해 말씀하시면 제가 그리로 가 뵈어도 되고요."

그러나 내 일방적인 제안에 상대방이 선뜻 동의를 해 그렇게 하기로 하고 전화를 끊고 바로 후회를 했다. 30여 년 전의 사정은 지금과 딴판이었던 데다 그분의 그때 직장이 광화문 쪽이었던 만큼 내가 그쪽으로 나가는 것이 도리일 것 같아서였다. 그러나 후회는 언제나 혼자만의 깨달음일 뿐 상대에게 마음이 전해지는 것은 아니기에 한동안 서서 전화만 바라볼 수밖에 없었다.

'연락처라도 여쭸어야 했는데…….'

지금은 핸드폰이나 스마트폰에 밀려 집이나 거리의 공중전화는 한물간 물건처럼 되어 있지만 당시만 해도 전화국에 가설신청을 해놓고도 수삼 년을 기다려도 차례가 닿지 않아 '백색전화'라는 것을 놓아 사용하곤 했었다. 이것은 그만큼 수요에 비해 공급이 못 따라가 전화 놓기가 하늘의 별따기일 때 사용권을 고가에 사 사용하다 남에게 양도할 수도 있었던 것으로 그 가입원장이 백색이어서 그렇게 불리곤 했었다. 여하튼 이 전화는 설치장소를 옮겨도 비록 국번은 어쩔 수 없어 바뀐다고 해도 그 나머지 번호만은 불변이라 그 덕분에 기자 분과 30여 년이라는 시간의 이격이 있었음에도 통화가 가능할 수 있었던 것이다.

어떻든 그분을 만날 수 있는 방법이라곤 통화를 하며 정한대로 할 수밖에 없어 약속한 날 시간에 맞춰 그 장소로 가 만나긴 했으나 하필 그날 그 장소가 발을 들여놓을 틈조차 없어 한쪽에 서서 기다려도 소용이 없어 그곳에서 겨우 빠져나와 택시를 타고 서울시청 앞 한 식당으로 가 자리를 잡아 마주앉았다.

"죄송합니다. 제가 만날 장소를 잘못 정해서 고생이 많으셨지요. 용서하십시오."

"아닙니다. 덕분에 강남도 가보고…… 우리나라가 이전에 비해 얼마나 달라졌는가도 확실히 확인했습니다. 많은 시간이 흘렀는데도 기억해주시고…… 또 이렇게 시간을 내주셔서 감사드립니다. 그리고 전에 제가 우리나라를 떠나기 전에 제게 주신 성의 고마웠습니다."

"성의誠意……라뇨?"

"1백 달러……"

상대는 더 이상의 뒷말은 흐렸다.

"아! 부끄럽습니다. '성의'랄 것도 없는…… 그 일을 잊지 않으셨어요?"

마주 앉아 상대를 바라보며 누구도 세월을 비켜가는 재주는 가지고 태어나지 못하는 것임을 확인했다.

그때 바로 미국으로 갔고…… 지금은 그곳의 노인아파트에서 생활하고 계신다는 사실과 이번의 귀국이 그때 떠난 이후 처음이며 춘부장께서 세상을 뜨셔 안 올 수 없어 서둘러 오느라고 준비 없이 왔노라고 하며 편지 봉투 하나를 내 앞에 내밀었다.

"오기 전에 쓴 글입니다. 댁에 들어가셔서 읽어 주십시오."

뜻밖의 '글'이라는 말이 의아스러워 잠시 당황했지만 그렇다고 그분 앞에서 봉투를 열어볼 수도 없어 일단 받아 간수를 하고 식사를 한 후, 헤어져 돌아오며 그분의 말씀 중 '노인아파트'라는 말이 목에 걸린 생선가시처럼 마음을 따끔거리게 했다. 미국의 아파트는 우리의 인식과 많은 차이가 있어서였다.

'내가 알아듣기 쉽게 하려고 그렇게 말씀하신 것이겠지……'

어떻든 마음에 깃든 연민만은 지울 수 없어 하늘을 올려다보다 문득 봉투 생각이 나 백에서 꺼내 펼쳐보았다.

"누님께, 후의厚意에 감사드립니다."

두 줄의 짧은 글과 함께 1백 달러짜리 지전 두 장이 봉투 안에 들어있었다.

생각 같아서는 그분이 간 방향으로 뒤쫓아 가서 봉투 안에 들어 있던 것을 손에 들려드리고 감동만 간직하겠다고 마음을 표현하고 싶었지만 생각과는 달리 그 자리에 서서 한동안 발을 떼어놓지 못했었다. 기자분이 봉투에 담아서 내게 건네신 두 장의 화폐는 30년 전 낯선 땅에 발을 들여놓으시며 '고수레'로 가족들과 커피라도 한 잔씩 드시라며 드렸던 큰돈도 아닌 1백 달러짜리 한 장을 인사로 건넸었을 뿐이었는데…….

'이것 때문에 그 옛날의 전화번호를 그동안 잊지 않고 계셨구나!'

큰돈도 아니고 더구나 오래전의 일이라 잊거나 무시할 수도 있는데 그동안 마음 한쪽에 담아두고 계셨다 일부러 한 장을 더 보태 두 장을 건네신 그분이 언젠가 읽었던 책의 주인공이었던 성자聖者를 뵌 게 아닌가, 해서 서서 꿈을 꾼 듯해 가방에 도로 집어넣지도 못하고 한동안 손에 들고 서 있을 수밖에 없었다.

'왜 이 돈을 굳이 내게 돌려주실 생각을 하셨을까.'

꼬리를 물고 이어지는 의문이 내 발길을 잡고 놓아주질 않아 한동안 걸음을 떼놓을 수가 없어 선 채로 마음속 시간과 역방향으로 달리는 열차를 타고 30여 년 전, 그때로 돌아가 봤다. 나름의 꿈을 안고 공항의 트랩을 내려 걸음을 옮기고 있는 기자분의 모습을 상상해보고 떠난 이후 처음 귀국해 본 서울에서 그분은 처음 무엇을 느끼셨을까. 한동안 이런저런 생각에 빠져있다 갑자기 마음이 바빠졌다. 혹시라도 전화를 하셨을 수도 있다는 생각이 나를 흔들어 깨워서다. 돌아와 한 번쯤 더 전화벨이 울릴 듯해 그쪽에 자주 시선을 보내보지만 전화는 여전히 침묵 중이다. 그분은 지금 당신 소명의 길 어디를 지나 무엇을 생각하시며 어디로 가고 계실까. 날은 점점 어두워지고 있는데.

숨은 그림 찾기

김영두 _ 소설가, 물리학과 77

골프 라운드를 하러 골프장으로 가고 있던 차 안이다. 차창에 빗방울이 하나 둘 긋고 있었다. 차장에 조롱조롱 맺혔다가 흘러내리는 빗방울이 묘하게 에로틱한 형상을 만들고 있다. 막 유명해지기 시작하는 여배우의 성생활 비디오가 진짜니 가짜니 화제가 되던 때였다. 자연스럽게 화제가 그쪽으로 흘렀다.

"저는 추억으로 간직하려고 찍어놓았어요."

너무나 근엄해서 별명이 목사라는 분의 말이 귀에 닿았을 때, 나는 내심 놀라웠지만, 듣고만 있었다.

"기념사진이에요. 김 작가는 그런 비디오 없어요?"

나를 대화에 동참시키고 싶은 물음이었다. 나는 그때까지 자신의 알몸을 찍거나 사랑을 나누는 장면을 찍는 행위는 좀 이상한 사람이나 하는 짓거리라고 생각하고 있었다.

"밤에만 살짝 꺼내보려고 어디엔가 숨겨두었겠죠."

멍하니 창밖으로 흘러가는 풍경만을 감상하고 있는데, 나를 겨냥한 목소리가 또 날아왔다. 나는 잠시 갈등했다. 누구나 다 하는 보편적인 행동을 나 혼자만 특별한 짓이라고 단정하고 있나.

사람들은 여행지에서 고적을 배경으로 사진기의 셔터를 누른다. 생일이면 고깔모자를 쓰고 촛불을 불어 끄며 즐거운 순간을 필름에 박아 넣는다. 기억에서는 곧 사라질, 즐거운 순간과 기념하고 싶은 날들을 인화지에 혹은 자기테이프에 각인한다. 훗날 되살리려고.

　나는 일본의 영화배우 미와자와 리에의 사진첩을 가지고 있다. 사진 속의 리에는 정말 예쁜 몸매의 처녀이다. 리에의 사진첩은, 아름다움의 절정에 와있는 딸의 몸을 길이 남기고 싶다는 그녀의 어머니의 원에 의해 만들어졌다고 한다.

　그런 의도에서 자신의 알몸이나 애인의 알몸이나, 사랑을 나누는 장면을 필름에 박아놓는다면……

　얼마 전에 그림 전시회엘 갔다.

　"찾아보세요. 그림 속의 숨은 그림을."

　미술에는 거의 문외한인 나는, 동양화는 수묵담채화로서 여백을 중요시한다는 정도나 알고 있었다.

　후배의 말을 듣고 가까이 다가가서 찬찬히 살펴보았다. 아무리 꼼꼼히 헤집어 봐도 그림 속에는 산과 강과 초가집과 나룻배와 단풍든 나무들만 있었다.

　"뒤로 멀리 물러서서 조망을 해보세요."

　현미경을 들이대듯 미시적으로 뜯어보는 내게 후배가 핀잔을 주었다. 조야한 미술적 안목을 들켜서 얼굴이 붉어졌지만 서너 걸음 뒤로 물러나 눈을 부릅뜨고 그림을 노려보았다.

　"정 화백님 작품에는 아담과 이브가 숨어있답니다. 찾아보세요."

　숲을 보지 말고 나무를 보란 뜻인지, 나무를 품고 있는 숲을 보란 뜻인지를 몰라 나는 가까이 다가갔다가 다시 뒷걸음을 치기도 하면서 숨은 그림 찾기에 열중했다.

　눈을 감았다가 뜬 순간, 무언가가 보였다. 완만한 산의 능선과 시내가 만나는 지점에, 하늘의 구름에, 계곡에서 피어오르는 안개에, 혹은 나뭇가지 사이에, 여인의 나신이 숨어있었다.

산과 시내로 이루어진 여인은 젊고 싱싱해 보였고, 구름이 빚어낸 여인은 부드럽고 풍만한 몸매를 가졌고, 안개에 가려진 여인은 기억에서 사라져 가는 여인인 양 형체가 모호했다. 혹은 삶에 지쳐 피로한 듯 나른하게 누워 있는 여인도 있었고, 요염하게 다리를 꼬고 사내를 유혹하는 여인도 있었다.

여인만 있는 것이 아니었다. 여인의 품으로 다이빙을 하듯 뛰어들려는 자세를 취한 남자와 여인을 끌어안고 있는 남자도 있었다.

그후에 나는 골프장을 설계하면서 '추억'을 숨겨 놓는다는 이야기를 들었다. 골프설계자는 18홀 안에, 사랑하는 혹은 사랑했던 여인의 몸과 그녀와의 추억을 숨겨 놓는다고 한다.

그런 말을 듣고 난 뒤 나는 라운드를 하면서 숨은 그림을 찾아본다. 골프코스를 설계한 사람의 추억 속으로 잠수한다. 그 추억에 동참하고 동감하려고 노력한다.

그래서일까, 굴곡이 심한 페어웨이에 서면 가슴이 풍만한 여인이 떠오르고, 다복솔이 우거진 작은 둔덕에서는 숫처녀의 미답의 숲이 연상된다. 골퍼 네 명의 공을 단숨에 다 받아들이는 구멍은 몸을 헤프게 굴리는 여자 같아서, 입맛이 쓰다.

솜씨 좋은 정원사가 정원을 꾸미듯이 기화요초를 심고, 괴석도 옮겨다 놓고, 연못도 만들고, 아기자기하게 조경을 한 골프코스는, 은성한 파티에서 만난 온갖 장신구로 멋내기 좋아하는 여인이었겠지.

그의 첫사랑은 어떤 여인이었을까. 말을 달려도 좋을 듯한 거칠 것 없는 벌판뿐인, 문명의 더께가 앉지 않은 자연 그대로의 시골처녀였을까.

도전정신이 강한 골퍼는, 공략이 쉬운 평평하고 넓은 페어웨이보다는 난이도가 높은 골프코스를 더 좋아한다. 공격의 스릴을 즐긴다. 아가리가 좁고 깊은 항아리 벙커에서 모래를 분사시키며 탈출하는 기쁨이나, 아이언헤드를 감고 놓아주지 않는 차진 풀이 무성한 러프에서 탈출하는 맛을 만끽한다.

그러나 여인은 골퍼를 미혹시키는 방향을 뿜어내며 입가에는 오만한 웃음을 물고 있다.

"올 테면 오세요. 그렇게 호락호락하게 함락되는지 않을 테니. 엄마 젖이나 먹으며 닭장에서 검법연마를 더 하셔야겠네요."

그는 콧대 높은 여인에게 무릎을 꿇었을까. 열 번 찍어 안 넘어가는 나무 없다는 속담을 되새기며 재도전의 칼을 갈았을까. 그래서 오기를 부리며 다시 덤볐을까. 아니, 쉽게 체념하고 페어웨이 우드로 탈출할 수 있는 벙커나, 롱아이언으로 공을 쳐낼 수 있도록 풀을 짧게 깎아 놓은 러프가 있는 골프코스로 발길을 돌렸을 지도 모르겠다.

페어웨이 한가운데에 있는 작은 화단에 청동 조각품이 세워져있다. 둥근 고리 모양의 조각품을 감상하며, 젖가슴 부근의 살에 구멍을 뚫어 장신구를 매단 여인을 떠올리고 혼자서 실소한다. 또 언젠가는 비 온 직후에 페어웨이 중앙의 잔디벙커에 고인 물을 보고는 격한 사랑을 나누고 난 다음 여인의 배꼽에 고인 땀방울을 연상했다. 사랑을 나눌 때만 땀방울이 샘솟듯 하다가, 맑은 날씨엔 보송보송한 얼굴로 성경책을 들고 교회로 향하는 여인 같은.

나는 가만히 눈을 감고 그의 추억을 음미한다. 그러다가 나만의 골프코스를 설계한다. 울퉁불퉁한 근육의 질감이 전달되던 그 사나이는 산악코스에 새기자. 어프로치와 퍼트솜씨가 전율하도록 섬세하던 그 기품이 넘치던 신사는 어디에 새길까. 그렇게도 애타는 내 마음을 거부하던 도도하고 잘난 척하는 그 한량은, 그리고 영구무한의 시간 안에서 진정한 사랑을 꿈꾸자던 나의 '로미오'는 어디에 어떻게 꽁꽁 숨겨둘까.

소생의 요람

박상혜 _ 수필가, 국문학과 65

요사이 여수 엑스포가 세계의 이목을 집중시키고 있다. 나도 다녀왔지만, 6·25 세대인 나는 현대문명과 과학문명의 최첨단 시설, 그 섬섬閃閃함에 현기증이 났다. 또 수많은 관광객에 멀미가 나서 쉼터만 찾다가 급히 상경했다. 귀경길에 일부러 완행열차를 탔더니, 차창에 스치는 풍광이 생기롭고 만만했다. 오랜만에 등의자에 몸을 기대고 물결처럼 스치는 차창감에 행복했다. 아무래도 나는 시대에 뒤처진 '완행열차 인생'이구나 싶어 쓸쓸했다. 수평선처럼 아스라한 김제평야의 푸른 들녘을 횡단하다 보니, 청포에 젖어들듯, 꿈속으로 잦아들듯 아늑한 내 유년의 요람으로 빠져들었다.

6·25 당시 나는 12살, 우리 마을은 38선 접경지여서 그야말로 양쪽이념 사이에서 샌드위치가 되었다. 며칠 간격으로 태극기와 인공기가 갈마들어 후려치는 바람에 주민이 거의 다 죽었다. 결사적으로 도망친 몇몇만 우리처럼 살아남았다. 우리는 야밤에 쏟아지는 총탄을 피해 아군기지인 용매도에 도착해서야 생사를 확인할 수 있었다. 생명을 부지한 우리들은 거칠 것이 없었다. 길거리에 돌 세 개만 세우고 냄비만 올리면 그곳이 식탁이요, 보금자리가 되었다. 어머니 무릎을 중심으로 어린 도레미파 4

남매가 얇은 가리개를 덮으면, 밝은 달이 달빛으로 우리를 다독여 덮어 주었다. 신발은 전설이고, 모두가 맨발이 튼튼한 신발이었다.

전쟁이 어느 정도 소강상태로 들어갔을 때, 정부시책으로 서해안을 타고 인천에 집결된 우리 38따라지들을 남도 여수로 분산 이주를 시켰다. 일기불순 탓에, 며칠을 배멀미로 깡통만 불던 우리들은 정작 여수항에 내릴 때는, 일약 거지부대가 하선하는 구경거리가 되었다. 그곳에서도 또 각군, 면 단위로 트럭에 분산되어 어디론가 산 넘고 들을 건너 하염없이 실려 갔다. 우리 트럭이 도착한 곳은 여천군 화양면 창무리 면사무소 앞마당.

"윗녘에서 난리가 났다눙구만, 방이 있는 집은 한 집씩 매긴다눙구만."

소문을 들은 마을 주민들은 난민들 선택을 위해 대기하고 있었다. 우리는 가족이 단출하고 덜 더러웠는지 쉽게 간택되어 이장집 헛간방으로 안착되었다.

그곳은 야트막한 뒷동산이 마을을 받쳐주고, 전망은 코발트색의 바다가 탁 트인, 그야말로 '내 고향, 남쪽 바다'였다. 이런 그림 같은 환경에서 윤씨와 서씨의 집성촌 주민들은 우리 민족의 전통인 향약과 미풍양속을 절대가치로 사는 순박한 사람들이었다. 그때까지도 그들은 윗녘이 좀 시끄럽다는 것만 알았고, 전쟁이 일어난 줄도 몰랐다. 할아버지들은 상투를 틀었고, 가시나들은 댕기를 늘였다. 추석에는 하얀 새 옷을 입은 가시나들이 동구 밖 정자나무를 돌며 몽롱한 달빛 아래서 원무를 추었다. 그것이 유명한 강강술래였으리라. 순박한 그들은 피난민을 홀대하지 않았고 너그러이 품어줬다.

우리는 그곳에서 3년 동안 행복했다. 어머니는 자수와 삯바느질로 생계를 이었고 언니와 나는 이웃에 작은 심부름과 아기 보기 등으로 집에 숟가락을 덜었다. 어린 마음에도 안착의 안정이 푸근했던지, 제법 성숙한 유년의 꿈을 꾸었던 것 같다. 산모롱이를 돌아 사라지는 기차 꼬리가 왜 그렇게 미래를 설레게 했던지. 40리 길, 여수 장에 가노라면, 산야의 파란 공간을 전선주를 따라 철로의 침목을 밟으며 꿈길을 가듯 가노라면, 동경의 메카에 닿을 것만 같았다. 파란 산촌 공간의 정적을 깨던 뻐꾸기 울음은 무슨 메시지를 토하듯 아주 애절했다.

창호지 문에 댓잎이 어룽대는 달밤에는, 어머니 무릎 대신 꼬마 베개들을 벤 '도레미파' 졸개들이 나란히 눕고, 그 맨 위에 어머니가 높은 베개로 우리 숨소리 합창단 지휘자로 떡하니 군림하시고, 뒤뜰 대숲에서 들려오는 댓잎 치는 소리를 들으며 우리는 단잠을 잤다. 문득 잠이 깨면, 바람결에 실려 오던 댓잎의 그 청아한 음향들의 화음!

가을밤이면, 온갖 벌레들의 합창은 유년의 우리 가슴까지 알싸하게 젖어들어, 무엔가 인생의 비애 같은 것을 감지하게 하던 멜랑콜리의 전령사들. 그 밤에 들려오던 부엉이 울음은 어찌나 청승맞았던지. 자다 깨어 본 신비한 달빛, 천품의 예술의 향기가 감돌던 그 달빛의 여운. 밤이면 온통 그 신비한 우윳빛 달빛에 잠겨 더 몽롱한 동화의 마을이 되던 곳.

마을을 가르던 시원한 시냇물, 아침에 세수하고 발을 담그면 심신의 성장이 자각되던 맑은 물. 그때 내 영혼에 맑은 '아우라'가 깃들었지 싶다. 아침 햇살을 받은 냇물 속에 잔 돌들은 보석처럼 빛났고 그 사이로 생기를 날리던 송사리 떼.

내가 마을 돌담길을 걸어오면, 얕은 돌담 너머 곳곳에서 옥수수, 감자범벅 등이 담긴 소쿠리, 바가지가 넘어 왔다.

"아가, 너그 엄니와 동생들과 나눠 묵으래이."

고희의 나이가 뒤를 돌아본다. 맘몬과 샅바 싸움에 허리가 휘었고. 아슴아슴한 조응관계에서 존재의 묘용妙用도 알 듯하다. 제행무상의 허무 애가哀歌도 안다. 하지만 그 무상감 속에 체온 같은 모바일의 그리움이 있었다. 눈 감으면 떠오르는 내 제2의 고향 남쪽 바다, 그 창무리!

동화처럼 아름다운 그 마을은 우리 민족의 토속적 전형典型의 마을로, 마지막 조상들이 살았던 곳이다. 다행히 나는 그곳에서 전쟁에 짓밟힌 동심

이 치유됐고, 또 그 요람에서 조국을 조상을 국토를……, 이런 애국 가치
를 스스로 깨달았다. 순박한 삶도 체험했다. 전쟁의 상흔까지도 삭히는 그
아늑한 요람, 거창한 애국의 가치도 스스로 자각시키는 자연스러운 요람
이었다. 그 요람은 내 인생의 모태가 되었고 확실한 정체성으로 나를 소생
시켰다. 팍팍한 현실에서 영혼이 메마르며 울울할 때, 아늑한 이 요람에서
무한한 위무를 받았고, 삶의 원기도 충전하고는 했다. 허허한 황혼 길에
서, 이 소생의 요람은 아무래도 내 인생의 낙수落穗 같아 느껍다.

다기茶器에 그린 한 마당

박선자 _ 시인, 국문학과 66

아침 설거지를 끝내고나면 햇살 가득한 따사로운 거실에 앉아 차 한 잔 마시고 싶어진다. 코끝 향긋한 커피를 탈까, 고소한 메밀 차, 입안이 매끄럽고 상쾌한 녹차, 가을 향 우려내는 국화차, 골라 마신다. 여자로, 주부로, 엄마로 태어난 즐거움을 누리는 행복한 시간이다.

모든 근심 걱정 내려놓고 조용히 내 마음자리 찾아 떠나는 시간이다.

혼자이기에 격식을 차리지 않고 유리 거름 잔에 녹차 잎을 넣고 따끈따끈하게 데운 물을 붓는다. 금방 노르스름한 빛의 액체가 투명한 유리잔을 채운다. 거름 그릇을 들어내고 약간 노른빛이 짙은 녹색의 아름다움을 잔에 따른다. 향긋한 차향을 맡으며 혀끝에 닿는 맑은 찻물의 감미로움에 젖어든다.

커피와 차를 즐기는 문화가 대중화된 것은 그리 오래 되지 않았다.

여학교 다닐 때에는 가정방문 오시는 담임 선생님께 커피잔 갖추어 대접하는 집은 아주 잘 사는 집이었다. 커피를 마신다는 것이 곧 지식인 상류층 인물로 느껴지는 시절이 있었다. 차를 마시는 공간 '다방'이 있긴 하였으나 특별한 사람들이 출입하는 커피 파는 집으로 생각하였다. 중, 고교생들에게는 출입금지 구역이다. 대학에 입학하여 기숙사 방 언니들이 데려간 학교 앞 음악다방에서 처음 들은 가슴을 녹이듯 애절한 사라사테의 찌고이네르바이젠Zigeunerweisen, 바이올린 선율을 아직도 기억한다.

나는 '다방' 이름의 '다茶' 자가 '차'의 다른 음인지 몰랐다. 차라면 보리차밖에 몰랐으니 지금 생각해보니 모르는 게 너무 많았다.

녹차가 대중화되기 시작한 것은 1980년대로 기억된다. 정확하지 않지만 1970년대 중반의 어느 해 명절이었다.

조금 무겁게 느껴지는 나무상자가 선물로 배달되어 왔다. 열어보니 도자기 그릇이다. 주둥이가 길고 날렵하며 납작한 것이 손잡이가 양수냄비처럼 달린 주전자와 밥공기보다 작은 입 트인 대접과 간장종지보다 조금 큰 잔 다섯 개와 동그란 받침 나무접시가 들어 있었다. 안쪽은 엷은 갈색 빛깔이고 겉은 위로 흰색 두 줄, 밑으로 구름 모양의 동글동글한 물방울 문양을 새겨서 고급스러워 보였다. 밑바닥에는 청파靑坡라 한자로 써 놓았다. 술잔세트도 커피세트도 아니다. 그 당시 결혼하는 신부의 혼수로 커피세트는 필수품이었다. 귀한 선물로 보내주신 것이지만 용도를 알 수 없었다.

잔은 정종 잔으로 쓰면 되겠구나 생각하고 주전자는 그냥 두었지만 주둥이가 길고 날렵하여 깨어져서 버렸다. 값비싼 다기는 수리하여 쓴다는 것을 먼 훗날에야 알았다. 나무 받침대는 아마 딸아이들 소꿉장난감 그릇이 되었을 것이다. 살림하는 아주머니에게 맡겼으니 그 다음은 알 수가 없다. 선물 주신 분은 우리가 차를 즐겨 마시는 품격 있는 부부로 알고 정성으로 마련해 주었을 것이다. 참으로 미안할 뿐이다.

언젠가 여동생과 조카사위들이 우리집을 방문했었다. 식사를 마치고 깔끔하게 녹차 한 잔 하자는데 차는 있었으나 다기가 없어 미안했던 적도 있었다. 내가 차의 맛을 느낀 지는 그리 오래되지 않았다.

처음 차를 대접받았을 때 무슨 맛인지 감이 오지 않아 달콤한 커피보다 싫었다. 어쩌다 녹차를 마실 때면 설탕을 조금 넣어 마시곤 했다.

지금은 차에 대한 글도 읽고 배워 차의 효용성을 조금 깨쳐 여러 종류의 차를 갖추고 있다. 독서를 할 때나 조용히 혼자 있을 시간에는 옛 선인들의 차 마시는 마음과 격식을 찾아 즐겨도 본다.

요즈음은 각 지방에서 열리는 축제마다 다례 행사가 있고, 대학에는 차를 공부하는 전문학과도 생겼다. 사찰 행사에는 다례가 빠지지 않으니 다의식茶儀式을 많이 접한다. 또 여러 곳에서 다투어 가며 도자기 축제에 전통 다기 체험학습을 포함시키고 있다.

모 대학에서 열리는 차 문화 축제에 참석한 적이 있다. 우리의 전통 차 문화를 알리고 정신세계를 맑고 바르게 이끌어 주는 역할로 여겨져 아주 좋은 사회 활동이라 생각되었다. 하지만 지나치게 화려한 복장과 격식이 선택된 상류층 놀이 같은 인상이 풍겨 거리감을 느꼈다.

차 역사를 살펴보면 고려시대의 사찰의식에 차 공양이 있었다. 차를 공급하는 관청이 있어 차 문화도 번성하였다. 조선시대에 들어와서 억불정책 영향으로 사라져가는 것을 정조 때 초의선사가 '동다송東茶頌' '다신전茶神傳' 등을 저술하고 차 문화를 중흥시켜 정립했다. 그러다 일제 강점기에 차 문화가 사라질 뻔했었다.

봄에서 초가을까지는 녹차를, 늦은 가을과 겨울엔 발효차를 마시는 것이 좋다한다. 차 한 잔의 맛과 멋을 노래한 초의선사의 시 한 수에 빠져 본다.

동다송 제 16송 신상청경身上淸境 (몸이 맑은 경지에 오른다.)

一傾玉花風生腋(일경옥화풍생액) 옥화 한 잔 기울리니 겨드랑이에 바람일어
身輕已涉上淸境(신경이섭상청경) 몸은 가벼워 이미 맑은 곳으로 올랐네
明月爲燭兼爲友(명월위촉겸위우) 밝은 달은 촛불도 되고 나의 벗도 되나니
白雲鋪席因作屛(백운포석인작병) 흰 구름 자리 펴고 병풍을 치는구나.

밝은 달빛 아래 흰 구름을 병풍 삼고 구름자리에 앉아 옥화 잔에 마시는 차 한 잔의 맛과 멋은 바로 신선으로 태어남이었으리라. 세상의 찌든 번뇌

맑은 차향에 모두 씻어낸 선사의 마음이 가슴에 젖어드니 잠시 선경을 훔쳐보는 듯하다

　지난 세월은 차를 마시며 시를 쓰는 것이 수행하는 스님들과 남성들만이 가질 수 있는 특별한 풍류였다. 지금 차 한 잔 앞에 두고 잠시 번잡한 일상에서 벗어나 나를 성찰하고 구원하는 길로 나아갈 여유 있는 좋은 시대의 여자로 태어났음에 행복하다. 향긋한 차향이 맑은 바람으로 방안 가득 채운다. 편안하다.

내 골동품 친구 J

박해경 _ 수필가, 영문학과 63

여중 입학식을 치른 다음날 아직 체육복도 갖춰 입지 못하고 시작된 체육시간이었다. 반원 60여 명이 4열종대로 선생님의 하나 둘 구령에 맞춰 걷고 있는데 옆 친구 팔이 두 번이나 내 치맛자락을 건드려 신경을 거슬렸다. 애 좀 봐 하는 생각에 나도 곧 그의 옷자락을 툭툭 건드려 응수했다. 늘 나를 깨어 있게 해준 내 골동품 같은 친구 J와의 만남은 그렇게 좀 거친 해프닝으로 시작되었다. 수석입학을 하면 입학금 전액이 면제된다 해서 특차학교를 마다하고 들어간 터라 온 세상이 내 것 같았던 그때, 내 어리석은 자만은 곧 이은 국어 시간에 허무하게 무너졌다. 교과서가 나오지 않은 날 선생님은 칠판에 시조 한 수를 적으셨다. '청산리 벽계수야'라는 황진이 시조였는데 나로서는 생전 처음 들어보는 것이었다. 하지만 그 친구는 청산리 벽계수는? 수이감이란? 일도창해의 뜻은? 하고 묻는 선생님의 질문마다 하나도 놓치지 않고 또박또박 정답을 내놓았다. 수업 첫날에 결코 만만치 않은 적수를 만났다는 당혹감이 내 얼굴에 찬물을 끼얹듯 했고 그제야 내 눈에 들어온 도도하듯 단정한 그의 용모하며 나는 마냥 무장해제 당하는 느낌이었다. 나중에 알게 된 사실이지만 그는 예닐곱 살부터 어머니가 마련해준 시조놀이 카드를 갖고 집안 사람들과 둘러앉아 누가 어떤 시조의 첫 구절을 뽑아 읽으면 바닥에 깔린 것 중에서 대귀를 먼저 찾아내는 놀이를 즐겼다고 한다. 그러다보니 웬만큼 알려진 시조는 그 옛날부터 흥얼거리게 되었고.

그가 내 녹록찮은 라이벌이 될 것이란 예감은 어긋나지 않았다. 산골 초등학교 출신인 그는 대수 기하 과목의 기초가 다소 허술했지만 한자 실력이 남달랐고 국어 사회 역사 등 수업 시간 선생님 질문에 손을 들어 답을 대는 학생은 대체로 그 아니면 나였다. 어느 날 국어 시간에 글짓기를 해냈는데 뜻밖에도 "잘 썼구나. 읽기 쓰기를 더욱 열심히 해서 훗날 빛나는 결실이 있기를."이라는 선생님의 칭찬을 받은 나는 국어 시간이 더 즐거워졌고 대본집에서 빌린 잡지 소설책 읽기에 빠졌다. 가만히 보니 그녀 역시 잠깐 휴식시간에도 학원 소년세계 등 당시 학생잡지와 소설책 읽기를 즐기는 마니아 같았다. 키가 비슷해 앞에서 세 번째 줄 이쪽저쪽 편에 나란히 앉았지만 그때만 해도 우리는 사사로이 가까워지질 못했다. 8학급 학생들이 학년이 오르면서 뒤섞여, 2학년 때 서로 다른 반으로 갈렸던 그와 나는 3학년이 되면서 다시 한 반이 되었다. 참, 2학년 국어 선생님이 만드신 조촐한 학생문집이 나왔는데 내가 시 한 편을 발표한 그곳에 그의 시도 함께 실린 걸 보고는 속으로 반가웠던 기억이 있다. 3학년 초 남달리 친하지도 않고 앙숙으로 상종 못할 일도 없었던 우리 사이를 제대로 눈치 채지 못한 반 친구들이 다소 내성적인 그를 부반장으로, 나를 반장으로 뽑아주었다. 얼핏 팀웍에 문제가 없을까 하는 마음이 앞섰다. 헌데 수업시간 선생님들의 설명에 의문을 갖고 질문을 하는 그의 생각이 매번 내 생각과 비슷했고 국어 시간에 읽은 시나 산문에 대한 그의 소감이 바로 내가 하려는 말과 자주 일치하면서(언젠가 이런 해묵은 얘기를 그에게 꺼내자 그도 맞장구를 치며 자기가 하고 싶은 말을 내가 먼저 한 적이 많았다고 했다) 그에 대한 내 흥미가 더해 갔다. 아니 사실을 말하자면 이목구비가 반듯하고 언제나 행동이 침착한 인간됨도 그렇고 그의 잠재실력이 나보다 한 수 위라는 어떤 두려움 같은

게 내 맘속엔 자리해 있었다. 가을철 경북도내 중고생 백일장에 그와 내가 학교 대표로 나갔다가 중학 시부에서 그가 장원을 했을 때 나는 또 한 번 입학 직후 '청산리 벽계수야'를 배우던 국어 시간의 씁쓸한 열패감에 며칠이고 빠져버리기도 했다.

고교 진학을 그가 대구사범학교로, 나는 K여고로 방향을 잡으면서 우리 인연은 거기서 끝나는 듯했다. 화창한 봄날 밝은 연미색 건물의 여고 캠퍼스 교정에서 활짝 피어난 개나리 철쭉꽃들에 공허하게 취해있던 나에게 어느 날 그가 짤막한 메모 한 장을 보내왔다. 몇 날 몇 시 어디서 한 번 만나자는 것이었다. 설레는 마음으로 나간 자리에서 그는 이런저런 얘기를 했는데 사범학교 학생들이 모두 좀 고루해서 재미가 없다, 시, 산문을 쓰는 여학생들만 모아 문학서클을 만들자 그러면서 중3 때 참가한 백일장에서 자기가 쓴 시 '거울'의 첫 구절 '영아 거울을 닦자'의 영아는 바로 나를 생각하며 쓴 것이란 말까지 했다. 그랬구나, 너도 나처럼 우리 우정을 생각하고 있었구나 하는 기쁨에 내 가슴 바닥까지 환해졌다. 그날 이후 우리 만남은 전혀 새로운 길로 나아갔다. 도내 학생백일장에서 보았던 몇몇 여고 문예반 학생들과 연락이 닿아 7, 8명 회원을 모았고 의학을 전공한 젊은 허만하 시인을 지도 선생님으로 모실 수 있었다. 부지런히 작품들을 써 모아 몇 달 만에 문집도 한 권 펴냈다. 하지만 그 모임의 공개 활동은 오래 가지 못했다. 문집 출간 후 허 선생님이 매일신문 문화부장을 초대해 회원들과 함께 어느 식당에서 저녁 식사를 했는데 공교롭게도 그 자리를 우리 학교 학생주임 선생님이 보셨다. 다음날 나는 또한 친구와 함께 교무실로 불려가 학생 신분에 어른들과 식당출입을 하는 건 교칙위반이란 말씀을 들어야 했다. 1956년 그때는 그런 시절이었다.

사범학교를 졸업한 J는 교사발령을 받아 경주 근처 초등학교로 갔고 나는 대학 진학 차 서울로 올라왔다. 바닷가 시골에서 꼬맹이 학생들을 가르치는 게 설령 그의 꿈이었다 하더라도 나는 그녀가 반드시 서울로 올라와 대학 진학을 해야 한다고 믿었다. 초등학교 때 어머니를 여의고 중학 교사였던 아버지가 재혼을 해 이복동생들을 둔 그의 가정형편을 어렴풋이 알고 있었지만 그래도 입학 등록금만 마련해오면 다른 문제는 장학금과 입주 과외 등으로 해결될 것이란 편지를 그에게 보냈다. 다음 해 초, 그는 진학을 하겠는데 과는 신설된 도서관학과(문헌정보과)로 하겠으니 원서를 좀 사달라고 했다. 왜 정통문학을 비켜 가는지 의외였지만 새 학과니까 교수가 되기도 더 쉬울 것 같아 그의 선택을 존중했다. 입학 후 마땅한 입주 과외 자리가 나서질 않아 급한 대로 내가 파트타임으로 다니던 과외 집에 다 그녀를 입주 과외 선생으로 들어가게 했다. 마침 사업하던 남편이 어린 3남매를 두고 갑자기 돌아간 때여서 그 집 안주인도 그녀의 입주를 환영했다. J의 인내심이나 비범함은 그때 여실히 드러났다. 그는 그 집에서 초등생 3명의 학업을 도우면서 대학원 1년을 마치기까지 5년을 거주했고 그러고도 학교 성적은 줄곧 과 학년 1등을 놓치지 않았다. 대학 진학 후 학보 기자를 한다, 과외 아르바이트를 한다면서 학업을 게을리 한 나와는 좋은 대비가 되었다.

1965년 어느 봄날 그가 불쑥 대학원 공부를 포기하고 대구로 내려가 결혼을 하겠다는 소식을 전해왔다. 거센 강풍과 폭우를 동반한 사라호 태풍이 남해안을 비롯한 경상도 일대를 휩쓸었을 때 도로와 논밭이 물에 잠기고 가로수가 뿌리째 뽑힌 백오십 리 시골길을 걸어 걸어서 감포로 와 그녀를 위로해주었다는 동갑 시인 지망생, 몇 해 전 빨간 대학노트 한 권 가득 그녀에 대한 절절한 그리움을 일기체로 기록해 바쳤다는 바로 그 순수청년이었다. 대학 졸업 3년 차 작은 잡지사 근무를 하며 사귀던 남자 친구와도 냉담해져 방황하던 나는 그가 왜 대학교수가 되겠다는 뜻을 접어버리고 쉽게 결혼을 해버리는지 도무지 이해할 수가 없었다. 어느 때부터인지 그와 나 사이는 허물없는 대화가 사라진 상황이었다. 여자 동창들 우정이란 대게 졸업과 함께 시들어버리기 마련이라지만 그가 은행원이 된 남편과 서울로 이사와 예의범절이 까다로운 가회동 시댁 친척집에 묻혀 살며 딸만 셋을 키우는 동안 나 역시 1972년 늦은 결혼을 해서 아이 둘을 낳고 돌보느라 우리는 서로 다른 행성에 사는 듯 어쩌다 안부만 묻는 짧은 통화를 하는 게 고작이었다. 꿈과 현실의 괴리에 때로 막막해 하면서도 그 팍팍한 현실에 굴하지 않고 견뎌내려는 각자 나름의 노력을 쏟아 붓던 시절이었다.

우리가 서로 얼굴이나 보며 살자고 다른 동창 서너 명을 찾아내 함께 정규 모임을 갖기로 한 것은 1980년대 들어 나이 마흔을 훌쩍 넘기면서였다. 젊은 날의 열정과 고뇌까지 훌훌 털어버린 우리는 어느새 남편의 출퇴근 뒷바라지나 하며 커가는 아이들 장래를 걱정하는 펑퍼짐한 중년 여자들이 돼 있었다. 나야 어디서 끈을 놓쳐버렸는지 모를 만큼 생각 없이 살았다 해도 그가 왜 교수직을 지레 포기했는지 그것부터 알아야 했다. 그는 너무 지쳤기 때문이라 했다. 5년을 쳇바퀴 돌듯 지내온 나날의 권태에 출구가 절실했고 때마침 그 남자의 다정한 손길이 그지없이 고마웠다는 거다. 그렇다 하더라도 너처럼 남다른 인재를 교수로 챙겨주지 않은 건 그학과의 큰 실수란 말로 나는 그녀를 위로했다. "난 말이다, 너랑 인상이 비슷한 김남조 시인의 시를 볼 때마다 네가 그 시인처럼 이 나라 최고 시인이 돼야 한다는 생각을 한 적이 있어. 마흔이 넘었다지만 이제라도 시를 쓰도록 해봐"라는 나의 말에 그는 "이상하게 시가 쓰이질 않아. 우리 중고교 시절 청마나 청록시인들 시를 읽으면 나도 그런 시를 쓰고 싶은 열망에 빠져 펜을 들었는데 요즘 시들은 내 핑계겠지만 읽을수록 나 한 사람이라도 안 쓰는 게 지면을 절약하는 길이 아닐까, 그런 생각이 들어." 시를 쓰지 못하겠다는 그의 변명은 철학처럼 견고했다.

1980년대 후반부터 1990년대 그리고 2천 년대 이후까지 30여 년 우리 모임은 꾸준히 계속되었다. 처음 한동안은 현대문학 등에 실린 문제 소설 한 편을 미리 선정해 각자 집에서 읽고는 덕수궁 연못가에 모여 제법 진지

한 토론을 했고 그러다가 단성사 중앙극장 혹은 CGV압구정, 시네큐브 등에서 조조 프로의 좋은 영화 한 편 보기를 했다. 인사동에서 예술의 전당에서 유명 미술 전시회나 음악회가 열릴 때면 문화의 전령사처럼 빠짐없이 찾아다녔다. 라벨의 '볼레로'처럼 끝도 없이 단조롭고 무미한 일상에서의 우리들 만남은 나에게 늘 한줄기 샘물 같은 휴식이었고 그런 중에 내가 확인한 건 J, 그녀야말로 내가 쉽게 넘볼 수 없는 수퍼우먼이란 사실이었다. 그는 집에 초대한 2~30명 점심식사도 혼자서 맛깔스레 푸짐하게 차려 내놓는 요리솜씨가 뛰어났으며 의상디자이너가 머쓱해할 센스 만점의 바느질 솜씨로 만들어 입는 그의 여름철 외출복, 거기다 재테크에 성공했고 교회 권사님으로 남모르는 선행에도 앞장섰었다.

곰삭은 나이 70을 넘기면서 이제 찬찬히 되돌아보면 1960년대 여자대학을 졸업한 우리들에겐 가령 메이저 언론사 필기시험에 매번 합격을 하고도 그냥 떨어져버려 사회에 반짝이는 무언가가 되고 싶었던 기회가 원천 제외되는 게 실제였고 20대 중반이 되면 혼기를 놓칠 수 없어 아까운 재능을 가정에 파묻어버리는 게 당연시되었다. 그런 시대의 J와 나는 남편들이 이 정글 같은 세상에서 살아남아 자기 역할에 헌신하도록 도와온 조연에 충실했고 자식들이 날개를 튼튼히 해 비상하는 걸 돕는 보조역에 골몰해온, 요즘 말로 하자면 확실한 B급 인생이었다. 하지만 남을 돕는 인생에 복 있으라 했던가. 그는 미국의 유수 대학에서 부부교수가 된 둘째 딸 집에 얼마 전부터 휴식을 취하러 가 있다. 나는 사람의 나이란 신체 나이, 건강 나이 외에도 심리적인 나이(psychological age)가 있어 긍정적인 태도에 스스로 젊게 살겠다는 생각만으로도 얼마든지 정정하게 살 수 있다는, 최근에 다른 친구에게서 받은 이메일을 J 그에게 포워드하며 간절히 그의 건강을 기원한다.

마주보기

이미연 _ 수필가, 영문학과 80

길가에 담이 헐리고 건물이 들어섰다. 좁은 인도가 사라지고, 건물터를 넓게 잡아 공사가 진행되었다. 얼마 지나서 제법 큰 건물이 들어서고, 그 건물 앞마당을 정비하면서 차로 옆 한옥지붕을 한 화장실도 사라지고, 인도도 안쪽으로 새로 만들었다. 인도에서 계단으로 올라선 나는 넓게 자리한 건물의 앞면의 현관을 통해 그 건물에 들어갈 수 있었다.

그 옆에 조각상은 자전거를 탄 젊은이의 모습을 하고 있다. 오가는 버스 안에서 내가 그 조각상의 얼굴을 쳐다보면, 그 소녀의 시선이 내가 가는 방향을 눈으로 뒤쫓고 있는 듯 느껴졌다. 착시지만 즐거운 동행이 되곤 했다.

그리고 일층에는 작은 찻집이 들어섰다. 건물의 이름은 서울대학병원 암센터였다. 전면을 유리로 마감해서, 주위에 병원건물과는 사뭇 달랐다. 각 대학병원에서 접근성이 제일 좋은 곳에 암 병동을 세우는데 이곳은 2011년에 완공되었다. 나는 오가면서 공사가 시작되어 완공되기까지 지켜보면서 특별히 갈 일이 없지만, 한번 들러서 건물 구경하러 찬찬히 구석구석 둘러보고 싶었다.

그러던 중 어느 날, 지인이 검사할 일이 있다고 해서, 말동무도 할 겸 가는 길에 동행했다. 들어선 건물에서 에스컬레이터를 타고 올라가서 보니,

새로 만든 건물답게 모든 시설이 쾌적했다. 방문객들은 기다릴 필요도 없이, 오픈된 장소에서 안내를 받으며, 빠르고 편안하고 간단하게 채혈을 마칠 수 있었다. 할 일을 마친 지인과 나는 이 건물을 구경하기로 했다.

한 층을 더 올라가니, 그곳에는 넓은 공간에 의자가 로비처럼 놓여 있었다. 통유리창 너머에는 창경궁이 그림처럼 보였다. 정문과 그 뒤로 보이는 근정전까지 정면에서 바라보는 궁궐의 이모저모를 이처럼 완벽하게 볼 수 있어 나도 모르게 탄성이 나왔다. 이곳에 찻집을 만들었으면, 아픈 사람들보다 성한 사람들이 더 많이 와서 약속을 하고 이야기를 나눌 수도 있겠구나 싶었다.

병동은 생긴 지 얼마 안 된 곳이라 본원과 이곳 양쪽에서 같이 진료가 이루어져서인지 방문객들이 적어서 한가했다. 나는 그곳에 앉아서 초가을의 정취를 갖고 있는 창경궁을 바라보면서, 언젠가 창경궁을 갔던 때를 떠올렸다.

내가 어릴 적 이곳은 창경궁이 아니었다. 그냥 창경원이었다. 내가 원숭이를 처음 본 곳도 오십 년 전 이곳이었다. 벚꽃이 피면, 우리 가족은 인천에서 기차를 타고 서울역을 거쳐 이곳에 왔다. 밤 벚꽃놀이도 새로 생기고, 유명해지면 우리 가족은 인천에서 출발해 저녁 시간을 맞춰서 인산인해를 이루는 입구를 지나서 어렵게 저 창경원 출입문을 입장했었다. 초등학교 때는 거의 매년 오다시피 했다. 창경원 안에는 호수가 있었고, 출렁다리를 건너면 그 가운데에는 수정궁이란 이름의 한옥지붕을 한 복층 음식점이 있었다. 희고 동그란 서양 접시에 예쁘게 담겨 있던 오므라이스와 돈가스를 먹었던 기억이 생각난다. 주변에는 연인들이 조그만 배를 저어서 오고가고 있었다. 벚꽃을 비추는 가로등불과 호수 주변을 밝히는 불빛이 호수에 번지면서 그림을 그리면 수정궁의 모습도 주변에 만개한 벚꽃의 흐드러진 모습도 바람에 떨어졌던 꽃비도 동화처럼 아름답게 보였다. 이 모든 것이 창경원을 별천지로 만들었고, 나는 어린 시절 꽃구경에 대한 예쁜 기억을 새록새록 쌓아갔다. 머리는 도넛 모양으로 올리고, 원피스로 한껏 모양을 내고 왔던 나는 어린이 전용 조그만 파라솔과 분홍색 에나멜 구두까지 갖추고 있어, 책 속에 나오는 소공녀와 같은 모습이었다. 아버지는 가족들이 나들이 다닐 때는 모두 정갈하게 단장하게 했다. 그때는 그랬다.

　세월이 지나서 창경원은 창경궁으로 복원되었고, 결혼 후 아이와 가보니, 어디가 어딘지 다른 세상에 온 듯 모든 것이 달라 보였다. 궁궐은 그대로인데, 내 추억의 갈피는 더 이상 남아 있지 않았다.

　그 옛날에는 창경궁 앞의 정확한 모습이 어땠는지 기억도 나지 않을 정도로 많은 사람들을 구경만 했는데, 지금 보니 찻길도 내 어릴 적 생각보다 좁고 그 많은 사람들이 이곳에 모였던 것이 가능할 것 같지도 않았다. 강산이 다섯 번 바뀌는 세월 속에 서울의 많은 길은 넓혀졌는데, 이곳은 그대로였기 때문일 것이라 여겨졌다.

　지금 서울은 바뀌고 있는 중이다. 경복궁은 복원되고 있고, 창덕궁과 종묘를 가르던 오솔길은 백 년 만에 이어서 하나의 터로 복원되고 있다. 창경궁은 이미 변화를 겪어서인가 다른 궁궐에 비해 찾아오는 사람이 많지 않아 붐비지 않는 차분하고 조용한 모습을 지니고 있다.

　반백 년만에 창경궁을 마주 보고 있는 나는, 무엇과 마주보기를 하고 있는지 상념에 잠긴다. 녹색으로 단장을 한 아름다운 궁궐을 보면서, 이곳에 살던 왕들과 그 신하들인지, 내 어린 시절 궁궐을 유원지로 만든 외국인의 농간에 만들어진 창경원이지, 그곳에 데려다 준 아버지와 우리 가족들의 모습인지, 놀러갈 곳이 없어 그야말로 인산인해를 이루었던 그 시대를 같이 살아낸 우리 민족인지, 내 개인의 어린 모습만 오롯이 떠오르는 것인지 나는 알지 못한다.

　이제 우리 또래는 모이면 젊지 않은 몸이 여기저기 아파서 종합병원이라 불러도 된다고 농담 삼아 이야기 하곤 한다. 나는 그렇게 한 세월을 살아온 지난 세월과 마주보고 있는 것은 아닌지 상념에 젖어든다. 건물인 병원과 궁궐이 마주보는 것인지, 내가 추상적인 인생과 마주보기를 하는 것인지 알 수 있을까 하여 나는 의자에 깊숙이 앉아서 생각에 잠긴다.

　삶이란 길도 어릴 적 보던 길과 똑같을 수도 있는데, 길을 보는 내 마음의 눈이 달라서 넓게도 좁게도 보이는 듯 싶었다.

그 집 이야기

정훈모 _ 수필가, 국문학과 74

사람이 살아가는데 가장 기본적인 것이 의식주이다. 맛있는 음식을 배불리 먹고 좋은 옷 입고 등 따뜻하게 누울 집이 있으면 우리는 기본적으로 행복감을 느낀다. 그중에 어느 것에 중점을 두고 살아가는 것이 좋은지는 각자의 선택이다. 남편은 먹는 음식과 집이 중요한 사람이고, 나는 내 공간과 사람들이 중요한 사람이다.

1970~80년대에는 재산증식의 수단으로 집을 이용하기도 했으며 지금도 집 한 칸에 대한 사람들의 소망은 여전하다. 하지만 이제는 넓은 평수의 아파트는 안 팔려서 아파트를 나누어 두 세대로 만들고 있는 실정이다. 40평대 아파트보다 20평대 아파트가 인기다. 청소가 쉽고 관리비도 절감하고 핵가족 한 세대에 적합하기 때문이다.

얼마 전 서도호 씨의 '집 속의 집'이라는 전시회를 보았다. 죽기 전에 꼭 보아야 할 전시로 이야기될 만큼 대단한 작품들이었다. 그의 작품 〈서울 집〉은 공간에 떠 있었는데, 집을 단순히 머물고 잠을 자는 공간이 아니라 다른 의미를 부여하고 있었다. 어릴 때 살았던 성북동 한옥, 그 집을 옥색 은조사로 곱게 지은 작품이다. 문고리하나 문창살까지 그대로 재연한 그 작품은 실체인지 꿈결인지 정교하면서도 아스라한 무엇이 우리의 감성을 자극하고 있었다. 과거의 집은 공중에 띄워 놓았고 뉴욕과 베를린에서 살던 집들은 바닥에 설치되어 있었다. 그의 놀라운 상상력과 창의성은 세계를 놀라게 하였으며 휘트니, 모리, 서맨타안 갤러리에서 전시를 가졌다고 한다. 그는 상상 속에서 서울에서 미국까지 다리를 놓아 서울에 있는 집을 가져오고 싶어 했다. 실제로 작품화하여 한옥을 전시했으며, 스케치를 한 수많은 그림들을 보았는데 펜이나 물감으로 그린 것이 아니라 한지에 실로 한 땀 한 땀 바느질을 한 것이었다.

"집을 떠나는 경험이야말로 내가 처음으로 집이라는 것 그 자체, 개념에 대해 생각하고 인식하게 해주었다. 집은 대체 어디에 그리고 언제 존재하는가? 끊임없이 돌아다니며 문화들 사이를 오가며 나는 모든 곳이 내 집이면서도 그 어느 곳도 내 집이 아니다 라는 생각을 하였다"라고 이야기 한다. 자신의 정체성을 집이라는 매개체를 이용하여 한 땀 한 땀 바느질하는 작가, 그리움을 섬세함과 창의성으로 작품화한 것에 나는 거의 넋을 잃고 입을 다물지 못했다

전시회를 보고 집으로 돌아오는 길에 나 역시 가슴속에 떠오르는 집이 있었다. 내 유년기를 보낸 그 집, 돈암동 전차종점에 있던 40평 남짓한 기역자 형태의 일본식 집이다. 5살부터 20살까지 15년을 살았으니 지금까지 생의 4분의 1을 살았던 곳이다.

부모님의 불화 속에서 많은 형제들과 병약했던 어린 시절을 생각하면 그 집에서 나는 행복하지 않았다. 순수하고 아름다운 시절이었지만 지금도 나는 가끔 꿈속에서 그 집과 골목들을 헤매고 다닌다. 이상하게도 짧고 슬픈 기억뿐이다.

육십 년을 살면서 많은 집을 전전하며 살았지만 또 하나의 집이 생각난다. 결혼 직후 전셋집을 구하러 돌아다니다 딸아이를 조산하기도 했지만 비교적 일찍 집장만을 한 편이다. 전원주택을 꿈꾸던 남편 덕분에 삼십대 초반에 주택을 직접 지었다. 아무것도 모르면서 젊은 혈기에 무작정 시작

한 집은 일 년을 넘어서야 완성할 수 있었다

벽돌과 철근 그리고 흙으로 이루어진 콘크리트 건물인 그 집에 처음으로 이사 가던 날 우리 식구들은 생기를 불어넣고 집의 역사가 되었다

설계해준 도면보다 무조건 큰방과 창문을 고집하던 남편은 어릴 때 작은집에서 자랐던 기억 때문에 그리했었고, 나는 동생과 같이 방을 써서 나만의 공간 즉 내 방에 대한 환상이 있었다. 내 방을 정하고 책상을 들여놓고 글쓰기를 시작하던 날을 지금도 잊을 수가 없다. 그 집에서 21년을 살며 아이들을 키웠고 중년의 아줌마가 되었다. 잠이 안 오는 날이면 나는 거실의 큰 창을 통해 들어오는 달빛을 맞으며 음악을 들었고, 비 오는 날에는 나뭇잎에 떨어지는 낙숫물 소리가 듣기 좋았다 하지만 마당의 잡초들과 벌레들과의 전쟁 뒷산의 소나무와 밤나무 단풍나무의 낙엽에 소진해 가는 나를 보며 세월을 보냈다. 그 집에서 아이들을 키우며 무조건적인 사랑을 배웠고 친정아버지를 저 세상으로 보내드렸다, 하지만 결혼 생활의 무의미함에 지쳐갔고, 잃어버렸던 꿈들을 찾으러 방황하기도 했었다.

서도호 씨는 자신을 문화유목민이라고 부르며 동서양의 문화적 충격으로 거대한 작품들을 만든다고 한다. 그는 모든 곳이 자기 집이면서도 또 그 어느 곳도 내 집이 아니라고 한다. 이곳저곳 아파트와 주택을 오가며 살아오면서 나는 그 집들을 부의 상징으로 생각하지 않았으며 집에 대한 소유권과 인테리어 그리고 역사에 대해 생각해 보지 않았다. 나는 다만 내 공간이 필요했으며 나를 둘러싸고 있는 모든 관계들 상황들이 중요했었다.

그러나 집의 평수와 관계없이 넓고 좁던 아니 이층집인지 단층집인지가 중요한 것은 아니고 그 속에 이야기가 있고 따뜻함이 있느냐가 중요한 것 같다 서도호 씨의 집도 하우스가 아니고 'HOME WITH IN HOME'이었다. 식구들이 사는 곳, 대화가 있고 휴식이 있고 사랑이 있는 곳 홈이었다.

피자두

채정운 _ 소설가, 국문학과 59

언제부터 입력됐는지 나는 추억이란 단어를 떠올리면 자동적으로 '추억 만들기'라고 잇따라 다음 말이 튀어나온다. 아니, 추억을 만든다구. 같지 않은 생각이 들어 나는 "흥"하고 콧방귀가 저절로 나온다.

세상이 온통 만들거나 돈 주고 살 수 있다는 만연된 사고체계가 우스꽝스럽다. 추억이 어찌 달콤하기만 한 것일까. 삶을 고생이란 말로 어줍지 않게 내뱉는 우리가 아니겠는가. 그런데 저어 먼 나라 아프리카 오지에서는 아예 고생이란 말조차 없다는데 삶이 척박하기로 이를 테면 물 없는 사막에서 한 평생을 사는 사람들이 고생을 알지 못한다는 사실은 아이러니컬하다.

나는 추억이란 낱말을 되도록 사양한다. 그냥 생각난다. 아니 때때로 또는 뜬금없이 떠오르는 생각 지금도 잊혀지지 않는 기억들이라고 말하고 싶다.

입만 열면 금년이 1백 년만의 가뭄이니 무더위이니 몇십 년 만의 쾌청한 날씨여서 서울 남산 위에서 멀리 북쪽 개성에 있는 송학산이 육안으로 보인다느니 걸핏하면 뉴스는 호들갑을 떤다.

그나저나 이때나 저 때나 지구는 한 번도 멈추지 않고 자전하고 있으며 어제와 같지 않은 오늘을 연출하고 있다. 아무래도 생각은 계절을 따라 기억하고 잊기도 한다.

장마 무렵 해서 풋과일 중에 피자두가 인상적이다. 색깔도 곱거니와 지금처럼 동서양 과일이 마트에 지천이지 않았을 때는 그 검 자주색의 모양도 알맞게 크고 예쁜 자두 철에는 누구라도 자두를 보면 쥐고 싶을 만큼 사랑스러웠다. 맛도 새콤달콤해 한입 베어 물면 입안 가득한 침샘을 삼키기 아깝다.

그런데 이 피자두가 6·25전쟁을 전후해서 과일가게에서 자취를 감추었다.

6·25세대에게는 자하문 밖 능금밭에서 한여름 소풍을 잊지 못한다. 세검정의 너럭바위며 산비탈에 휘어진 능금나무를 모두 다들 기억하고 있다. 능금밭에 갈 수 없었던 축들까지도 장마철 비 개인 날은 세종로 네거리나 종로 네거리에서 행상을 만나 자두와 능금을 사서 맛보았다.

능금과 피자두를 좌판에 벌여놓고 파는 행상하는 소녀와 머리에 흰 세수수건을 고깔 삼아 접어 쓴 쪽 머리의 아낙네를 모두 기억하고 있다. 6·25전쟁 통에는 지금 어느 유명한 노시인도 소년 시절에 호구지책으로 원효로 삼거리에서 능금과 자두 장사를 했었다는 행적을 추억담으로 솔직하게 털어놓고 있다.

그때 그 시절에는 모두 다 그렇게 사는 것이 보통이었으므로 고생스러웠다거나 부끄럽다는 생각은 아예 아무도 하지 않는다. 갓난아기 볼처럼 발그레한 아이 주먹만한 능금은 앙증스럽게 예쁘고 곱다. 토종 능금은 어느 곳에서도 찾아 볼 수 없다. 보기와는 달리 능금 맛은 한입 베어 물면 시금털털하고 퍽퍽하다. 그래도 그 시절 서울 사람들은 연중행사로 자하문 밖 세검정으로 여름방학이 시작되면 물놀이도 할 겸 효자동 전차 종점에서부터 걸어서 능금밭을 찾아 하루 피서를 즐겼다.

전쟁이 멈추고 어언 육십갑자가 지나갔다. 언제부터인가 능금은 말고 피자두가 과일가게에서 풍성하게 선보였다. 내가 사는 아파트 단지 앞에서 행상하는 과일장수 아저씨는 팔순 노모와 같이 과일을 철철이 팔고 있다. 파라솔 밑에 붉은색 플라스틱 세숫대야에 수북하게 올려놓은 성애 긴 자두에서 향기가 진동한다. 올 들어 과일 소매가격이 상승해서 무조건 일만 원 단위이다. 과일도 낱개씩 말고 무게를 저울로 달아서 판다. 고를 수도 없다. 그렇다고 담아 놓은 몫을 다시 저울에다 올려놓기도 뭐하고 그렇다. 나는 저울에 달아서 담아 놓은 것 중에 그중 볼품 좋은 무더기를 골라 검정 비닐에 담아달라고 요청한다. 과일 행상 아저씨가 익숙한 손놀림으로 자두를 봉지에 담는다. 그런데 밑창이 드러날 즈음해서 나는 속임수를 보았다.

아저씨 봉을 박았군요. 저울에 일정하게 1kg을 달아서 담았다면서 많게 보이려고 투명비닐로 아구리를 감싸서 밑창을 뜨게 포장했다. 더 드릴게요. 나는 아무 말도 하지 않았다. 내 손에 들린 무게감이 괜찮다. 집에 돌아와서 나는 아낌없이 푹신한 살집의 자두를 손에 잡히는 대로 씻어서 흰 사기접시에 담아본다. 핏빛이 곱다. 저며서 한입에 넣어본다. 행상 아저씨 말대로 껍질은 시고 살은 달다. 겉껍질은 붉다 못해 검다. 그때 그 빛깔이다. 살은 진녹황색이다. 달다. 향기롭다. 그때도 지금 이 맛, 이 향기였더라.

나는 종로 네거리 플라타너스 나무 그늘 밑에 무명 흰 적삼에 검정 광목 통치마로 홉싸안고 능금 팔던 그 소녀가 지금도 살아 있을까 잠시 생각을 멈추었다.

어떤 비 개인 오후, 장마 끝에 치자빛 태양의 더위를 긋고 먹물 같은 가로수 그늘 밑에 앉아 있던 소녀의 검은 포도알 같은 눈동자가 지금도 영롱하다. 왜 이 영상이 하나도 고생스럽다고 생각나지 않고 아름답게 머물러 있는지 이상하다.

추억은 만드는 것이 아니다.

저절로 떠오르고 생각나서 영영 잊혀지지 않는 지나간 삶의 궤적이고 편린이다.

2012년 7월 17일 어느 날 한낮 피자두를 먹으면서 나는 능금 맛이 어떠했는지 눈을 감고 생각한다.

7월의 우렁찬 말매미 울음소리에 섞여 능금팔이 소녀의 목소리도 들리는 듯하다.

'자두나 능금사세요. 달고 맛있어요.'

노부인의 방문

최자영 _ 동화작가, 기독교학과 66

제목을 너무 거창하게 잡은 게 아닌가. 스위스 작가 뒤렌마트의 희곡, 강한 카리스마에 으스스한 〈노부인의 방문〉을 기대한다면 번지수가 좀 다르다.

2년 전 그녀의 전화를 처음 받았을 때 나는 한창 이삿짐을 싸고 있었다. 30년 넘게 살던 역삼동 집을 정리하고, 처음 살아보는 아파트로 가기 위해 살림을 10분의 1로 줄이는 작업을 했다. 그런 고되고 복잡한 때에 걸려온 전화 내용은 이러했다.

자기는 동대문에서 옷 도매를 하는 72세의 여인인데, 유명 브랜드의 재고 물품을 해외에 덤핑으로 넘기는 일을 한다고 했다. 미국 유학 중인 딸이 지난 방학 중에 한국에 잠깐 나왔다가 내가 쓴 동화책『즐겁게 춤을 추다가』를 한 권 가지고 가서 읽었다나. 그 후속으로 나온 책이 있으면 구해서 보내달라는 부탁을 받고 전화했다는 것이다.

딸의 나이를 물으니 28세의 독신으로 건축 디자인을 전공한다고 했다. 모녀간으로 보기에는 나이 차이가 너무 벌어져 이상스럽게 여겼더니, 전화로 설명하기엔 조금 복잡하지만 입양한 딸인데 처음부터 '엄마'로 불러왔다는 것이다.

작가라면 누구나 지기의 글을 읽어주는 독자 펜에게 무관심할 수 없을 것이다. 아동에 관한 연구를 하는 사람도 아닌 미술학도가, 더구나 인기작가도 아닌 내 책을 어떻게 읽게 되었을까 하는 생각을 하는 동안 내 마음이 약해졌다.

사람을 무조건 믿을 수는 없지만, 어떤 사연으로 늘그막에 딸을 입양하고, 유학까지 시키게 되었는지, '입양'이라면 내가 실천하지 못한 대단한 일을 몸소 행한 사람이 아닌가. 미지의 노부인에 대해 호기심과 연민이 생기게 되었다.

나는 그녀에게 지금은 이삿짐 싸느라 정신이 없으니 이사한 후에 다시 통화하자고 했다. 그런 후 종암동 래미안으로 옮겨 앉은 지 한참 지나서 지난 5월 초였던가, 그녀와 다시 통화가 되었다.

마침 그 무렵 창작동화집이 새로 나왔기에 그 책과 함께, 예전에 출판된 동화집 몇 권도 함께 꾸려 택배로 보내준다고 했더니 굳이 나를 만나야겠다는 것이다. 그 이유는 내 몸의 칫수를 알아보고 자기가 파는 옷을 꼭 선물하고 싶다는 것이었다.

장롱 속 옷들도 내 생전 다 입지 못할 터인데 무슨 옷 선물을 받는가 하는 달갑지 않은 마음에다가, 솔직히 이 나이에 누구와 새로운 인연을 맺는다는 일도 썩 내키지 않았다. 하지만 그토록 간곡한 그녀의 청을 더 이상 거절할 수 없어서 그녀의 방문을 허락했다.

처음 만난 그녀의 인상은 베이지색 바바리 코트 차림의 그는 연령에 비해 피부가 희고, 태도는 여교사처럼 단정한 노부인이었다.

거실에 소파도 없어서 한쪽 테이블에 마주 앉았는데, 거기 놓여 있던 화집을 보고 "10살 된 손자가 그림을 잘 그려요." 한다.

"딸이 독신이라면서요?" 내가 묻는 말.

"그앤 작은딸이고, 손자는 큰딸네 아인데 그 딸도 40년 전에 입양해서 키운 아이예요." 하는 그녀의 대답.

"그럼 두 번이나 입양을 하셨다구요?"

어떻게 된 사연인지 들어보지 않을 수 없었다.

약간 이북 말을 쓰는 그녀는 6·25한국전쟁 때 부모님과 월남하였단다. 양재를 배워 재단사가 되어 유명 양장점에서 일했다고 했다. 1960~70년 경 이대입구에서만 16년을 있었다고 하기에 '잠깐!' 하며 그녀의 말에 귀를 세웠다.

그 시기라면 내가 모교 재학 시절이었고, 졸업 후 월간『여학생』편집실에 근무하면서 이대입구 유명 양장점을 자주 들락거릴 때였다. '주니어 모드'라고 하는 인기란人氣欄을 내가 맡고 있었는데, 여학생들에게 어울리는 모드가 원색 화보로 나가고, 본문엔 멋진 스타일화와 함께 '내 체형에 맞는 옷 어떻게 입을까' 등의 기사와 함께 양장점으로부터 예쁜 옷을 두 벌씩 제공받았다. 그 옷을 받으려고 여학생들이 다투어 응모했던 기억이 새롭게 떠올랐다. 만약 그녀가 사실이 아닌 말을 한다면 금방 알아챌 수 있을 것이라 생각했다.

하지만 잠시나마 그녀를 의심했던 일에 가책을 느낄 만큼 그는 정확하게 당시의 이대입구를 사진으로 찍어내듯 설명했다.

"그토록 다복한 가정에 자녀를 갖지 못하셨군요……."

내 말에 한참 대답이 없다가 그는 "남매를 두었었지요."라고 말했다.

아이들 남매가 5살과 3살 되던 해에 애들을 두고 직장에 나갔는데, 식모애가 대문을 열어놓고 마당에서 빨래하는 사이에 꼬마들이 나란히 문 밖으로 나갔다는 것이다. 그런데 대문을 나서지 마자 무학여고 앞 언덕에서 내리달리던 트럭이 그만 아이들을 덮쳐 그 자리에서 숨지고 말았다는 것이다. 끔찍한 사고를 상상하며 나도 모르게 "오오, 저런 저런……." 하며 절규했다. 어떻게 그런 참혹한 일이 이어날 수 있을까.

지난 세월 속에 이젠 모든 일을 체념으로 묻어버린 듯 그녀는 남의 이야기하듯 담담하게 말을 이어 나갔다.

그런 사고 후 거의 5년을 폐인처럼 살았다고 했다. 보다 못한 남편이 '죽지도 못하고 이렇게 탄식만 하고 지내느니 남은 생애를 버림받은 아이 데려다 키우며, 내 자식에게 못다 한 사랑을 주며 살자'고 하여 홀트양자회를 찾아갔다는 것이다.

막상 가보니 예쁘고 건강한 아기들은 국내인들에게 입양이 결정되어 딱지가 붙어 있었고, 남은 몇 명의 아기는 선천성 희귀병을 안고 태어난 아이와 기형아로 난 아이들뿐이었다. 그런 애들은 국내 입양이 어렵고 대부분 해외로 입양된다고 하더란다. 말로만 들어왔던 부끄러운 현실을 그대로 목격하고 마악 돌아서려는데, 침대 한쪽 강보에 싸여 있는 아기가 눈에 들어오더라고. 얼굴은 안 보이고 포대기 밖으로 엄지손가락만한 발이 나와 있는데 잉크빛으로 질려있었다. 죽은 아기인가 싶어 살짝 건드려 보았더니 발을 이불 속으로 옴츠리더라는 것이다. 직원 말이 '부모가 버린 4개월 된 아인데 한쪽 귀가 없는 기형아'라고 하더란다.

아기를 한번 안아주고 싶어 들어보니 몸무게가 새털처럼 가벼운데 인연이 되려고 그랬는지 품에 안았던 아기를 차마 내려놓고 돌아설 수가 없었다고 했다. 마침내 이들 부부는 그 아기를 입양하였다. 아기를 키우면서 삶의 리듬을 다시 찾았다고 했다. 남편은 치매로 6년 동안 지방의 한 요양병원에서 지내시다가 2년 전에 돌아가셨다고.

귀가 없는 딸에게 인공귀를 달아주려고 했건만 수술이 무섭다며 딸이 원치 않았다. 그대로 대학 마치고 결혼해서 남편 따라 미국으로 이민하여 손자 낳고 잘 산다고 했다.

해마다 여름 휴가철이면 가족이 한국에 나와 자기가 쓰던 방에서 지내다 돌아간단다.

그런데 20여 년 전 어느 날, 주민센터로 부터 "일곱 살쯤 된 아이를 누가 버리고 갔는데 그 아이도 좀 키워줄 수 없겠냐"고 하더라는 것이었다.

어이없는 제안이었으나, 하나 키웠는데 둘은 못 키우겠냐며 남편이 데려오자고 해서 그 아이를 둘째 번 양녀로 맞았는데, 그 애가 내 책을 읽게 된 작은딸이란다.

헤어질 때 나는 미리 준비해 두었던 책 꾸러미를 들려주었다. 며칠 뒤 그녀가 아파트 정원에 와있으니 잠깐 나와보라고 했다. 그녀는 책값 대신이라며 여러 벌의 옷을 가지고 왔다.

나를 잠깐 보기만 했는데 자로 잰 듯 가져온 옷들이 맞춤처럼 내 몸에 꼭 맞았다.

옷을 받는 일이 부담스럽다고 했더니 자기에게는 가진 것이 옷밖에 없단다. 그렇게 되어 나는 노부인의 방문으로 늘그막에 새로운 벗이 생겼다.

지금 나는 그녀가 준 느낌이 부드러운 면소재의 T셔츠와 큼직한 호주머니가 두 개나 달린 스커트를 입고 있다. 바람에 펄럭이지 않게 아랫단을 오무린 항아리치마— 추리닝보다 편한 차림으로 책상 앞에 앉아, 노부인에 대한 글을 두드리고 있다.

꿈을 심는 꽃밭

홍애자 _ 수필가, 국문학과 60

둘째 아이가 돌이 지난 그해 오월이었다. J방송국 어머니날 수기공모에 내 작품이 우수작이 되었다는 전화를 받고 얼마나 기뻤는지 모른다. 그러나 그 기쁨이 채 가시기도 전에 작품의 실제 인물과 인터뷰를 하기 위해 방송에 출연을 해야 한다는 것이었다. 나는 당혹하여 작품 내용이 허구였음을 고백하지 않을 수 없었고 실격은 면하여 장려상이 되었다. 어디에 그런 열정이 잠재되어 있었는지 지내놓고 생각하니 엄청난 일을 저지른 자신에게 놀라웠다.

내가 수기공모에 응모를 하게 된 것은 그동안 접어 두었던 습작을 가늠해보고 싶어서였는지 모른다. 이따금 들려오는 옛 문우들의 근황은 나로 하여금 글에 대한 욕구를 일깨워서 부추겼지만 생각에 머문 적이 한두 번이 아니었기 때문에 이번 응모는 나에게 특별한 의미가 있었다.

몇 년 전 오랜만에 동창회에 나갔을 때, 그곳에서 대학 시절 문학의 꿈을 함께 키우던 친구를 만났다. 친구는 이미 기성작가가 되어 문단에서 인정받는 위치에 있었고 나는 여러 아이의 엄마가 되어 그와의 차이는 크게 벌어져 있었다. 친구와는 여고 시절부터 『학원』지를 통하여 친교를 맺었고 대학에 가서 다시 만난 사이였다. 우리는 짝꿍처럼 늘 붙어 다니면서 같은 동인회 회원으로 문학의 꿈을 향해 열정을 꽃피웠다. 학교를 나서면 곧장 달려가는 곳이 충무로 지하 음악 감상실이었는데, 희끄무레한 불빛이 축축하게 내려앉는 지하 찻집이지만 그곳이 좋았다. 주인인 K씨는 바이올린을 전공했던 사람으로 문학에도 일가견이 있는 분이어서 우리는 장소 걱정을 덜게 되었고 정기적으로 작품 낭송의 밤도 열었다. 나의 문학세계는 차츰 성숙되어 가고 이어 박남수 선생께 등단의 기회도 찾아왔으나 2회에 그치고 만『문학예술』지의 폐간은 문학을 향한 내 뜨거운 열정에 불운을 안겨주었다.

주변 친구들은 이미 식어버린 문학으로의 길을 일깨워주려고 애를 썼지만 재학 중 내가 맡았던 Y대 신문 연재소설 삽화 그리기에 몰두하여 그들의 충고를 받아들이지 못했다. E여대 철로 변 천막학교도 나의 마음을 돌려놓을 수 없게 한 동기 중 하나다. 휴강시간이면 '새마을 천막학교' 아이들과 함께 지내는 시간이 많았는데, 초등학교 교과 중에서 국어와 음악을 가르치면서 나의 가치관을 실현해 나갔다. 아이들의 천진한 눈망울을 보면서 어디에서도 맛 볼 수 없는 보람을 느꼈고 주말이면 아이들을 씻기도 머리도 깎아 주면서 차츰 그 애들의 밝은 모습을 대하는 즐거움이 커지기 시작했다. 대게 이곳으로 오는 아이들은 거의가 부모가 없거나 어려운 환경으로 구두를 닦고 껌을 파는 아이들이기 때문에 섬세한 배려가 필요했다.

그때 K교수의 기독교문학은 세 번의 결강이면 시험을 치른다 해도 학점이 나오지 않는 과목이다. 아이들을 가르치다가 시간이 지나 결강이 세 번을 채우게 되었다. 교수님을 찾아가 용서를 빌면서 어쩔 수 없이 천막학교 아이들에 대하여 말씀을 드렸다. 교수님은 내 손을 꼭 잡아주시며 "그런 일이 있었구나." 눈에 눈물까지 글썽이셨다. 누구보다도 어려운 이들을 살피는 교수님으로서 당신 과목 결강쯤은 문제가 되지 않아 하셨다. 큰 울타리를 만난 듯 열심히 아이들을 돌보던 어느 날, 학교 측으로부터 미관상 좋지 않으니 천막학교를 폐쇄하라는 지시가 떨어졌다. 이제 막 중학생이 되려는 두 아이가 생겼는데 청천벽력과 같은 일이었다. 선배와 함께 우리는 부총장실로 달려갔다. 비서의 만류를 무릅쓰고 P부총장님 앞에 꿇어앉았다. 늦은 밤까지 기다렸으나 대답은 마찬가지였다.

두 학생을 중학교 입학까지 끝내고 천막학교는 철거되어 어느 교회 지하실로 이전하고야 말았다. 한창 꿈에 부풀어 의리를 소중히 여기던 나는 어른들의 사고와 매정한 처사에 실망하고 회의에 빠졌다.

내가 해야 할 일은 아무데고 없는 것처럼 막막하고 어두워서 앞이 보이지 않았다. 아이들에게 마음을 쏟으며 문학의 길을 접었던 일이 허무해졌다. 이제까지 해왔던 일은 물거품이 되었다. 학창 시절의 아름다운 꿈은 그렇게 꺾이고 말았다.

오랜 세월이 지난 요즘 가슴 설레며 다시 글을 쓰기에 이르렀다. 긴 날 동안 꽁꽁 잠가 놓았던 마음 밭에 문을 열고 씨를 뿌리고 있다. 노랑 빨강 보라 남색의 꽃씨를 뿌리고 있다. 싹이 트기를 기다리며 하나 둘 순이 파랗게 얼굴을 내밀 때마다 기쁨과 조바심으로 흥분한다. 제대로 제 색깔로 꽃이 피어 줄까, 병충해에 걸리지는 않을까, 사그라지는 불씨에 풀무질을 하여 불꽃을 일구듯이 서서히 나의 꽃밭에는 잠재해 있던 많은 열정이 솟아오른다. 그러나 차츰 자신을 돌아보지 못하고 옛 생각에 짜증을 내며 어쭙잖은 자만심이 내면으로부터 꿈틀댐을 느끼고 흠칫 놀란다.

그동안 잠식되어 있던 감성의 세계를 더욱 갈망하면서 무수기가 말라버린 줄기에 수분을 채워줄 수 있는 물골은 어디에 있는지, 삶을 빛나게 하는 것들은 어떤 것인지를 곰곰이 나열해본다. 나를 드러내는 작업, 내면의 옷을 벗는 작업, 글을 통해서 모든 것을 쏟아내며 퇴색한 옷을 주저앉고 벗는다.

다시금 마음을 가다듬고 책상 앞에 앉는다. 황량했던 내 꽃밭에 튼실한 꽃을 피우기 위해 정신을 가다듬는다. 다듬고 솎음을 게을리 하지 않고 하나라도 흘려버리는 일이 없이 가꾼다. 열매를 맺다 만 '천막학교 아이들'의 아쉬움이 있지만 이제는 꿈을 심는 꽃밭을 일구고 싶다.

3부

나의 밤은 당신의
낮보다 아름답다

이지메 희생양

고영자 _ 평론가, 영문학과 60

수화기 속의 여동생의 목소리는 점점 억양이 높아진다. "언니, 일본인들은 참 대단해, 이번의 원전사고福島 때를 보아. 그 질서정연한 하나같은 모습이란……우리나라 사람들 같았으면 어떠했을까……아마, 난장판이었을 거야. 그 소동은 가히 짐작할 만해……." 나는 "글쎄……."하고 말끝을 흐리며 어정쩡한 여운을 남긴 채 전화를 끊었다. 나는 곧바로 일본인의 恥와 이지메라는 사회현상을 떠올린다. 일본사상에는 恥(はじ, 수치, 불명예)라는 것이 있다. 恥라는 것은 자신이 '능력이 떨어진다'에서 오기보다는 한패, 동아리, 場으로부터 자신만이 '변한 인간'으로서 떨어져나가고 배척되는 일을 두려워하는 감정이 강력하게 작용하는 개념이다.

언젠가 미장원에 갔을 때 미용사가 하던 말이 생각난다. 나의 머리를 손질하면서도 계속 말을 잇는다. 초등학교 5학년생인 자기 딸의 담임 선생은 젊은 임산부 여교사인데 수업시간에는 아이들을 자습만 시키고 자신은 영양제 같은 것을 마시며 한가로이 쉬고 있었다고 딸이 말하였다고 했다. 또 이런 말도 했다. 요즈음 엄마들은 아이들을 많이 낳지 않는다. 그래서 만일 전쟁 같은 것이 나면 자기부터도 아들을 어떻게든지 전쟁에서 빼돌릴 것 같다고 목소리를 높인다. 내가 그러면 누가 나가 싸우죠? 하고 물었더니 '몰라요'하고 아주 쉽게 대답한다.

나는 새삼 지난 시절, 일본에 거주하던 때의 무서운 이지메 기사가 생각난다. 일본에서 국민학교 아이들 여럿이 또래 아이 하나를 멍석에 돌돌 말아서 교정 복도 한 구석에, 그것도 거꾸로 세워 놓아둔 채 퇴교하였다. 그 멍석 속 아이는 결국 숨을 거두었다. 자주 일어나는 일본 아이들의 '이지메'의 지독함은 상상을 초월할 정도다.

나는 일본 교과서에 나오는 문학작품의 해설을 읽으면서 깊은 생각에 잠겼다. 『교과서의 문학을 다시 읽는다』(島內景二, 『教科書の文學を讀みなおす』, 筑摩書店, 2008년)에는 공공연하게 다음과 같이 쓰여 있었다.

단지 한 사람의 왕자타입의 남자 학생이나 공주타입의 여학생이 있다고 하면 나머지 학생들 전원은 노예의 입장에 서서 「마이너스」를 분할하여 견디어낼 수밖에 없다. 반대로 한 사람의 크나큰 「마이너스」를 감수하는 학생이 있다면 나머지 전원은 「플러스」를 나누어 즐겁게 지낼 수가 있다. 아마도 이것이 이지메의 원인일지 모른다. 보통 학급생활 중에서 최대다수의 최대행복을 위해서는 소수의 희생자가 희생양이 된다. 한 사람이 마이너스 100의 고통을 감내하면 나머지 전원, 만일 25명이라고 한다면 평균하여 한 사람당 플러스 4의 행복이 배분된다.

이지메 문제와 마주할 때, 즉 「타인의 불행은 나의 행복이고 자신의 행복은 타인의 불행」이라고 하는, 그러한 「행복」을 구하지 않는 방법이 있다. 한 사람에게 희생을 강요하지 않고 「플러스·마이너스·제로」를 만들어내는 일이다. 그러한 방법이 있겠는가? ……있다. 아니, 있을지 모른다. 森鷗外(모리 오가이)의 『山椒大夫』(1915년)를 읽으면서 이 문제를 생각할 일이다. 음습한 「희생의 강요=이지메」와 다른 「헌신」의 숭고함이 이해될 것이다.

『山椒大夫』(1915년)는 부친이 무고죄로 귀양 가서 불행하게 된 가족의 이야기다. 높은 신분과 유복했던 가정이 일시에 불행의 늪으로 빠져들었다. 모친은 노예가 되고 딸과 아들은 山椒大夫에게 팔려가 온갖 고난을 겪는다. 딸 누나는 남동생을 도주시켜 행복하게 살게 하기 위해 자신을 희생한다. 누나의 희생으로 증오의 순환을 끊었다. 후일 성공한 동생은 누나의 희생의 의미를 되새기며 사람들을 행복하게 하는 정치가의 길을 걷는다. 자신들을 지독하게 괴롭혔던 山椒大夫를 처벌하지 않고 보복하지 않는다. 이것이 이지메의 연쇄를 끊는 방법이다.

즉 작가는 잔악하고 탐욕에 찬 山椒大夫에의 처벌을 소설 속에서 쓰지 않았다. 이지메를 당한 소년이 힘을 얻은 뒤 이지메를 한 가해자에게 복수한다면 수없이 되풀이되는 「플러스·마이너스·제로」의 윤회의 사회가 되풀이 될 뿐이다. 희생을 한 소녀의 삶이 가르쳐 주는 것은 하나는 「타인의 행복이 자신의 불행」이라는 「플러스·마이너스·제로」라는 발상을 바꾸어 「타인의 행복이 나의 행복」으로 생각하면 기적이 일어난다. 두 번째는 만일 누군가 고난에 닥쳐 해결할 수 없는 사태에 임하게 될 적에는 그것을 타인에게 떠넘기는 것이 아니라 자신이 떠맡는 헌신이라는 행위의 아름다움이다. 이는 「타인의 행복이 자신의 행복이다」라는 확신이 있으면 헌신적 행동을 한 사람은 절대로 불행하지 않다.

일본 교과서의 문학작품의 거침없는 해석에서도 알아차릴 수 있듯이 일본의 이지메에는 일본위정자들의 학교관리시스템의 한 방책이라는 사회적인 암묵이 개입되어 있다.

우리나라에서 요즈음 크게 거론되고 있는 '왕따' '학교폭력'의 경우에는 그러한 일본에서와 같은 동질의 학교관리시스템으로서의 사회적인 암묵은 전혀 보이지 않는다. '왕따'를 가하는 측이 '왕따 당하는' 측들을 마음대로 심하게 괴롭히는 일에만 집중하는 특징이 있을 뿐이다. 아마도 만일 일본에서 '우리나라 임산부 여교사와 같은 사람이나 아들을 전쟁에서 빼돌리는 엄마 같은 사람이 있다면 즉시 이지메의 대상이 될 것이 아닌가' 하는 생각이 든다.

일본은 지구에서 '사요나라'

김문숙 _ 수필가, 약학과 45⟨입⟩

푸른 동해바다 가운데 한 점 바위섬 독도.

> 울릉도 동남쪽, 뱃길따라 2백 리
> 외로운 섬 하나 새들의 고향
> 그 누가 아무리 자기네 땅이라 우겨도
> 독도는 우리 땅

왠지 신이 나서 부르던 노래 '독도는 우리 땅'은 일본을 향해서 부른 노래일 게다. 일본이 독도를 두고 심심찮게 자기네 땅 다케시마竹島라고 우기는 바람에 그 무법적 욕심이 얄미워 더욱 노래 목청을 크게 돋워 동해저 편으로 띄웠던 것이다.

근세사 100년, 아니 임진왜란 400년 이래 항상 일본에게 당하고 뺏기고 짓밟힌 역사를 안고 사는 우리나라 백성들의 울분 터지는 고함이기도 한 이 노래가 친일파 나리들의 심기를 불편하게 했는지 슬그머니 금지된 시절도 있었다. 그래서 더욱 일본은 다케시마를 자기네 땅으로 우긴다.

섬나라 일본의 영토 야욕은 염치불구이다.

아무거나 제 땅이라고 나선다. 우긴다. 힘 있는 자가 우기면 통하는 것이 정치라고 상식화되어 있기에…….

독도뿐인가. 2차 대전 패전 후 일본은 줄곧 러일전쟁 때 뺏었던 소련방 북도 4도―구나시리, 에토로후, 하보마이, 시코탄도 도로 내놓으라고 쉴 새 없이 공갈친다.

어쩌다 도쿄에 가면 사나운 우익단체들의 검은 자동차가 대형 마이크의 볼륨을 있는 대로 높여서 찢어져라 악을 쓰고 돌아다니는 광경을 볼 수 있다. "북방 영토를 돌려 달라! 북방 4도는 우리 땅이다!"

돈이면 만능인 금세기의 풍조는 영토도 이제 사고팔게 되었다. 일본이 노리는 것도 그것이다. 그곳에 사는 주민들의 고통, 갈등 같은 것은 아랑곳없는 대국 이기주의의 횡포이다.

이 와중에 요즘 한국과 러시아 간에 북방 영토 200해리 수역에서 한국어선 조업을 합의하자 약이 오른 일본은 만만한 한국 정부에다 항의를 해 온다. 아이들 유행어로, "남이사…… 아이스케키를 구워먹든 말든……."

지구의 모든 섬, 무인도까지 임자가 있고 역사를 지니고 있다.

영토문제라면 좌충우돌의 일본이 이번에는 중국에게 뒤통수를 얻어맞았다.

중국해 한가운데, 오키나와 남쪽 200킬로 지점의 무인도, 이름 하여 조어대釣魚台 열도. 일본명 '센카쿠 열도'.

일본이 태평양 전쟁 때는 그곳에다 통조림 공장도 세웠고 요즘은 그 잘난 자위대를 파견해 두고 "센카쿠도는 우리 땅"을 노래 부르고 있는데, 지금까지 "영토논쟁은 다음 세대로 미루자."고 느긋하던 중국이 느닷없이 신영해법新領海法을 전격적으로 가결 선포했다.

"조어대 열도는 우리 땅" '조어대 열도'가 '센카쿠 열도'일 수는 없다는 것이다.

중국 측의 설명에 의하면 청나라 강희제康熙帝 때 류큐(지금의 오키나와)의 부사副使를 지낸 서본광徐本光이 쓴 「중산전언록中山傳言錄」에도 "조어대 열도는 류큐琉球의 일부가 아니다"라고 기술되어 있고 그후 200년이 지나 일본이 류큐를 병합했을 때에도 이 열도는 일본의 영토가 아니었다는 것. 그러다가 1895년 청일 전쟁에서 청이 패전. 일본이 대만섬을 점령하면서 처음으로 대만섬과 함께 조어대 열도가 일본 관할 아래 들어갔으나 1945년 일본의 태평양 전쟁 패전으로 대만이 중국으로 반환됐으므로 당연히 조어대 열도도 반환된 것으로 보아야 한다는 것. 그러나 이 같은 중국과 대립의 논지의 씨앗을 뿌린 것은 태평양 전쟁에서 승리해서 오키나와를 점령한 미국이 지난 1969년 12월 일본과 맺은 '오키나와 반환협정'이었다.

미국이 1971년 6월을 기해 류큐 군도를 반환키로 한 이 협정 속에 있는 이유는 분명치 않으나 조어대 열도는 분명히 일본에 반환된다는 내용이 포함돼 있었던 것이다.

일본이 이 열도를 역사적으로나 국제법상으로 자기네 땅이라고 주장하는 근거는 바로 이때 마련된 것이다.

무인도 조어대 열도는 일본 중국이 모두 탐내는 황금어장이다.

그중에 중국해는 중국대륙의 숨통이기도 자존심이기도 하다.

중국해 한가운데 조어대 열도를 일본이 센카쿠尖閣 열도라고 우긴다고 내놓을 중국이 아니다.

중국을 방문하는 외국 원수들이 묵는 영빈관 이름이 바로 조어대임을 일본은 아는지 모르는지……

조어대 분쟁은 먼저 차지한 사람이 임자라는 현실주의 선점주의先占主義 논리를 펼치는 일본과 역사적인 문헌, 지도 등을 제시하는 증거주의를 내세우는 중국 사이의 힘겨루기 양상을 보이고 있다.

중국 측의 주장에 현재까지 콧방귀도 뀌지 않는 일본이 마냥 우세한 것은 아니다. 독도 문제라는 치명적인 약점이 있기 때문이다.

중국은 일본 정부의 항의에 "일본 측은 항의는 쓸모없는 일"이라고 단호히 반박한다.

세계의 미운오리 일본의 극우정객政客 '이시하라 신타로—'가 미국을 믿고 "오키나와 반환협정에서 센카쿠 열도는 일본에 귀속되어 있다."고 해봤자 중국은 끄떡 않는다.

"미국이 뭔데……."

그뿐 아니라 대감으로 믿던 미국도 이제 일본의 편만은 아니다.

미·일 양국관계의 변화, 그리고 종군 위안부 문제 등으로 아시아 각국의 대 일본 보상요구의 소리는 높아지고 있다. 급변하는 시대조류를 탄 민족주의 대두의 파도는 일본을 휩쓸어 넘기고 있다.

부자 나라가 된 일본이 국제적 군주가 되고 싶겠지만 과거 역사의 청산을 저버려두고는 어림없다.

"그 누가 아무리 자기네 땅이라고 우겨도 독도는 우리 땅. 하보마이시코탄을 러시아의 땅, 조어대 열도는 중국의 땅"

P·K·O? 무섭지 않다. 망쪼의 깃발이 왜 무섭나?

지옥으로 향하는 그들의 군화 소리가 오히려 가엽다.

지치지도 않는 교만한 일본 군국주의가 가는 곳은 뻔하다.

2차 대전 후의 잿더미였던 일본이, 이번에는 후쿠시마 쓰나미로 잿더미로 남지 않게 지구에서 "뿅"이다.

죄 많은 일본 혼백들이여, 빛도 없는 우주공간을 헤매다가 일본군 손에 죽은 정신대 처녀들을 만나거든 그때라도 늦지 않으니 눈물로 사죄하라. 그리고 이제 푸르른 조국 조선의 산천으로 돌아가서 편히 쉬라고 일러나 주어라.

푸른 동해바다 가운데 한 점 바위섬 독도.

독도는 오늘도 외로이 조국의 200해리를 지킨다.

30년 전 독도를 둘러싼 양국 간의 시비가 귀찮다고 한일회담 때 일본 총리 앞에서 "차라리 폭파해 버리자"고 한 정보부장 김종필의 발언에 일본 사람도 놀라고 독도는 더욱 놀랐다.

　이런 자들이 애국자라는 이름으로 또다시 나타날까 독도는 몸서리친다. 거센 동해의 파도를 훈장 삼아 뒤집어쓰면서 새들의 고향 독도는 우뚝 바다에 선다.

믿을 만한 사람

김소경 _ 수필가, 국문학과 64(입)

밤늦은 시간에 초인종이 울려서 누군가 했더니, 보일러를 보러 왔다는 귀에 익은 목소리다. 서둘러 대문으로 나가는데 섣달 찬바람에 몸이 움츠려 든다.

어쩐 일로 이런 시간에 오느냐는 내 말에 그 사람은, 일이 밀려서 시간을 낼 수가 없었다고 한다. 며칠 전에 보일러실에서 안 나던 소리가 난다고 연락을 했더니 그 일로 온 것이다.

그는 지하실로 내려가 보일러를 점검하고, 별 이상이 없다면서 다시 찬찬히 살핀다. 기온이 내려갈 때 생길 수 있는 현상도 일러 주고, 동파에 대비할 점도 확인시켜 준다. 일이 그렇게 많으냐고 했더니, 한파로 집집마다 손을 봐야 할 곳이 있어서 잠이 모자랄 정도라고 한다.

동네에서 설비가게를 하고 있는 중년의 이 사람은 늘 웃는 얼굴이다. 우리집에 이런저런 일을 봐 준 지도 십 년이 넘었고, 공사 중에도 내가 열쇠를 맡기고 외출할 수 있는 사람이다.

처음 이웃에서 소개받았을 때 이 사람의 어떤 점이 동네에서 그토록 신용을 얻고 있을까 궁금했다. 한 번 일을 맡겨본 후에는 공사비를 묻지 않고 맡긴다는 것이다. 전에 어떤 사람에게 하수도 공사를 맡겼다가 날림으로 골탕을 먹은 적이 있는 나로서는 선뜻 믿기지 않는 말이었다. 이런 내 하소연을 들은 어떤 이는 일 하는 사람 곁을 지켜야 한다면서 요즘 세상에 누굴 믿느냐고 했다. 서글픈 말이지만 도리가 없다는 생각이 들었다.

그런데 일도 잘 하고, 공사비를 묻지 않아도 되는 설비공이 있다고 하였다. 한마디로 믿을 수 있는 사람이라는 얘긴데 말만 들어도 기분 좋은 일이었다.

막상 일을 맡기려고 했을 때 식구들은 다른 사람에게도 견적을 받아보자는 의견이었다. 하루 이틀에 끝날 일도 아니고 해서 그것도 일리가 있겠다 싶어 그렇게 해 보았다. 공사비가 적지 않게 나왔지만 별 차이가 없었다.

그래서 열흘간 예정으로 그 사람이 우리집 보일러 공사를 맡게 되었다. 나는 틈틈이 그 사람의 일 하는 모습을 살펴보았다. 사람들의 신임을 받는 데는 분명 이유가 있을 것이라 여겼기 때문이다.

우수가 지났지만 삼월의 날씨는 쌀쌀했다. 찻잔을 받아 든 그는, 바람이 차다면서 나보고 어서 들어가라고 한다. 버티고 있을 수도 없고 해서 들어와 있었더니 한참 후에 나와 보라고 한다. 고장 난 곳을 찾았다면서 자세히 설명을 하는 것이다. 그리고 새 것으로 갈아 놓은 것을 또 보여 준다. 이렇게 확인을 시킨 다음에 흙을 덮는 것이 일의 순서였다. 알아서 하면 될 일을 왜 하나같이 내게 알려주느냐고 물었더니, 그래야 다음에 이상이 생기면 찾아내기 쉽다는 것이다.

그렇게 하루 일이 끝나면 주변 정리를 말끔하게 해 놓고, 연장도 흙을 털어서 가지런히 정리를 해 둔다. 다음날 또 할 일을 뭘 저렇게까지 할까 싶을 정도다. 마무리가 되면 무슨 재미난 놀이를 하고 난 사람처럼 웃는 얼굴로 인사를 하고 간다. 생계를 위한 직업일 터인데, 천직으로 받아들이는 것 같은 그의 태도가 보는 사람의 마음을 편안하게 하였다.

열흘을 잡았던 공사가 하루 더 하고 끝이 났다. 품을 파는 사람이라 공사비를 더 주어야 하나 했는데 몇만 원 덜 받겠다고 한다. 생각했던 것보다 자재가 덜 들었다는 얘기다. 자로 재서 파는 비단도 아니고, 땅속에 묻힌 자재를 내가 어찌 알 것인가. 나는 몇만 원보다도 그 사람의 마음이 고마웠다. 그러고 나서 그는 대문 앞까지 비질을 해 놓고 돌아갔다.

저녁때 식구들이 그 사람에 관해서 물었다. 어떤 점이 사람들로부터 신용을 얻어서 서로 소개를 해 주느냐는 물음에 나는 한마디로 말하기가 어려웠다.

그 사람은 별나게 칭찬받을 일을 한 것이 없다. 당연히 해야 할 일을 한 것이고, 남의 일을 제 집 일처럼 하는 것이다. 그런데 이런 처세(福을 부르는 일)가 사람에 따라 쉽다면 쉽고, 어렵다고 하면 한없이 어려운 일이다.

섣달 밤늦은 시간에 보일러를 봐 주러 온 그 사람은, 또 들러야 할 곳이 있다면서 바쁘게 떠났다.

삼각산 동쪽자락 아랫동네

김예나 _ 소설가, 도서관학과 64

아이들이 제각기 제 둥지를 찾아 떠난 후, 우리 내외도 수순인 양 삶의 자리를 옮겼다. 녀석들 중심으로 강남에 부려 놓았던 저간의 삶을 정리해서 신혼 시절 살았던 삼각산 동쪽자락 아래로 되돌아 왔다. 오래되어 낡고 작은 아파트는 소박하다기보다는 초라하다는 게 정직한 표현일 게다. 먼 데서도 일부러 찾아와서 받아갈 만큼 수질이 뛰어나고 물맛이 깨끗하면서도 단 약수가 샘솟는 야트막한 산이 거실과 마주하고 있다는 것, 그 숲에서 불어오는 바람이 맑고 투명하며, 공기가 청정하다는 것까지 옮겨 앉을 만한 매력은 충분했다.

만만찮은 삶의 파고에 때론 흔들리고 가끔은 우회를 거듭하면서도 꼭 돌아오겠다고 한, 떠날 때의 약속은 사십여 년 만에 이뤄졌다. 약속을 지켰다는 자화자찬의 화환을 목에 걸고 귀향하듯 이곳으로 옮겨 온 후 칠 년 동안은 매미처럼 노래만 부르며 살았다.

목소리가 촉촉하다느니 성우 누구를 닮았다느니 하는 달콤한 평을 심심찮게 들어왔던 목소리가 메말라 가기 시작한 것은 십수 년 전 '녀석'의 침입이 있고서부터 시작된 여러 징조 중의 하나다. 안부 전화를 걸어온 조카가, 이모 몸이 많이 피곤하신가 보네, 하는 귀띔을 해주기 전까지도 듣기 거북할 정도로 가늘고 가닥가닥 갈라지면서 떨리기까지 하는 목소리의 현주소, 그 심각성을 미처 깨닫지 못하고 있었다.

노래를 부를 때도 아니고 무심히 나누는 대화 중에 느닷없이 떨리는 목소리를 내는 자신에게 체신 없이 왜 긴장을 하느냐면서 윽박지르기만 해왔다. 그 일이 인품과는 무관한 '녀석'의 행패라는 걸 한참 뒤에야 알았다. 궁여지책으로 생각해 낸 것이 노래공부다. 꿈에서라도 내 사전엔 없었던 기상천외의 처방이었다.

노래를 부르는 행위를 통해서 또 다른 자아에게도 햇빛과 산소를 보내보자. 목 밖으로 어렵사리 끌어 낸 소리로 노래를 부를 용기만 있다면 잃어버린 자신감과 퇴행한 몸 안에 여러 기능들도 다시 힘을 받게 되진 않을까. 전혀 과학적인 근거라곤 없는 이 주먹구구식의 처방은 신선한 시도만큼 새로운 가능성을 열어주었다.

클래식이 아니면 아예 외면해버렸던 가요경시의 건방짐에서, 노래방이란 저질의 인간군들이나 드나드는 하위문화의 산실이라는 자승자박의 사슬에서도 풀려났다.

얼마 전, 시어머님이 우리 곁을 떠나셨다. 얼추 한 세기 동안의 고단한 삶의 허물처럼 한 줌도 안 되는 풀잎 같은 몸만 달랑 남겨 놓고 해인海印을 찾아 쾅쾅 언 한 겨울 속으로 떠나셨다. 입관하기 전 내 품에 안고 잘 가시라는 인사를 드렸을 때의 어머님 뺨의 차가움이 이따금씩 생생하게 살아난다. 내 뺨이 기억하고 있는 깜짝 놀랄 정도의 냉기는 삶과 죽음의 거리가 가까우면서도 그만큼 까마득하다는 걸 절감시켜 준다.

머지않아 우리 내외 역시 이곳에 삶의 마지막 닻을 내리리라.

삼각산은 거실 창문에서 조금만 북쪽으로 고개를 내밀면 멀리 실루엣처럼 서 있는 모습을 한눈에 볼 수 있다. 안개로 뒤덮여 꿈같은 모습으로, 때로는 초록에 휩싸인 하얀 얼굴의 요정처럼, 혹은 눈부신 설경으로 다가서며 휘감겨 드는 삼각산 세 봉우리에 반해서 이사한 처음 얼마 동안은 웃음을 입에 물고 살다시피 했다.

햇빛 밝은 날엔 산이 통째로 아파트 앞마당까지 내려와 있을 때가 있다. 그런 날엔, 산 말고는 아무것도 눈에 띄는 게 없다. 백운대, 인수봉, 만경대. 세 봉우리에서 묻어나는 품격은 마음 깊이 존경하는 분 앞에선 어눌해지는 예의 습관대로 맞닥뜨릴 때마다 말을 잃어버리곤 한다.

삼각산은 당당하면서도 신령스럽고 과묵하다. 해가 떠오르는 새벽이나 일몰의 시간 마주하고 서면 가슴 안쪽 저 밑바닥에서부터 기도가 절로 솟구친다. 산은 간곡한 간원을 품고 올려다보는 나를 말없는 가운데 한참씩 품어 주곤 한다.

혼몽한 낮잠에서 깨어났을 때처럼 요즘 들어 눈에 띄는 세상사 모두가 현실감이 없고 물에 비친 그림자처럼 조금씩 흔들려 보일 때가 더러 있다. 내가 기억하고 있는 과거가 실재했던 사실인지 아니면 긴 꿈이었는지조차 헷갈린다. 때에 절고 얼룩투성이가 되어버린 우리네 삶도 행주처럼 가끔은 비누 풀어 넣고 폭폭 삶아서 말갛게 행굴 수 있는 새하얀 무명이랬으면 좋겠다는 생각도 가끔씩 지나간다.

노래를 통해서 상처를 치유받았다기보다는 상처로부터 한결 홀가분해졌다고 말할 수 있겠다. 문제는 혼자만 상처를 입었다라고 믿는 일방적인 피해의식이다. 사람과 사람 사이에 일어난 일인데 어떻게 일방적으로 받기만 했을까. 아랫사람이기에 조금은 더 받았을 가능성은 보이지만 결코 일방적이지만은 아니었을 거라는 지극히 상식적인 결론 앞에서 나는 늘 당황스럽다.

중앙무대에서 사람답게 제대로 살아보지도 못한 채 우물쭈물 하다가 삶의 변두리로 내몰린 분노, 젊어서부터도 특정항목의 미션을 받아보지 못한 채, 영원한 방관자로 평생을 살아야 했던 억울함에 매몰된 시어머니를 좀 더 따듯하고 진정어린 손길로 품어드렸다면 혹시? 하는 의문이 들 때쯤이면 어디서부터 다시 시작해야 좋을지 난감해지고 만다.

극한상황 종료 후, 모든 기억이 서서히 상식선으로 돌아와 있을 즈음해서 속내로부터 일어나는 이런 센티멘털은, 비상식적인 상황에 갇혀 발버둥치며 헐떡였던 '기억'에 의해 번번이 뒤통수를 얻어맞고 나서야 숙지근해지곤 한다.

아파트 뒷문을 나서면서 이내 만나지는 해등로海에는 머지않아 신설동까지 경전철이 가설될 거란다. 해등로는 내 아파트를 중심으로 왼쪽 아래로는 시루봉로를 만나게 된다. 오른쪽의 오름길은 언덕을 넘어 하늘 한가운데로 솟아오른 삼각산 아래 우이동까지 이어진 그림 같은 언덕길이다. 내가 이 동네에서 제일 아끼는 해등로에는 '전차가 오가는 샌프란시스코의 큰 길'이란 우리 내외와 나를 좋아하는 몇몇 친구들만 불러주는 이름 하나가 더 있다.

오늘따라 지는 해의 잔광으로 해등로 뒤로 삼각산의 뚜렷한 음영이 더할 수 없이 웅장하다. 인간의 언어로는 표현해 낼 수 없는 완벽함에 조물주의 걸작이라는 찬사가 다시 쏟아진다. 그 하자 없는 완벽함 앞에 나는 기꺼이 무릎을 꿇는다.

타인이 하는 말을 귀 기울여 들을 수 있는 영혼의 귀
내 가슴도 열어 보일 줄 아는 여유.

산정에서 내려오는 바람결에 언젠가 읽고 마음 안에 꼭꼭 접어 넣은 글귀가 일렁인다. 나는 옷깃을 여미고 산의 속삭임에 귀 기울인다. 해가 너무 눈부신 때문이라고 혼잣말을 웅얼거리면서 손등으로 볼을 타고 내려오는 눈물을 얼른 훔친다. 완성된 경전철을 타고 이 언덕길을 넘어 삼각산까지 오르내릴 수 있고 없고는 '당신'의 몫일 뿐이다.

머리에 꽃을 꽂은 관광객을 태운 전차가 지금이라도 언덕을 넘어 내려올 것만 같은 해등로에는 칠칠한 은행나무가 초록색으로 도열하고 있다. 머지않아 이 언덕길 위로 난분분 날아오르다가 마침내 지천으로 내려앉을 금빛 가을의 전령 노란 은행잎을 생각한다. 나무는 죽어서 제가 평생 서있던 흙속에 제 몸을 썩혀 영양분을 남긴다고 한다. 당신이 허락 해주신다면 나 또한 나무처럼 죽고 싶다. 남은 사람들 가슴에 어떤 기억의 흔적도 남기지 않고 그냥 잘 썩은 한줌 봄 흙으로 남고 싶다.

삼각산 동쪽자락 아랫동네, 작고 오래된 이 아파트에서 무탈하게 잘 살다가 말이다.

아름다운 노인의 조건

남지심 _ 소설가, 사회생활학과 68

언제부터였는지는 확실하지 않지만 전철을 탈 때면 노인석이 있는 출구 앞에 서게 된다. 오늘도 그랬다. 그런데 내 앞에 선 전철은 노인석뿐 아니라 일반석에도 빈자리가 몇 개 있었다. 나는 얼른 노인석이 아닌 일반석 빈자리에 가 앉았다. 내 뒤를 따라 전철에 오른 다른 노인 남자 분도 노인석이 아닌 일반석 쪽으로 걸음을 옮겨 빈자리에 가 앉았다. 전철을 탈 때면 가끔 있었던 일이 오늘도 반복해서 있은 것이다.

국가로부터 노인으로 인정받아 경로우대권을 받은 지도 몇 년 지났으니 나는 분명 노인이다. 그럼에도 노인들과 같은 자리에 앉고 싶지 않은 심리는 대체 무엇일까? 젊은 사람이 앉을 자리를 뺏고 있다는 미안함을 감수하면서까지 말이다. 노인인 나도 노인과 함께 어울리고 싶지 않은데 젊은 사람들이야 말해 뭘 하겠는가.

노인은 우선 외모가 아름답지 않다. 보면서 행복감을 느낄 수가 없다. 거기에다 뭔가 잔뜩 불만을 품고 구겨진 표정을 짓고 있으면 모두 피하고 싶어진다. 또한 노인은 퇴락한 집처럼 기운이 노쇠하다. 몸에서 뿜어져 나오는 기도 다른 사람의 기운을 북돋아 줄 수가 없다. 그래서 가까이 하고 싶어지지 않는다.

누구에게나 오는, 나에게는 이미 와 있는 노년, 이 노년기를 어떻게 보내면 가족 혹은 사회의 구성원으로서 존재감을 훼손시키지 않고 함께 공존 할 수 있을까? 이런 고민은 노년기에 접어든 사람이라면 누구나 직면하게 되리라고 본다. 나는 이 고민을 앞서간 노인의 모습을 통해서 찾고 있다.

80이 다 돼서 상처를 하고 혼자되신 친척 분이 계신다. 나는 가능한 시간을 내서 그분과 식사라도 같이 하려고 마음을 쓰고 있는데, 그분과 함께하는 시간은 늘 나를 힘들게 한다. 그분의 추억을 들어줘야 하는 시간이기 때문이다. 젊은 시절에는 상당한 지식인이었고 사회생활도 거기에 걸맞게 화려하게 했던 분인데 왜 노년기의 모습은 저렇게밖에 되지 않나? 하는 안타까움이 느껴진다.

나는 그분을 보면서 노인은 노인으로서의 지혜가 필요하다는 것을 깨닫고 있다. 이 세상 어느 누구도 남의 추억을 듣는 일에 시간을 할애하려 하지 않는 다는 사실을 아는 지혜, 그 지혜를 터득하면 젊은 사람을 붙들고 자신의 자랑이 반 넘게 곁들어진 추억담을 장황하게 늘어놓지는 않을 것이다.

그리고 또 다른 경우, 그분 역시 거명을 하면 많은 사람들이 아! 그분, 하고 곧 알 수 있는 분인데 그분 하고 같이 있는 시간도 힘들고 괴롭기는 마찬가지다. 그분은 자신이 알고 있는 넘치는 지식을 누군가에게 전해야 된다는 사명감을 가지고 계신 듯 수많은 이론을 전개하면서, 사회를 비판하고 국가를 비판하고 그 속에서 살고 있는 각계각층의 사람들을 비판하신다.

나는 그분의 장황한 비판을 들을 때마다 속으로 당신은? 하면서 그분을 쳐다본다. 교육이 잘못됐다면 교육자로 일생을 살아 온 그 자신은 무엇을 했다는 말인가? 세상에 살고 있는 우리 모두는 좋은 세상을 가꾸기 위해 주역으로 조연으로 단역으로 함께 참여하고 있다. 그런데 주역으로 참여

했던 그 자신도 못한 일을 누구보고 잘못했다고 비판하는 것인지.

지식과 이론으로 무장된 비판은 듣는 사람에게 피곤 감을 준다. 그것이 노인의 경우는 더욱 그렇다. 세상에 살고 있는 모든 사람들은 자신이 세상에 준 것보다 세상으로부터 받은 것이 더 크다고 생각한다. 이 사실을 조용히 직시하면서 많이 주지 못한 것을 부끄러워하고 많이 받은 것을 감사한다면 그렇게 칼날 선 비판은 하지 못할 것이다.

아름다운 노인! 이 말의 필수조건은 지혜라고 생각한다. 젊은 사람과 함께 있을 때 개인적인 과거의 얘기는 가급적 하지 말고, 자랑을 곁들인 자신의 얘기는 더욱 하지 말고 조용히 상대방의 말을 듣고 있다가 노인으로서의 조언이 필요할 때 지나가는 말처럼 부드럽게 해 주는 지혜, 자신이 간직한 지식을 드러내려 하지 말고, 이론을 앞세운 비판은 더욱 드러내려 하지 말고 상대방의 얘기를 미소 지으며 듣고 있다가 꼭 필요한 때 자신의 생각을 얘기하는 지혜, 이런 조건만 갖춰도 젊은 사람들이 가까이 있는 것을 피하려고 는 하지 않을 것이다.

모든 과정에는 노력이 필요하다. 유아기의 아이는 기고 걸으려는 노력을 해야 하고, 학교에 들어가면 공부하는 노력을 해야 하며, 청장년기에는 자신의 인생을 개척하고 발전시키려는 노력을 해야 한다. 그와 마찬가지로 노년기에도 갖추어야 할 지혜를 연마하는 노력을 하지 않으면 구성원으로 함께 존재하기가 어려워진다.

노인으로서의 갖추어야 할 지혜를 갖추고, 자신이 있는 공간을 청결하게 가꾸며, 항상 미소 짓는 얼굴로 주위 사람들과 어울리려고 애쓴다면 노년기의 우리 모습도 그윽한 빛깔로 물 드려진 노을처럼 아름답지 않을까?

올해 여름은 너무나 잔인했다

박순자 _ 수필가, 국문학과 60

해거름에 동네 공원으로 갔다. 나는 골절상을 당해 깁스한 두 팔목을 가슴에 안고 조심스레 걸어본다.

이게 얼마만의 공원 나들이인가. 목발에 의지해 한 걸음씩 발을 옮기며 걷는 사람, 몸을 기우뚱거리며 중심을 잡으려 애쓰며 걷는 사람, 전동차에서 나와 공원 운동기구에 매달려 있는 사람 등등…… 목걸이 카드를 걸고 천천히 걷는 어르신들, 그런가 하면 건장한 젊은이들이 그들 사이로 달리는 모습, 가운데 운동장에는 여럿이 축구를 하기도 한다.

그렇다, 이 크지 않은 공원을 중심으로 주위에는 참 많이도 서로 다른 환경의 삶이 병풍처럼 펼쳐져 있다.

공원 왼쪽에는 초등학교와 중학교가 있고, 그 너머에는 고등학교가 있다. 초등학교 뒤에는 기초생활 수급자와 1급 장애인 영구임대아파트가 있고 오른쪽엔 65세 이상의 어르신이 거주하는 시니어스 타워가 있는가 하면 내가 사는 아파트 바로 코앞에는 백화점이 있어 늦도록 별세상처럼 화려하다.

나는 한때 몇 년 동안을 거의 매일 이 공원에서 걷기 운동을 했다. 양팔을 90도 각도로 앞뒤로 흔들며 눈은 15미터 앞을 보면서 또박또박 걷는다. 낯익은 동네 아줌마들이 흔들거리며 걷다가 내 모습을 보게 되면, 자세를 고치면서 찡긋 윙크하며 지나간다. 이어폰을 귀에 꽂은 채 힘차게 걷는 아가씨들도 틈틈이 보인다.

봄날 이른 아침에도 걷고, 비가 오는 여름철에는 우산을 받고서 볼우물처럼 파인 도로를 피해가며 걷고, 깊은 가을 저녁에도 그렇게 걸었다. 눈이 오는 날엔 눈 밟히는 내 발짝소리에 귀 기울이며 움츠리기 싫어 활갯짓까지 해대며 참 열심히도 걸었다.

낮에는 담장 너머 초등학교 아이들이 운동하다가 때로는 공원으로 공이 넘어 올 때가 있다. 내가 그 넘어온 공을 되받아 보내면 우르르 몰려와서는 소리도 우렁차게, "고맙습니다"를 합창하던 참새 떼들 뒤에서 나는 잠시 아련한 눈길을 보내기도 한다.

그런데 언제부터인가 내 게으름이 발동했다. 지하철 5호선으로 시작된 내 외출이, 짧은 구간은 환승하지 않고 그냥 걸어 다니게 되었다. 문득 이런 경우 다시 공원에서 걷지 않아도 되겠다는 꾀가 생겼다. 나는 점점 공원에 가지 않게 되었고 심지어는 걷지 않은 날도 공원에는 가지 않았다.

여러 모습의 중증 장애인들이 나름대로의 홀로서기로 공원의 갖가지 운동기구를 이용하다가 몇 분이 나를 보고서 아는 체를 한다. 그렇게 건강하게 다니던 분이 웬일이냐며 각각 치료법을 일러주는데 병원에서 권유한 내용과 비슷해 거의 전문가 수준이다. 분명한 것은 그들은 이미 오래전부터 굳은 몸으로 살아서인지 너무나 느긋한데 나는 쩔쩔 매고 있음이다.

이렇게 다른 곳에서는 동떨어진 세상의 모든 이야기가 이곳에서는 소우주의 품속에 하나 되어 숨 쉬고 있다.

나는 왜 이리도 조심성이 없을까.

그러니까 지난 6월 초, 늦은 시각에 집으로 가다가 발을 헛디뎌 기역자로 된 계단 아래로 굴렀다. 피투성이가 된 나는 ㄱ구 ㅂ지구 119 안전센터의 세 분의 구급대원들에 의해 Y병원으로 실려갔다. 깨어났을 때는 뇌진

탕으로 머리를 30바늘이나 꿰맨 뒤였다. 거울 속에는 한쪽이 더욱 검붉게 멍든 채 울퉁불퉁 불거진 산발한 괴물이 초점 없이 나를 바라보고 있었다. 이렇게 해서 양팔 골절로 손가락 몇 개만 내놓고 깁스한 나의 병원 생활이 시작되다. 괴물이 내가 아니라고 생각하면서, 소식 듣고 달려온 친지들이 내 앞에서 눈물을 훔치며 말을 못할 때, 나는 이상하게도 담담했다. 난생 처음으로 간병인 손에 모든 것을 의지하는 호강을 하면서, 사고로 몸을 다쳐서 실려 온 환자들을 많이 보게 되었다. 공장이나 농장 또는 식당 등 일터에서 잘못돼 뼈를 다친 경우나 나처럼 어슬프게 크게 다쳐 실려온 환자들이 많아 응급실 앞에는 가족들의 불안해 하는 모습들이 자주 보인다.

고대 철학자 인상의 원장님, 나의 팔목 골절을 수술해 주신 유난히도 많은 눈가의 주름살과 웃음이 귀까지 달린 완전 '안동하회탈' 같은 과장님, 또 제일 먼저 정신을 잃은 나의 피범벅이 된 머리카락을 정리하여 정수리를 가운데로 약 10cm 넓이의 타원형을 30바늘 꿰매주신 호남형 이사장님, 세 분이 모두 한결같이 '살아도 평생 장애자일 수도 있는 나쁜 상황'이었다고 말씀하셨다. 분명 내 실수였지만 문병 온 내 친지들도, 또 같은 병실의 환자들조차도 입을 맞춘 듯 천행이라 생각하란다.

삶과 죽음이 종이 한 장 차이가 아니고 바로 한 장 속에 두 운명이 다 있었다. 적지도 않은 이 나이까지 건강해서 주위의 부러움을 받을 때 나는 당연하게 생각하면서 오만했던 것일까. 몸에 상처가 나고서야 자신의 오만을 조절할 수 있는 것일까. 사실 모든 게 다 그렇겠지만 건강도 지나간 후에야 알게 되나 보다. 양 팔목에 약 8cm 길이의 철심을 세 개씩 박은 채 20여 일 만에 퇴원을 했다. 집안으로 들어가기 위해서 제일 먼저 현관문 고리를 돌리자 손은 돌아가지 않고 몸이 돌아간다.

2012년 여름은 나에게 너무나 잔인했다. 7월, 8월, 연일 계속되는 폭염 경보와 열대야에 양팔의 깁스는 차치하고라도 어쩌자고 손가락은 이토록 인정사정없이 바늘이 되어 찔러대는지 기분 나쁜 그 고통은 뭐라 표현할 수가 없다. 손뿐만이 아니라 온몸이 골병이 들어 살짝 건드려도 쓰리고 시려서 슬프고 그래서 외로웠다. 정말이지 2012년 여름은 나에게는 길고도 긴 지옥 그 자체였다.

8주 만에 깁스를 풀고 철심을 뽑았으나 하회탈 과장님은, 굳으면 병신이 될 수 있으니 열심히 손가락 운동을 해야 한다는데, 아기처럼 잼잼하며 손가락을 폈다 오무렸다 하는 연습을 해도 계란 하나도 집을 수가 없다. 깁스를 풀었으니 겉으로는 멀쩡한데 오른손은 반병신이고 왼손은 저린 손에 붓기까지 한 온병신이다.

우울증이 오면서 나는 외부열기와 싸우고 손가락의 찌릿찌릿 근질근질 후끈거림에 원초적인 바보가 되어 시간을 죽일 뿐이었다. 이상하게도 추위와 더위를 잘 견뎠던 내가 사고 후에는 덥다고 느끼는 순간 얼굴에서 물이 줄줄 흐르고 춥다고 느끼는 순간 역시 온몸에 소름이 돋는다.

공원에서 여전히 양팔을 가슴에 품고 어정쩡한 걸음으로 걸으면서 내 눈에 보이는 중증 장애인 모두가 어쩌면 내가 그렇게 되었을 지도 모른다는 생각이 든다. 뇌진탕에 두부열상으로 30바늘이나 꿰매기는 했지만, 열 계단이나 곤두박질 쳤는데 뇌출혈까지 있었다면……? 양측요골골절상에 두 다리 골절까지 당했다면……? 안면 다발성 피하혈종에 코뼈와 턱뼈까지 부러졌다면……? 더욱이나 내 상상은 처음 나를 병원으로 이송해주신 3반 1소대 구급대원들이다. 머리 정수리 둘레에서부터 흘러 내린 피가 얼굴을 지나 웃도리를 적셔 내가 잡고 있던 핸드백까지 피벼락을 맞은 내 흉칙한 몰골이다. 그 세 분의 구급대원들은 아마도 내가 평생 병신, 등신으로 살 것처럼 보이지 않았을까? 이제 그만 생각하자…….

동네 ㄷ한의원에서 열심히 침을 놓아주시는 미남 원장님도 안타까워 하신다.

철학자 모습의 원장님, 하회탈 과장님, 호남형 이사장님, 또 한의원 미남 원장님은 물론 함께 입원했던 환자들과 내 친지들이 본 내 형국은 사실 그대로 지금의 내 모습이 천행 중의 천행 아닌가!

생전에 자식 걱정만으로 사셨던 천상의 부모님께서 못난 이 딸을 보호하신 걸까? 어느새 인생의 대부분이 훌쩍 지나간 끝자락에서 이제 내가 맞이할 '내일'은 얼마나 될까……. 어느 개그처럼 '감사합니다'를 가슴에 새기며 살면 될까 모르겠다.

통원치료에서 손저림은 좀 더 두고 보자며 다시 손가락 운동을 강조하신 하회탈 과장님이 위로하듯 "미인이 되셨습니다"라고 하신다. 이번엔 나도 하회탈이 되어 웃음 가득 "진짜 미인인데요."를 혼잣말로 중얼거리며 저린 양손을 잡고 병원 문을 나서자, 한여름 한낮의 햇살이 나에게로 쏟아졌다.

말

서용좌 _ 소설가, 독문학과 67

만일 여러분이 기자가 된다면 누구를 인터뷰하고 싶나요? 인터뷰할 대상을 정한 후 질문 목록을 작성해보는 것이 오늘의 숙제입니다. 왜 그 사람을 대상으로 정했는지 그 이유도 함께 적어서 보내세요, 이메일로!

사실 이메일 숙제는 편한 작업은 아니다. 내용도 내용이지만 외국인 학생들의 한국어 실력은 '말하기'는 물론 '쓰기'에서도 여지없이 드러나는 때문이다. 일일이 고쳐줘야 하는 것이 기본인데, 그것이 생각보다 쉽지 않아서다. 무심코 쓰던 문장이었다가도 학생들의 표현에서는 갑자기 자신이 흔들려서 표준국어대사전을 찾는다. 그 버릇은 간단한 글을 쓸 때도 여전해서 이젠 마음 놓고 글 한 줄 쓰기가 어려워진다. 그도 그럴 것이 "나랏말쓰미 듕귁에 달아……"라고 열심히 외웠던 '뿌리 깊은' 기억과 아무 상관없이 이제와 표준어는 '나라말'이라니 말이다.

그동안 표준어는 '만날'인데 입에서는 맨날 맨날이라고 움찔거리다가, 어느 날엔가는 그것 또한 표준어란다. 이런 조변석개를 두고 반갑다고 해야 할지, 요새 아이들 말로 '멘붕'이다. 국적이 불명한 멘탈붕괴의 약자로, 말 그대로 정신이 무너져 내린다는 말이란다. 어떤 상황이나 말에 의해 평정심을 잃고 '정신이 나갔다', '자포자기' 또는 '분노가 극에 달했다'는 식의 뜻이란다. 누리꾼들의 장난이다.

— 어땠어? 쌔끈?

— 말도 마. 폭탄이었어! 얼큰이었다고.

소개팅에 나가서 섹시하고 멋있는— '쌔끈'—상대를 만났냐는 질문에, 소개받은 사람이 외모나 성격 등이 마음에 안 들 때 쓰는 '폭탄'이란 답을 보낸다. '얼굴이 큰 사람'이었다고!

은어를 피하면 돌아오는 것은 '은따'—은근한 따돌림이다. '리하이'라는 예법을 몰라도 당근 은따. 대화방을 나갔다가 다시 들어왔을 때 인사는 그냥 '하이'면 부족하다. 're-'를 붙여야 예의(?)란다.

음절 줄이기는 귀여운 부류에 속한다. 게임은 '겜', 서울은 '설', 애인은 '앤', 어서 오세요는 '어솨요'로 줄인다. '아뒤'를 멋진 프랑스식 인사말인 줄 알고 대꾸했다가는 혼난다. 곧 '강추'다. 그것은 강력 추천일 때도 있으나 강력 추방으로도 사용된다. 그런데 '아뒤'는 누리꾼들에게는 아이디의 준말이다.

제일 따라가기 어려운 말들은 모음 비틀기다. '다덜, 모냐, 알쥐, 안뇽, 안냥하세엽, 화났나여? 넵'은 '다들, 뭐냐, 알지, 안녕, 안녕하세요, 화났나요? 네'의 비틀기다. 비트는 데 시간이 더 걸려도 비튼다. 왜? 모른다.

'절친'에게서 문자가 날아온다.

— 열공중? 반반무, 반반무마니 시켜노코 ㄱㄷ!

— '베프, 방가방가. 냉무 아니쥐?'

베프는 물론 베스트 프렌드의 준말이다. 영어도 막 줄인다. 한국어가 재미가 쏠쏠해 보인다. 그러나 신세대 누리꾼들이 아니고서는 불행하다. 열심히 공부하는 중이야? '프라이드치킨 반 마리, 양념 치킨 반 마리, 무 많이' 시켜놓고 기다릴게! — 이것을 알아듣는 '사오정'이 몇이나 있을까. 실세(?)에서 물러난 것은 기정사실이라 하더라도, 이제는 가상세계에서는 아예 출입금지다. 어디에서 살꼬?

본론을 잊고 있었다. 이메일을 열어 숙제를 점검해야 한다.

이들이 인터뷰하고 싶은 대상이 누구일까? 에임 하이! 그렇게 권장받으며 자란 대학생들임이 드러난다. 중국 학생이 버락 오바마를, 안젤리나 졸리를 인터뷰하고 싶단다. 셀레브리티에겐 이미 국경은 없다.

독특한 것은 중국의 성전환 무용가가 여러 학생들에게서 나온 것이다. 진성 ─ 중국식 발음이 그러하지만 조선족이니 김성이라 불러도 되겠다. 1968년 조선족 집안의 아들로 태어나, 일찍이 가족의 뜻과는 달리 인민해방군에 합류하여 무용과 군사훈련을 받고 청소년 무용수로 두각을 나타냈다. 곧 현대무용을 배우기 위해 미국으로, 이어서 로마에서는 무용을 가르치기도 했다. 이 세계적 무용수가 26세에 고국으로 돌아가 28세가 되던 1996년에 '성확정' 수술을 받았단다. 그러니까 본래 여성적이었던 그가 그녀가 되었다, 용감하게도. 세상은 그녀를 더욱 반겼고, 2004년의 〈상해 탱고〉는 유럽 순회공연에서 "우리의 현대무용이 어디로 발전할지 망설일 때 동방에서 온 무용예술가가 우리에게 방향을 잡아주었다"라는 찬사를 들었을 정도. 이미 아들을 입양했던 그녀는 38세가 되던 2005년에 독일인 남성과 결혼하여 현재 3명의 입양아와 함께 가족을 이루고 산단다. 무용의 열정은 더해서, 지난해 2월에도 이탈리아의 로마공원극장에서 〈제일 가까운 것과 제일 먼 것〉을 공연하여 극찬을 받았다고.

내가 왜 이리 긴 이력을 말하는가. 그냥 놀라워서다. 말로는 다 못할 이야기이기 때문에. 사람이 말로서 표현할 수 있는 것이 어디까지일까. 말로서 표현한 것은 진실인가. 말은 진실을 다 표현할 수 없다. 혹은.

학생들이 뽑은 인터뷰 상대가 점점 놀랍다. 터키에서 온 여학생은 신에게 인터뷰를 하고 싶단다. "왜 세상은 힘들고, 왜 좋은 사람들이 나쁜 사람들보다 행복하지 않고, 세계를(세상을) 어떻게 만들어 주(시느)냐고 묻고 싶습니다." 물론 서툰 표현이다.

갑자기 전혀 다른 유창한 말이 떠오른다.

정말 결혼을 잘 한 것 같아요! — 30년 넘은 결혼 생활 후에 남편의 면전에서 다른 사람들에게 그렇게 말하는 아내의 말. 다른 남편들이 모두들 감탄했다고 한다. 그 말을 '전해들은' 나는 믿지 않는다. 행복한 사람은 행복한 줄 모른다, 라는 생각에 압도되며.

발이 시린 여름밤이 깊어간다.

발이 시리면 맘도, 맘이 시리면 말도 시려진다.

바람결에 날리며

안혜초 _ 시인, 영문학과 64

잇으려
잇으려 해도
잇기지 않던 그 사람
행여
잊었을까
되풀이 생각해 봐도

생각키우지 않네

바람결에 펄럭이는
달력이사 알게 무어람

그 사람 좋아하던
갈잎노래, 사뭇
날 애태우던
휘파람소리도

이제는
한 조각 흘러간 구름

자옥자옥 저며오지
않는 마음이
차라리 슬프다고
슬퍼온다고

하얀 미소를
깨물어 볼까

「세월」이란 제명題名으로 위의 시가 쓰여졌던 게 이십대 중반 초가을쯤
이었던가.

그 무렵, 서로 시기적으로 어긋났던 학창 시절 보라빛 풋풋한 연정의 애
틋함이 미처 다 가시지 않은 채이면서도, 머잖아 '희미한 옛사랑의 그림
자'로 하얗게 바래어질지 모른다는 그 시한성時限性을 예견, 약간의 장난기
마저 곁들여서 미리 한 가닥 아쉬움, 허전함같은 걸 꼬집어 노래했던 기억
이 꿈결인 양 아스라하다.

젊은 시절, 누구라도 한두 번쯤은 치르게 되어 있는 그 홍역 같은 것, 그
어떤 정신적인 형태의 아픔 중에서도 가장 견디기 힘든 그 쓰라림의 맛,
그러면서도 대상하고야 어찌 되었던간에 '사랑한다'는 느낌 자체에서 오
는 그 비길데 없는 희연, 감미로움.

'실연을 해보지 않고서는 사랑에 대해 말하지 말라' '사랑하고 실연한
것이, 전혀 사랑을 안 해본 것보다는 낫다'고들 말하지만, 사랑, 그 불가사
의하고도 부조리, 모순투성이의 안갯속을 어느 전지전능할만큼 특출한 두
뇌가 있어 앞뒤 꼭꼭 들어맞게 풀어헤칠 수가 있던 말인가.

가슴에서 생겨나 가슴에서 끝나버리는 그 몸저리는 감정의 곡예를, 사랑하는 사람의 가슴에 한 점 빛으로 영원히 반짝이고 싶다가도, 차라리 담배 한 개비로 완전연소하고 싶은 그 뜨거운 갈망을……

어느 가을날 소묘

이민수 _ 소설가, 기악과 64

봄은 만인의 가슴을 연인으로 만든다면 가을은 만인의 가슴을 철학자로 만든다. 봄은 마냥 좋고 가을은 심각하게 좋다. 그렇지. 그런 말들이 있지.

몇 해 전 어느 가을날, 우리는 샛노란 은행잎이 나무 밑둥치마다 수북이 쌓여 있는 삼청동길에서 점심을 먹고 성북동에 있는 이태준 생가를 복원한 찻집 수연산방으로 갔다. 아담하고 옛 정취가 그대로 남아 있는 그곳 작은 마당에도 가을이 가득했고 하늘도 바람도 나뭇잎들도 저들끼리 가을이라고 속삭거리는 것 같았다. 우리는 심호흡을 하며 옛 소설가가 살며 생각하며 작품을 쓰던 곳이라는 감회에 젖어 여기저기를 둘러보며 잠깐 잠깐 그 시절로 되돌아가 보기도 했다. 그리고 예약된 차실로 올라갔다.

우리는 모두 오래되어 무관하기도 하고 조용헌 씨가 말하는 상단전 궁합이 잘 맞는 친구들이다. 그러니 마음도 몸도 가장 편한 자세로 앉아 슬슬 우리들만의 가을 한때를 만들어 갔다. 아주 낮은 소리로 노래도 부르고 언제나처럼 특별한 주제 없이 되는대로 이야기들을 풀어갔다. 향긋한 전통차로 가끔씩 목을 축여가며.

그러던 중 가장 얌전하고 단정하고 목소리도 가장 약한 친구가 느닷없이 요즈음 나의 화두는 '사랑'이다 라는 말을 툭 던졌다. 사실 언제부터인가 우리들의 대화에서 사랑이라는 말이 사라져 있었다. 그래서 그 말은 약간의 충격으로 다가왔다. 그 충격으로 약 십 분의 일 초쯤 멍해졌다. 그 십분의 일 초가 지난 후 그 말을 던진 친구 외 나머지 세 사람의 입에서 거의 동시에 말이 터져 나왔다.

무슨 사연이야? 솔직히 고백해. 사랑이 화두라. 야! 너무 근사하다. 사랑엔 아가페적인 것도 있고 에로스적인 것도 있고 신에 대한 사랑 부모 형제에 대한 사랑 등 너무 많잖아…… 그중 어느 것? 아니면 그 모두를 포함한 것?

같은 말에 대한 반응은 너무 달랐다. 역시 인간은 얼굴이 다른 만큼 다를 수밖에 없고 다르기 때문에 저마다 아름답고 빛이 난다. 우리들은 그 각양각색의 질문에 웃음을 터트리지 않을 수 없었다. 그리고 각자 자기 생각들을 왁자지껄 시끄럽게 떠들었다.

누군가는 사랑의 반대는 자유라 했고 또 누군가는 도를 닦으면 자유로울 수 있으니 아니다 라고 했다. 그러나 정작 그 말을 꺼낸 친구는 그 이후 입을 굳게 다물고 한마디도 더 보태지 않았다. 그래서 그 말은 각자 가슴에 여운을 남긴 채 끝이 나고 다른 이야기로 이어졌다.

그러는 사이 가을 해는 빨리 저물었다. 즐거웠다며 인사 나누고 헤어질 때 친구들의 뒷모습에서 젊은 날의 도도함은 보이지 않고 어쩐지 쓸쓸함만 보여 동병상련의 연민과 애정이 뭉클 솟아올랐다.

돌아와 혼자가 되었을 때 화두를 가지고 살고 있는 친구가 참 멋있다는 생각이 들었다. 이어서 나도 화두 하나 가져볼까 싶어졌다. 그러자 '기쁨'이라는 단어가 번개처럼 떠올랐다. 딱히 화두라고 정해 놓진 않았지만 그즈음 내 머릿속에선 기쁨이라는 말이 항상 맴돌고 있었기 때문일 것이다.

우리에게 기쁨은 어떤 것이며 각자의 삶은 각자의 기쁨이라는 것에 얼마만큼 조정되고 한 인간과 그의 기쁨은 어느 만큼의 깊이로 맺어지고 있을까 하는 등등의 생각으로.

그야말로 누가 들으면 개똥철학하고 있네 하며 웃겠지만 아무에게도 피해주지 않으니 굳이 그만 둘 이유도 없었고 괴롭거나 힘든 일도 아니니 누구의 조언이 필요한 것도 아니어서 그냥 그렇게 지내고 있던 터였다.

그래서 화두를 기쁨으로 정하고 오며 가며 생각했던 것들을 한번 정리해 볼까 싶어졌다.

그로해서 오도송을 얻어 '활, 하는 외침을 갖지 못 한다 해도 무의미한 일은 아닐 것도 같았다. 오히려 혼자서 북 치고 장구 치며 노는 재미있는 놀음이 될 것도 같았다.

먼저 진정한 기쁨은 어디서 오는가를 생각해 보기로 했다. 아포리네르는 그의 시 미라보 다리 아래에서 기쁨은 언제나 괴로움에 이어온다고 말했다. 좀 이상하다. 우리는 괴로움 없이도 많은 기쁨을 가지지 않는가? 맑은 가을 하늘도 감동적인 영화 한 편도 우리를 기쁘게 하지 않는가? 그런 예는 수없이 많다. 그러면 아포리네르의 시는 그런 기쁨은 순간적으로 스쳐 지나가 버리는 기쁨이지 마음속 깊은 곳에서 우러나오는 진정한 기쁨은 아니라고 말하고 있는가?

발레리나 강수진의 발 사진이 떠올랐다. 그녀의 발 사진은 강수진의 발레가 어떻게 태어난 것인지 너무도 자명하게 알려준다. 직접 경험하지 않아도 어떤 괴로움을 견디어 왔는지 알 수 있게 해 준다. 발이 그렇게 변형되게 할 만큼의 계속되는 연습 속에 고통뿐이었다면 연습이 계속될 수 있었을까를 생각하게 한다. 고통 속에서도 기쁨도 있었을 것이다. 물론 야망이든 허영이든 희망이든 그 속에도 기쁨이 있어 연습을 계속하게 하는 동력에 한 몫을 했겠지만 어쨌든 발이 아프고 몸이 아파도 음악이 흐르고 거기 맞추어 몸을 움직이는 그 순간 온몸을 관통해 흐르는 어쩔 수 없는 기쁨의 물살. 아픔은 사라지고 아니 잊혀 지면서 한 경지에 오르게 하는 시간 속으로 기꺼이 들어가게 했을 것이다. 그렇다. 분명 진중하고 오랫동안 지속되는 기쁨은 고통과 시련 뒤에야 온다.

여기서 또 다른 면에서 기쁨을 생각해 본다.

보통 사람들은 공부하기 좋아하는 사람 어디 있느냐고 한다. 그러나 배우는 것은 강렬한 쾌락이다, 라고 말하는 사람도 있다. 사람마다 기쁨은 다 다를 것이고 같은 사람이라도 무엇에 느끼는 기쁨의 농도는 다를 것이다. 그리고 매 순간 선택은 언제나 기쁨이 큰 쪽으로 자기도 모르는 사이 기울어지게 될 것이다.

'인간은 자연으로부터 부여받은 기본적인 조건은 다 같지만 어떤 인간이 되느냐는 것은 오직 그 자신에게 달려있다'라는 말이 새삼스럽게 다시 떠올랐다.

사람들은 자신의 기쁨을 위해 시간을 바칠 것이고 그런 만큼 다른 인생을 살 것이고 그렇게 그 자신의 기쁨에 따라 어떤 형의 인간이 되어 질 것이다.

거기서 생각은 또 다른 방향으로 길을 잡았다.

아름다운 것을 보고 기쁘지 않은 사람 없을 것이다. 당선이나 합격에 기쁘지 않은 사람 없을 것이다. 보고 싶은 사람 만나면 기쁘지 않을 사람 없을 것이다. 재미있는 놀이 하면서 기쁘지 않은 사람 없을 것이다. 그렇게 누구에게나 다 해당되는 기쁨이 있고 누구나 다 기쁜 일 속에서만 살고 싶을 것이다.

그러나 산다는 것이 어디 그런가.

아무리 기쁘게 하고 싶어도 하지 못하는 일도 많고 기쁘지 않아도 해야 하는 일도 많다. 그럴 때 기쁜 일보다 기쁘지 않아도 해야 하는 일을 하는 것은 왜 일까? 그렇게 하지 않으면 마음이 괴로워서? 즉 기쁘지는 않지만 해야만 하는 일을 하는 것이 옳다는 생각 때문일 것이고 하기 싫더라도 해야만 옳다고 생각되는 일을 해야만 할 때는 싫더라도 한 후에 기뻐지기 때문이라고 생각해 보았다.

그 외에도 이 생각 저 생각으로 많이도 왔다 갔다 하는 사이 그해 가을

이 다 갔다. 그로해서 오도송을 얻기는커녕 더 현명해지지도 않았음은 물론 아무것도 얻은 것이 없다.

아무 소용없는 일로 머릿속만 복잡하게 했을 뿐이다. 그런데 그것도 모자라 그걸 글로 쓰고 있다니…… 아무리 이런 짓거리가 나의 기쁨이라 해도 조금 부끄럽다. 누구나 첨벙거릴 수 있는 얕은 물가에서만 논 것 같아서. 넓고 깊어 흔들림 없는 수심 깊은 곳 근처에도 못 간 것 같아서.

꿈은 왜 꾸죠?

이정자 _ 시조시인, 기독교학과 66

꿈은 왜 꾸죠? 수없이 질문하고 궁금한 논제였습니다.

20세기의 위대한 사상가이며 정신분석학의 창시자인 프로이드(Sigmund Freud, 1856-1939)는 그의 〈꿈의 해석〉에서 '꿈이란 어떤 형태의 것이든 소망 충족의 수단이며, 꿈을 꾸는 사람은 그 자신이면서도 현실의 자기 자신과는 완전히 단절되고 있다'고 했습니다. 그는 〈꿈의 해석〉에서 꿈의 문제에 관한 기존 연구자들의 학문적 문헌 고찰과 꿈과 꿈에서 깨어난 후의 생활과의 관계에서부터 꿈의 재료와 원천, 및 꿈의 여러 작업 그리고 꿈과 신경증과의 관계 등등을 체계적으로 연구하여 꿈에 대한 궁금증을 풀어주었습니다. 그럼에도 불구하고 나는 언제나 꿈이란 묘한 것이고, 나에게는 시원하게 풀리지 않는 숙제이기도 합니다.

어떤 사람은 꿈을 꾸지 않는다고도 하는데, 나는 꿈을 잘 꿉니다. 프로이드의 〈꿈의 해석〉에만 만족할 수 없을 정도로 꿈이란 나에게는 수수께끼입니다. 대연구가의 꿈의 해석도 나의 실제적인 경험과는 맞닿지 않는 경우가 많습니다. 그래서 나는 개인마다 차이가 있어서 그럴 것이라고 생각합니다. 그리고 실험대상자들의 환경과 개인 여건의 차이에서도 그럴 것이라고도 생각합니다. 특히 꿈의 망각현상에 대해서는 프로이드도 확실한 답을 주지 않았고, 이에 대한 여러 학자들도 실험 대상에서 얻은 결론은 불투명합니다. 하기야 정신병동에서 환자들을 대상으로 하는 실험이었으니 명확할 수도 없을 것이라고 생각합니다.

꿈의 망각에 대한 스트럼 펠(Strum Pell)의 해석을 보면 '첫째 꿈을 잊게하는 모든 요소가 각성시의 생활에서 작용한다. 그것은 감각이 너무 미약했다든지 심적 흥분도가 낮았기 때문이다. 둘째는 단 한 번밖에 일어나지 않았던 일은 깨었을 때 잊어버리기 쉽다.'

첫 번째는 꿈에서 깨어난 후의 환경적인 여건을 말하는 것일 테고, 두 번째는 머리에 각인이 되지 않았다는 것일 테지요. 그래서 잊어버린다는 것입니다. 대부분의 꿈에는 이론도 질서도 없고, 꿈의 구성은 그것이 특별히 기억된다는 가능성을 결여하고 있기 때문에 대부분의 경우 잊어버린다는 것입니다.

그런데 나의 경우, 수십 년 동안 꿈을 꾸면서 경험한 나의 꿈에 대한 기억론과 망각론은 아주 간단합니다. 꿈을 꾸고 있는 자세 그대로만 내 몸이 보존되어 있으면 꿈은 그대로 살아있습니다. 곧 생생하게 기억에 남는다는 것입니다. 하지만 조금이라도 몸이 흔들리거나 돌아누우면 그대로 꿈은 달아나 버립니다. 곧 잊어버립니다. 몸을 움직이지 않은 상태에서 그대로 벌떡 일어나 메모지에 꿈의 내용을 써 두면 기억에 도움이 됩니다. 하지만 꿈을 꾸고 방금 눈을 떴을 때 생생하게 기억된 것도 다시 눈을 감고 다른 자세로 자고 나면 아침에 깡그리 잊어버립니다. 꿈의 기억과 망각은 잠 잘 때의 자세와 잠자는 습관과 밀접한 관계가 있음을 나는 내 체험에서 얻은 결론입니다.

꿈에 대한 이야기는 역사 속에도 많이 나타납니다. 그중에서도 김유신의 동생인 보희와 문희의 꿈 이야기와 성경에 나오는 요셉의 꿈 이야기가 많이 회자되고 있음을 봅니다. 문희는 비단 옷 한 벌로 언니의 꿈을 사서 오빠의 친구인 김춘추(신라29대 무열왕)와 결혼하여 왕비가 되었고, 요셉은 꿈에 해와 달과 11개의 별이 자기에게 절하는 꿈 이야기를 형들에게 하여 미움을 더욱 받아 애굽에 팔려갔지만 바로왕의 꿈을 해몽하여 애굽의 총리대신까지 올라가서 꿈에서처럼 11형제들에게 절을 받는 현실을 맞기도 했습니다. 이렇게 꿈은 꿈으로서 끝나는 것이 아니라 어느 시기, 어떤 형태로든 현실과 맞물려 있음을 알 수 있습니다. 나의 경우도 그렇습니다.

나는 꿈을 잘 꾼다고 했습니다. 결혼을 하고 아이를 기르면서도 어느 시기 가끔 가끔씩 꿈에 시험을 치르는 꿈을 잘 꾸었습니다. 주로 대학 입학 시험이었습니다. 꿈에서도 '나는 대학을 졸업했는데 왜 이 시험을 치지?' 하며 의아해 할 때가 있었습니다. 그런가 하면 시험을 치면서 시험을 제대로 치지를 못해 쩔쩔매다가 깨기도 했습니다. 그러한 꿈에 잘 시달리던 것이 현실로 나타났습니다. 즉 삼 남매를 기른 후 다시 학문의 길을 시작하면서 그 꿈의 정체가 현실화되었고, 꿈은 나 자신도 몰랐던 내면 의식에서 살아서 꾸준히 나를 지배하고, 격려하고 있었음을 실감했습니다. 그 시험을 현실에서 치른 후는 그러한 꿈을 꾸지 않았고, 그러한 시험에 시달리지도 않았습니다.

그래서 나는 꿈의 정체를 흐트러지게 생각하지 않습니다. 그러한 의미에서 나는 프로이드의 꿈의 해석 곧 '꿈이란 어떤 형태로든 소망 충족의 수단'이라는 말을 새겨봅니다. 왜냐하면 결혼 후 아쉬워하면서도 잊어버렸던 내 학창 시절의 꿈을 무의식 속에서나마 꿈을 통해서 이루도록 끊임없이 충전시켜주었다고 생각하기 때문입니다. 꿈에서나마 끊임없는 촉매 작용이 있었기에 어느 때부터인지 서서히 학문에 다시 눈을 뜨게 되었습니다. 그때의 심경을 읊은 시조가 있습니다.

청운의 꿈이라도
세월 따라 변하는데

못 이룬 지난 꿈이
세월을 안 따르니

어쩌랴
시작해야지
늦었음을 탓 말고.

나이를 옮겨 앉아
매무새를 바로 하고
심금을 두드리며
잠든 의식 깨우면서
툭!
툭!
툭!
쌓인 먼지를 털고
나의 책을 펼친다.

— 이정자, 「꿈:책을 펼치다」 전문

이렇게 하여 나는 내 무의식 속에 잠자던 꿈이 꿈속에서 끊임없이 충전되고 자라나서 현실로 나타났습니다. 그리고 오늘의 '나'를 있게 했습니다.

12월

정연희 _ 소설가, 국문학과 58

만나야 할 사람을 아직 만나지 못한 서성거림으로 남은 달, 12월.

누가 어디서인가 기다리고 있을 것만 같은 절기. 마른 풀 더미 위로 숨죽여 스쳐가는 바람 한줄기에도 가슴에 물무늬 같은 흔들림이 그림자로 남는 마지막 달 12월.

한여름 그토록 길길이 무성하던 밤나무 숲에 겨울 하늘이 내려앉고, 인적이 스러진 들녘 바람이 마른 풀을 베개 삼아 잠깐씩 눕는다.

텃밭은 휘휘하고 논은 허전하다.

비어 있는 들은 기름기 없이 꺼칠해져 있으나 한여름 그렇게 기승하던 생명들이 일제히 걷힌 빈자리에는 장렬함이 묻어있다.

이른 아침 논둑으로 올라서면, 여름내 밭곡식과 논두렁을 뒤덮어 알곡을 시샘하던 잡초들이 노랗게 시들어 헝클어져 있고, 지난밤 된서리를 맞아 눈부신 백발의 모습으로 수줍어하고 있다.

벌써 12월…… 어느새 다시 12월…… 12월은 왜 이렇듯 덧없음으로만 오는가. 내 영혼도 마른 풀 더미되어 서리 아래 눕고…….

'인생살이 연수가 70이요, 강건하면 80이라도, 그 연수의 자랑은 수고와 슬픔뿐이요 신속히 가니 우리가 날아가나이다.'

신속히 가니 우리가 날아가나이다…… 혁혁한 민족의 지도자로 하나님과 대면하면서 자신의 삶을 고스란히 하나님께 드렸던 모세의 기도에도 일생의 자랑이 수고와 슬픔뿐이요 신속히 가니 우리가 날아간다고 하던 애절한 탄식이 있었다.

이 해도 어느새 날아서 12월에 왔는가.

낮도 텅 비어 있고 밤도 닿는데 없는 쓸쓸함이, 바로 서도 외로 서도 서로 질긴 그림자가 되어 발목을 감는다.

'……모든 육체는 풀이요 그 모든 아름다움은 들의 꽃과 같으니 풀의 마르고 시듦은 여호와의 기운이 그 위에 붊이라. 이 백성은 실로 풀이로다. 풀은 마르고 꽃은 시드나 우리 하나님의 말씀은 영영히 서리라 하라.'

이사야는 여호와의 말씀을 받아, 모름지기 인생으로 태어난 자는 이렇게 외치라고 처절한 명령을 했다. 우리의 육체는 한철 기승하다가 마르는 풀. 삶 속에 잠깐 자랑과 영광이 깃들어 있었다 하여도 종국에는 시들고 마는 풀꽃과 같은 것.

겨울 들녘에 서 있으면 시들어 있는 풀 더미로부터, 우리들 육체의, 살 겹겹 뼈 마디마디로 칼끝 같은 바늘이 되어 빗겨드는 슬픔과 한숨이 있다. 그리고 우리의 육체에 비유되는 풀 더미가 말라 시들어 있는 들녘의 아름다움 또한 말 없이 죽음을 가르치고 있지 않은가.

육체 위로 스쳐가는 시간이라는 바람은 덧없고 슬프다. 그러나 육체를 거쳐 가는 시간은 마르는 풀이요 시드는 풀꽃이라 하여도 '우리 하나님의 말씀은 영영히 서리라' 하였다. 그 말씀은 도대체 어디에 세워지는 것인가. 영원히 서 있는 변질되지 않는 진리! 그것이 어디에 설 수 있다는 말인가.

그렇지…… 마르고 시드는 육체, 종국에는 흙으로 돌아가야만 하는 유한함. 그 유한의 텃밭이 영원의 씨앗이 되어 영영히 서는 것이다. 삶의 유한성, 육체의 허망을 깨달아 육체를 뛰어넘는 그곳을 찾게 될 그때에야,

시드는 육체는 사랑, 영원, 희망, 용서 등 진리의 씨앗으로 영원한 자리에 세워지는 것이리라,

음력 시월 상달에 새로 거둔 곡식으로 고사를 지내고 나면 여름아비(농부)는 그 등에서 지게를 벗고 비로소 허리를 편다.

군불 땐 아랫목에서 잠도 실컷 자고 동면하는 짐승처럼 생각 없이 뒹굴기도 한다. 겉으로는 게으른 동면처럼 보였어도 그것은 새해를 기다리는 여름아비의 겸손한 기다림이었다. 새끼를 꼬거나 가마니를 치고 산에서 나뭇단을 만들고 낙엽을 긁어 쌓으면서 겨울을 한유하게 채웠었다.

그러던 우리네 농부들이 언제부터인가, 담배가 골초가 되고 술이 고주망태가 되고 투전판 화투판으로 날을 지새우며 집을 날리고 노름빚으로 패가망신하는 일이 생겼다. 외삼촌의 분개하던 모습이 지금도 눈에 선하다.

"일본 놈들이 조선 사내들을 다 망치네. 전매청이라는 것을 만들어 담배 중독 술중독 들게 만들어놓고는 주초酒草에는 세금 매겨서 돈 긁어가고 있으니 이놈들이 말짱 조선 사람들의 피를 빨아먹고 있는 게여. 세상에, 유곽업遊廓業 창기취체娼妓取締를 내어걸고 공창제公娼制를 뻐젓이 큰길에 내놓았으니, 머잖아서 저어 구라파에서 떠돌고 있는 매독을 이 땅에 온통 퍼뜨리고 말게야. 나라를 망하게 만드는 게 총칼뿐인 줄 알면 큰일 나지 큰일 나."

그랬어도 아이들의 겨울은 천진했었다. 첫눈이 내릴 무렵이면 꿩잡이 참새잡이 때문에 동네 아이들은 있는 대로 들떠서 몰려다녔다. 횃불이나 촛불을 밝혀 들고 초가집 처마 밑을 뒤지면서 불을 비춘다. 갑자기 밝아진 불빛 때문에 보금자리에 들어있던 참새들이 눈이 똥그래져서 꼼짝 못하고 있으면 우왁스런 사내아이들의 손이 덤썩덤썩 움켜내어 새끼줄에 꿰면서 개가를 올린다. 한 번은 외갓집 장조카가 그러한 참새 집에 내 손을 끌어다가 들이밀면서 참새를 움키라고 해서 손에 잡히는 대로 움켰었다. 아무

런 저항 없이 손아귀에 든 참새 한 마리. 그 보드라운 털과 작은 몸집, 그리고 손바닥에 닿는 참새의 할딱거림…… 가슴에서 뜨거운 것이 뭉클 치솟았는데 그것은 눈물이었다. 나는 순간 손을 펴버렸다. 그랬어도 참새는 날지 못하고 그대로 땅에 떨어졌다. 작은 몸집의 참새가 땅으로 떨어지던 그 무게도 내 작은 가슴에는 바윗덩어리만 한 슬픔의 무게로 떨어져 안겼었다.

"아이고, 꼬마 아지매. 그래 참새 한 마리 움키지 못하고 떨어뜨려요?"

장조카는 떨어진 참새를 주워 올려 새끼줄에 꿰면서 지청구를 해댔다.

횃불을 들고 처마 밑을 뒤지다가 초가집을 몽땅 태운 일도 있었지만 마을 아이들의 참새잡이는 결코 중단되는 일이 없었다.

처마 밑을 뒤지는 참새잡이가 성에 차지 않으면, 수수밭이나 조밭, 아니면 볏짚 쌓아놓은 곳에 배구넷트를 치듯 망을 친다. 그리고 이삭을 뒤지며 재재거리는 참새 떼를 한옆에서 휘어이, 휘어이 쫓으면, 놀라서 달아난다는 것이 망으로 몰려가면서 혹은 머리를 혹은 그 작은 발이 걸려서 수십 마리씩 허둥거린다. 새떼들은 허둥거리면 허둥거릴수록 그 명주실처럼 가는 망에 걸려서 차곡차곡 붙잡힌다.

날개 떼어내고 머리 잘라내고 털을 벗기면 정말이지 보기에도 민망한 참새를 그래도 누린내를 풍기면서 아이들은 석쇠에 소금을 뿌려 굽고 참기름을 발라서 구어 가며 신명을 냈었다. 참새잡이 다음으로 궁리를 해내는 것은 꿩사냥. 어디든지 양지바른 바위틈에는 손바닥만큼 평평하게 눈이 녹은 자리가 있다. 아이들은 여남은 알의 콩에다가 바늘자리를 내고 '싸이나'라는 약을 비벼 넣어 그 자리에 뿌려두고 돌아간다. 다음날, 콩이 뿌려져 있던 자리에서 댓 간통쯤 되는 곳에는 꽁꽁 얼어버린 까투리나 장끼가 영락없이 넘어져 있다. 마치도 공작새의 현란한 깃털처럼 아름다운 목도리를 두른 장끼가 눈 위에 쓰러져 있는 모습은 슬픈 감동이었다. 누가 말했던가. '자연의 질서에는 사랑도 증오도 따로 없다. 다만 필요가 있을 뿐이다.'고. 장끼의 아름다운 주검을 보면서 남모르는 흐느낌에 사로잡혔던 것은 감상感傷이었을까.

그렇게 꿩을 잡은 사람들은, 죽으면서 냉동이 된 꿩이 녹기 전에 서둘러 내장을 발라내고 기둥에다가 매달아 두었다가 잔치를 벌이고는 했다.

거둔 대로 먹고, 없으면 그저 가난하게 살아가며 그 무엇을 향하여 원망하는 일이 없던 시골 사람들. 그들에게는 세월이 덧없을 것도 없었고 풀처럼 시드는 육체에 대한 허무감도 없었다. 시간을 따질 일도, 지나간 세월을 아쉬워 할 일도 없었다.

한여름 땀 흘려 일한 농부에게는 시간이 덜미를 잡거나 쫓아오는 일이 없었다. 때 묻지 않은 삶이 순진한 꿈과 함께 이어질 뿐이었다.

그러나 그러한 아이들도 어른들도 자취를 감추어버린 지금은, 적연무문 寂然無聞, 허허로운 들녘에 시간이 멈춘 듯 고요하기만하다. 날아갈 시간도 없고 빼앗길 시간도 없다.

더 나은 삶이 있으리라 믿고 도회지로 달려간 내 아이들은 그저 사철 바쁘고 바쁘다. 그들은 기다림이라는 것을 잊었다. 그저 무언인가를 찾아 한없이 달리고 또 달려가고 있다. 그래서 그들의 12월은 더 바쁘고 초조하고, 더구나 너무 많은 시간을 잃었다는 느낌 때문에 때로는 낭패감에 빠지기까지 한다.

저희들을 기다리는 이곳, 12월의 비어있는 들에는 이가 빠졌거나 금이 가지 않은 시간만이 머물러 있건만 빈들이 안고 있는 시간의 그 쓸쓸한, 그러나 기다림으로 가득 찬 그 얼굴이 그들에게는 낯설기만 할 것이다.

나의 12월에는 누구인가를 만나야 할 기다림으로 가득 찬 시간이 숨 죽여 머물러 있다. 더는 달아날 곳도 없는 마지막 달 12월, 더는 빼앗길 것도 없는 12월. 날아가던 시간의 화살이 부르르 떨며 허무의 표적에 꽂혀버렸어도, 그 허무의 표적에서 씨알 하나 남겨지는 나의 12월.

모든 육체는 풀이요 그 모든 아름다움은 들의 꽃과 같으니 풀은 마르고 꽃은 시듦은……

한 여름살이 풀꽃이 새로운 생명으로 일어서기 위하여 마른 풀 더미에서 풀씨를 날리며 누군가를 만나려고 길을 떠나는 절기, 시들고야말 유한한 육체가 있었음으로, 그 육체에서 영영히 일어설 씨앗 맺히는 섭리를 터득하게 하는 아름다운 12월.

우리는 모두 하나입니다

조서연 _ 수필가, 국문학과 84

"이것이 있으므로 저것이 있고
이것이 생기므로 저것이 생긴다.
이것이 없으므로 저것이 없고
이것이 죽으므로 저것이 죽는다.
이는 두 막대기가 서로 버티고 섰다가
이쪽이 넘어지면 저쪽도 넘어지는 것과 같다.

일체만물은 서로서로 의지하여 살고 있어서,
하나도 서로 관련되지 않은 것이 없다는 이 깊은 진리는
부처님께서 크게 외치는 연기緣起의 법칙이니
만물은 원래부터 한 뿌리이기 때문입니다.
그리하여 이쪽을 해치면 저쪽은 따라서 손해를 보고,
저쪽을 도우면 이쪽도 따라서 이익을 받습니다.

남을 해치면 내가 죽고,
남을 도우면 내가 사는 것은 당연한 일입니다.

이러한 우주의 근본 진리를 알면 해치려고 해도 해칠 수가 없습니다.

이 진리를 모르고 자기만 살겠다고 남을 해치며 날뛰는 사람들이여,

참으로 내가 살고 싶다면 남을 도웁시다.

내가 사는 길은 오직 남을 돕는 것밖에 없습니다.

아무리 상반된 처지에 있더라도

생존을 위해서는 침해와 투쟁을 버리고 서로 도와야 합니다.

물과 불은 상극된 물체이지만,

물과 불을 함께 조화롭게 이용하는 데서 우리 생활의 기반이 서게 됩니다.

동생동사同生同死, 동고동락同苦同樂의 대 진리를 하루빨리 깨달아서

모두가 침해의 무기를 버리고 우리의 모든 힘을 상호협조에 경주하여

서로 손을 맞잡고 서로 도우며 힘차게 전진하되

나를 가장 해치는 상대를 제일 먼저 도웁시다.

그러면 평화와 자유로 장엄한 이 낙원에 영원한 행복의 물결이 넘쳐 흐를 것입니다.

화창한 봄날 푸른 잔디에

황금빛 꽃사슴 낮잠을 자네.”

이 말씀은 1984년 ‘부처님 오신 날’에 성철 스님께서 사찰을 찾은 일반인들에게 들려주신 내용이다.

‘이것이 있으므로 저것이 있고 이것이 생기므로 저것이 생긴다(此有故彼有 此起故彼起)’는 ‘연기의 법칙’은 불교 사상의 핵심이라고 말할 수 있다. 연기란 말의 어원은 인도의 팔리어에서 온 것이다. 연기는 팔리어로 ‘Paticca-Samuppada’인데 ‘Paticca’는 ‘말미암아’, ‘때문에’라는 뜻이고,

'Samuppada'란 '일어나다', '일어나는 것'이라는 뜻이다. 그래서 '말미암아 일어난다'는 뜻을 한자로 옮겨 '연기'라고 한다. 우리가 흔히 말하는 '인연'이라는 말도 이 연기의 법칙과 관련된 말이다.

나는 요즘 모든 생각을 이런 관점에서 파악하려고 노력하고 있다. 나 혼자서는 절대로 존재할 수가 없다. 내가 강릉에서 태어난 것도, 부모님의 딸로 태어난 것도, 형제자매들도, 내가 다녔던 학교도, 지금 다니고 있는 직장도 모두 인연에 의해 맺어진 관계가 아닌가. 나의 친구들도 또 나와 갈등을 일으켰던 사람들까지도 모두 연기의 법칙에 의해 존재하고 있는 것이다. 저 하늘에 있는 천체에서부터 나무, 새, 꽃 등 작은 티끌 하나에 이르기까지도 모두 깊은 관계 속에 더불어 함께 있다는 생각을 하면 저절로 감사한 마음이 우러나온다. 나의 말 한 마디, 손짓 한 번, 생각 한 번 일으키는 것도 모두 우주적 파장을 일으킨다는 생각을 하지 않을 수 없다.

영국의 유명한 시인 테니슨은 담 밑에 핀 이름 모를 작은 꽃을 꺾어서 손바닥 위에 올려놓고 이런 시를 읊었다. "오! 작은 꽃이여, 내가 만약 너의 신비를 안다면 우주의 신비, 하늘의 신비를 알 수 있을텐데……" 꽃 한 송이와 우주가 하나로 통해 있고 서로 역동적인 관계 속에 있다는 것을 그는 이미 알고 있었던 것이다.

밥 한 끼 먹는 것도 수많은 사람들과 대자연을 포함한 우주의 도움이 아니면 불가능하다. 먼저 쌀이 있어야 하고, 모내기를 하고, 김을 매고, 농약을 쳐서 가꾸어야 한다. 그리고 추수를 해서 도,소매의 유통과정을 통해 가정으로 오면, 다시 주부의 손질을 거쳐 따뜻한 한 그릇의 밥이 되어 밥상으로 올라오는 것이다. 한 그릇의 밥 속에도 햇빛, 물, 바람 등 온 우주의 숨결이 담겨 있고, 수많은 사람들의 정성과 땀이 담겨 있다. 우리는 밥 한 그릇 속에서도 하늘을 볼 수 있어야 하고, 햇빛을 볼 수 있어야 하고, 땀 흘리는 농부의 얼굴은 물론 농업과는 상관없이 생산현장에서 일하는 수많은 사람들의 피땀도 느낄 수 있어야 한다. 이렇듯이 모든 존재하는 것들은 시간적, 공간적으로 서로 뗄려야 뗄 수 없는 관계 속에 더불어 존재하는 것이다.

생명을 가진 모든 것들, 사람은 물론 짐승이나 미생물까지도 그것들의 도움 없이는 우리는 한순간도 살 수가 없다. 자연의 은혜 또한 마찬가지이다.

나는 이런 연기의 법칙을 생각하면 내 마음속에서 자비심이 솟구쳐오르는 것을 느낀다. 누구를 미워할 수 있는가. 이해하지 못할 일이 어디 있으며, 용서하지 못할 일이 또 무엇이 있겠는가. 나와 그들은 분리되어 있는 것이 아니라 우리는 모두 하나인 것을……

삶의 빛깔

조재은 _ 수필가, 독문학과 71

한 사람이 생을 끝마치고 마지막 길을 떠날 때, 그동안 산 흔적에 따라 작고 큰 소요가 일곤 한다. 사회적으로 성공한 사람의 장례식에는 형식적인 애도의 소리가 높고, 주위를 보살피며 따뜻하고 환한 빛을 주고 간 사람의 장례식은 보내는 아픔이 짙게 깔려있다. 장례식은 죽은 사람의 궤적을 보여준다.

아름다운 주검의 소멸燒滅이 있다.

바다가 삶의 터전인 옛 바이킹들은 죽으면 시신을 작은 배에 실어 노을이 질 무렵 바다로 떠나보낸다. 죽은 이를 아끼던 사람들은 배가 멀어지는 것을 지켜보며 마지막 이별을 할 즈음, 화살에 불을 붙여 배를 향해 쏜다. 불화살이 배에 맞아 시신과 함께 타기 시작할 때, 불의 빛깔이 그날의 붉은 노을과 비슷할수록, 죽은 사람은 이 세상에서 보람차게 살았다고 판단한다. 떠나보내는 사람은 불빛과 노을 빛이 일치하기를 간절히 바라며 주검이 하늘과 화합하여 바다로 스며드는 것을 지켜보며 마지막 인사를 한다.

영화 '로켓 지브롤터'에 나오는 낭만적인 장례식을 보고 바다의 노을이 보고 싶었다. 바다에 도착한 그날의 노을이 지금까지 살아온 나의 삶을 보여 줄 것 같은 생각에 사로 잡혔다. 그 즈음 나의 삶은 의문부호의 연속이었고, 그 답에 마주서야 했다.

　노을이 아름다운 안면도로 갔다. 사진에서 본 안면도의 석양은 바다와 하늘이 얼싸 안은 채, 영영 꺼지지 않을 불처럼 활활 타고 있었다. 바다가 가까워지고 일몰 시간이 다가올수록 긴장이 됐다. 바다와 해는 내게 어떤 색을 보여주고 삶의 점수를 얼마나 줄까.

　그러나 내 삶의 평가지에 찬란한 색의 스펙트럼은 없었다. 저무는 해는 하늘과 바다에 무채색만을 흩뿌렸다. 회색빛 하늘 구름 뒤에 엷은 분홍빛이 잠시 보였을 뿐, 사진에서 본 황홀한 일몰은 어디에도 없었다. 초라한 삶의 흔적이었다. 하루를 더 기다렸다. 색의 멸절이 아닌, 빛의 명멸을 기다렸다. 다음날도 하늘은 아무 무늬도 그리지 않았다. 일몰의 서해에서 내 삶의 빛깔을 보았다. 기대와 착각의 환영幻影은 참담했다.

　돌아오는 길, 안면도에서 본 모습 하나가 떠올랐다. 물이 빠져나간 새벽 바다에서 갯바위에 붙어 있는 석화를 따는 여인이었다. 찬바람을 수건 한 장으로 가리고 해풍에 시달린 거칠고 두꺼운 손으로 구부리고 앉아 석화를 따고 있었다. 석화 또한 그 여인의 삶처럼 생을 빼앗기지 않으려고 바위에 달라붙어 있다. 석화는 갈퀴에서 떨어져 나온 후에도 거친 껍질에 연한 살을 숨기며 생을 버티고 있다.

　언 손으로 딴 석화는 그릇에 조금씩 아주 조금씩 늘어갔다. 한 그릇을 채워 팔기 위해 얼마 동안이나 소금물 속에서 젖은 손을 움직여야 하는 것인지. 생존을 위해 몇십 년을 그렇게 버티어 왔을까. 주어진 삶을 묵묵히 버티어온 어촌 아낙의 모습.

　어떻게 살았느냐는 질문에, 어떻게 살아야 하는가에 대한 답을 얻는다. 쉼 없이 움직이는 운명에 순종하는 손이, 순간의 찬란한 일몰의 색조보다 아름다웠다.

오해

주연아 _ 수필가, 신문방송학과 76

　계용묵 선생의 '구두'라는 수필이 있다. 구두 뒷굽에 박힌 징소리 때문에, 앞서 가던 젊은 여자로부터 치한으로 오해받은 이야기를 긴박감있게 쓴 글인데 무척 재미있게 읽었었다. 그런데 어느날 나는 이와는 정반대의 경우를 체험하게 되었다. 자동차 문의 잠금 소리 때문에 죄없는 운전기사를 강도로 오인한 것이다.

　지금도 기억이 난다. 영하 십몇도의 혹한에 오른팔을 창 밖으로 내밀고, 아찔해 하던 그 순간이……. 십 년도 더 된 오래전 이야기다. 직장이 있는 친구들과 저녁 약속이 있었다. 모처럼 즐거운 시간이었지만 집으로 갈 일이 걱정이었다. 밤 11시에 혼자서 택시를 타려니 불안하고 좀 무섭기도 해서, 평소에 타지 않던 모범택시를 잡았다. 그 편이 더 안전할 것 같아서였다.

　이삼 분이나 달렸을까. 갑자기 찰칵하는 소리가 들렸다. 택시의 문이 잠기는 것이다. 그것이 안전을 위한 자동 잠금 기능인줄 몰랐던 나는 왜 문을 잠그는가 묻고 싶었지만, 오히려 상대를 자극할 수도 있다고 생각하여 우선 창문을 열었다.

　그런데 이 창문이 또 삼분의 일밖에 열리지가 않는 것이다. 강도의 낌새는 없었지만 백미러로 슬쩍 본 그의 인상은 좀 험상궂었고, 며칠 전에 본

뉴스가 뇌리에 자꾸 떠오르는 거였다. 한 탈주병이 훔친 모범택시로 여대생을 납치하여, 돈을 뺏고 성폭행까지 한 후, 토막 살인한 시체를 비닐로 싸서 야산에 묻었다는 그 뉴스가 말이다.

게다가 창문을 끝까지 내려 달라는 내 말에 그는 아주 무뚝뚝하게 고장이 났다고 하지 않는가. 다시 생각했다. 창문 밖으로 팔을 내밀고 가다가, 여차한 순간에는 손을 흔들며 구원을 청해야겠다고……이십 분쯤이나 달렸을까. 바깥은 하필 몇십 년 만에 왔다는 혹한이었고, 내 오른손은 얼어서 동상에 걸릴 지경이 되었다. 하지만 토막 시체보단 '돌아온 외팔이'가 낫지 않겠는가 싶었다.

다시 십여 분을 달리는데 내 생애 통틀어 그렇게 긴 십 분은 처음이었다. 드디어 집 앞에 내려준 그에게 나는 진심으로 고맙다는 인사를 했고, 동시에 내 경솔한 속단을 후회했다. 나는 편견과 선입견으로 사태를 판단했고, 닫힌 마음으로 상대를 바라 보았던 것이었다.

문이 잠겼을 때 내가 만일 열린 마음으로 왜 문이 잠기느냐고 물었더라면, 기사 아저씨는 그 차는 시속 40km가 넘으면 문이 잠기는 안전장치가 있다고 말했을 것이다. 그런데 나는 지레짐작으로 상대방을 의심했다. 또한 창문이 고장났다는 그의 말을 곧이곧대로 믿지 않았던 것이다.

그날의 오해는 어찌보면 택시 안에서 일어난, 해프닝의 성격을 띤 가벼운 것이었다. 하지만 이 세상에는 심각하고 무서운 오해로 인해 빚어지는 인간사의 비극들이 얼마나 많은가. 지극히 사랑하지만 오해 때문에 이별로 돌아서는 연인들이 있고, 오해로 인해 평생을 절교하는 친구들도 있다.

또 세계 문학의 금자탑인 셰익스피어의 4대 비극 중의 두 작품이 의심과 오해로 인해 벌어지는 이야기가 아닌가. '오셀로'에서는 흑인 장군인 무어가 아내인 데스데모나의 애정을 의심함으로써, '리어왕'에서는 자기를 얼마나 사랑하는가에 대한 답을, 미사여구를 배제한 채 부모에 대한 자식의 도리로써 효성을 다할 뿐이라고 한 막내딸, 코델리아의 진심을 오해함으로써 왕은 비참한 결말을 맞게 되는 것이 아니던가.

　인간관계에 있어 풀지 못해 골이 깊어진 오해는 어쩌면 에이즈보다도 더 무서운 병일수도 있다. 이 병의 병균은 의심이란 바이러스가 될 것이고, 마음속에 일단 의심이란 바이러스가 침입하여 자라기 시작하면 웬만한 주사약으로는 치유될 수 없는 불치의 병이 되어, 심하면 사망의 골짜기에까지 이를 수도 있을 것이다.

　그렇다면 이 호환마마보다도 더 무서운 병의 발병을 애시당초 막을 수는 없을까. 만약 이 병의 예방제가 있다면 그것은 바로 커뮤니케이션이 아닐까 싶다. 또 이것은 예방제인 동시에 치료제로써도 마땅할 게다.

　이처럼 우리가 선입견을 배제하고 진지한 대화를 통해, 사람들과 사회를 바로 보려는 노력을 하지 않는다면 이 세상은 불신과 대립, 그리고 증오와 갈등으로 점철되어 살맛 나지 않는 곳이 될 게다. 이웃을 사랑하고 이해하는 마음속에 천국이 있고, 의사소통이 되지 않는 타인들로 가득한 세상 속에 지옥이 있다면, 그날 나는 현존하는 지옥 속에서 삼십여 분을 헤매었던 것이었다.

　계용묵 선생이 당신을 치한으로 의심하는 젊은 처녀의 마음을 읽고 쓴 웃음 지었듯이, 만약 그 기사 아저씨가 자기를 강도로 의심하는 내 심정을 미루어 짐작했다면 얼마나 기분이 씁쓸했을까. 그날을 돌이켜 볼 때, 스스로에게 의심의 갑옷을 입혔던 나는 심적 피해를 자초했고, 또 상대편에게는 보이지 않는 불신의 칼을 휘둘렀던 것이다.

나의 밤은 당신의 낮보다 아름답다

황주리 _ 수필가, 서양화과 80

아주 오랜 만에 어젯밤 꿈속에 아버지가 나타나셨다. 우리가 살던 옛집 툇마루에 앉아 물끄러미 나를 바라보는 아버지의 얼굴은 창백했다. 뭐가 그리 급한지 서두르며 그 집을 나서는데, 아버지는 섭섭한 듯 '왜 좀 더 있다 가지.'하신다. 아버지는 돌아가셨는데 왜 저기 계실까 하는 나의 의구심은 꿈속에서도 계속되었다. 꿈속의 공기는 왠지 선뜻했다.

죽은 사람들이 자신이 죽은지를 모르고 있는 영화 'The Others'를 연상케 하는 장면이었다. 섭섭한 빛이 역력한 아버지께 "자주 뵈러 올게요." 하며 집을 나서는데, 생시처럼 갑자기 목이 메었다. 꿈속에서 나는 계속 생각을 했다. 아버지는 저렇게 살아계시는데, 유골은 어디 있을까? 아버지는 너무 외로워 보인다. 왜 우리는 사랑하는 사람의 유골을 그렇게 멀리 두어야만 하는가? 서양의 시골 공동묘지처럼 집과 가까운 곳에 있으면 안 되는 걸까? 아니 예쁜 항아리에 담아 집안에서 내가 제일 좋아하는 장소에 두면 안 될까?

나는 희망한다. 언젠가 먼 훗날에 누군가 나와 가장 가까운 사람이 나의 유골을 예쁜 항아리에 담아 머리맡에 두거나, 양평이나 청평쯤 시원한 북한강 강물에 띄워 보내주기를.

사실 이런 생각들은 현실 속에서도 내가 가끔 생각하는 내용이었다. 아마도 배우 최진실의 유골함 도난 사건에 관해 너무 많은 방송을 들었기 때문에 그런 꿈을 꾼 모양이었다.

언젠가 본 홍상수 감독의 영화 '밤과 낮'이 생각난다. 그 영화를 보면서, 일상의 자연스런 표정들을 소재로 삶이라는 보자기를 직조한다는 점에서, 나는 내 그림을 보는 듯한 친근감을 느꼈다. 우리는 꿈을 꾼다. 꿈에서 깬 뒤 현실이 아니라 꿈이라서 다행이라고 안도의 숨을 내쉬거나 아쉬운 입맛을 다시기도 한다. 짧다면 짧고 길다면 긴 우리들의 삶도 크게 보면 이 짧은 개꿈과 다르지 않다는 걸 암시하면서 영화 '밤과 낮'은 일장춘몽의 막을 내린다.

그러고 보니 영화 중 모든 장면이 꿈속 같다, 생각처럼 우리들의 꿈은 드라마틱하지 않다. 엉뚱한 곳에 놓인 변형된 일상이 바로 꿈의 공간이다. 힘을 빼고 만들어서인지 이 영화는 지루한 듯 하면서도 감칠맛이 난다. 가끔씩 졸면서 봐도 제맛이다. 너무 힘을 주면 오래 못한다. 그게 무엇이든지 말이다. 나는 그렇게 생각한다. 내 그림을 보는 사람들도 가끔씩 딴 생각을 하면서 자신들의 과거의 시간들과 만나는 틈새를 가졌으면 좋겠다는 생각을 한다. 하긴 나도 그날 오후 영화를 보러가기 전 잠시 조는 사이 개꿈을 꾸었다.

그로부터 한 달 전 나는 사철탕 집에 끌려가는 백구 두 마리를 돈을 주고 사서 구사일생으로 살려주었다. 여기까지는 꿈이 아니다. 그런데 그날 오후 꿈속에서 어느 험상궂은 미국인이 개 두 마리를 끌어가려고 목줄을 잡아당기고 있는 게 아닌가? 꿈속에서 다가가 연유를 물으니 그는 개가 아니라 그 목줄이 자기 거라고 우기는 거였다. 내가 동물병원에서 이만 원을 주고 산 고급 개 목줄을 말이다. 꿈속에서 나는 그 미국인과 영어로 마구 욕을 하며 싸웠다. 그 짧은 꿈을 꾼 뒤 보러 간 영화 밤과 낮은 종류는 아주 다르지만 꿈의 연속이었고, 우리들 삶이 곧 그 개꿈이라고 말해주는 듯했다. 방학이라 집에 다니러온 외국 유학생들과 함께 대마초를 피다가 경찰에 쫓기는 몸이 된 무명 화가는 파리로 떠난다.

파리에서 만난 사람들과 연인관계를 맺게 되는 여자와 파리의 풍경들이 현실인지 꿈인지, 어디까지가 꿈이고 현실인지는 불분명하다. 확실한 현실은 곁에 누워 있는 진짜 아내다. 꿈속에서 단 한 번밖에 보지 못한 이유 없는 여자가 새로운 아내가 되어 출현한다. 그는 꿈속에서 그녀에게 왜 내 옆에 붙어 있는 거냐고 소리소리 지르면서 넌덜머리를 낸다. 왜 우리는 이렇게 엉뚱한 꿈을 꾸는 것일까?

나는 오래전에 꾼 아직도 생생한 꿈들을 기억한다. 집 앞의 골목길을 돌아나가 갑자기 거대한 폭포가 나타나는 풍경이라든지, 운전을 하지 못하는 내가 신나게 차를 몰고 달리는 꿈들이 어제 꾼 듯 생생하다. 주인공이 잠에서 깬 뒤 바라보는 천장 위로 끝없는 뭉게구름이 흘러가면서 영화는 끝이 난다. 이 영화는 생활의 발견인 동시에 백일몽의 서사시다.

우리들의 꿈같은 밤과 낮이다. 영화를 보면서 2008년의 어느 봄날이 느린 꿈처럼 흘러갔던 기억이 난다. 지금은 매미 소리가 슬슬 선선하게 들리기 시작하는 2009년의 늦여름이다.

지난 시간들은 영화 속이나 현실이나 꿈이나 다 꿈이 아닌가? 때로 정말 그들의 경계가 구분이 가지 않기도 한다. 정말 우리들의 삶이 내 좋은 대로 꾸는 꿈이라면 좋겠다.

꿈속에서 꿈을 이루고, 꼭 맘에 드는 사람과 사랑에 빠지고, 기분 좋은 일만 일어나는 그런 꿈― 그래도 후회하는 장면이 있을까? 있을 것이다. 늘 고쳐서 다시 꾸고 싶을 것이다.

문득 보지는 않았지만 제목이 아주 근사한 영화 제목 하나가 떠오른다.

'나의 밤은 당신의 낮보다 아름답다.'

4부

거위
엄마

거위 엄마

구자숙 _ 수필가, 국문학과 60

나는 새남터길 아래에 있는 한강변 산책하기를 좋아한다. 장마철이나 추운 날씨를 제외하고는 거의 습관적으로 찾게 된다.

어느 해부터인가, 한강교 부근만을 맴돌며 살고 있는, 한강의 전유물같이 돼 버린 세 마리의 거위들을 만나고부터이다.

파란 하늘이 내려앉은 듯한 물 위를 세 놈들이 둥실둥실 떠다니며 행복하게 살고 있다. 어미의 곁을 졸졸 따라다니는 새끼가 더욱 예쁘다. 몸에는 순백의 목화 솜옷을 입고 마치 액세서리를 단 듯한 은회색 깃털이 아름다워 사람들의 시선을 끈다. 밥을 좋아하는 그 녀석에게 나는 조그맣게 밥을 꽁꽁 뭉쳐 가지고 가서 "거위야, 거위야." 하고 부른다. 그러면 거위들은 뒤뚱뒤뚱 달려와 넙적한 주황색 부리로 맛나게 먹는 모습이 너무나도 사랑스럽다.

거위에게 밥을 줄 때는 비둘기 모이까지 챙겨 간다. 점잖은 거위를 제치고 비둘기들이 거위 밥을 뺏어먹기 때문이다. 나는 비둘기들이 거위 밥을 먹지 못하도록 모이를 되도록 멀리 던져 주곤 한다. 어쩌다 거위를 며칠 못 보면 '다른 곳으로 옮겨 가지는 않았을까.' 하는 궁금증 때문에 그쪽으로 발길이 옮겨진다. 그곳에서 가끔씩 만나는 몇몇 엄마들은 이런 나를

'거위 엄마'라고 부른다.

지난해 한강은 엄청난 홍수로 잠수교가 침수되고 진흙물이 폭포같이 쏟아져 내려왔다. 나는 혹시 거위가 떠내려가지 않았을까 걱정이 되어 육교로 올라, 망원경으로 사면을 살펴보았다. 그러나 거위 비슷한 하얀 솜덩이 한 점도 눈에 띄지 않았다. 며칠 동안 불어난 붉은 물의 아우성은 마치 전쟁터와 같았다.

얼마 후 강물이 빠지자 아름답게 꾸며졌던 꽃밭들이며 갈대밭들은 검은 진흙탕과 오물이 뒤섞인 쓰레기장으로 변해 있었다. 산책로를 내려갈 수 없어 여러 날 거위를 볼 수 없었다. 나는 거위가 진흙에 파묻혔거나 강한 물살에 휩쓸려가지 않았나 싶어 안타까웠다.

다음날 오후였다. 높푸른 하늘과 넘실거리는 강물이 맞닿아 사면이 확 트여 넓고 시원하게 보였다. 산책로에 물이 겨우 빠졌으나 아직은 갯벌 같은 길이다. 나는 거위의 행방이 궁금해서 아침까지 기다리지 못하고 늦은 오후에 조심스럽게 강변길에 들어섰다. 얼마쯤 걸었을까? 요트 수련장 축대 숲 속에 세 마리의 거위가 서로 얽혀 있었다. 이렇게 반가울 수가! 자세히 살펴보니 새끼가 날개를 찢겨서 퍼덕이는 것이 아닌가. 뜰채 같은 것만 있어도 거위 새끼를 건져서 치료를 해 주고 싶었다. 관리소로 전화해 보았으나 불통이어서 안타까워하는데, 누군가 등 뒤에서 내게 불호령을 친다. 전국에서 산사태와 물난리로 사람이 죽어나가는데 강물에 빠지지 말고 어서 집으로 가라는 것이다.

다음날 새벽, 다시 그 자리에 가 보았다. 두 마리의 거위만 보이고 날개를 부상당한 새끼는 물에 떠내려갔는지 흔적도 없었다. 어린 것이 가엾게도 일을 당한 것이다.

그후부터 한 쌍의 거위는 수련장에서 한강교 교각 사이를 오락가락하며 살고 있다. 올 겨울 들어 유난히 춥고 매운 강바람 때문에 나는 한동안 산책을 나가지 못했다. 거위들이 그동안 무엇을 먹고 살았을까 내심 걱정이 되었으나 다행히 누군가가 거위 밥을 챙겨 준 모양이다. 나는 비로소 안도의 숨을 내쉬었다. "그놈들은 먹이가 있는 한, 이 주변을 떠나지는 못할 것이야"라고 마음속으로 위안을 했다. 나 혼자만이 거위 엄마인 줄 알고 은근히 자부심을 느껴왔었다. 그런데 또 다른 엄마들이 있구나 하고 생각하니, 한편으로는 안심도 되지만 내심으로 질투마저 생겨나는 것 같다. 미물에게까지 투기를 하다니, 내가 생각해도 한심한 노릇이다.

얼마 전 밤새도록 눈이 내린 아침이었다. 바람도 없고 포근했다. 하얗게 덮인 한강공원과 파란 물이 아름다워서 육교로 이어진 새남터 길을 조금 걷는다는 것이 강변길로 내려오고 말았다. 아차! 거위 밥을 준비하지 못했으니 거위 근처에는 갈 수가 없고, 멀리서 확인을 한 후 거위 밥을 가지러 집으로 되돌아 갈 참이었다.

한강교를 지나오면서 거위가 늘 있던 곳을 찾아보았으나 교각 뒤에 숨었는지 보이질 않았다. 뜻밖에 설경이 아름다워 산책 코스의 목적지인 동작대교를 향하여 걷게 되었다. 언제나 멀리 보이는 하늘이 차츰 붉어지면서 눈부신 태양이 힘차게 솟아올랐다. 나는 떠오르는 햇빛을 가슴에 안고 동호대교에 이르렀다.

지금 내가 살아 있다는 것, 눈으로 움직이는 것들을 볼 수 있다는 것이 얼마나 기쁘고 감사한 일인지 새삼스러웠다. 아침 햇살이 되돌아오는 나의 등을 따뜻하게 비쳐 주었다.

거위가 있는 제일 한강교를 바라보며 계속 걸었다. 문득 6·25때 폭파시켜 교각만이 서 있었던 한강다리가 생각난다. 밤이면 인민군이 교각 사이사이에 고무배를 이어서 쓰고, 낮에는 유엔군이 폭격으로 끊기를 수복할 때까지 반복하였다. 내가 무서워하며 걸어 본 다리는 한강철교 근처에 설치한 보행자 전용 가교였다. 군용배를 나란히 연결하여 물 위에 놓고 철판으로 덮었는데 걸을 때면 보행자들의 무게에 따라 출렁대던 광경이 떠올랐다.

현재 내가 걷고 있는 한강 공원은 모래사장이었다. 뿐만 아니라 작은 천막 서너 개를 세워놓은 야외수영장이 있었다. 학창 시절 친구들과 수영하던 곳이 아니던가. 수영이라기보다 까만 타이어에 매달려 물장구를 치며 신나게 놀던 기억이 난다. 아버지의 국방색 러닝셔츠를 개량해서 수영복을 만들어 입고 물놀이 하던 그 시절을 잊을 수 없다.

한강교 아래를 지날 때였다. 꽥꽥하는 거위 소리가 들리는 듯했으나 막상 거위는 보이지 않았다. 자세히 보니 저 멀리 교각 기둥 뒤에 눈덩이 같은 하얀 모습이 보였다. 이사를 간 모양이다. 나는 반가운 마음에 먹이를 가지고 오지 않은 것을 잠시 잊어버리고, 거위야! 거위야! 소리치면서 두 손을 높이 흔드니 쏜살같이 두 놈이 내게 달려오는 것이었다. 그렇게 미안할 수가 없었다. 나는 부리나케 집으로 돌아와 거위 밥을 만들어 한강가로 달려갔다. 비록 말을 못하는 미물이기는 하나 정을 주고 먹이를 주며 저희를 아껴 주는 진정한 마음만은 통할 것이다.

어느 전나무의 일생

김명순 _ 수필가, 사회사업학과 65

전나무 한 그루를 베어냈다. 청청하게 잘 자라 귀품 있는 나무였다.

돌풍이 몰아치던 그날. 큰 가지 하나가 그렇게까지 험한 꼴로 부러져내리지만 않았어도 그렇게 베어내지는 않았을 터이다. 부러진 가지만 떼어낼 생각으로 정원사를 불렀다. 그는 한참 동안 나무를 살피더니 나무의 원기둥까지 깊게 찢어져 살아내기가 어렵겠다고 한다. 두번 세번 궁리해 봐도 도저히 안되겠다기에 그만 그의 결정에 맡기기로 했다.

나무의 그 크나큰 덩치하며 길이가 3, 4미터나 되는 곁가지들까지 숱하게 달고 있으니 우리로서는 엄두도 못낼 지경인데 정작 정원사는 그깟 일은 일도 아니라는 표정이다. 결정하고 나니 일은 너무나 간단했다. 곧이어 분쇄기가 달린 컨테이너 트럭이 도착하고 나무 자르는 다섯 명의 인부들도 왔다. 내려놓는 장비도 한둘이 아니다.

나는 그저 구경만 하면 되었다. 멀리 비켜서서 보고 있자니 그들 모두 작은 키가 아님에도 거목 아래서는 딱히 난장이에 다름 아니다. 난장이 두 사람이 나뭇가지를 헤치고 나무 속으로 들어 갔다. 밑둥의 큰 가지들부터 잘라낼 요량인 것 같다. 드르렁대는 전기톱 소리가 날 때마다 나뭇가지들이 하나씩 잘려났고, 그것들은 곧이어 밖에서 기다리던 다른 세 명의 난장이에 의해 끌려 나와 분쇄기로 넣어졌다. 손발이 척척 맞는 팀 워크인 거다. 분쇄기의 나무 갈리는 소리가 온 동네를 무섭게 뒤흔들어 놓고 있다. 그 큰 가지들이 분쇄기에 들어가는 순간 그것들은 아무런 형태도 없는 가루의 몸을 입고 가볍게 컨테이너 안으로 날듯이 들어간다.

밑둥의 긴 가지들을 다 쳐내고 나니 나무 밑이 너른 나무숲이 되었다. 난장이들을 따라 나도 그 안으로 들어가 보고 싶어졌다. 숲은 밖에서 볼 때보다는 훨씬 더 넓고, 더 깊고, 아늑했다. 아름드리 기둥이 곧은 자세로 하늘 높이 성채처럼 치솟아 있다. 성채를 떠받치고 있는 형상이다.

나무를 안아 보았다. 꼭 그래야만 할 것 같았다.

"나무야, 미안하다. 참 미안하다. 부러진 가지만 자르고 싶었단다. 그러면 될 줄 알았어. 미안해. 미안해."

일이 바쁜 난장이 한 사람이 날더러 어서 밖으로 나오라고 재촉이다. 나무를 잔디밭으로 쓰러뜨릴 터이니 그 쪽 가까이엔 가지도 말라고 성화다.

난장이 대장이 성채의 밑둥에 전기톱을 들이댄다. 그가 스위치를 누를 때마다 톱날 사이로 희디 흰 나무의 속살이 핏발처럼 솟구친다. 한 번 쉬었다가 다시 누르고, 또 멈췄다가 다시 누르고, 그러기를 수십 번. 톱날이 지름 부분을 지나 거의 뒷쪽 끝에까지 갔지만 나무는 꿈쩍도 않는다. 한 이백 년은 더 살아낼 듯한 기세다. 지켜보던 나머지 난장이들이 들어가 큰소리로 하낫 둘, 하낫 둘, 끙끙대며 힘을 모아 밀었다. 나무가 조금씩 10도 20도 각도로 기울기 시작하더니 이윽고 잔디밭으로 쓰러졌다. 아니 누웠다. 몸의 힘을 다 내려 놓은 듯이. 조금도 흐트러짐이 없는 모습으로.

누워 있는 나무 곁으로 다가갔다. 톱자리가 연연한 속살이 상아처럼 맑고 깨끗하다. 향기롭고 체온처럼 따스하고 부드러웠다.

"미안하다 나무야. 미안해 미안해……."

그들의 일이 훨씬 수월해졌다. 잔가지들을 다 잘라내고 원기둥마저 토막낸 뒤, 땅에 뿌리를 박고 서 있던 등걸마저 뿌리목까지 베어 분쇄기로 들여 보냈다. 그리고 잔디밭에 흩어진 바늘잎까지 다 쓸어넣은 뒤 그들은 모두 떠났다.

전나무도 가고 없다. 우리집 마당의 46그루 전나무들 중에 가장 빼어나게 잘 생기고 귀품이 있다고, 보기드문 나무라고 정원사들의 찬사가 끊이지 않던 그 좋던 나무가 이젠 가고 없다. 그 나무의 삶이 아무리 찬란하고, 아무리 화려하고, 귀품있고 무게있게 살아왔어도 난장이들은 거기에 아무런 의미도 두지 않는다. 참을 수 없는 존재의 가벼움 같은 철학적 의미 따위에도 관심이 있을 리 없겠다. 나무를 알던 사람들 중 더러는 그 나무가 거기에 있었는지조차도 모르거나, 더러는 그 나무가 없으니 그 앞의 호수가 보여서 더 좋다고 한다. 그리고 더러는 아까운 나무였노라고 그리워하는 이들도 있다.

잠시 피해있던 새들이 지지대며 날아와 빈 허공을 헤매이며 날더니 훌쩍 다른 나무로 날아가 버린다. 밤이 되면 그 나무에 깃들던 다람쥐 토끼 너구리들도 찾아왔다 그만 헛탕치고 가겠지. 나뭇가지 사이로 쌩쌩 드나들던 바람 소리도 이제 더는 없다. 아침이면 가끔씩 걷다가 잠시 쉬던 그늘도 더 이상 없고, 솔향을 맡느라 코끝을 들이대던 일도 이젠 말아야 한다.

햇살이 찬란한 그 아침에 나무는 그렇게 소리없이 갔다. 깃털처럼 가볍게. 너무나 가벼이.

꿈결 같기도 하다

김순자 _ 수필가, 약학과 51

　참으로 많이도 살았다. 80년에 혹까지 네 개나 달리는 동안 살다니. 까마득하기도, 꿈결 같기도 하다. 굵디굵은 어려운 고비를 용케도 잘 넘어왔다. 나의 또래가 다 그렇지만 전쟁 속에 자라고 전쟁에 꽃다운 청춘 빼앗기고 못 볼 것 다 본 세대. 검소와 절약이 몸에 밴 사람들, 돈을 주면서 멋지게 놀고 펑펑 쓰라 해도 할 줄 모르는 사람들이다. 지금도 하얀 머리를 하고 쌩쌩한 눈 밝은 아이들 뒤 따라 다니면서 전등 끄고, 혼자 돌아가는 선풍기 끄고, 대중탕에서 철철 넘는 물 마음 아파하고, 물이 떨어지는 빈 샤워기 밑에 가서 남은 물을 쓰곤 하는 쩨쩨하게 주접떠는 늙은이.

　친구들이 모이면 하나같이 젊은이들의 아끼지 않는 것에 대해 불만이 터진다. 휴지도 한 장이면 될 것을 척척 두 번 세 번 뽑아야 되는지, 헤프게 쓰는 치약하며, 하지만 한편으로는 풍부함 속에 살고 있는 지금이 보기 좋다.

　그래도 우린 엄청난 행복을 맛 본 사람들임에는 틀림이 없다. 해방의 그 큰 기쁨을 체험했다. 태극기 물결 속에 휩쓸려 걸어도 보았다. 나라가 가난을 벗고 크게 크게 자라는 모습도 보았다. 특히 금년의 런던 올림픽 성적은 정말 정말 감격 또 감격이 아니었던가. 남북이 통일이 된다면, 그렇다면 1위도 할 수 있다는 자신감이 아쉬움과 함께 이 늙은이의 주먹을 쥐게 하였다.

가난을 면했을 뿐 아니라 남을 도와줄 수 있는 나라가 된 내 나라. 그곳에 안주하고 있는 지금의 평화 자체의 생활이 고맙고 기쁘다. 단조롭다, 때로는 불만을 품을 때도 있지만 얼마나 행복한 푸념인가.

새벽 6시에 고3짜리 손녀를 깨워 늦지 않게 학교에 보내는 일이 나의 의무다. 악역이기는 하나 늘 바쁜 내 딸 잠 조금 더 자라고 내가 맡은 일이다. 탱탱한 근육의 다리를 쭉 뻗고 세상 모르게 잠에 빠져있는 아이를 깨우기란 여간 마음 아픈 게 아니다. 한참 잠이 많은 나이에 매일매일 누적되는 잠, 얼마나 잠이 그립겠는가. 오죽하면 교복치마에 흘린 물을 씻어 내리다가 그냥 꾸벅 졸았다는 아이를 새벽마다 깨운다.

"잘 다녀오너라", "다녀왔니?", "수고했구나", "먹을 것 뭘 줄까?", 내가 하는 또 하나의 일이다. 아이들 어리광 받아주고 맞장구 쳐주고, 딱해하고 "언제나 할머닌 네 편이야"를 심어주어 좋아하게 한다. 듣는 그 애도 보는 나도 똑같이 좋다.

낮에는 불경이랑 이책 저책 읽는 나의 시간. 밖을 내다보며 아파트 단지 내 나무들의 사계절 변화에 머릿속에서 수필도 쓰고 시도 쓴다. 찾아오는 여름의 소리, 매미의 시끄러움, 영산홍 무더기 속에서 가을을 알리는 벌레소리는 나의 반가운 손님이고 친구들이다.

이런 삶 속에 요 몇 년 사이 때때로 잔잔한 평화의 물결이 해일이 되어 갑자기 덮쳐올 때가 있다. 주위에서 낯익은 다정한 이들이 자리를 떴다는 소식, 친구들이 빈자리를 만들 때의 아픔과 허무함을 무엇에 비기리.

언제 가도 아쉽지 않다는 생각은 늘 가지고 있다. 그냥 자리를 옮길 뿐이다, 딴 동네로 이사하는 것처럼. 그곳에는 오히려 이곳보다 보고 싶은 사람, 반가운 사람들이 먼저 가서 자리 잡고 잘 살고 있는 곳이라고도 생각이 된다. 이제 이곳에 살다가 그곳으로 옮겨서 살게 된다는 그런 편안한 마음이다. 아이들에게도 평소에 그렇게 얘기한다. 그러나 남겨지는 것은 싫다. 친구가 떠났다는 소식에는 며칠을 먼 산 바라기를 하게 된다. 이 나이가 그러고도 남을 나이가 아닌가 하면서도.

지금의 장수가 때로는 죄스러울 때가 있다. 할 일없이 오래 사는 것 같아서다. 인생이란 지내다 보면 아름다운 것을 갈수록 더 찾아내게 된다고 들었다. 주어진 시간이 얼마 남았는지는 알 수 없지만 아름다운 것을 많이 많이 찾아야겠다.

친구야 좋은 나이에 크게 고생하지 않고 갔다고 그리 마음을 먹어 본다. 보고 싶구나, 많이.

올해도 주름 위에 웃음 얹고 살자했다
그런데 그런데 낙엽처럼 떠난 친구야
이것이 자연이라 하더라만 파도처럼 아픔이

앞서거니 뒷서거니 그렇게들 떠나누나
나 또한 언젠가는 뒤를 따라 가겠지
망구의 나이가 아니더냐 이만하면 장수지

연잎 위의 이슬방울

김애양 _ 수필가, 의학과 84

추석 연휴에 낙산사에 갔다. 6년 전 산불로 타버렸던 사찰이 거의 복원되어 있었다. 홍련암을 향해 오르다 보타전 앞 연못에서 발걸음이 절로 멈췄다. 활짝 핀 연꽃이 진분홍빛을 내뿜고 있는 것이 아닌가? 태양빛을 홀로 빨아들이는 듯 눈부시게 빛났다. 그런데 그 화려한 연꽃보다 더 강하게 내 눈길을 끄는 것이 있었다. 연잎 위에 맺힌 커다란 이슬방울이었다. 네모난 연못 빼곡히 연잎들이 둥둥 떠 있고, 잎사귀 잎사귀마다 이슬방울이 반짝이고 있었다. 그 가운데에 연잎을 온통 덮을 만큼 큰 이슬방울을 담고 있는 연잎 하나가 몹시 신기하게 보였다. 그토록 큰 물방울이 무겁지도 않은지 연잎은 의연하게 받치고 있었다. 또 물방울은 얼마나 맑은지 온 세상을 훤히 비출 것만 같았다. 용이 물고 있다는 여의주 같기도 하고 동화 속 엄지공주가 사는 집처럼도 보였다. 매끈한 연잎 위에서 떨어지지 않고 용케도 구르고 있는 이슬방울이 퍽 경이로웠다. 하지만 바람이 불면 이내 또르르 굴러 떨어져버릴 터이고, 개구리라도 튀어 오르면 형체도 없이 사라질 이슬방울이니 우리 삶도 그처럼 아슬아슬한 게 아닌가 싶었다.

연꽃은 집 근처에서도 많이 보았다. 최근에 성내천 가까이로 이사를 한 덕택이다. 남한산성에서부터 시작하여 한강으로 흘러드는 25리 물길을 따라 자연의 아름다움도 함께 흐르고 있다. 사시장철 형형색색의 꽃들이 피어나고 검둥오리와 고니가 몰려다니는 모습, 하얀 두루미가 푸른 하늘을 향해 날갯짓 하는 광경을 볼 때면 물가가 생태계에 중요하다는 걸 느낄 수 있다.

이따금 산책을 나갈 때면 읽을거리를 들고 간다. 인공폭포의 세찬 물소리와 딱새 지저귀는 소리 또 풀벌레 울음소리가 배경음악처럼 독서에 한 몫 거들기도 한다. 잉어가 헤엄치다 튀어 오르는 소리에 책에서 눈길을 떼고 주위를 둘러보곤 한다.

그러다 낯익은 식물들과 마주친다. 나날이 기억력이 감퇴하고 특히 고유명사가 생각나지 않지만 어릴 때 식물 채집하느라 익힌 이름들은 절대 잊히지 않는다. 소시지처럼 생긴 부들, 그 위에 잠자리가 잠시 쉬고 있다. 조리를 만들며 놀았던 방동사니, 그 예쁜 이름도 영 잊지 못하리라. 그밖에도 창포, 줄, 마름, 여뀌, 고마니, 물억새 등등 정다운 들풀들이 자라고 있다.

이렇게 생명의 느낌을 강렬하게 받는 곳을 '습지'라 부르던가? 그런데 지구에서 점점 습지가 사라지는 것이 큰 문제이다. 개발에 밀려 사라지는 습지 보존을 위해 오죽하면 세계적인 보호협약이 맺어졌으랴…….

성내천가에 앉아 그런 생각을 했다. 습지는 우리 몸 가운데 태반에 해당할 것이라고. 흔히 습지는 '자연의 콩팥'이라 부르곤 한다. 인체에서 콩팥이 노폐물을 여과하듯 습지가 생물과 미생물의 정화작용을 담당한 점을 부각시킨 말이리라. 하지만 콩팥은 두 개나 되고 또 여차하면 이식수술이나 인공투석이 가능하지만 태반은 그 무엇으로도 대체할 수 없는 고유의 생명력을 간직한 곳이다. 해면처럼 푹신푹신하게 생긴 태반은 어머니의 몸으로부터 영양분을 빨아들인다. 한편 태아의 노폐물을 배출하며 산소와 이산화탄소의 교환이 이뤄지는 장소이고 포도당을 듬뿍 간직하고 있는 곳이므로 이러한 태반에다 습지를 비유하는 것이 더 적절하리라.

하나의 생명이 태어나기 위해 태반이 얼마나 소중한 역할을 하는지 가늠해보면 습지의 중요성이 명확히 머리에 들어온다. 요즘은 태반으로 주사약까지 만들면서 왜 자연에서 태반 노릇을 담당하는 습지의 중요성은 간과되고 마는 것일까?

얼마 전에 생태 문학을 다룬 비평집을 보았다. 거기에 영국 과학자 제임스 러브록이 말하는 지구의 자정능력에 대한 설명이 들어있다. 지구는 생물과 대기, 바다와 육지로 구성되어 이들의 상호작용으로 생물들이 살아가는 데에 최적의 환경을 유지한다는 것이다. 이를 자기 조절 기능이라고 하는데 인간이 지나치게 오염물질을 배출한 나머지 이제 그 자정능력을 상실하였다고 지적한다. 더하여 비관론적 과학자들은 지구가 앞으로 50년 이상을 버티지 못할 것이라 말한다. 더 섬뜩하게 표현하면 2050년경에 지구는 더 이상 인간이 살 수 없는 돌덩어리가 된다는 예견이다. 정작 연잎위의 이슬방울만큼 위태로운 건 지구인데 그 위에서 나는 무엇을 하면 좋을까?

지난여름에 생긴 일

김용희 _ 소설가, 국문학과 71

    태풍 볼라벤이 엄청난 피해를 내고 북쪽으로 올라갔다. 며칠 전부터 언론은 태풍 볼라벤이 한반도에 다가올 것에 대비해 주의를 계속 환기시켰지만 공포심만 더 가중시켰을 뿐 피해를 감소시키는 데에는 한계가 있었다. 전 국토와 인근 바다를 몇 시간 동안 휩쓸고 지나간 거대한 태풍은 이번에도 어마어마한 피해를 속출하고 북쪽으로 이동했다. 태풍이 한반도에 진입하기 며칠 전부터, 기상청은 언론을 통해 태풍이 몇 시에 어디를 지날지, 강도가 얼마나 셀지를 시시각으로 보도했는데 마치 적군이 언제 폭격을 가할 것인지를 예고하는 전투 준비 상황을 방불하게 했다. 아무리 그랬어도 태풍이라는 적군은 한반도 남서부를 중심으로 농가와 어촌에 어마어마한 피해를 입혔다. 과수원에서 지은 한 해 농사가 모두 떨어져 절망스러워 하는 농민들의 낙심하는 표정이나 어촌 가두리 양식상의 선복을 비롯한 어류들은 흔적도 없이 사라져 어민들이 넋을 놓고 앉아 있는 화면을 바라보면 가슴이 답답하다. 농민이 80%가 넘던 이 나라가 수출 주도형 국가로 바뀌면서 대부분의 곡식과 식품들을 수입해서 먹는 생활을 당연한 것으로 받아들이게 되었다. 세계적인 이상 기후로 곡물값에 비상이 걸린 모양인데 올 겨울을 제대로 날 수 있을지 걱정이다.

지난여름 태풍이 오기 전 오래도록 계속된 기록적인 무더위는 멀쩡한 사람들도 더위에 쓰러지게 만들었다. 그 더위에 아스팔트 포장공사에 인두질을 하는 인부들도 있었고, 여기저기 공사 현장에서 작업을 하는 분들은 더위를 식힐 수 없이 땡볕에서 땀을 흘려야 했다. 이런 상황에서 내 자식은, 내 형제는 실내 시원한 곳에서 일한다고 가슴을 쓸어내릴 수 없는 것이 우리 현실이다. 이 시대에 내 자식, 내 혈육의 안전과 경제적인 풍요를 도모하는 일에 총력을 경주할 수 없는 것은 나이들어가는 사람으로서 당연할 것이다. 시대가 변화했고, 이 시대가 요구하는 미덕은 과거의 기준과는 아주 다를 것이기 때문이다. 어떤 형태로든 자신이 속한 공동체 안에서만이 아니라 인류는 같이 살아가야 하는 것이 당연하고, 국가와 사회, 세계의 변화에 영향력을 행사하는 사람들은 모두 그 방법을 찾고 있는 것으로 보인다. 이 사회의 구성원인 우리도 아주 작은 것에서부터 실천 방안을 찾아야 할 것이다.

동네 주민센터에서 탁구를 치고 있다. 나이들어가며 자신감이 없을 때 역시 몸으로 하는 운동이 제일이라는 자만심까지 갖고 주민센터 지하에서 게임을 하며 땀을 흘릴 때는 올림픽 선수들에게서 느끼는 감격에 못지 않다. 화투를 비롯해서 어떤 게임도 해본 적이 없는 내가 원하는 만큼 공이 잘 들어갔을 때 저절로 나오는 환호에 나 스스로도 놀란다. 올 여름 더위가 기승을 부리면서 전력난에 대한 얘기가 솔솔 나오더니 한전에서 여유 전력이 얼마라는 보고가 뉴스거리가 되면서 관공서의 실내 온도를 26도에 맞추고, 공무원을 반바지로 근무하게 하는 등 전력소비를 감축시키는 방안이 연일 보도되었다. 주민센터 지하에 있는 탁구장도 예외는 아니어서 온도는 26도에 고정시키고, 조명을 하는 형광등을 30% 이상 빼버렸다. 탁구장 온도를 높이는 것은 땀을 흘리다 보면 더위도 잊고 지낼만한데 전구를 몇 개씩 빼고 조명을 줄이는 것은 참기가 어렵다. 흐릿한 공간에서 작은 하얀색 공을 따라 움직여야 할 때는 머리까지 아프다. 지하 탁구장보다 1층에 있는 주민센터 내부는 30도는 족히 될 정도로 푹푹 찐다. 주민센터만의 문제가 아니라 인구가 밀집해 있는 서울에서 전력 소비를 줄일 수 있는 것은 한계가 있을 텐데 걱정이 앞선다. 소비와 풍요를 만끽하며 지내온 우리들이 절약을 할 수 있는 한계는 어디까지일지 걱정스럽다. 우유나 신문 배달을 비롯한 배달원들에게 엘리베이터를 사용하지 못하게 하는 아파트들이 생겼다는 보도도 인간의 비정함이 어디까지 나타날지 사뭇 걱정스럽게 하는 이야기이다. 대한민국 인구의 반이 서울과 경기도 인근에 모여 있는 기형적인 도시 공간에서 어떻게 전기 공급에 대한 두려움 없이 살아낼 수 있을까? 옛날엔 물만 잘 관리하면 성군이라고 했다는데 이제는 전기만 잘 관리하면 훌륭한 지도자가 될 듯하다. 원전이 해결책이 될 수 없는 상황에서 우리가 할 수 있는 일이 무엇일까?

전기 못지않게 문제되는 것이 물이다. 환경문제를 생각하지 않아도 물이 자원으로서 미래에 큰 문제가 될 것이라는 것을 알지만 어떤 식으로 사용해야 하는 지에 대해서는 잘 생각하지 못한다. 그저 옛날 할머니들이 하시던 물 아껴쓰라는 말 정도나 생각할 뿐이다. 빌게이츠 부부가 운영하는 재단에서 발표한 바에 따르면 세계 물 사용량의 1/4이 화장실 변기에서 사용된다고 한다. 최근에 빌게이츠재단에서는 화장실에서 사용하는 물을 어떻게 하면 줄일 수 있는가를 공모 과제로 많은 연구비를 지급하고 있다고 한다. 미국식 대형 마트인 코스트코에 갔을 때 화장실까지 아메리칸스탠다드 변기를 설치해서 서양인에 비해 상대적으로 체격이 작은 동양 사람들에게 불편하게 미국식을 강요하는 듯해서 불쾌했는데 변기에서 사용하는 물의 양까지 신경쓰는 것에 나름 주눅이 들었다. 30년쯤 전인가 김수현 드라마에서 고집스런 아버지상을 상징하는 척도로 화장실을 집 안에 두는 것을 허용하는가 안 하는가 하는 것에 두었던 기억이 난다. 밥 먹는 곳 옆에 화장실을 둘 수 없다며 대문 옆에 따로 변소를 두어야 한다는 고집스런 어른들이 있었다. 그 하나로 완고함과 비타협성을 비롯한 모든 성격을 대변한다. 여담이지만 고등학교에 다닐 때 새로운 건물에 수세식 화장실이 있던 학교에서는 한 달에 한번 정도는 두루마리 화장지를 학교에 가져가야 했다. 꼴 사납게 여학생들이 화장지를 들고 등교하는 것이 부끄러울 법도 했지만 그렇지 못한 학교가 태반이던 시절이라 아무렇지도 않게 들고 다녔다.

결국 우리에게 가장 중요한 것은 먹고, 배설하는 일인 듯하다. 이 나라에서 수확한 곡식과 채소, 약간의 고기, 인근 바다에서 잡은 생선 몇 마리와 과일을 가끔 먹을 수 있으면 되는 것이 우리 식생활이지만 이를 충족시키는 일이 만만치 않아 보인다. 형광등 몇 개로 견딜 수 있었던 전력은 이제 여름이면 여름대로, 겨울이면 겨울대로 엄청난 양의 전력이 필요한 사회에서 살고 있다. 밀폐된 가옥과 건물 구조가 실내 냉방과 난방을 못하면 견딜 수 없도록 되어 있는 상황에서 냉장고, 에어컨이 필수품으로 되어있다. 저녁 찬거리를 사러 장바구니를 들고 시장에 가던 어머니의 모습은 일주일에 한 번 대형마트에서 온 가족이 일주일 동안 쓸 물건을 산더미처럼 사가지고 가는 모습으로 바뀌었다. 부부가 모두 직장 생활을 하는 가정이 대부분이어서 집에서는 하루에 한 끼 정도도 식사를 할까말까 하는 가정이 태반이라는데 그 많은 음식을 어떻게 하는지 심히 궁금하다.

경제의 순환을 생각하면 우리가 한없이 절약만 한다고 해결되는 문제는 아니지만 작금의 이상 기후의 주범이 에너지의 과잉 사용이라니 환경론자들이 아니어도 우리 모두 머리를 맞대고 방법을 찾아야 할 것이다. 우선 감수해야 할 부분은 불편함을 참는 연습부터 해야 할 것이다. 전쟁의 끝자락에서 자라왔던 우리 세대의 빈곤을 그대로 강요할 수는 없지만 촛불이나 램프 불에서 시작하여 전력을 사용한 온갖 편리함을 다 누려보고, 방 옆에 붙은 화장실에서 볼 일을 보고 물쓰듯이 물을 써버린 우리 세대가 솔선수범해야 하지 않을지.

언니의 별장

김현숙 _ 소설가, 영어교육과 73

30년 교직 생활에 종지부를 찍고 몇 해 전 마침내 명퇴를 한 언니는 최근 강원도 화천에 전원주택을 한 채 마련하였다. 북한강 상류 화악산 계곡 개울가의 250여 평쯤 되는 허름한 농가였다. 일터에서 물러나 모처럼 한갓진 시간을 갖게된 형부와 함께 오래전부터 꿈꿔오던 전원 생활을 위한 초석을 다진 것이다. 난 그곳을 언니의 별장이라 불렀다.

물살 빠르게 콸콸 흘러가는 시원스런 계곡이 반듯하게 놓인 마당 바로 앞으로 흘러가고 해발 천여 미터의 화악산의 수려한 봉우리가 신비스런 자태로 마을을 굽어보는 풍광 빼어난 곳이었다. 집을 계약하기 전 건축가인 남동생과 지질학 전공인 남편이 방문하여 여러 모로 탐색한 결과 모든 면에서 무난하다 낙점되어 집을 계약하기에 이른 것이다.

한데 계약금을 치르고 언니를 따라 동네분들과 인사를 나누던 중 담도 없이 이웃한 옆집 아저씨로부터 좀 이상한 말을 들었다.

"혹시 종교 있으세요? 그 집이 터가 좀 쎄서……이웃들로부터 뭔 얘기 못 들으셨나요."

"네에? 아……저, 저희는 성당 다니는데요."

"아, 그러세요? 그럼 괜찮겠네요. 됐습니다."

슬쩍 지나치는 말로 흘리는 소리였으나 듣고 보니 뭔가 좀 묘한 소리가 아닐 수 없었다. "애, 좀 이상하지 않니? 이 집에 뭔 사연이 있나 봐." 이미 계약은 한 상태였으나 언니는 계속 뭔가가 찜찜한 듯 개운해 보이는 얼굴이 아니었다. 나 역시 듣고 보니 기분이 좋을 리 없었다. 형부와 함께 요모조모 인테리어를 구상하는 언니를 남겨 두고 마을에 처음 인사 왔을 때 얘기 나눈, 울타리를 경계로 개울가에서 민박을 하는 노부부의 집으로 건너갔다.

"두 분 덕분에 집 잘 계약했습니다. 그리고 이미 계약을 했기에 여쭤 보는데요, 저 집에 무슨 사연이 있나요⋯⋯."

"아니, 누가 그런 소릴 합디까이? 이웃에서 뭘라 고런 썰데없는 말을 했쌌는디요⋯⋯. 참말로, 말이 났응께 허는 얘긴디, 따지고 보믄 사람 죽어 나가지 않은 집이 워딨고 사연 없는 집이 워딨다고 그란디여. 아무 상관 말고 보란드키 잘 살믄 되는 것이요. 원캉 집이란 디는 터가 좀 쎄다 싶은 곳을 이기고 사는 것이 좋은 것이제이. 아무 탈 없을 것이요오. 성당에 다닌다믄서⋯⋯언니헌티는 아무 말도 마시요오. 알믄 괜히 기분 나쁜께⋯⋯."

"잘 알겠습니다."

민박집을 나오는 걸음이 조금쯤은 휘청거렸다. 이 일을 어쩐다⋯⋯안 들은 것만 못한 얘기임은 확실했다. 곰곰이 혼자 궁리하다간 한 생각이 떠올랐다. 이십여 년이란 오랜 기간을 믿음에 냉담해 온 언니가 다시금 신앙생활을 할 수 있는 좋은 기회가 될 지도 모른다는 생각이 들었다. 가까운 측근이나 가족을 전도하는 것이 가장 어려운 일임은 주지의 사실이다. 이번 기회에 언니가 다시 성당에 나갈 수 있도록 도와주고 싶었다. 그간 언니를 위해 기도하며 늘 다시 믿음을 되찾도록 권하곤 하였으나 쉽지 않았다.

"언니, 우리⋯⋯이 집을 축성받아요. 그럼 아무 걱정 없어. 내가 이 구역 본당 신부님께 연락드려 날짜를 잡을게."

집터가 세다는 이웃의 말이 내심 적이 맘에 걸린 때문인지 언니도 의외로 선뜻 그러자고 동의했다. 화천 본당에 전화하여 언니의 별장에 대해 얘기하며 신부님께 공손히 집 축성을 부탁드렸다.

"근데, 왜 집주인인 언니가 직접 전화 않고 동생분이 합니까?" "실은 저희 언니가 오랫동안 냉담한 까닭에……." 사제의 음성은 너무도 엄중하고 깐깐하였다. "그렇게 오래 냉담 중인 사람이 집 축성은 받아 뭘 합니까." "저어, 대신에 앞으론 열심히……." 내 음성은 자꾸만 안으로 기어 들었고 그제야 신부님은 오는 토요일 오후, 그곳 공소의 특전 미사가 있으니 미사 후 축성을 위해 언니의 별장을 방문하겠노라 허락하였다.

신부님과 약속한 토요일, 아침 일찍 남편과 함께 화천의 언니네 별장으로 차를 몰았다. 미사는 오후 3시였으나 피서철이라 행여 길이 막힐까 두려워 서둘러 일찍 출발한 것이다. 과연 예상대로 길은 많이 막혔고 중간에 점심을 먹고 화천에 도착하니 어언 미사 시간이 다 되어갔다. 먼저 도착하여 성당 앞에서 기다리고 있던 언니와 함께 성당 안으로 들어섰다. 신부님을 찾아 뵙고 인사를 드렸다. 마침 성사 중이던 나이 지긋하신 신부님은 언니에게 이번 기회에 꼭 고해성사를 보라 권하셨고 마침내 언니는 용기를 내어 그토록 어렵게만 여기며 미뤄오던 성사를 보게 되었다. "눈물이 날 것 같다." 고해성사를 마친 후 하얀 미사보를 머리에 쓰고 개울물 소리 들려오는 자그마한 공소에서 오랜만에, 정말 오랜만에 영성체를 영하는 언니의 모습은 뭉클한 감동을 자아냈다. 미사가 끝난 후 더없이 순하고 착한 모습의 자매들이 자신들이 집에서 직접 만들어 온 냉커피를 나눠 주었다. 종이컵에 따라 주는 냉커피의 맛이 그렇게 기막힌 건 처음이었다.

이윽고 신자들 서넛과 함께 신부님을 모시고 언니의 별장으로 향하였다. 가톨릭 신자가 아닌 형부는 별장에 남아 홀로 신부님을 기다리고 있었다. 그러나 별장에 도착하여 현관문을 여니 놀랍게도 가장 먼저 눈에 띄는 것은 십자가 고상이었다. 아……그새 형부가 텅 빈 벽 한가운데에 고상을 달아 맨 것이다. 신부님의 시선이 잠시 고상 위에 머물렀고 축성이 시작되었다. 깊고 잔잔한 감동의 시간이 고여왔고 신부님은 언니의 집 곳곳에 성수를 뿌리며 축원해 주셨다. "아주 좋은 곳이네요. 이 일대는 다 절경이지요" 품위있고 단아한 모습의 신부님 얼굴에도 비로소 엷은 미소가 피어 올랐다.

축성을 마친 신부님이 떠난 후, 일삼아 낫을 꺼내 들고 무성히 자란 마당의 풀을 베어가던 남편이 어느 순간 화들짝 놀라며 소리를 쳤다. "앗, 뱀, 뱀……살모사다!" 언니와 형부, 나, 모두가 경악하여 그쪽을 바라보았다. 마당 한가운데 오목한 풀 더미 속에서 독사 한 마리가 쌔액, 공격적인 자세를 취하며 세모의 얼굴을 쳐들곤 혀를 날름거리고 있었다. 황색 바탕에 검갈색 점이 세로로 줄무늬를 이룬, 보기에도 섬뜩한 독사임이 분명했다. "야아, 이거 맹독성 까치살모사 아냐" 형부가 놀라 소리치며 작대기를 들고 와 독사의 몸을 쳐들어 저만치로 내던졌다. 이럴 수가! 지난 주말에도 온 식구가 모여 바비큐 파티를 열고 다들 맨발의 샌들 차림으로 풀밭 위를 신나게 뛰놀며 놀았거늘 그땐 전혀 눈에 띄질 않았던 것이다. 한데 집 축성 후에 돌연 우리의 눈앞에 뱀이 그 형상을 드러내었다.

"섬뜩하다. 섬뜩해. 아무래도 뭔가 심상찮은 조짐이야. 성서에서도 뱀이 악을 의미하잖니" 하얗게 질린 얼굴로 언니는 계속 그 말을 되풀이했다. "나, 앞으론 성당 안 빠지고 잘 다닐란다. 오늘 크게 뉘우쳤어" 언니의 얼굴엔 깊은 결의가 내비쳤다. 축성 후 언니의 별장 마당에 무연無緣히 나타난, 파랗게 독 오른 살모사 한 마리가 냉담한 언니의 믿음에 각성을 불러왔다면 그 얼마나 다행한 일인가. "언니, 실은……오늘이 클라라, 내 영명 축일이거든. 언니에게서 선물 하나 받고 싶어. 앞으론 냉담 풀고 다시 성당에 나가기. 자아, 약속!" 언니와 난 마치 어린 소녀들처럼 손가락을 걸며 굳게 약속했다.

8월 11일, 언니의 별장에서 맞은 클라라 영명 축일. 그날은 그런 연유로 내겐 더없이 뜻깊은 날이었다.

모과

선화(본명 김선화) _ 수필가, 영문학과 67

우리집 마당에 우람한 모과나무 한 그루가 수문장처럼 버티고 서 있다. 독특한 향기를 바람에 날리며 열매가 노랗게 익어갈 무렵이면, 담 밖에서 어슬렁거리는 행인의 낌새가 느껴진다. 목을 뒤로 꺾은 채 시각의 촉수를 높이며, 손이 닿지 않는 곳을 탐하는 눈길. 높은 곳을 향한 사람의 시선과 묵묵히 굽어보는 모과의 시선에선 갈망과 측은지심의 대비가 느껴진다.

'과일 전 망신은 모과가 시킨다'며 사람들은 입방아를 찧고 있지만, 겉만 보고 폄하 하는 비방 따위에 모과는 아랑곳하지 않고 당당하기만 하다. 사람을 연거푸 세 번 놀라게 하는 재주가 있음 나와 보라는 듯 거침없는 표정이다. 우선 너무 못 생긴 외양에 놀라고, 맛을 보고 너무 맛없어 놀라고, 향기가 기막히게 뛰어나 다시 놀라게 하는 바로 이 정체. 누군들 팔방미인이 되고 싶지 않겠는가만 모과는 현명한 선택을 한 듯싶다. 아무도 모방할 수 없는 비장의 무기! 무르익은 향기의 절정 앞에선 제아무리 위력 있는 시각, 미각의 기능조차도 주눅 들어 버리게 하고 마는 마력. 도대체 그것의 발원은 무엇이기에…….

모과는 한자漢字, 목과木瓜에서 나온 이름인즉 참외를 닮아 나무 참외라는 뜻이다. 낮은 땅을 피해 높은 나뭇가지에 자리한 것을 보면 출처부터

격格을 달리 하고 싶었던 것일까? 5월이면 눈웃음치듯 피기 시작하는 연분홍빛의 작은 꽃잎들은 배꽃처럼 아름다웠다. 그 고운 꽃잎이 진 바로 그 자리에 그토록 투박하고 험상궂은 과일이 열리리라고 누군들 짐작을 했겠는가. 옹기장이 손에서 잘못 빚어진 질그릇처럼 우스꽝스런 맵시. 지상의 모든 것이 신의 창조물이라면 옹기장이의 손은 신의 손인 셈. 진흙으로 빚어진 사람의 얼 속에 신의 뜻이 숨어 있듯 자기 안에 숨어 있는 어떤 의도를 모과는 알아차리기라도 한 것일까? 결코 '나일 수 없는' 것은 기꺼이 내려놓고 '나다운' 고유성을 찾아 가는 여정이 자못 진지하다.

사과나 감, 귤 같은 것들은 저희끼리 모이면 서로 닮은 동족임이 완연한데, 모과는 이방인끼리 모인 다국적 백성처럼 각양각색이다. 시각보다는 후각 쪽이 모과의 특성을 찾는 지름길인 듯싶다.

유연한 곡선으로 흐르는 듯하다가 급커브로 탈선해 일그러진 형상. 균형감각은 어디로 팽개치고 불쑥불쑥, 하나같이 뿔난 표정들이다. 무엇에 그리도 화가 나고 노여운 건지……. 할 말이 많을 것 같아 귀 기울여 보지만 침묵으로 일관할 뿐 반응이 없다. 어리고 순한 열매조차도 불쑥불쑥 징조를 보이니 도무지 영문을 알 수가 없다. 저희들이 세상을 얼마나 살았다고.

그뿐인가. 여느 과일나무들과는 달리, 모과는 유독 꽃자루도 없이 가지에 바싹 달라붙어 있는 점이 특이하다. 한 치의 틈새도 허락하지 않은 채 잔뜩 옹그린 자세는 우직해 보이면서 왠지 불안하다. 자일 없이 절벽을 타고 있는 사람의 형상 같기도 하고 허공에 매달린 곡마단 소년을 떠오르게도 하니 팽팽한 긴장감이 전하여 온다. 예기치 않은 풍우라도 만나 언제 추락해 버릴지도 모를 익명의 낙과들을 생각하면 가슴이 섬뜩해진다. 한 치 앞을 알 수 없는 우리네 삶도 이와 다를 바 없거늘.

무엇인가를 혹은 누구인가를 줄곧 긴장하며 기다린다는 것은 결코 쉬운 일이 아니리라. 모과는 무엇을 기다리기에 시종일관 불안정한 자세를 고수하며 저토록 진을 빼고 있는 것일까?

긴장의 시간이 흐를수록 진이 빠져 나가는 과정에서 묘한 것은 모과의 피부에 더욱 윤이 나고 빛이 돈다는 사실이다. 한 얼굴에 드러난 피부색도 다채로워 설익은 내 젊은 날 같은 풋대추 빛인가 하면, 먼 인도 사막에 하염없이 펼쳐져 나를 몽환에 빠지게 한 유채꽃 빛이기도 하고, 무엇보다 어머니가 손수 물들인 모시 한복의 연 치자 빛이기도 하다. 그리움이란 그리움을 모두 불러 모으는 모과 빛. 이상하게도 벌레 먹은 부위가 숯처럼 새까만 것 일수록 더욱 끈끈한 정유 성분이 샛노란 외피에 축적되는데 바로 이것이 뛰어난 향기의 발원이자 약효성분이라니! 놀랍고 신비할 따름이다. 특히 기관지와 목 질환에 특효라고 일러준다. 세상사 말 많으니 목부터 상하기 쉬운 법, 말 수를 줄이고 귀를 부지런히 부리라는 듯. 어느새 모과는 명의 겸 엄한 훈장까지 겸하고 싶은 모양이다. 그러고 보니 그토록 뿔난 모습이던 숱한 화는 도대체 어디로, 어떻게 삭히어 버린 것일까?

알 수 없는 의구심 속에 시간이 흘러가던 어느 날, 무심히 현관을 들어서다 스친 기이한 직감에 문득 뒤돌아보니 모과나무가 제 몸의 껍질을 벗고 있었다. 누가 시키지도 않았는데 스스로 제 허물을 벗고 있는 행위. 마치 고해성사를 하고 있는 것 같았다. 묵은 때를 벗겨내는 정화의 순간, 나는 운 좋은 목격자인 셈이었다. 칙칙한 빛깔의 수피 한 조각이 소리 없이 땅위에 내려앉는 순간, 한 마리 얼룩나비가 시야에 들어왔다. 눈을 비비고 다시 보니 나비는 간 데 없고 다소곳이 앉아 있는 것은 수피 한 조각. 찰나에 스친 나의 환각이었을까? 아니면 숨김없이 고백한 자기 심경을 서둘러 전하고 싶었던 것인가? 홀가분한 마음이 나비처럼 날 것 같다고.

조각이 떨어져 나간 자리에는 연한 연둣빛의 해맑은 속살이 들어나 있었다. 거듭 태어남의 은총이 아니고 무엇이랴. 미처 허물을 벗지 못한 다른 부위로 눈을 돌리니 얼룩진 추상화가 갈등의 모호한 형상이다. 아직 용기가 나지 않아 망설이기라도 하듯.

명색이 가톨릭 신자인 나 역시 마음에서 출발해 고해소까지 도달하는데 얼마나 멀고도 긴 시간이 걸리던지…… 두렵고 부담스러워 회피하고 싶은 유혹이 앞섰기 때문이다. 성사 표를 건네지 않아도 스스로 때를 알아차려 고해성사를 하는 모과나무 앞에서, 부끄러워 고개가 숙여졌다. 결국 자신의 허물은 자기 스스로 벗겨 내야 한다는 것을 모과는 내게 일깨워 주려 했던 것일까?

자신이 빚은 외형뿐 아니라 그 안에 생생한 영혼까지 빚어 넣은 옹기장이의 깊은 뜻을 다시금 헤아려 보게 된다.

해마다 변화하는 계절 속에서 모과나무를 지켜보는 것은 다름 아닌 나를 지켜보는 일이다.

나무와의 만남

신동춘 _ 시인, 영문학과 53

세상은 수많은 만남의 집합체라 하겠다. 만남은 나를 있게 하고 다시 주변과의 고루를 만들어준다. 나무와의 만남도 그런 것이지요. 오늘 산뿌리 물뿌리를 뒤흔드는 폭풍에 미쳐버린 나뭇가지와 잎새에 취해버리듯 참으로 수많은 나무들 혼 뿌리에 흔들려 왔다. 흔들림과 고요가 거의 하나로 비치는 오늘에 이르기까지 나는 참으로 오랜 세월을 나무와 더불어 살아왔다. 그래서 썼지요.

"빙빙 돌아간다.
주마등이 돌아간다
나무들이 얼비친다
서서히 들어나는 제 모습
선명한 장면 하나가 뜬다
내 기억의 한 가닥 그 거리가 삽시에 좁혀진다
나는 나무 위, 큰 가지가 갈리며 만들어준 자리
그루터기를 타고 기어올라 거기 자리 잡고 그림을 그리는 단발머리 소녀
소학교 3학년 5교시는 점심 후의 첫 시간

졸음을 쫓으라고 밖으로 내몰려서 찾아낸 거기 그 자리에서
나는 졸기도 하고 그날의 과제인 나무도 그렸다
나무둥치 하나에 몰입한 눈이 예리하고
나뭇잎 사이사이 들이비치는 창공의 푸르름이 아름답다고
칠판 앞에서 내 그림을 들고 칭찬하시던 선생님의 목소리"

5학년이 되던 해 가을에 그 학교의 사친회 이사로 계셨던 선친이 돌아가
셨고, 이듬해 봄, 파죽지세로 뻗치던 일본의 기가 꺾긴 패전 전야의 먹구
름을 헤치고 우리 가족은 부랴부랴 귀국했다.

"아카시아다
아카시아 나뭇가지다
큰 바람에 쓸리어 창을 메우더니
가지가 커서 바람을 크게 타더니
마침내 2층 방 유리창을 채웠다 비웠다하는 아케이시아
청파동 3가 1번지 언니네 2층 8조방에는
산후조리가 부실해서 늑막에 물이 고인 아우가
종일 바람을 베고 있었다
나무들의 콧김으로 깨어나고 잠들었다

나무여, 나무여 네가 아카시아가 아니고 플라타너스라 해도
그때 낳은 아이가 사내가 아니고 계집애라 해도
나는 그저 살아 있는 것만으로 족했다
구름 위에 무심히 올라탄 나무들
내가 다시 그 위에 무심히 올라타고 있는 게 신기했다

아래층에서 굽는 굴비 냄새가 계단을 타고 올라오고
이어서 일기가 써질 것 같아서 잡기장을 찾다가
문득 일어서 바람 보듬은 나뭇가지를 부여잡고
춤을 추웠지. 왈츠, 하고도 스케이팅 왈츠, 그게
제 격이었다. 그렇게 자리를 털고 일어났다
빙그르르 돌아가는 주마등을 따르며
나를 따르며, 나무들은 가지를,
가지들은 입새들을 낳아서
내 잔을 푸른 물로 채웠다 "

그토록 갈망했던 서울은 낙원이 아니었다. 사는 게 힘겨워서 산후조리
도 제대로 못하고 청파동 언니네게 기댔다.

"지리산 산록 햇빛 가득한 초등학교 마당엔
이야기도 찰랑찰랑 넘치고 넘치어
호랑할배 손짓 발짓 별안간 바빠졌다
오호라 여기 나무있어라 하면 나무들 무성하고
오호라 거기 물 흘러라 하면 옥구슬 비말 풀풀 날리며
물줄기 콸콸 신나게 흘렀다
낳아준 아배 어매를 도통 모른다니
옳거니 원숭이 손이던가 호랑이 새끼
그럼 그렇지 할배가 으르렁 밤길 밝히면
진짜 호랑이는 눈 깔고 꼬리 내리며 조용히 돌아선다네
그렇다 할배는 호랑이를 거느리는 산신령
바람과 나무 산과 물을 호령하는 귀한 귀신
자연의 정기로 태어나서 내게 무릎을 빌려주던 시골학교 교정의 벤치는

그렇고 말고 내가 눈감고 신탁에 귀 세우는 신령神靈한 제대祭臺
옷은 비록 해졌어도 배달倍達 겉옷 걸쳤으니
선 하나 넘어서면 예토穢土가 정토淨土

80년대 지리산 어드메쯤 아직도 선인仙人들이 살고 있었지
동아리 학생들 꽁무니를 잡고 한여름 녹음을 찾아 나서면
정말이지 온통 푸르름에 몸 가린 나무가 그들을 섬겼다네
아니 아니 나무들 그대로가 선인이었지
선인은 천수千壽라 나이가 없으니
내가 만난 할배는 날 때부터 고래희古來稀
환갑은 돌고 도는 영원한 나이
나무와 함께 사는 우리의 나이
사철을 돌고 돌며 옷 바꾸는
할배는 대자연 우리도 자연
숲도 자연 나도 자연
모두가 자연이다 하나다"

한양대학교에서 썩 잘 나가던 시절에 쓴 작품이다. 캠퍼스의 플라타너스는 참으로 고마운 나의 벗이었다. 폐암수술을 감행할 때도 그들은 나를 위해 기도를 했지요. 자기 몸을 그토록 혹사한 나 자신은 누구에게도, 어느 나라 신에게도 살려달라고 매달릴 수가 없었는데.

"하나……둘……셋……넷……나는 서서히 잠들고
1994년 5월 4일 월요일 아침 한양대학병원 수술대에서 잠들어
목숨을 위한 힘겨운 줄다리기를 시작했다
고비길을 오르며 몇 번이나 쓰러졌는지 아는가

비탈의 플라타너스를 몇 번이나 부여잡고 일어났는지 아는가
모른다, 모른다, 나는 모른다
그래도 나뭇가지 줄기 하나만은 한사코 놓지 않고
'기억나지 않습니다.
모르는 일입니다. 재판관님!'
'알았다, 알았다, 네 말이 맞다!'
14시간을 훨 너머 '수술완성'
갓난쟁이 주먹만 한 납덩어리를 도려냈다고
폐 하나를 삭둑 잘라버렸다고요
그런데 나는 여전이 숨통이 막혔고
시야가 까뭇까뭇 흐리고
목이 몰랐다
못 견디게

드디어 만났다
플라타너스를 만나기는 만났는데
희미한 내 시야에서
그들은 솜처럼 뭉쳐있었다
중환자실 침대에 묶여서 만난 라일락도
보랏빛과 흰 꽃이 두루뭉술
침대 자리가 요리저리 바뀔 때마다
나는 힘겹게 가는 목을 쳐들어 요리저리 돌리며
5월의 아카시아와 라일락과 플라타너스를 찾았다
답답한 가슴으로 눈을 비볐건만
그들은 제 모습을 드러내지 않았다
선명한 눈길로 나의 새 생명을 확인해주질 않았다

그렇게 목이 타던 어느 날
12층 입원실에 오르자
한양대학 나무들이 병실문을 두들겼다
HYUH, 한양 · 유니버스티 · 호스피탈의 나무들이 환호성을 터뜨렸다
살았구나 살아나서, 나의 벗 나의 동행에게로 무사히 돌아왔구나
오호라 나무여
귀하디귀한 나무들이여"

초록빛 별

우계숙 _ 소설가, 국문학과 71

얼마 전, 신문 한 구석에서 눈길을 끄는 기사 하나를 보았다. 불교 학자들이 불경의 디지털화 작업을 하던 중, 그 불경 뒷면에 적힌 다른 글자들을 찾아낸 것이다. 그 글자를 들여다보니 조선 19세기 중반 당시 강화도에 집결되어 있는 군수품, 정확하게는 각종 무기류의 내역이 상세하게 적혀있음을 발견했다. 화약 대조총 연환(총알) 대포 등의 수량이 상세하게 적혀 있었는데, 말하자면 홍선대원군의 천주교 박해를 이유로 들어 서해안 쪽으로 침략한 프랑스에 맞서 조선 서해안 방어를 위해 모아놓은 군수품을 기록한 군사기밀이 불경 이면에 적혀 있었던 것이다. 조선 당시에도 이면지 활용, 즉 이미 한 번 쓴 종이 뒤에 군사기밀을 적어 보관할 만큼 종이를 아껴 썼다는 사실을 알 수 있다.

그렇게 조선 시대에도 관청에서 이면지 활용을 했던 셈인데, 요즘 우리나라 관청이나 기업 등에서도 이면지 재활용이 적절히 이루어지고 있는지 궁금해진다. 요즘은 개인적으로 집에서 프린트를 할 일이 거의 없어서 특별히 이면지 활용할 일이 없지만, 외부에서 우편으로 발송한 온갖 인쇄물을 받았을 때, 그 뒷면이 깨끗하게 비어 있는 인쇄물들이 많은데, 그 인쇄물들을 나중에 정리할 때는 그냥 버리기가 아까워서 주저할 때가 종종 있다. 나는 환경 문제에 특별한 관심이나 집념을 지니고 있지는 않지만, 그냥 일상생활에서 쉽게 지킬 수 있는 사소한 것은 되도록 신경 써 보려고 하는 편이다. 가령 김밥 집에서 김밥을 살 때 주는 나무젓가락을 굳이 사양하고 받지 않는다든가, 푸드 코트에서 물을 마실 때 종이컵 대신 쇠컵을 사용한다. 그리고 동네 슈퍼에서 물건을 살 때, 검은색 비닐 속에 담아 가져 오지 않고 천으로 만든 시장 가방에 담아 온다.

그러나 그 뿐, 환경 지킴이들이 보면 나는 여전히 환경오염과 자연 파괴의 범죄자 중 한 사람이다. 대형마트 진열대를 가득 메운 폴리에틸렌 패키지 상품들을 사고, 샤워를 하면 한 시간 가까이 하며 물을 마구 낭비하고, 좀 추우면 서슴없이 고온 난방을 한다. 세탁을 할 때도 세제를 조금 쓰면 때가 남을까 찝찝하다며 듬뿍듬뿍 퍼 넣어 돌리고, 설거지할 때도 세제를 넉넉히 써야 속이 후련하다며 세제를 잔뜩 묻혀서 거품이 펑펑 일어나게 한다. 반찬은 냉장고 깊숙이 둔 것은 다 까먹어 나중에 곰팡이가 피고, 시큼한 냄새가 진동할 때까지 버려두기도 한다. 지구상에 있는 석유 자원이 앞으로 30년만 지나면 완전히 바닥이 난다는데, 두세 정거장 거리조차도 버스를 타며 후손들이야 어떻게 살든지 난 관심 없다는 투로 속 편하게 지낸다.

오래전 봤던 '뷰티풀 그린'이라는 프랑스 영화가 생각난다. 프랑스 여성 감독이 만든 이 영화는 환경 문제에 예민한 프랑스와 미국에서는 흥행 1위를 기록할 만큼 수많은 사람들이 봤는데, 우리나라는 환경 문제 따위엔 아무도 신경을 쓰지 않는지 단 며칠 간 상영되다가 관객이 너무 안 들어서 간판을 내린 영화다. 이 영화는 '뷰티풀 그린'이라는 초록빛 행성에서 살고 있는 다른 별 사람들의 이야기다. 이 초록 빛깔 별에서 살고 있는 사람들은 지구인들보다 2백 년 앞선 지능과 정신문화를 지니고, 놀라운 초능력을 가지고 있음에도, 물질문명을 저버리고 초록의 자연과 더불어 사랑스런 님프 같은 삶을 즐긴다. 이들의 삶은 그야말로 초록빛 유기농 라이프로, 놀이마저도 큰 초록 나무에 높이 맨 긴 줄 그네타기, 초원에서의 텀블링, 드맑은 호수에서 헤엄치기 등이다. 지구인들은 스마트폰으로 온갖 동영상을 보고, 음악을 듣고, 카톡을 하고, 문자질을 하지만, 초록빛 별 사람들은 눈 감고 침묵하면서 동영상을 보고, 침묵의 음악회를 열고, 맑은 물에 발을 담근 채 손가락을 안테나 삼아 다른 사람들과 통신 교류를 한다. 이들은 모두 다 선량하고 아름다운 사람들이지만 지구라는 별에서 살고 있는 지구인들을 돕기 위한 자원 봉사에는 선뜻 나서려 하지 않는다.

지구가 그만큼 자연 파괴와 환경오염이 극심하고, 온갖 기계문명에 자신을 다 맡기고, 물질 숭배에 온 정신을 팔고, 자신들의 정신을 돌보는 일에는 잠시도 시간을 낼 줄 모르며, 그래서 지구인의 삶이 너무나 그악스러운 것을 알기에, 지구인을 도와주러 지구로 가기를 꺼리게 된 것이다. 이때 2백 년 만에 한 지원자가 나서는데, 그는 자기 아버지가 2백 년 전에(이들의 평균 수명은 수백 년이다) 지구 여인과 사랑에 빠져 그 사이에서 태어난 혼혈이다. 그는 지구에 도착하는데, 오염된 공기, 물, 파괴되는 자연 등을 보며 숨 막혀 하다가 지구인들의 참상에 마음이 움직여 지구인들을 변화시켜 간다. 지구인들이 나무와 자연의 소리에 귀를 기울이게 하고, 경쟁과 다툼을 화해와 조화로 바꾼다. 그게 너무 지나쳐서 축구 경기장을 무도회장으로 만드는 실수도 하지만, 서서히 초록의 자연의 의미와 아름다움을 사람들에게 깊이 깨닫게 하며 조금씩 지구인들을 변화시킨다. 그에게 감화된 지구 여성이 잎맥도 선명한 커다란 초록 잎사귀를 들여다보며 초록의 의미를 깨닫는 장면은 아주 인상적이다. 초록이 화려한 꽃보다 더 아름다울 수 있다는 것을 느끼게 하는 순간이다.

그 '뷰티풀 그린' 영화 덕분은 꼭 아니지만, 나는 몇 년 동안 봄에서 가을까지 야생화 나무 열매 등을 찍으러 여기저기 돌아다니기도 했다. 그것들을 홈피에 담고, 짧은 글을 남기기도 하고, 가입한 카페에 그 사진들을 올려 사람들에게 소개하기도 했다. 그러면서 나는 식물도 자기만의 독특한 마음이 있다고 믿게 되었다. 우리집에는 동양난이 하나 있는데(우리는 '난이'라고 이름까지 지어 주었다), 그 '난이'가 몇 년 전부터 한 해도 거르지 않고 맑고 정결한 꽃을 피우며 은은한 향기를 스칠 듯 사라질 듯 낸다. 해마다 '난이'의 그 맑고 고운 꽃들을 사진으로 찍어 홈피에 올리고 카페에도 올리곤 하는데, '난이'가 해마다 꽃을 피우는 것을 보며 '난이'가 자기 사진을 해마다 찍어 홈피며 카페에 올려주는 것을 알고 그게 좋아서 즐겁게 꽃을 피운다고 생각할 정도가 되었다. 이런 '난이'를 보고 딸아이는 "아유, 저 연예인 병!"하며 '난이'를 놀리곤 하는데, '난이'가 연예인처럼 사진 찍히는 걸 즐겨서 자꾸 꽃을 피우는 것이라는 장난스런 이야기다. 또 모를 일이다……. 실제로 '난이'가 진짜 연예인 병에 걸려 해마다 꽃을 피워 내는 것인지도…….

 하지만 그처럼 초록의 의미를 배우려 하고 그 마음을 이해해 보려 하나, 나는 여전히 나무나 자연의 소리를 잘 듣지 못하고, 자연을 지키는 일에도 게으르고 무지한 자연 파괴와 환경오염의 범죄자 중 한 사람이다. 만일 초록 빛깔의 별에서 사는 사람들이 있다면, 그 사람들이 도와줄 불쌍한 지구인 명단 한 구석에 하찮은 내 이름도 포함되어 있기를 바란다.

호야를 찾아서

우애령 _ 소설가, 독문학과 68

    큰 아들네가 여름휴가를 가면서 초등학생 손자가 돌보던 토끼 '호야'를 맡기고 갔다. '비아트릭스 포터'의 동화에 나오는 '피터 래빗'처럼 밤색과 흰색 털이 잘 어울리는 귀여운 토끼였다. 원래 아들네서는 베란다에서 길 렀지만 베란다를 쓸 수 없는 우리는 커다란 철망 토끼집에 넣어 거실에 두었다.

    "밖에 나오게 하면 안 돼요. 전선도 갉아먹고 커튼도 물어뜯고 그래요."

    아들은 떠나면서 신신당부했지만 밖으로 내보내달라고 토끼는 철망 문을 탁탁 쳤다. 갇혀 있는 꼴을 못 보는 내가 살짝 밖으로 내놓았더니 보통 좋아하는 것이 아니었다. 여기저기 구석으로 달려가 보기도 하고 바닥에 배를 깔고 길게 누워보기도 하면서 한껏 신이 났다.

    호야는 잠깐 내어놓았다가 다시 집어넣으려면 발버둥을 치고는 했다. 사건은 아들네가 돌아오기로 되어 있는 나흘째에 일어났다. 외출하기 전에 호야를 철망 안에 다시 넣으려고 온 집안을 찾았지만 보이지 않았다. 마침 그날은 더위의 절정에 다다른 말복이어서 사방이 불볕처럼 뜨거웠다. 창황망조해서 근처 오피스텔에 있는 딸에게 전화를 걸었다.

    "엄마, 그 토끼가 워낙 잘 숨어요. 내가 얼른 달려가서 찾아놓을게요."

그러나 달려온 딸도 토끼를 찾지 못했다. 방마다 샅샅이 뒤지고도 토끼를 찾지 못한 딸이 물었다.

"엄마. 혹시 문 열어 놓았었어요?"

"아니…… 그래. 그러니까 내가 차에서 짐 들여오느라고 잠깐……일이 분도 안 되었는데……."

"그럼 그때 나갔는지도 모르겠어요. 얼른 나가서 사람들에게 물어보고 올게요."

그러나 십여 분쯤 지나 딸은 맥 풀린 표정으로 돌아왔다. 안절부절하며 기다리던 내가 묻기도 전에 딸은 말했다.

"토끼 이야기만 꺼내도 다들 웃기만 해요. 웬 토끼냐는 둥 말복인데 누가 잡아먹었을지도 모른다는 둥……."

손자가 애지중지 삼 년을 기른 토끼였다. 혹여 누가 잡아가거나 해코지를 하지 않더라도 몇 년 만의 폭서라는 뜨거운 날씨에 물도 사료도 없이 밖에서 무사하기 어려울 것이었다.

그래서 딸이 토끼 사진을 넣고 문안을 작성한 전단지를 몇십 장 만들어 함께 차로 아파트를 돌며 방을 붙였다. 마침 아파트 장이 서는 날이라 광장에 트럭들이 즐비하게 들어서 야채며 과일, 건어물, 생선들을 팔고 있었다. 토끼 못 보셨느냐고 묻자 한가하게 텐트 아래서 땀을 들이며 이야기를 나누던 상인들이 저마다 한마디씩 했다.

"아니 강아지도 아니고 웬 토끼요?"

"식용토끼예요?"

이제 설명하기도 지쳤지만 손자가 맡기고 간 토끼인데 없어졌다고 간곡히 말하자 한 사람이 물었다.

"암놈입니까, 숫놈입니까?"

나는 혹시 이 사람이 무슨 수라도 있는가 해서 숫놈이라고 얼른 대답했다.

중년이 좀 지난 상인은 고개를 끄덕거렸다.

"짐승이나 사람이나 항상 숫놈들이 문제여."

사람들이 모두들 까르르 웃음을 터트렸다. 지금 웃을 때가 아니라고 한 마디 하고 싶었지만 꾹 참았다. 그 사람들 입장에서는 웬 할머니와 아가씨가 토끼를 찾는다고 사색이 다 되어 있으니 보통 재미있는 일이 아닌 것 같았다. 어쨌든 양해를 구하고 장사하는 텐트마다 하나씩 전단지를 부쳤다.

토끼 호야를 찾습니다.
오늘 오후 한 시경, 집에 있던 토끼 '호야'가
열린 문틈으로 나갔습니다.
호기심이 많고 착하지만 겁이 많아서 모르는 사람에게
가까이 가지는 않습니다.
길을 잘 몰라서 어디서 헤매고 있을지 걱정입니다.
보신 분은 꼭꼭 연락 부탁드립니다.

한 사람은 내용을 읽고는 실쭉 웃더니 고개를 주억거렸다.
"명문이여. 명문. 심금을 다 울리는구만."
아무튼 그리고 나서 놀이터마다 가보고 만나는 아이들이나 할머니들에게도 물어보았지만 모두들 딱해하면서도 고개를 저었다.
근처 놀이터에까지 다 붙이고 나니까 전단지가 떨어졌다. 얼른 더 뽑아 오기로 하고 일단 집으로 돌아왔다. 우리는 둘 다 요새 유행어로 멘붕상태였다. 멘탈붕괴, 곧 말하자면 정신이 다 나가버린 것이었다. 무리가 아니었다. 근심에 싸여 두 시간이 넘도록 토끼를 찾으러 헤맸으니, 그 땡볕 아래서……
딸아이는 자기가 전단지를 뽑아 올 테니 차에 있으라고 했다. 잠시 후 딸이 빈손으로 나와 차로 달려왔다. 나는 차창을 내렸다.
"컴퓨터가 안 되니?"

"그게 아니라요. 이제 뽑을 필요가 없어요."

"아니 왜? 혹시 토끼가······."

나는 기겁을 했다. 딸은 황당한 표정으로 고개를 저었다.

"그게 아니라 엄마, 토끼가 집에 있어요."

"뭐라고? 살아서?"

나는 차에서 뛰어 내려 집으로 달렸다. 그건 정말 초등학교 이래 처음 해본 달리기였다. 딸이 뒤에서 따라오면서 소리쳤다.

"잘 있어요. 멀쩡하게······ 철망 안에 넣어두었어요."

집에 들어서니 철망 안에 호야 바로 그놈이 들어앉아서 천연덕스럽게 사료를 먹고 있었다. 너무나 반갑기도 하고 밉살스럽기도 해서 가출했다 돌아온 아이를 쥐어박는 부모의 심정을 이해할 것만 같았다.

"대체 집안에 어디 있었던 거냐? 응? 그렇게 찾았는데······."

물론 토끼는 대답하지 않았다.

딸아이 말로는 집에 들어가니까 어디서 바시락바시락 소리가 나더니 토끼가 나타나더라는 것이었다. 추측해보건대 옷장의 옷 무더기 밑에 들어가 늘어지게 자고 있었던 것이 아닌가 싶었다.

아무튼 토끼를 잃어버렸다가 다시 찾았더니 그 행복감이라는 건 말로 다할 수 없었다. 파랑새를 찾으러 천리를 헤매다가 돌아왔더니 정작 파랑새는 집에 있었다는 찌루찌루, 미찌루의 이야기와 일맥상통하지 않는가.

너를 보내며

이자숙 _ 수필가, 식품영양학과 72

　세월의 빠름을 새삼 느꼈다. 18년을 우리 가족과 함께 지낸 복동이가 지난 5월 우리 곁을 떠났다. 외출에서 돌아와서는 잠자는 모습으로 오인했었다. 점심밥까지 잘 먹는걸 보고 나갔는데 나이 탓인지 이미 숨을 거둔 뒤였다. 애완견의 평균수명이 14~5년이라지만 한 20년은 살줄로 알았다. 시력은 5년 전쯤 이미 잃었지만 청력은 잘 유지 되었고 식욕은 왕성한 편이었다. 짖는 소리로 의사표시를 하곤 했었다. 금방이라도 저녁밥을 먹으려고 일어날 것 같아서 죽음이 믿어지지 않았다. 안아보니 아직도 따뜻함이 전해 오는 듯했다. 지난해부터 이별을 마음속으로 준비하긴 했지만 잘 돌보아주지 못했던 미안함으로 눈물이 앞을 가렸다.

　며칠 전 복동이를 안고 오랜만에 집 근처를 산책했다. 5월이 가기 전에 눈으로는 볼 수 없지만 꽃향기라도 맡게 해주고 싶어서였다. 애완견은 반려동물이라 하면서도 잘 걷지 못한다는 걸 핑계로 집안에만 가두어 둔 것 같아서였다. 자주 다녔던 길목에서는 땅에 내려놓으니 기억이 난다는 듯 두리번거리며 생각에 잠기는 듯했다. 복동이와의 마지막 외출이 된 셈이다.

　아쉽고 미안해서 하룻밤을 복동이와 함께 보냈다. 마침 선선한 5월이라서 가능했던 것 같다. 은지는 간직했던 나무 십자가 목걸이 목에 걸어

주었다. 창가 화분에 보랏빛 수국 한 송이가 탐스럽게 피어 있었다. 복동이를 닮은 듯 곱다. 꺾어서 유리병에 담아 복동이 사진 옆에 놓았다. 분홍빛 면으로 마지막 입고 갈 옷을 만들었다. 우리 가족이 가끔 가는 올레길 근처의 산자락에 수목장을 하기로 의견을 모았다. 이따금씩 들릴 수 있을 것 같아서였다. 곧게 뻗은 우람한 소나무 가장자리를 파니 빨간 찰흙 땅이었다. 보랏빛 수국 한 송이를 올려 놓아주고 창호지로 덮었다. 처음 모습대로 흙으로 평지를 만들었다. 그 위에 낙엽을 뿌렸다. 복동이의 육신이 자연으로 돌아 간 날이었다. 멀지 않은 산동네에서 개 짖는 소리가 들렸다. 그렇게 외롭지만은 않을 것 같다는 생각을 하며 올레길을 따라 내려왔다.

은지가 여고 1학년 때 집으로 돌아오는 길에 애완견 가게 앞을 지나다가 귀엽게 생긴 강아지를 보고는 헐레벌떡 집으로 달려왔다. 얼마냐고 물으니 20만 원밖에 없다고 했더니 딴 사람이 사가기 전에 얼른 돈을 가져오라고 하더란다. 딸과 함께 가보니 정말 탐날 정도로 예쁘게 생겼었다. 말티즈와 싯츄 혼종이었다. 자세히 들여다보니 짝눈이었다. 여주인한테 물으니 "요즈음 유행하는 사파이어 눈 모르세요?" 한다. 어미가 6마리를 낳았는데 다 팔리고 한 마리만 남은 이유를 알 것 같았다. 어미가 불안한지 우리 주위를 맴돈다. '그래 우리가 데려다가 잘 키워주마' 하고 어미에게 마음속으로 속삭였다.

막상 집에 데리고 와보니 눈병도 나있고 성견들 사료를 먹어서인지 소화불량 증세도 심했다. 집에서 가능한 치료는 해주고 안 되는 부분은 동물병원 신세를 졌다. 태어난 지 3개월이라는데 씩씩하고 식탐이 대단했다. 성견들 사이에서 살아남기 위해 생긴 습성인 것 같았다. 남편도 결혼 전에 애완견 2마리를 키우다가 누님에게 양도하고는 섭섭해 했던 기억이 난다. 신혼 초에 대구에 살았을 때 이따금씩 녹음기를 틀기에 음악을 듣는 줄 알았다. 나중에 자세히 들으니 개 짖는 소리였다. '쉐리'와 '노마'의 짖는 소리를 구별하며 추억에 젖곤 하던 모습이 기억났다. 아무튼 이름을 복동이라고 짓는 것이 어울릴 것 같았다. 처음에는 괜한 일거리를 만든다고 불만스러운 소리를 하면서도 어느새 목욕을 시켜서 집에 넣어 주었다.

눈병 때문에 두 눈에 눈곱이 말라붙어서 앞이 안 보이는데도 식구들 발짝소리만 나면 머리를 벽에 부딪쳐 가면서 현관 쪽으로 달려 나오던 모습이 눈에 선하다.

사료를 주면 나중에 먹기 위해 문틈 사이에 감춰 놓은 것을 청소하다 종종 발견하곤 했었다. 일 년도 채 안 되어서 공원에 산책하러 나갔다가 겁없는 옆집 개가 내 발을 물 태세를 취했다. 어느새 복동이는 제 덩치의 두세 배 되는 개를 향하여 으르렁대며 엉덩이를 무니 옆집 개는 기세에 눌리어 줄행랑을 쳐버렸다. 복동이의 작은 입에는 옆집 개의 털이 몇 가닥 물려 있었다. 그 이후로 '의리의 돌쇠'라는 별병이 붙었다.

근 보름 동안 대지를 달구었던 더위도 이번 주말부터는 주춤한 것 같았다. 아침 나절엔 소나기도 한 차례 지나갔다. 이심전심인지 남편이 오랜만에 올레길을 한 번 가자고 한다. 은지도 덩달아 가겠노라고 한다. 나도 더위가 좀 가시고 나니 딤채 옆에 복동이 집이 있던 빈자리에 눈길이 가며 가보고 싶어졌다. 편안한 모습의 복동이 사진 옆에는 복동이 이름이 새겨진 도자기 밥그릇이 주인도 없는데 항상 자리를 지키고 있다. 항상 먹는 양이 부족해서 핥고 또 핥고 해서 윤이 날 정도였다. 식탐이 많아서 과체중이라는 말을 들은 적이 있어 양껏 먹일 수가 없었다. 올레길을 들어서자 세 사람은 동시에 복동이가 묻힌 쪽으로 발걸음을 옮겼다. 7월 장마에도 복동이가 묻혔던 자리는 변함없었다. 찰흙지대인 덕분이라 생각되어 졌다.

이제 18년을 우리 가족과 함께 했던 복동이는 자연의 품으로 돌아가고 아름다운 추억과 고마움 그리고 미안함이 가슴 한구석에 영원히 남아 있을 것 같다. 가끔씩은 메말라 질 수도 있는 우리 부부 사이에서 대화의 윤활유 역할도 해주었다. 아들 찬우가 유학 생활에 이따금 외롭고 지쳐 할 때도 컴퓨터 화상畵像으로 복동이를 보여주면 환하게 웃으며 복동이 이름을 부르곤 했다. 어느 가족보다도 아들에게는 활력소 역할을 크게 해준 것 같다. 은지에게는 따뜻한 동생과 같은 복동이었다. 이제 손자 손녀의 재롱을 보라고 복동이가 자리를 비워 준 거라고 위로해 주는 친구도 있었다. 우리가족에게 많은 추억과 사랑을 남겨주고 떠난 너를 그리워한다.

데포딜스

이현명 _ 시인, 영문학과 64

나는 내 안에 또 한 사람, 그녀를 만난다. 그녀는 모자를 좋아한다. 눈가에 그늘을 드리워주기 때문이다. 하얀색, 그린, 연베이지, 검정과 금빛 줄이 있는 모자들……

그녀는 TV에서 보여주는 자연 소재 다큐멘터리나 여행 다큐프로를 즐겨 본다. 특히 하늘, 구름, 물 흐르는 계곡과 숲과 강과 바다…… 그 위를 날으는 새들, 잎이 무성한 숲…… 존재하는 모두를 좋아한다. 물론 사람을 좋아하지만 개인적으로 이성을 가까이 하지는 않는다. 정다운 사람을 만나 다시 사랑을 하게 되는 일은 어쩌면 다른 아픔을 의미하기 때문이다. 그러나 자연은 그녀를 품어주며 편히 쉬게 한다.

2월 2일, 정초에 예정했던 대로 나는 소묘를 시작했다. 처음으로 6면체의 우유 곽을 그렸다. 먼저 중심 배꼽을 잡고 Y축을……후에 물체를 몇 대 몇으로 나누어 그렸다. 회사 이름을 그리면서 마음속으로 브라보라고 그려 넣었다. 그의 닉네임은 브라보였다. 내가 무슨 표현을 하면 브라보를 자주 외치며 용기를 주어 그를 브라보라고 불렀다.

어느 날 오솔길을 거닐다 계곡 한쪽에서 바람에 몸을 맡기고 하늘하늘 춤추는 듯, 한 무리의 황금빛 수선화를 보았다. 영국 시인의 데포딜스(수선화)가 생각나 운율을 넣어 암송하였다. "나는 외로이 방황하듯 거닐었네…… 언덕 위와 계곡을 떠도는 구름처럼…… 한눈에 보았네…… 무리지어 숨은 듯 신비스레 피어 있는 수선화를……" 낭송이 끝나자 그는 박수를 크게 치며 브라보를 외쳤다. 그때부터 그는 나를 데포딜스라고 불렀다.

어머니는 브라보의 신상에 관하여 알고부터 두 사람의 관계를 극구 반대하셨다. 어머니는 치욕스런 일정치하 때, 항일투사 집안의 자녀이셨기에 일본에 대한 반일 감정이 대단하셨다. 하고많은 아이들 놔두고 하필 쪽발이냐고……내 눈에 흙이 들어가도 너희는 안된다. 어떻게 원수의 집안과 맺어질 수 있느냐며 절규하셨다. 하지만 그는 과거의 일이라는 것과 개인적인 문제…… 시대가 달라졌다며 설득하려 애썼다.

2월 9일, 그도 가끔 스케치를 하여 내게 주곤 하던 기억이 새롭다. 여유로운 저녁 시간에 다큐를 본다. 남극에 사는 곰을 주인공으로 하여 보여주는 내용이다. 하얀 어미 곰과 아기 곰들이 장난치는 귀여운 모습들…… 그러나 보호막인 오존층이 파괴되고 온난화 현상이 시작됐고 그 결과 빙하는 녹으며 자연 전체의 리듬이 깨지고 있다 한다. 루소가 그랬던가? '인간은 자유롭게 태어났지만 사회 속에서 쇠사슬에 묶여있다. 그러나 물과 바람이 만든 생태계, 그 안에 인간도 자연도 함께하고 있지만 그것을 잊는 것이 우리 인간이다.'

결국, 나는 혼절할 듯 반대하시는 홀어머니 말씀을 거역하지 못했다. 그리고 그에게 절교 선언을 하였다. 나는 쌀쌀하게 등을 보였고 그는 기다리겠다며 한국을 떠나 가끔 그림엽서를 보내왔다. 그랬다. 그와의 감정을 정리하는 일이 내게도 그리 쉬운 일이 아니었다. 견디기 힘든 나도 이곳 저곳으로 하염없이 방황하였다.

"그대가 내 사랑인 줄 알았을 때 가슴에 뚫린 구멍을 보았습니다.
개나리꽃 피고 목련화 만발한데 바람을 데리고 비가 왔습니다.

한 잎 두 잎 잎잎이 꿈을 버리는 꽃을 보았습니다
피돌기가 멈추고 가슴 무너지는 소리도 들었습니다
피를 쏟듯 밤새도록 비가 내리고
수도 없이 지는 것이 꽃인지 눈물인지 알 수 없었습니다."

비바람을 맞으며 바닷가를 마구 쏘다녔다.

"빗방울처럼 많은 날들이 지나갔습니다 가슴에 숱한 홈을 파고
구멍 뚫린 마음들은 부석같이 떠다녔습니다……
살고 싶지도……죽고 싶지도 않았습니다……
물결치는 대로 바람 부는 대로 그저 표류했습니다……."

2월 16일, 일상처럼 저녁 식사를 하고 다큐를 보다 정말 심장이 멈출 것
처럼 깜짝 놀랐다. 특보 긴급 뉴스라고 화면 아래쪽에 붉은 자막이 떴다.
일본에 지진이 났다. 쓰나미가 오면서 해변마을을 휩쓸었다고…… 많은
사람들이 행방불명되거나 사망했다는 아나운서의 황급한 목소리. 믿기지
않는 소리가 웅웅 되풀이 되며 귓가에 맴돌았다.

자연 다큐를 보면서도 마음속으로 소용돌이치듯 떠오르며 여러 생각들
이 교차하며 충돌했다. 그는 괜찮을까……온몸으로 통증이 스며든다. 특
보뉴스는 계속적으로 나오고 온종일 그가 안전할까? 어떨까? 괜찮은가 라
는 같은 말을 되풀이 하며 수많은 질문 속에 깊게 파묻혔다. 별일 없을 거
야…… 만약 좋지 않은 일이 생겼다면 어쩌지……어쩌지…….

일본에 대지진이 일어났다. 쓰나미가 온다! 간다! 기억 속에 가슴속에
영상들이 잠시 흔들리다 지워진다. 나는 오솔길을 걷는다. 요한 스트라우스
의 봄의 왈츠 멜로디를 흥얼거리며 춤을 춘다. 트라-랄라 랄라 라라라~
라라라~ 라라라~ 축복처럼 나뭇잎 사이로 쏟아지는 햇살. 가슴이 파르르

떨린다. 새들의 속삭임. 그의 음성이 들려온다. 브라보! 아무 일 없는거죠? 하지만 음성은 숲 속으로 잦아들고 생기를 내뿜는 나뭇잎만 반짝인다.

　브라보와 나는 보트놀이를 하고 있다. 잔잔한 호수 위에 노 젓는 소리 가득하다. 주변 동산과 나무들 풍경이 흘러간다. 미소가 둥둥 떠오르고 행복이 출렁인다. 하늘엔 뭉게구름 바람 따라 흘러가고, 잘 있었지요? 저도…… 나는 두 귀를 쫑긋 세운다. 그러나 아무 소리도 들리지 않는다. 강 물살의 여린 떨림 뿐…… 나는 먼 생각에 잠긴다.

　강물 위로 흰 돛단배가 떠간다. 그 뒤로 또 하나의 흰 돛단배가 다가온다. 앞서 가는 배는 뒤에 오는 배를 돌아보질 않는다. 그냥 제 속도를 유지하며 못 본 듯 가버린다. 뒤따르던 흰 돛단배는 포기한 듯 그 자리에 머물러 있다. 그렇게 브라보와 나는 각자의 길을 가고 있다. 그는 한국을 떠나 그림엽서를 한동안 보내더니 결국 소식이 끊겼다. 하지만 나는 브라보를 기다리고 또 기다렸다

　명동 거리를 지나 교회 건물 지하 기도실로 내려갔다. 조물주시여…… 브라보를 보호해주세요 제발……알고 있어요. 세상에 모든 것은 연결되어 있는 걸 알아요……우리가 잘못 보낸 시간들……그렇다면 이것은 자연이 인간에게 보내는 어떤 경고인가요. 아니라면 보복처럼 쓰나미가 왜 여기저기로 오고 있나요? 나의 육신……고통의 용광로에서 피가 졸여지고 있다.

　TV를 켠다 재방송되는 특보뉴스. 사람들의 절규가 삶의 기쁨으로 충만하던 해변을 핥는다. 물과의 싸움은 시간 문제였다. 후속 화면으로 쓰레기 동영상이 나온다. 빈 가지 음울한 잡목들…… 쓰나미의 잔해들이 동산을 이루고 있다. 돌아온 사람들의 망연한 눈빛, 기쁨으로 가득하던 집…… 아름답던 정원……다정한 이웃들 모두 어디로 갔나……흰 눈이 조용히 내린다. 바싹 마른 입술로 두 손 모아 기도하는 사람들.

　국제 우체국 직원이 말한다. "죄송해요. 그런 주소가 안 나와요." "…… 확실한 주소인데요." 내가 대꾸하자 "글쎄요, 지금 일본 그쪽은 시스템이

가동하지 않은 곳들도 있긴 하지만…… 고객님 죄송합니다. 저희는 여기까지……." 밖으로 나온 나는, 잠시 후 우체국, 건너편에 있는 국제 전화국 안에서 여직원을 만났다. "신청하여 주신 전화번호가 없는 번호로 나왔어요. 저희는 알 수 없습니다. 고객님." 말을 잃은 나는 넋나간 사람처럼 돌아섰다.

그러면 일본으로 직접 날아가 찾아볼까? 속이 바삭바삭 탄다. 그때, 또 한 사람의 내가 따지듯 말했다. 너무 애간장 끓이지마……. 그가 생존해 있으면 어쩔 건데? 많은 세월이 흘러갔고 이미 아내가 있을지도 모르는데…… 그 가족들이 알아서 잘할 텐데 가서 뭐하게? 이제 와 뭐를 어떻게 하겠다고…… 벌써 오래전에 각자의 길을 가고 있었잖아?

비 내리는 운현궁을 혼자 거닐고 있는 나는 그가 주고 간 상아 펜단트, 조각된 흰 독수리를 어루만진다. 빗줄기가 스칠 때마다 기억은 자극을 받아 과거로 돌아간다. 원망스런 구름이 까탈스레 습도를 올리더니 어느새 비가 그치고 하늘로…… 새 한 마리 날아간다.

"저 너머 눈물 가득한 안개
새 한 마리 날아간다.
그가 스쳐 날아간 하늘로
안개 헤집으며 햇살 몇 줄 들어와 이승을 비추고
머언 구름이 어느새 나를 덮는다.
세상은 그대로 나도 그 자리에 그대로 있다."

안개 긴 호수가, 멀리 노 젓는 소리 들려온다. 누가 찾아 올 것만 같은 예감에 나는 가슴 설렌다. 멀리 실루엣이 아른거린다. 다가간다. 하지만 거리는 좁혀지지 않는다. 말을 걸어본다. "괜찮아요?" 환청처럼 브라보의 음성이 들려온다…… "데포딜스! 너와 나의 아픔은 우리들만의 탓이 아니야……우리 인간 모두의 잘못이지……이기적인 탐욕으로 무모한 전쟁을 일으키고 과학, 경제를 발전시킨다는 미명 아래 스스로 파괴되고 있지. 하지만 서로 존중하고 배려한다면 모든 것이 다 잘될 거야. 그렇게 되리라 믿어……" 눈가에 지긋이 눌렀던 눈물이 솟는다.

잔디밭…… 두 팔과 다리를 주욱 펴고 누워 나는 대지와 교감한다. 하늘을 본다…… 구름을 본다…… 나무를 본다…… 날아가는 새들과 바람을 본다. 경이로운 자연의 품에 안겨 깊이 호흡하며 자연의 일부가 된다. 나무가 되고 구름이 된다…… 새가 된다…… 강물이 된다…… 나는 행복하고 싶다…… 이 우주의 모든 생명체들…… 우리 모두 행복하고 싶다…… 행복하고 싶다…….

동자꽃

임인진 _ 동화작가, 국문학과 58

산과 들에 지천으로 피는 꽃, 그 꽃들을 한데 모아 엮은 것 같은 야생화란 이름으로 많이들 재배하고 있다. 교외로 나가 꽃집을 기웃거리다보면 들이나 야산에 피는 꽃은 물론이려니와 깊은 산중에서나 볼 수 있었던 희귀종 꽃들도 더러 만나게 된다.

구절초, 패랭이꽃, 둥굴레꽃, 얼레지꽃, 은방울꽃 등 쉽게 재배할 수 있는 꽃은 이미 많이 번져있고, 야생화 애호가들이 눈을 부릅뜨고 찾아다니던 동강할미꽃, 금강초롱꽃, 처녀치마꽃, 복주머니꽃(일명 개불알꽃)까지도 더러 만나볼 수 있다.

귀하다는 꽃일수록 꿔다놓은 보릿자루마냥 웅크린 채 행동거지가 부자유스러워 보인다. 좁다란 화분에 갇혀 숨도 제대로 못 쉬면서 억지웃음까지 강요당하는 것 같은 그들의 처지가 가련하여 차마 꽃값을 물어볼 수 없다.

야생화란 이름 그대로 들이나 산에 저절로 나서 햇볕과 바람, 이슬과 비 맞으면서 절로 피고 지는 꽃 아니던가, 사람들은 왜 그들을 파헤쳐 못살게 하는지 모르겠다. 플라스틱 좁은 화분에 옮겨 햇볕과 바람마저 제대로 쬘 수 없는 집안에 가둬놓고, 수돗물로 목을 축여준들 그들이 백배사례하듯 고마운 마음으로 다음 해, 그 다음 해에도 예쁘고 튼실한 꽃을 피워 주겠는가.

환경단체 사람들이 환경파괴니, 희귀식물 멸종이니 아무리 외쳐도 아랑곳하지 않는 사람들, 어설픈 소유욕이 지나치다 못해 산과 들에 피는 꽃들마저 못살게 들볶는 세상이 되고 말았다.

강원도 산간 풀밭에서 칠팔월 이맘때면 멀리서도 눈에 띄게 환한 빛으로 피던 꽃이 있다. 어릴 때 보았던 그 담홍빛 고운 꽃의 이름을 몰라 식물도감으로 찾아봤다.

꽃 이름은 동자童子꽃, 줄기와 잎에 보송보송한 털이 박혀있어 털동자꽃이라고도 한단다. 짙은 주황빛 심장 모양의 꽃잎은 다섯이며 꽃잎 모서리마다 조금씩 갈라진 우리나라 중부 산간지역에 피는 토종꽃이란다. 잔 털보송보송한 남자아이를 연상케 하는 꽃 이름이 예사롭지 않았다.

오랜 옛날, 깊은 산 속 암자에 노승과 동자승이 살고 있었단다. 겨울나기 준비를 위해 마을로 내려간 노승이 쌓인 눈에 갇혀 애태우다가 겨우 눈을 헤치고 올라가보니, 바위 위에 앉아 스님 오기만을 기다리던 동자승이 그만 얼어서 죽어있더란다. 봄이 지나고 여름이 오니, 동자승 무덤가에 털이 보송보송한 붉은 꽃 한 송이 피어나더란다. 노스님이 동자꽃이라 이름하였단다.

1992년에 이뤄진 한·중수교를 목마르게 기다린 것은 무엇보다도 민족의 영산靈山인 백두산을 직접 가 보고 싶어서였다. 그해 늦여름 인천에서 배를 타고 산동반도에 있는 위해를 거쳐, 북경, 심양, 연길에서 용정을 지난 며칠 만에 지친 몸으로 백두산 아래 이도백하二道白河라는 곳에 숙소를 마련할 수 있었다.

그토록 염원하던 백두산이 지척이라는데, 어설픈 숙소에 그대로 머물기 싫어, 척척히 비가 내리는데도 몇몇 일행이 함께 산기슭으로 올라가 기웃거렸다. 울창하게 뻗은 가문비나무 숲 속이라 어두컴컴한데, 그 속에서 뭔가 점점이 붉은빛이 새어나왔다. 가까이 다가가서 보니, 빗물에 젖어 떨고 있는 털복숭이 동자꽃이었다. 그 이름만으로도 가슴이 찡하니 저려오는 우리나라 토종 동자꽃이 거기 가문비나무 숲 속에 있었다.

나라가 송두리째 일본에 넘어갔을 때, 수많은 조선 사람들이 짐 보따리 이고지고 두만강, 압록강을 건넜다고 하지 않았던가. 흰옷 입은 순박한 사람들 봇짐 위에서 쌔근쌔근 잠을 자던 아이들의 초롱초롱한 눈망울이 떠올랐다.

살아갈 길 막막하여 한숨짓던 아비 등짐 위에서, 쉬려고 잠시 내려놓은 어미 이불보퉁이 위에서, 콜콜 잠자던 철부지 동자 동녀의 후예들, 그들이 드넓은 이 땅 고샅고샅에 뿌리내리지 않았겠는가. 언제나 한 모습인 백두산 바라보면서 거기로부터 흘러내리는 물로 농사지으며 대대로 알뜰살뜰 살아온 사람들.

나라 안에 살던 우리들이 이미 잊어버린 옛말과 옛 풍습까지도 고스란히 지켜온 사람들, 저들이 있기에 우리는 아직도 민족이라는 개념을 저버릴 수가 없다. 더군다나 요즘 주변국들의 영토분쟁을 일삼는 행태는 하루가 다르게 민족주의로 치닫고 있지 않던가.

근세에 우리가 겪은 역사의 수난기를 돌아보면, 그때마다 견디다 못한 많은 사람들이 육로를 통해 북으로 서로, 바다를 건너 동으로 남으로, 멀고 먼 땅으로 쫓겨 둥지를 틀어야만 살아남을 수 있었다. 그들 짐 보따리 위에서 잠자던 철부지들이 오늘은 지구촌 곳곳에서 자기 몫을 다하며 빛을 내고 있다.

나라와 나라 사이에 경계란 무엇인가. 서로 땅뺏기 싸움을 하다가 한 쪽이 지쳐있을 때, 이긴 쪽이 그어놓은 땅과 땅 사이 마주 닿은 자리가 아니던가. 그것이 필연적 사실임에, 사람들은 그 영역 안에서 우물 안 개구리가 되어 하늘을 나는 새들을 바라보며 부러워하는 수밖에 없다.

백두산을 바로 눈앞에 둔 중국 땅, 이도백하 가문비나무 숲 속에서 만난 동자꽃, 심장 모양의 그 꽃잎이 가슴에 젖어들었음인지 나는 가끔 그 꽃을 떠올려본다.

동자꽃

백두산을 가려니
길이 바다로 틔어
남의 땅 휘휘 돌아
이도백하 척척히 비 오는 날

해맑은 함성喊聲
붉게 드러낸 채
잠들지 못하는 동자童子들을 만났습니다.

젖은 가슴
아픈 절규絕叫가
가문비나무숲에 메아리졌습니다.

그 옛날
길이 뭍으로 틔었을 적에
두만강 건너던 서러운 봇짐 위에
잠자던 철부지들이

오늘 장백산록 이도백하

척박한 땅에 뿌리내려

땅과 땅 사이 헛된 경계를 무너뜨렸습니다. (졸시)

꽃도 밉상일 때가 있더라

조한숙 _ 수필가, 국문학과 69

그 이름을 알기 위해 몇 년을 수소문하고 다녔다.

한집에 몇 년째 살면서도 고운 눈길은커녕 이름도 모르고 지내는 터라 정체불명의 그 식물이 도대체 어떤 식물인지 알고 싶었다.

그놈은 우리집 식구들, 특히 나에게 밉상으로 보여 구박을 받고 있는 처지다.

초대도 안 했는데 무례하게 불쑥 찾아와 살고 있으니 미움을 받을 만은 한데 통성명은 하고 지내야 하지 않겠는가.

내가 아침마다 눈 맞춤하며 애지중지 키우고 있던 수련 두어 뿌리를 제치고 들어와 맥 못 추게 한 후 화분 귀퉁이에 엉뚱하게 나와서 쌩쌩하게 자란 놈이다. 화사하게 수련 꽃도 피우고 물달팽이도 살던 화분 속 질서를 어느 날 마음대로 무너뜨렸다. 달팽이도 사라지고 수련 잎도 푸석푸석하더니 사라져 버렸다.

여러 방면으로 그 식물의 정체를 알아내려고 했으나 헛수고였다. 인터넷을 뒤지고 식물도감을 샅샅이 훑어보고 수생식물 전문가에게도 물어보고 그랬다. 그러나 알려준 이름마다 내가 날마다 보고 있는 밉상의 그 식물이 아니었다.

잎은 물옥잠보다 날렵하고 꽃대는 한 자가 넘었다. 꽃대가 어찌나 긴지 제대로 서지도 못하고 뒤로 젖혀지거나 옆으로 쓰러졌다. 꽃대에는 한 뼘쯤 되는 마디마다 우산살처럼 쫙 둘러서서 작은 흰 꽃들이 보일 듯 말 듯 피고 졌다. 나름대로 애교 있는 꽃이었다. 그러나 그 식물이 한 짓을 보면 예뻐할 수는 없었다. 새와 비유한다면 뻐꾸기란 놈과 흡사할 것이다.

제집에서 부화해서 잘 자라고 있는 털도 제대로 안 난 어린 새끼들을 둥지 밖으로 밀어 내던지고 제집인 양 남의 어미한테 먹이 얻어먹으며 자라는 새. 그런 고약한 새가 뻐꾸기이다.

바로 그 새처럼 비겁한 행동으로 수련을 몰아내고 살고 있는 놈이 나에게 미움을 받고 있는 수생식물이다. 그 이름을 찾고자 수소문하고 다닌 것이다.

금년 8월 초, 수서동 근처의 음식점으로 점심을 먹으러 갔었다.

나오는 길에 바로 옆에 있는 꽃집에서 꽃구경을 했다. 여름철답게 꽃집 앞에는 시원한 물 속에 발 담그고 너울거리는 수생식물들이 다양하게 있었다.

물옥잠, 수련, 워터코인, 그랜드플루스,

그랜드플루스, 그랜드플루스.

낯익은 얼굴이 거기에 버젓이 서 있었다. 내가 찾던 무례한 그놈이다.

우리집에서 구박받는 꽃이 그 자리에서는 명찰을 달고 앞줄에서 대접받고 있었다. 영양분이 좋은지 잎도 윤기가 흘렀고 한 자 넘는 꽃대도 뒤로 넘어가지 않고 꼿꼿이 서 있었다. 하얀 꽃도 우산살처럼 쪼르르 달려 있었다.

우리집에 있는 밉상의 그랜드플루스 생각이 났다. 윤기도 없고 꽃대도 그것보다 훨씬 약해서 앞뒤로 넘어지는 꽃. 측은지심이 생겼다. 저렇게 잘 생긴 놈을 나는 왜 그리 미워했던가?

그럴 만한 이유가 있기는 있었다. 앞에서 뻐꾹새 같다고 하지 않았는가?

엉뚱하게 자리 차지한 그놈을 아무리 뽑아 버리려 해도 어찌나 단단하게 뿌리가 엉겨 붙었는지 꼼짝을 안 했다. 잡초같이 강한 놈이 귀족 같은 수련을 밀어내 버렸다고나 할까?

사회경제 통념상 쓰는 말이 있다. '악화는 양화를 구축한다'고. 그레셤이 주장하던 경제법칙이 이런 경우를 두고 하는 말이 아닐까? 결코 좋은 흐름의 경제구조가 아니었다.

내게 있어 그랜드플루스는 '악화'이고 '뻐꾹새'였다.

그런데 미운 정도 정이라고 했던가. 이제 이름을 찾고 보니 그렇게 미워할 일은 아닌 성싶다. 족보 있는 식물이라는 것도 알아냈다.

이제 수련에 대한 미련을 버리기로 했다.

오월 하늘, 뻐꾸기 소리가 얼마나 아름다운가?

이제 우리집 밉상도 이름을 불러주기로 했다. 정성스럽게 보살피기로 했다.

그랜드플루스, 그랜드플루스.

씨 뿌리지 않은 논

홍경자 _ 시인, 약학과 64

    동탄 신도시 개발로 회사 앞뒤의 논들이 지난해 추수가 끝나고 계곡과 더불어 버림을 받았다. 봄이 되어 산비탈에 생강나무와 진달래가 꽃을 피우고, 계단식 논에 물을 대주던 개천에서 송사리 떼가 운동회를 시작하여 올챙이가 꼬리를 쳐대고 개구리가 응원을 하여도, 버들강아지가 푸르퉁퉁한 꽃을 연등燃燈인 양 가지마다 매어달아도 보아주는 이 없다. 꽃다지와 냉이가 언 땅을 뚫고 나와 봄바람에 하늘거려도, 어린 쑥이 논둑을 뽀얗게 장식해도 점심시간에 논둑길을 걷거나 냉이를 캐고 쑥을 뜯으러 오는 여인네들도 없다. 주위의 업체들이 하나 둘 떠나버린 탓이다. 농사철이 되었건만 가래질을 하는 사람도, 못자리를 마련하는 사람도 없다. 저녁녘에 '부엉부엉' 하는 소리도 들을 수 없고, 낮잠에서 깨어나 짝을 찾다가 인기척에 놀라 갑작스레 숲에서 날아올라 깜짝깜짝 놀라게 하던 장끼와 까투리도, 발레리나라도 된 양 한 발로 서서 자태를 뽐내던 백로도 찾을 수 없다. 찰랑이는 물도 없는 논에 태양이 늘 하던 버릇대로 볕을 내려쪼니 눈이 시리다 못해 아프고, 떠다니는 구름은 그림자도 제대로 만들지 못한다. 농부가 논을 버리니 세상 사람도, 새도 구름도 논을 버렸다. 햇님만이 그저 무심하게 지켜보고 있을 뿐이다.

여름이 되자 잡초만이 무성하게 자란다. 그나마 무성하게 자란 잡초가 눈의 아픔을 덜어주니 다행이라 하였다. 모두의 무관심 속에 뜨거운 여름도, 장마철의 장대비와 태풍의 거센 바람도 다 지나가고 가을이 되매 회사 코앞의 논에 무성한 잡초들의 색깔이 누렇게 변하기 시작한다. 눈을 비비며 크게 떠 보아도 틀림없이 익어가는 벼 색깔이다. 놀라움과 신기함에 실내화를 신은 채로 한 걸음에 논가로 내려가 보니 나락이 익어가고 있다. 어찌하여 이런 일이 벌어졌는가. 추석에 햇밥 지으려고 일찌감치 추수한 논의 벼 구루터기에서 새싹이 나온 것을 늦가을에 발목에 휘감기는 고추잠자리와 함께 본 적은 있지만…….

남자 사원들은 벼 네다섯 가마는 족히 될 듯한 이런 횡재를 놓칠 새라 추수하여 불우이웃에게 나누어줄까, 떡을 해 먹을까, 언제 추수할까, 낫이며 고무장화 등은 어디에서 빌려오고, 얼마 안 되는 양이니 보리나 밀처럼 훑치기를 해야 하나, 콩이나 팥처럼 도리깨질을 해야 하나, 키질도 해야 하나, 정미소에선 거들떠보지도 않을 것이니 도정은 어디에서 어떻게 해야 하나, 도정이 어려우면 현미로 하고…… 등등 호떡집에 불이라도 난 듯 흥분하여 되는 말 안 되는 말들을 떠들어 댔다. 그러자 논 주인이 있으니 우리가 추수할 수 없으며, 설혹 우리가 몰래 한다 하여도 주인이 이를 알면 가만히 안 있을 터인즉 골치 아픈 일이 생길 것이고, 회사에도 불명예를 끼치게 될 것이니 삼가야 한다는 유권해석을 내놓으며 찬물을 끼얹는 사원도 나타났다. 주말에 큰길가의 벼가 일부 사라졌다. 찬물을 맞고 머쓱해졌던 사원들이 이를 보고 "누가 양심도 없이 그랬는가, 그러기에 우리가 먼저 추수를 했어야 했다, 주인이 이 사실을 아는가 모르는가, 도둑맞은 기분이네……" 하며 찬물이라도 털어내려는 듯 입방아를 찧어댔다.

그리고 며칠 후 노부부가 나타나 본격적으로 벼를 베기 시작한다. 허벅지까지 오는 긴 고무장화를 신고, 질퍽거리는 논에 들어가 낫질을 하고 베어낸 벼를 길가 논두렁에 가지런히 옮겨다 놓고 있다. 주인이 나타났다는 반가운 마음에 어찌된 일인지 알아보려고 점심시간에 후식으로 나온 포도 한 송이를 들고 논두렁으로 나갔더니 노부부는 마침 며느리가 차려내온 따끈한 잡곡밥 점심상을 마주하고 있었다. 작은 냄비에 예쁘게 칼집 내어 담고 갖은 양념을 얹어 익힌 전갱어 조림, 빠알간 물고추를 어슷썰기하여 보기 좋게 띄운 샛파란 열무김치, 집에서 재워 구워낸 김, 빨간색 파란색 야채를 섞어 색깔을 내고 예쁘게 말아 썰어서 플라스틱 반찬통에 가지런히 담은 계란말이가 반찬이다. 배부르게 점심을 먹고 난 입에도 군침이 돈다. 인사를 하니 묻지도 않는 말을 늘어놓는다. 벼농사를 하지만 이 지역에 도시가 개발되면서 집을 세 번이나 지어 팔았고 이번에도 새로 집을 지을 것이란다. 올봄엔 신도시 개발의 진행속도가 느려서 논을 놀리기가 아까워 모를 내었었노라고 한다. 왜 콤바인을 쓰지 않고 직접 논에 들어가 낫으로 베어내느냐, 힘이 들 터인데 하고 물었더니 양도 많지 않고 벼가 줄을 맞추어 나란히 자란 것도 아니어서 콤바인을 쓸 수가 없다고 한다. 정갈한 반찬 솜씨처럼 깜찍하게 예쁘고 늘씬한 새댁이 포도 한 송이에 대한 답례로 아이스박스에서 꺼내주는 병 커피를 사양하다 못해 받아들였다.

사원들에게 보고하니 모두들 배꼽을 잡는다. 그 농부는 논 주인이 아닌 소작농이며, 우리가 다 알 듯이 올봄에 모를 안 내었으니 작년에 추수할 때 떨어진 나락들이 싹을 틔웠을 것이란다. 벼의 일부가 베어진 것을 보고 우리 회사에 오는 폐지 수집상이 평소에 알고 지내던 이 농부에게 알려주어 나타나게 되었는데, 서울 사모님을 보자 허풍을 떨고 싶었던 모양이라고 촌평들을 한다.

회사 앞 계곡과 낮은 야산, 농사용 저수지와 개천 그리고 계단식 논들은 우리 회사 사원들에게 어릴 적 추억을 더듬게 하고, 고향의 부모님을 생각나게도 하고, 벼농사 지식을 자랑할 기회와 영농정책에 대한 토론의 장을 열어주기도 하고, 봄 여름 가을 겨울 사계절을 함께 놀아주는 친구가 되어주기도 하였다. 특히 회사 코앞의 그 논은 계곡의 다른 논들과 달리 펑퍼짐하게 넓고 물길도 좋아서 그런지 유일하게 가래질한 논 가운데에 모판을 만들어 볍씨를 뿌리고 납작하고 평평한 비닐하우스를 지었다가 모를 내곤 하였다. 모를 내었노라는 농부의 황당한 거짓말에 마음이 씁쓸하였지만 매년 노력한 만큼 수확을 못하는 바보짓(?)을 하였을 것이라고 생각하니 농부가 너무나 딱해 보였다. 그래서 다른 논들의 형편은 어떤지 살펴보았지만 골짜기에 흩어져 있는 그 많은 논 어디에서도 익은 벼를 볼 수가 없었고, 가을철 꽃꽂이에 자주 등장하는 부들만이 무성하였다.

딱한 농부와 며느리가 차려내온 정갈한 점심상을 생각하다 지난가을 풍경이 떠올랐다. 추석도 지나고 다른 논들이 다 썰렁해졌지만 웬일인지 그 논에는 예년과 달리 볏 잎줄기에 푸른빛이 거의 다 사라지고 말라가도 콤바인이 나타나지 않았다. '올해는 추수를 안 하나, 나락이 다 떨어지겠네.' 하고 걱정하다가 '웬 오지랖이 그리 넓지, 전문가가 다 알아서 할 터인데.' 했던 것이 기억났다.

5부

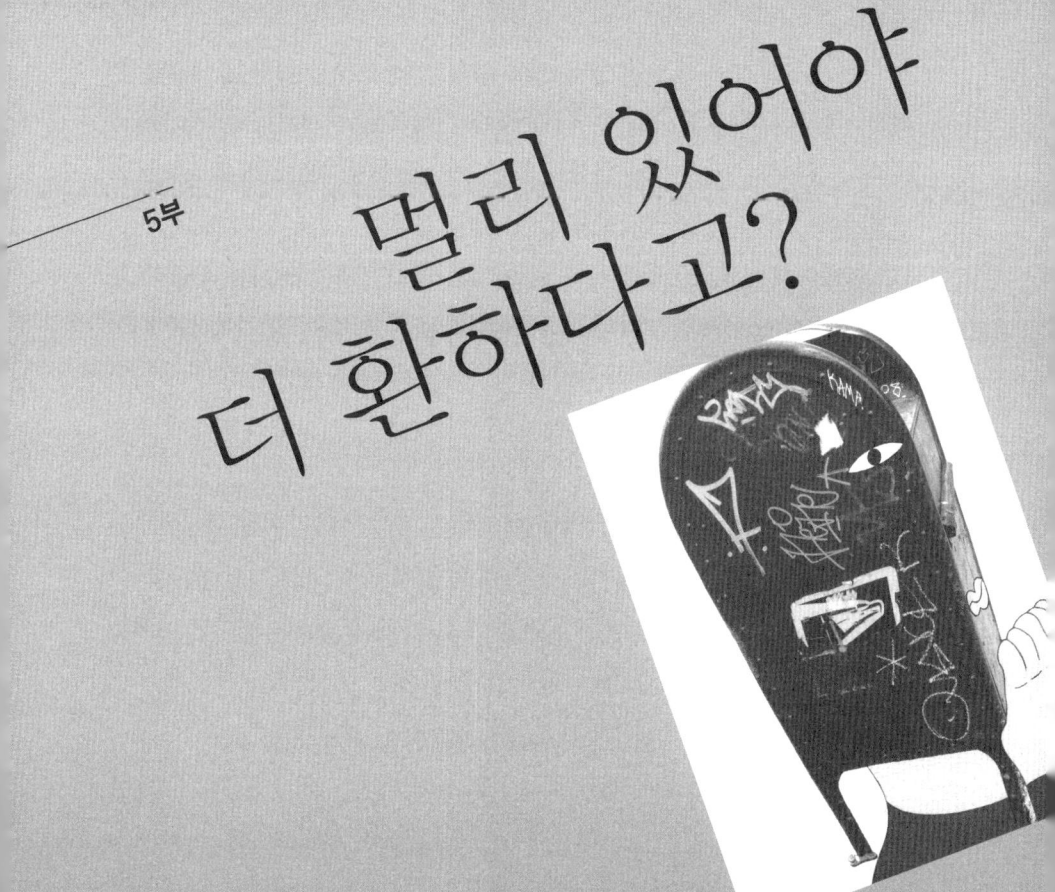

멀리 있어야
더 환하다고?

무 舞

고임순 _ 수필가, 국문학과(대학원) 58

춤꾼도 아닌데 풍악이 울리면 내 몸은 저절로 움직여진다. 흥겨운 리듬
일 때는 경쾌하게 뛰고 싶고 조용한 리듬일 때는 유연한 몸놀림을 하고 싶
어진다.

어릴 때부터 노래와 춤을 좋아해서 곧잘 집안 식구들 앞에서 재롱을 부
렸다. 그것이 특기가 되어 초등학교에서 고등학교 시절까지 학예회 때마
다 무대를 누비게 되었다. 방학이 되면 특별 지도를 받고 서울 무대까지
진출하여, 한때는 무용가로의 꿈을 꾼 일도 있었다.

그런데 나는 지금까지 동적인 무용보다 정적인 수필 쓰기와 붓글씨 쓰
기로 세월을 불사르고 말았다. 그래서 이따금 먹을 갈아 춤 무舞자를 쓰면
서 춤에의 향수를 달래며 놓쳐버린 기차 뒤꽁무니를 바라보듯 멍하게 앉
아 있곤 했다. 한문 초서로 풀어쓴 무자를 가만히 바라보노라면 춤에 대한
환상에 사로잡히고 마는 것이다.

붓에 먹물을 듬뿍 찍어 일필휘지로 맥락을 이으면서 15획을 유연하게
풀어쓰다가, 마지막 노舞획은 위에서 아래로 힘차게 내려 긋는다. 묵선의
강약으로 자연스럽게 이루어진 갈필로 춤의 리듬이 살아난 글씨는 마치도
한쪽 까치발로 서 있는 발레리나를 연상하게 했다.

나는 그동안 흙을 상징하는 갈색 화선지에 무자를 여러 각도로 연구해 써보았다. 송나라 황정견黃庭堅의 필의筆意를 담아 연구한 작품을 개인전 때 출품했는데 반응이 좋았다. 한자는 대부분 상형문자여서 사람들에게 그 뜻이 그대로 전달되어 이해하기 쉬웠다. 또 우리의 한글 궁체의 '춤'자 도 흘림체로 풀어 쓰면 흡사 춤추는 모습 같아 그 자형에서 꿈틀거리는 율 동미를 느낄 수 있다.

춤은 육체를 매체로 삼아 희노애락의 감정과 사상, 정서 등을 율동적으 로 나타내는 행위로 육체의 꽃이라 할까. 손끝에서 발끝까지 온몸으로 감 정의 움직임을 표현하는 춤사위는 활짝 핀 꽃이 나비를 부르듯 환상적이 어서 매료되고 마는 대상이었다.

'백조의 호수'나 '호두까기인형'의 무희들은 청초한 백합꽃 같고, 원삼 족두리에 버선발로 우리 전통 춤을 추는 고전 무용가의 모습은 탐스런 모 란꽃에 비유하고 싶다. 그 꽃의 의미는 아름다움 이전에 살아 있음의 생동 감이고 열정의 숨결로 내뿜는 향기를 말함이리라. 그 속에는 항상 일관된 동경이 있어 이것이 춤의 꿈일 것이다

춤은 원시인들이 가슴에 맺힌 소원을 빌며 하늘에 바치는 가장 절실한 동작으로, 땅에서 발을 떼면서 하늘을 향해 기원하는 몸짓이었다. 그때의 춤은 농경, 수렵사회의 전통을 이어서 단순한 오락이 아닌 풍작을 비는 종 교적 의식이면서, 씨족사회 이래의 전통을 잇는 축제로 발전한 것이다. 우 리나라 춤의 시초는 고구려의 동맹東盟, 부여의 영고迎鼓, 예의 무천舞天 등 의 제천의식에서 그 맥을 찾을 수 있다.

내가 더 춤에 관심을 갖게 된 것은 10대 무렵이었다. 방과 후, 미역국과 우유가 든 주전자를 들고 산 밑 한증막으로 찜질하는 어머니를 찾아 갔었 다. 온몸이 땀으로 젖은 어머니는 미역국을 훌훌 마시고는 다시 거적을 쓰 고 굴 속으로 들어가시는 게 아닌가. 폭삭 타버린 생솔가지 냄새가 진동하 는 굴 속에서 저렇게 땀을 흘려야 산후병이 낫는다니, 신기하기만 하고 모

두 원시인들 같았다.

그러던 어느 날, 나는 아주 흥미 있는 광경을 목격했다. 한증막에서 나온 어떤 할머니가 빨갛게 익은 몸에 흰 수건을 두른 채 경직된 얼굴로 더덩실 춤을 추는 게 아닌가. 수건 밑으로 드러난 구릿빛 다리를 구부리고 펼 때마다 늘어진 젖무덤이 흔들거렸다. 그런데도 아랑곳없이 신명나게 춤에 빠져들고 있는 이 토속적인 반라의 춤에 나는 넋을 잃고 말았다.

나중에 어머니 말씀이 그 할머니는 남편과 사별하자 외아들마저 병으로 잃어 한恨이 많은 여자라 했다. 그때는 한이 무엇인지 몰랐지만 나중에 알게 되었다. 할머니의 막춤은 서민의 삶 속에 뿌리내려 살아 있는 애환의 몸동작으로 몹시 처절하게 슬펐다는 것을. 그 춤의 묘한 매력 때문에 나는 자주 굿판을 기웃거리게 되었다.

그 시절, 우리들 구경거리는 굿 보러 가는 것밖에 없었다. 호기심이 남달랐던 나는 두두 둥, 북소리와 함께 징 치는 소리가 나면 잽싸게 그곳으로 뛰어갔다. 많은 사람들로 웅성거리고 있는 어른들 사이를 비집고 들어가 맨 앞에 자리를 잡고 앉아 구경했다.

삶은 돼지머리와 칼이 꽂힌 떡 시루 판 앞에서 무당의 주술에 따라 두 손을 비비며 소원성취를 비는 주인 모습이 얼마나 애절한지 섬뜩했다. 그렇게 빌다가 마침내는 무당을 따라 껑충껑충 뛰면서 구슬 땀을 흘리며 춤을 추는 게 아닌가. 이 춤이 굿판의 하이라이트였다.

굿판이 무르익으면 구경꾼들도 나가 장단에 맞추어 춤을 추었다. 돼지 입에 지폐를 물리고 흥이 오르면 손가락에 낀 금반지도 빼어주고 신바람 나는 춤사위로 바뀌었다. 제각기 가진 것을 다 털어 내놓고라도 가슴에 맺힌 한을 풀기 위한 이 격렬한 몸짓. 이러한 즉흥적 독무獨舞들은 종국에는 호흡들이 하나가 되는 군무群舞가 되어 절정을 이루었다.

지금도 나는 붓을 들어 무舞 자를 써서 들여다보면 전설 같은 그 시절이 떠오른다. 반라의 할머니 춤과 껑충껑충 뛰던 무당춤, 그리고 군중들의 살

풀이춤이 무성영화의 한 장면처럼 눈에 선하여 그 리듬이 마구 가슴을 흔들어댄다. 백 마디 말로 표현할 수 없는 서민들의 한과 가슴에 맺힌 응어리를 풀어버리던 무아지경의 그 맹렬한 생동감이.

삶의 애환과 고뇌를 수필이라는 그릇에 담아내는 글쓰기, 그리고 먹빛과 묵선으로 심혼을 토로하며 솔직 담백하게 감정과 의지를 드러내는 붓글씨 쓰기, 명 수필을 읽으며 춤의 리듬 같은 박진감 넘치는 생명력을 이어받을 때 기쁨이 솟는다. 명필을 감상하면서 춤 같은 강렬한 율동미를 발견할 때도 삶의 환희를 느낀다.

그러한 수필을 쓰고 싶다. 그러한 붓글씨를 쓰고 싶다. 눈으로 감상하고 가슴으로 느끼는 공간예술인 춤의 리듬이 깃들인 작품을. 모든 예술의 뿌리는 하나이므로.

나는 작가다

김선주 _ 소설가, 불문학과 65

나는 얼마 전에 방영했던 텔레비전 프로 중에서 '나는 가수다'라는 프로를 우연히 보게 되었다. 처음에는 대중들에게 많이 익숙했던 가수가 나와서 떨어지는 바람에 이게 웬일이야 하며 놀라서 보기 시작했다.

그중에는 물론 유명한 가수도 있었지만, 그동안 내가 별로 알지 못했던 가수들이 대부분이었다. 그런데 나는 그들의 가창력에 점점 빠져들어서 그 시간에 못 보면 재방송이라도 꼭 챙겨보며 심취하게 되었다.

그들은 하루아침에 혜성처럼 나타나서 가수가 된 사람이 아니라 오랫동안 가수라는 직업을 천직으로 여기며 자신의 실력을 갈고 닦아온 뮤지션이었다. 그들은 하나같이 자신들만의 개성과 실력을 최대한으로 발휘하기 위해 혼신의 힘을 다하여 노래를 불러서 참가한 관중들은 물론 텔레비전을 보고 있는 시청자들에게도 열기가 전해지는 듯했다. 노래가 끝나고 나면 방청객들은 자신들의 의견을 편견 없이 평가를 했고, 그 방면의 전문 평가단들은 청중들이 가슴으로 느끼면서도 꼬집어 말 할 수 없는 부분을 예리하게 지적하며 말해주어서 고개를 끄덕거리게 했다.

회를 거듭할수록 가수들은 점점 더 다양하게 자신들의 기량을 발휘하며 새로운 모습으로 실력을 나타내어 경쟁 열기가 점점 고조되었다. 그러면서도 그들은 동료 가수들을 서로 칭찬했고, 1위가 되어도 꼴지를 해도 겸손하게 수긍하며 받아들였다.

평소에 그들을 따라다니며 열광하는 청중을 보면서 도대체 저런 사람들은 누구인가? 자신들의 일은 없나? 저렇게 한가한가? 하며 의아해 하던 생각은 저 멀리 사라져버렸다. 나도 텔레비전 앞에서 시간의 흐름을 잊고 집중하면서 그들에 대한 애정이 샘솟듯이 솟아올라 마치 오랫동안 알아온 사람처럼 응원을 하며 함께 즐거워했다.

평소에 우리가 축구, 야구, 농구, 배구 등 스포츠를 보면서 하나가 되어 응원하며 열광하는 것은 무엇 때문인가? 그중에서도 수영, 스케이팅, 권투 등 혼자서 싸워야 하는 선수에게 더 아낌없이 성원을 보내는 이유는 무엇 때문인가? 그곳에는 속일 수 없는 실력만이 존재하고, 엄격한 규칙으로 승부가 눈앞에서 적나라하게 결정이 나는 것 때문이 아닌가? 또 최선을 다하여 싸우던 사람들도 모두 판결에 순종하며 아름답게 퇴장하지 않는가?

어떤 조작도 뒷거래도 숨은 의도도 용납되지 않는 오직 얼마큼 피나게 노력하고 얼마큼 실력이 있나 만이 존재하는 것으로 대중들은 가슴이 후련한 것이다.

요즘처럼 모든 일들을 자신이 이기지 않으면 험을 잡으며 깎아내리고 비방하고 심지어는 음모까지 하며 상대방을 죽여야 하는 세태에서 그들의 태도는 마냥 신선하고 존경스럽기까지 했고, 승자나 패자나 모두 사랑하지 않을 수밖에 없이 만들어 가슴을 후련하게 했다.

'나는 가수다' 라는 제목 또한 얼마나 멋지고 자랑스러운가? 나는 가수다! 라고 떳떳이 외치면서 그 이름에 부끄럽지 않으려고 최선을 다하는 그들의 태도는 얼마나 아름답고 당당하고 보기 좋은가? 승자는 승자대로 패자는 패자대로 모두 껴안아주고 싶은 풍경이 눈앞에 벌어지고 있음에 그저 놀라고 신이 날 수밖에 없었다.

'나는 정치인이다'라고 떳떳이 말할 수 있는 사람이 정치를 한다면 어떨까 하는 생각을 해보았다. 어떤 일이 발생했을 때, 대중들은 그 진상을 알 길이 없는 것이 요즘의 세태다. 잘못한 사람들일수록 죄가 없고 억울하다면서 목소리를 높이고, 인터넷에서는 검증되지 않는 비방이 쏟아지는 바람에 일반 대중들은 더욱 더 진실을 알 수가 없어서 온통 머리만 지끈거리는 것이다. 모든 세상일들이 의도하는 자들의 교묘한 농간에 휩쓸려 진정으로 올바른 사람을 찾을 수 없는 것이 요즘의 세태가 아닌가?

정치인도 '나는 정치인이다'라는 프로그램으로 일목요연하게 선별할 수가 있다면 얼마나 좋을까 라는 생각을 하다가 문득 내 주위를 돌아보며 새 정신이 번쩍 났다.

그렇다면 우리 작가들은 어떠한가? 물론 실력이 인정되어 대중에게 길이 길이 읽히는 작품을 쓴 작가가 많다.

하지만 요즘에는 양적으로 팽창한 문인들이 실력보다는 작가라는 이름에 심취되어 피나는 노력은 하지 않고 여기저기 패거리를 지어 다니면서 작가라는 이름만 코에 걸고 다니는 사람이 많아진 것 같아서 섬뜩하게 가슴이 저렸다.

문학이란 가수나 단독으로 하는 운동선수처럼 아무도 도와줄 수 없이 혼자서 가야 하는 고독한 작업이다.

특히 문학은 그 진솔한 평가가 객관적인 엄격한 규칙에 의해서가 아니라 인간의 마음에 스며드는 감동이라는 것을 통해서 주관적으로 평가를 받는 예술이다. 문학 작품은 무한한 독서와 깨달음에서 오는 깊은 사고와 수도하는 자세의 혹독한 자기 연마와 피나는 노력에 의해서 겨우 한 작품이 탄생되는 고된 작업인 것이다.

그런 우리 문학인에게도 '나는 작가다'라는 프로로 검증받을 수 있으면 얼마나 좋을까?

대중의 열렬한 호응도 얻고 최선을 다하여 노력한 자 만이 아낌없이 사랑을 받는 프로가 있었으면?

물론 베스트셀러로 평가를 받으면 되지 않느냐? 이름난 상으로 평가를 받지 않느냐? 그리고 순수문학을 하는 사람이 상업적인 대중문학을 부러워하는 것이냐? 라고 나에게 항변하는 사람이 있을 것이다.

하지만 내가 생각하는 '나는 작가다' 라는 타이틀을 부러워하는 것은 그런 뜻이 아니다.

'나는 가수다' 에서 기본 가창력과 노력을 중요시 하는 것처럼 작가도 기본 실력과 자질과 노력을 가려볼 수 있었으면 하는 생각이다.

그래서 참다운 작가로서의 노력은 하지 않고 이름에만 만족하여 본분을 망각하고 미아가 되어버린 사람들을 일깨우고 싶다는 생각은 나의 지나친 오만일까?

어찌됐든 '나는 가수다' 처럼 우리 문학인도 '나는 작가다' 라는 타이틀을 내걸고 진정한 서바이벌 게임을 하고 싶다는 생각을 해 본다.

그래서 '나는 청중들의 마음을 흔들어놓고 싶었다' 라고 말하면서 온갖 역경을 이겨내고 무서운 노력으로 열창을 했던 인순이, 김경호 가수처럼 수많은 대중들에게 평가받고 사랑을 받고 싶다. 설사 바람직한 평가를 받지 못한다 하더라도 적어도 내 자신에게 부끄럽지 않고 진솔하게 최선을 다 하는 작가가 되고 싶다.

'나는 작가다!' 라는 그 말을 떳떳이 외치고 싶어서 오늘도 나는 책상에 앉아서 창작이라는 무거운 짐을 지고 밤을 하얗게 새운다.

비우면 더 채워지는 것, 것들

김선진 _ 시인, 국문학과 66

논어를 가르치는 문을 두드린 지가 내년이면 만 10년째가 된다.

"한번 와서 들어 볼래?" 라며 2003년 새해 벽두 초사흗날 아침, 고교동창 정호정 친구의 전화 목소리였다. 늘 누구보다 진취적이며 앞서가는 좋은 친구이기에 얼마나 강의가 좋으면 그럴까 하고 신년 정월 댓바람으로 노대홍 선생님의 〈한자로 푸는 세상만사〉반에 첫 발을 디디게 되었다. 내가 듣는 첫 시간이었지만 한글과 한자의 중요성과 불가분의 관계도 피력해 주셨다.

= 근면한 사람은 당대에 배고프지 않다 =

= 겸손한 사람은 화를 입지 않는다 =

= 현명한 사람은 시대의 흐름에 동참한다 =

= 우둔한 사람은 시대의 흐름에 역행한다 =

첫 강의 시간에 매료되어 마침 친구들의 모임에서 너무너무 좋았다는 느낌을 말했더니 그 다음 시간에 반가운 친구들의 얼굴이 쏙쏙 문을 밀고 들어서는 게 아닌가. 그후 지금껏 10년이면 강산도 변한다는 연륜 속에 논어의 묘미에 푹 빠져 있다.

건축학 전공이신 선생님의 강의는 날이 갈수록, 해가 거듭될수록 듣지 않고는 배길 수 없을 만큼 묘한 마력을 지니고 있는 듯하다. 10년 동안 경조사나 가정사에 바빠 가끔 결석할 때는 그렇게 궁금할 수가 없었다. 시류에 흔들림 없이 꼿꼿하게 이 세상사를 바라보시며 바른 가르침 주시는 선생님께 진심으로 감사드리고 싶다. 살아갈수록 선생님을 뵙게 해준 친구의 마음 씀에 깊은 우정을 느낀다.

이승에 태어나 저승으로 가는 삶이란 길 위에서 우리는 나날이 익어가고 나날이 늙어가고 나날이 잃어가는 꿈과 희망과 좌절의 길목을 무수히 만나게 된다. 머뭇머뭇거리다 잘 못 들 수도 있고 들어야 할 곳을 쉽게 놓칠 수도 있다. 희망이 지나치면 욕망일 수 있는데 사람은 누구나 희망과 욕망의 틈새에서 남이 알지 못하는 숱한 고뇌의 늪에서 허우적대는 게 아닐까.

돌이켜 보면 사람과 사람 사이의 길목이 무난한 듯 하면서도 가장 가파르고 가장 헤아릴 수 없는 게 아니었던가? 그 길목에서 자기에게 주어진 한 생애를 캔버스에 그리자면 처음부터 끝까지 고운 색상과 아름다운 무늬로 한 폭의 유화가 탄생되는가 하면 구성과 소묘부터 잘 짜여지지 않으며 끝내는 밑그림부터 나아가지 않고 화폭을 찢게 될 수도 있는 것이다.

누구나 그 생애에서 처음부터 끝까지 평탄하게 이어지는 인연을 가지고 싶어 할 것이다.

백년가약을 맺은 부부지간의 인연, 부모와 자식 간의 인연, 형제지간의 인연, 일가친척 간의 인연, 학연으로 맺어졌든 사회에서 맺어졌든 그 수많은 친구와의 인연들. 나의 길목에, 나의 캔버스에 잠깐 들렀다 후루루 날아가 버리는 철새의 인연도 많이 있었을 테고 어디론가 후루루 정말 속절없이, 흔적 없이 날아가 버릴까봐 마음 졸이던 인연도 많았을 것이다. 연륜을 의식해서인가. 지금은 까마득한 옛날이 된 옛 생각에 가끔 잦아들 때가 있다.

내 기억의 갈피에서 자꾸만 흐릿해져 가는 어린 시절과 여름날 뭉게구름처럼 몽글몽글 피어오르기만 하던 꿈 많고 겁 없던 시절 20대, 낳은 혈육의 정에 무한정 몰입했던 30대, 가도 가도 지평선만 보이던 사막의 구릉을 타박타박 걸어가기만 했던 40대. 드디어 뿌린 씨를 거두려고 물주고 바람 모아 한 없이 가꿔야만 했던 50대, 숱한 고개를 겨우 넘어 왔다는 안도감에 심호흡를 고르던 60대, 70대의 비탈에선 무엇부터 할까? 귀가 순해진다는 강물도 건너왔으니 이제부터 하나, 둘 땀이 배도록 움켜쥐고 있는 손바닥을 서서히 펴야 할 때가 아닌가 싶다. 살아온 나날만큼 켜켜로 쟁겨 둔 간절한 기구와 바랄 수 있는 희망도, 이룰 수 없는 욕망도 그 많은 캔버스에 칠하고 또 덧칠 하는 행위의 반복일지라도 이제는 조금씩 내려 놓아야 할 연습을 해야 하리라.

그래도 옳은 건 끝끝내 옳다 하고 그른 건 끝끝내 그르다 할 수 있는 일루의 용기와 눈 감을 때까지 내려놓을 수 없는 한 움큼의 그리움만은 꼭 쥐고 싶다. 아무리 내려놓고 싶어도, 아무리 먹고 싶지 않아도, 감출 수 없이 저절로 더께처럼 내려 앉는 나이, 세상에서 나이 많은 이라 불릴지언정 나이 많은 이의 내려놓고 싶지 않는 마지막 자존심을 언제까지 지켜 나갈 것인가? 오늘도 나는 옛 성인의 가르침에 문을 디밀어 본다.

— 여기 논어의 가르침을 몇 수 옮겨 볼까 한다 —

1. 子曰 "德不孤 心有隣"
   공자께서 말씀 하시기를
   덕은 외롭지 않으니 반드시 이웃이 있느니라.

2. 一日行善 福雖未至 禍自遠矣
   하루라도 선을 행하면 복이 비록 이르지 않을지라도
   화는 저절로 멀어질 것이요
   一日行惡 禍雖未至 福自遠矣

하루라도 악을 행하면 화가 비록 이르지 않을지라도
복은 저절로 멀어질 것이다.

3. 行善之人 如春園之草 不見其長 日有所增
선을 행하는 사람은 마치 봄 동산의 풀 같아서
그 자라남이 보이지 않아도 날로 더해지는 것이 있고

行惡之人 如磨刀之石 不見其損 日有所虧
악을 행하는 사람은 마치 칼을 가는 숫돌과 같아서
그 닳아짐이 보이지 않아도 날로 줄어드는 것이 있다.

4. 巧言令色鮮矣仁
교묘하게 말 잘하고
좋은 얼굴색으로 아첨하는 사람치고
인仁을 실천하는 자 드물다.

5. 古者言之不出
옛 사람들이 말을 함부로 하지 않는 것은

恥躬之不逮也
몸으로 하는 실천이 그 말에 미치지 못하는 것을
부끄럽게 여기기 때문이다.

6. 子曰 "君子 周而不比 小人比而不周"
공자께서 말씀 하시기를
군자는 두루 마음 쓰고 편당 짓지 아니하며
소인은 편당을 짓고 두루 마음 쓰지 않느니라.

7. 子曰 "學而不思則罔 思而不學則殆"
공자께서 말씀 하시기를
배우기만 하고 사색을 하지 않으면

세상 이치에 어둡게 되며
생각만 하고 배우지 않으면
위태롭게 되느니라.

꽃구경

김영교 _ 시인, 영문학과 63

　금년 봄 서울을 방문한 나에게 이것저것 챙겨준 큰오라버니의 선물 가방 속에는 이외수의 책과 건강식품, 그리고 장사익의 CD가 들어있었다.

　김용택 시인이 쓴 시 '이게 아닌데'를 불러 시의 묘미를 극대화시킨 소리꾼, 장사익을 가깝게 하다가 나도 모르게 그만 빠져들고 만 지난날이 떠올랐다. 그의 대표곡 '찔레꽃'은 국민가요처럼 모두가 즐겨 듣고 함께 흥얼거리지 않는가. 애잔함이 흐르는 노래들, 친숙해져있는 곡과 노랫말, 부담 없이 다가와 행복한 한 마당을 펼쳐주어 잠시나마 고달픔을 잊을 수 있게 해 주던 기억이 생생하게 남아 있다. 음악치료라고나 할까?

　새로 가담한 장사익 시리즈에 오라버니 선물 CD 꽃구경, 그 안에 들어있는 노래 '꽃구경'에 가서 내 아린 가슴이 후벼 파지기 시작했다.

　　'어머니 꽃구경 가요
　　따뜻한 봄 날 어머니는 좋아라고
　　아들 등에 업혔네~~'

1960년대 중반 미국에 유학 온 후 나는 13년 동안 영주권이 없어 어머니의 임종을 못 봐드린 불효를 저지른 막내딸이다. 그래서 가슴에 남아 있는 회한이 남다르다. 남도 산사순례 동창모임이 있었던 지난 4월 섬진강에 흐드러지게 꽃비 내리던 벚꽃을 떠올리며 눈가가 젖어들었다. 어머니는 가고 없고 어느덧 어머니 자리에 와 있는 나를 발견하게 하는 꽃구경.

처음 노래를 시작할 때부터 그랬듯이 호소력이 대단했다. 인생의 후반전을 아름답게 꽃피우는 그의 창법, 뛰어난 독보적인 독창력으로 끼를 발산하는 대단한 소리꾼이라 듣는 사람은 공명하며 함께 범벅이 되기에 누구나 그를 명창이란 결론을 내리지 않을 수 없게 된다.

가는 곳마다 전석매진을 기록한 장사익 소리판 기록만 봐도 증명이 되고도 남는다. '꽃구경'이 꽃피는 봄날 미주로 날아와 펼친 뉴욕 공연은(2009년 4월 18일) 이민의 서러움을 달래는 위로 차원에서 성공을 거두었다는 가슴 흐뭇한 신문기사를 읽었다.

꽃구경에는 삶과 죽음을 분리하여 보지 않는 장사익의 관조적 태도가 깔려있다. 시공을 휘여 잡은 듯 교감과 대화로 이어가면서 가슴을 울리는 감동의 경지에 가 닿는다. 장사익의 에너지는 심혼을 울리는 소리로 청중을 매료시키며 깊은 울림을 준다. 삶, 죽음, 이별, 사랑을 온몸으로 절절하게 토해내는 그의 열창은 언어와 목소리가 다른 문화권에 사는 이민자의 삶에 외로움이나 서러움을 같이 흐느끼며 달래며 힘 있게 일어서야 한다고 다그치고 있었다.

가슴을 흔드는 공감대가 이방인의 땅에 쓰러져 흐느끼는 들풀과 들풀의 손을 잡고 또 그 옆의 들풀이 서로를 일으켜 세운다. 장사익의 노래는 이렇듯 우리 모두가 사랑할 수밖에 없다. '바보천사'(김원석의 시)를 비롯, 그 동안 불렀던 국밥집에서, 아버지, 삼식이' 등의 노래가 있는가 하면 '돌아가는 삼각지, 동백아가씨, 눈동자, 장돌뱅이, 봄날은 간다' 등을 장사익 특유의 감성으로 재해석, 많은 이들이 장사익의 노래를 통해 위안을 받는다고 말한다.

누구보다도 많이 아파본 사람 장사익. 마흔다섯에 데뷔한 늦깎이 가수의 신산한 삶이 녹아 있는 그의 노래에서 우리들 삶의 희로애락을 발견하고 우리 자신의 얼굴과 닮은꼴을 찾을 수 있는 폭넓은 공감대가 그 까닭이란 생각이 든다. 그뿐인가, 장사익은 태풍이 지나간 자리, 허허 망망 바다에서도 겨자씨 한 톨 같은 희망을 건져 올려 '하늘 가는 길'에서조차 낙관주의를 지향해주어 여간 고맙지 않다.

그의 소리가 새벽에 길어 올린 샘물처럼 청신하고 강한 생명력으로, 국경과 언어를 초월해 청중의 마음을 사로잡는 것, 특혜처럼 나에게 다가왔다. 바로 나의 아픈 체험이 그의 노래에 걸러져 우주를 관통하는 차원 높은 정화과정에 절절히 공감하는 내면의 시가 발아되기 때문이라 믿어졌다.

이민의 외로움, 고단한 삶의 이야기가 담겨져 있는 이민자에게 '힘 내' 뜨거운 응원가처럼 들리는 장사익의 목소리, 오라버니에게 땡큐 카드라도 쓸 참이다. 큰오라버니 외에도 나에게는 잊을 수 없는 소중한 사람이 또 하나 있다.

바로 시인, 화가, 무용평론가이기도 한 초개 김영태 화백이다. 6권의 내 작품집, 시집과 수필집 표지와 삽화를 우정으로 그려준 김영태 화백, 큰 오라버니의 친구이기도 한 그가 작년 8월에 암으로 투병하다 72세로 세상을 떠난 것은 지금도 커다란 아쉬움으로 남아있다.

초개의 강화도 전등사 수목장에 장사익은 조가弔歌 '찔레꽃'을 헌화했다. 상상만 해도 초록 숲 속 흰 두루마기의 장사익은 한 마리 학이 되어 김영태 화백을 하늘나라로 배웅해 드렸을 것이다. 전설 같은 실제 그림이었다.

오늘 병원에서 돌아와 쉴 때 머리를 짚어주는 어머니 손길이 그립다. 어머니 대신 장사익의 '꽃구경'이 찾아와 나를 글썽이게 한다. 그런 분위기를 마다않고 나는 나를 한참 동안 방치해 두며 그 속으로 깊숙이 침잠한다. 가끔 이런 나를 나는 사랑한다.

어머니 꽃구경 가요
따뜻한 봄 날 어머니는 좋아라고
아들 등에 업혔네 ~~

멀리 있어야 더 환하다고?

김우남(본명 김희숙) _ 소설가, 정치외교학과 81

공중화장실 문에 붙어 있는 종이쪽지에서 가끔 의미심장한 글귀를 발견하곤 한다. '세상에서 가장 환한 별은 아직 발견하지 못한 별이다'라는 것도 그중 하나다. 요즘 들어 기억의 저장탱크가 말썽을 일으키곤 하는 탓에 이 문장이 백퍼센트 정확하다고는 말할 수 없다. 혹시 '멀리 있는 별이 가장 환한 별'이라고 되어 있었는지도 모르겠다. 어쨌거나 나는 그 글을 '너무 가까우면 지나치게 도드라져 좋지 않다. 멀리 있을수록 좋다'라는 의미로 받아들였다. 위대한 사람도 제가 살던 고향에서는 환영받지 못했다고 하지 않던가. 어릴 때 그가 아랫도리 드러내놓고 돌아다니며 말썽 피우던 동네 꼬마였다는 걸 목격한 사람이라면 그를 단박 존경하기 쉽지 않을 것이다.

몇 년 전, 대학 친구가 북한산 자락의 구기동에 살 때였다. 그녀는 산이 가깝고 계곡물이 빌라를 감싸고도는 그 동네로 이사 간 것을 무척 기뻐했다. 책읽기를 좋아하고 자연과 벗하길 즐기는 그녀에게 잘 맞는 동네인 것 같았다. 그러던 어느 날이었다. 친구는 나를 만나자마자 다짜고짜 따지듯이 물었다.

"글을 쓰는 사람이 어쩜 그렇게 무례하고 이기적일 수 있는 거니?"

어떤 일이 있었는지 이야기를 다 듣고 나니 친구의 기분을 충분히 이해할 만했다.

구기동으로 이사 간 지 얼마 지나지 않아서 친구는 엘리베이터 안에서 꽤 낯익은 이웃을 만났다. 전에 살던 동네에서 자주 마주쳤던 주민이라고 생각했는데 그녀는 바로 유명한 소설가 S였다. 친구는 S인 것을 곧 알아차리고 반갑게 인사를 했다.

"어머나, 소설가 S씨 아니세요? 반갑습니다. 저 S씨 소설을 아주 좋아해요."

그런데 S의 반응은 시큰둥했다.

"네."

그게 다였다. 친구는 자기 귀를 의심했다. 하다못해 '안녕하세요'라든가 '제 소설을 좋아하신다니 감사해요' 정도의 인사는 건네는 게 예의 아닌가. 게다가 두 사람만 타고 있는 엘리베이터 안에서 보인 S의 무뚝뚝하고 냉랭한 태도란……

알고 보니 S는 친구의 바로 위층에 살고 있었다. 건물이 흔들릴 정도로 음악을 크게 틀어놓거나 늦은 밤에 손님들과 함께 시끄럽게 떠들어서 동네 사람들이 손가락질을 하는 집이 바로 S네였다. 경비실에서 인터폰으로 주의를 줘도 소용이 없고 이웃집에서 찾아가 문을 두드리고 초인종을 눌러도 안에서 응답을 안 하는 걸로 소문이 자자했다. S의 그런 무책임하고 비상식적인 태도를 목격한 친구는 그 여자의 글들을 신뢰할 수 없게 되었다. 그래서 집에 있던 S의 책들을 몽땅 내다버렸다.

친구는 그동안 있었던 일들을 들려주곤 다시 한 번 내게 물었다.

"얘, 글 잘 쓰면 뭐하니? 근본이 안 된 사람이던데……"

그 말을 듣는 순간, 나는 소설가라고 불리는 호칭이 몹시 부끄러웠다.

뒤늦게 문단에 나오자 단체 행사나 모임에서 중견작가들을 만날 기회가 많아졌다. 교과서에서나 이름을 들었던 시인이나 소설가들이 실제로 내 눈앞에 나타났을 때의 경이로움이란! 내 평생 그들을 이렇게 가까이에서 손잡고 밥 먹고 술 마시고 웃을 수 있게 될 줄이야! 그들은 내가 중고등학생 시절 먼 데 있는 별처럼 아득하게 우러러보던 스타들이었다. 그래서 그분을 만났다는 것만으로도 가슴 떨리고 행복했다.

하지만 행복한 마음은 그리 오래가지 않았다. 그들의 작품은 아름답고 의미 깊을지 몰라도 향기로운 사람은 찾기 어려웠다. 차라리 풍문으로 들었을 때는 작품과 사람 됨됨이가 똑같을 수 있느냐며 여유롭게 점수를 줄 수 있었다. 그러나 내가 직접 만나고 보고 듣고 느꼈을 때는 달랐다. 독선과 아집에 사로잡혀 있거나 자기기만을 마치 작가가 가져야 할 필수덕목인 양 착각하는 경우가 많았다. 작가야말로 가장 특권의식과 권위의식이 없을 것 같은데 중뿔난 자존심은 특권 아닌 특권을 조장하고 있었다. 특히 평론을 한다, 문예잡지사를 경영한다, 문창과 교수다, 중견작가다 등 권력을 쥔 남성이 피지배자의 위치에 있는 여성을 아무렇지 않게 성희롱하는 걸 목격하고는 했다.

그러자 실망은 분노로 바뀌었고, 믿었던 마음에 상처를 입었다고 생각하니 그들에게서 배신감마저 느꼈다. 무엇보다도 작가들은 특별하다느니, 남들과 달라야 된다느니 하면서 작가들의 겉치레와 허위의식을 인정하는 분위기와 그런 모습을 글보다 먼저 흉내 내려는 작가지망생들을 보면 위태롭기 짝이 없었다. 날이 갈수록 '멀리 있을 때 더 아름답게 보인다'는 말이 실감나기 시작했다. 그러나 멀리 있다는 것의 속뜻은 새기면 새길수록 입안이 씁쓸해졌다. 멀리 있기 때문에 선명하거나 뚜렷하지 않다는 것, 추한 모습이 제대로 안 보여서 환상적으로 느껴진다는 것이라니…….

그렇다면 나는 지금 어떤 작가일까? 미래의 나의 모습은 어떠할까? 내가 작가 자리에 서고 보니 글을 쓰고 말을 내뱉는 것 모두 조심스럽다. 지나친 두려움이나 조심스러움이 작가의 상상력이나 호기심을 방해하는 치명적 요인일 수 있음에도 불구하고 자꾸 몸이 위축된다. 아, 그렇다. 나는 멀리 있어서 환한 별이 아닌, 조금 덜 환해도 독자들 가까이 있는 별이 되고 싶다. 어린왕자와 함께 따뜻한 온기를 나누던, 그 작은 별이고 싶다. 보면 볼수록 향기로운 사람, 먼 데까지 좋은 향내 풍기는 그런 작가가 되고 싶다.

등꽃 그늘 아래 책을 펴놓고

김현숙 _ 시인, 영문학과 69

등꽃 줄기가 늘어진 보랏빛 그늘 아래 앉아 본다. 바람에 실리는 꽃타래의 섬세한 파동을 따라 한유閒遊를 누린다. 직장을 오래 다닌 탓일까. 집에서 누리는 일상도 다 새롭고 때로 감사를 느낀다.

샘바람이 여린 꽃살을 찢을 듯 불어대서 봄도 화사한 얼굴만큼 평화롭지만은 않았다. 3월에서 4월로 가는 길이 그렇게 추웠는데, 다시 5월에는 화려한 꽃잎을 퍽퍽 아쉽게 쏟아버리고 초하의 신록을 준비하고 있다. 뿌리에서 줄기로, 줄기에서 다시 꽃으로, 잎으로 목숨을 늘이는 일은 바람 속에서 흔들리는 것이라는 것을 알 수 있다. 만물의 가는 길이 저렇게 정해진 것일진대 사람은 왜 스스로 피고 지는 시기를 타지 못하고 늘 오기도 전에 붙잡고 가는 것에 매달리는 것일까.

물론 세상에는 자기만의 몫으로 존재한다. 따라서 충분한 빛과 온도와 물을 섭취하여 세속의 영양을 맘껏 충족하는 생명도 있고, 사막 또는 섬과 같이 제한된 환경 속에서 극빈으로 살아갈 수밖에 없는 목숨도 있다. 그러나 가진 물질세계에 비례해서 정신의 가치를 가지는 것만이 아니라는 것은 얼마나 다행한 일인가. 그렇지 않다면 세상에는 평형이나 공존이라는 아름다운 이름은 이미 퇴출되었을 테니까 말이다.

언제 어디서나 비리, 부패의 바람도 회오리쳤다. 썩을 대로 썩은 뿌리에 화려한 꽃을 매달고 군림하는 사람들, 그들의 낙화를 바라보는 일도 심심찮다. 정직하게 분수대로 살아가는 사람들이 왜 그렇게 부대끼며 지내왔는가를 알게 된 것만도 다행이지 않은가. 한 친구는 시정한파를 격찬하면서 '왔노라, 보았노라, 이겼노라' 명장인 씨저의 말을 인용하였다. 고지식하게 착실하게 살아가는 사람들에게는 이 표현보다 더 적절한 삶의 위로가 또 있을까.

명장이라면 대개는 그들의 용맹과 뛰어난 전략과 무예를 먼저 떠올리게 된다. 그러나 그들의 힘을 받치고 있는 무엇에 대하여 잊고 있는 것이 있다. 힘과 균형을 이루는 정신에 관해서다. '내 사전에 불가능이란 단어는 없다.'라는 불후의 명언을 남긴 영웅, 나폴레옹은 괴테가 감탄할 정도의 독서가였다고 한다. 그래서 이 노문호와의 대화에서 늘 거침이 없었다고 한다. 그는 전쟁터에서도 책을 읽었으며 학문적 분위기를 좋아해서 원정지엔 학술군사단을 배치했다고 한다. 그가 침략지의 문화를 소중히 다룰 수 있었던 교양도 독서에서 온 것이 아니겠는가. 일에 도전하는 세계 모든 사람들의 가슴속에 그 의지의 명언은 살아 숨쉬고 있는 것이다. 씨저 또한 '갈리아 전기' 등의 저서를 남긴 점으로 보아 하루아침에 뱉어낸 명언이 아니었음을 확신하게 한다.

살아서 그들이 차지했던 몇 개의 땅덩어리가 지구 전체에 전승되는 이 몇 마디의 위대함과는 어찌 감히 비교를 허락할 수 있으리.

악성樂聖이라 불리우는 베토벤도 호머와 세익스피어와 괴테의 작품을 애독했다고 한다. 세기의 영웅들이 자신의 세계를 탄탄히 구축할 수 있었던 바탕이 독서였다는 점을 상기 해볼 필요가 있다.

'책은 비장秘藏된 세상의 재산이요, 세대에 알맞은 민족의 상속 재산이다'라고 한다. 손에 잡히다가 언제 사라질지도 모르는 물질보다 어떤 경우 또는 위기에서 스스로를 지켜주는 정신의 뿌리니 후손에게 물려주어야 한다. 선대가 이루어 온 체험, 지식과 지혜 그리고 신앙과 철학과 사상의 기록을 통해 우리는 폭 넓고 깊은 다양한 인생에 접하고 맛을 볼 수 있다. 선대의 땀방울로 빚은 경험은 빗나가는 우리 삶의 착오를 막아내며 막막한 앞길 안내의 지표가 되기도 한다. 평생 걸려도 모를 진리들을 우리가 너무도 손쉽게 얻어내는 고마움을 모르거나 종종 잊고 살아간다.

입시 위주의 교육으로 청소년들의 독서수준은 형편없다고 한다. 이 버릇은 성년이 되어 구직을 위한 공부로 마감되는 습관으로 이어진다고 한다. 그래서 우리의 성인들의 독서수준은 선진국 어느 나라에도 못 미친다. 하기야 국민의 복지를 책임질 사람들이 땅따먹기로만 일관했으니 이 땅에는 번들거리는 고층아파트 천국으로 그 안에 사는 사람들의 머릿속은 물질로 가득 차서 무엇인가 다른 세상의 진리나 가치를 받아 안을 자리가 비좁을 수밖에 없으리.

오랜만에 다시 재독하는 소설 '닥터 노먼 베쑨' 위로 보라꽃 잎 몇 점이 그늘처럼 내려앉는다. 다시 5월에서 6월로 가는 길의 몸부림임을 알린다. 오늘 이 동안만은 인간의 건강을 해치는 것이라면 세균이든 사회 체제든 온몸과 마음으로 싸워냈던 그에게서 인간에 대한 인간의 크고 깊은 애정, 그 고뇌와 좌절까지도 느껴보고 싶다.

베토벤교향곡 6번 전원

이명환 _ 수필가, 영문학과 64

오늘, 2012년 4월 23일 저녁 밥상을 차리는데 TV 클래식 푸로에서 〈전원교향악〉 첫 멜로디가 속삭이듯 흘러나온다. 바이올린의 매혹적인 선율이 파고들듯 내게로 향하는 순간 내 안의 심금心琴이 열리고 울리면서 아련히 나의 이십대 초반의 쓸쓸함이 고대로 되살아나는 게 신기하다. 젊음이 넘치던 시절에 전원(Pastoral)을 집중하여 듣던 시기가 내게 있었지. 그 무렵 천방지축으로 방황하며 흘려버린 시간들이 아프게 떠올라 잠시 일손을 멈추고 창밖을 바라본다. 스물두서너 살 때의 가랑비 내리는 4월의 밭으로 변한 내 마음에 무슨 마술 같이 영묘한 씨앗이라도 떨어진 것일까. 아쉽게도 '전원'은 1악장에서 끝났다.

종일 흐리더니 비가 오는지 아파트 11층 유리창에 방울방울 물방울이 맺혀 있다. 물 먹음은 백련산의 나무들이 묵묵히 자리를 지키고 서 있는 게 그림 같다. 이십대 후반의 새댁 시절부터 40년 넘게 붙박여 산 백련산 중턱 응암동 동네가 상전벽해桑田碧海로 탈바꿈하여 3천3백 세대의 아파트 숲이 되었다. 4년 동안 연희동에서 전세로 떠돌다가 '힐스테이트아파트 ○○동 1101호'라는 낯선 주소를 받아 두어 달 전에 이사 온 것이다. 이 집은 우리의 선택이 아닌 마치 하늘의 선물인 듯 그렇게 배정받은 장소다. 원래 아파트를 덜 좋아해 마지못해 왔는데 막상 입주하고 보니 공기가 맑고 전망이 좋아서 만족하면서 감사하고 있다. 더구나 가끔 잠결에 듣는 산새 소리는 어디 산사에라도 피정避靜왔나 착각을 할 지경이다. 설거지를 마치고 방에 들어와 컴퓨터를 켠다.

기억이란 무엇인가? 소리로 해서 재생된 50년 전의 그 쓸쓸함이 문득 사랑스러워져 나는 미소 짓는다. 한번 풀려나오기 시작한 '전원' 교향곡의 기억 속 멜로디가 물 흐르듯 화답하듯 상상 속을 흐른다. 플룻 오보에 등 목관악기의 산뜻한 자연 풍광 묘사와 더불어 현악기들의 우아한 하모니가 나를 무한 설레게 했던 6번 '전원'. 책꽂이에 빛바랜 전원교향곡 작은 악보가 눈에 띄어 꺼내서 펼쳐본다. 스코어를 죽 훑는데 무언가 바닥으로 툭 떨어져 주워보니 뜻밖에도 음악회 티켓이다.

1987년 10월 15일(목) 세종문화회관 대강당 KBS교향악단 제337회 정기연주회 원경수 지휘 이대욱 문용희의 두 대의 피아노를 위한 협주곡(모차르트)과 교향곡 6번 '전원'. 25년 전에 내가 세종문화회관 2층 8열 64번 자리에 앉아서 전원교향곡을 들었던 모양인데 그 기억은 아물아물하다. 이제부터는 소리 없는 악보를 훑어보며, 하도 많이 들어서 귀에 익은 전원을 대충대충 재생한다. 내 소형 오디오를 플러그에 꽂는 줄이 이번 이사통에 사라졌기 때문에 오늘 밤엔 소리로는 들을 수가 없다. 크기에 비해 소리가 괜찮은 미제 오디오 보스(Bose)는 용산에나 가야 부품들을 구할 수 있다 한다.

내 젊은 날의 필체로 주제제시부主題提示部, 제일제이주제, 종결부, 전개부, 주제재현부 등 5악장까지 군데군데 꼼꼼히 써넣은 것을 보니 그 당시 스코어를 보아가며 열심히 들었나보다. 나는 왜 그 많은 교향곡 중에서 이토록 '전원'을 편애했을까? 모르겠다. 앙리 루소의 그림에서처럼 '전원'을 들으면 그냥 내 심금이 열리고 울린다. 이 외에도 슈베르트의 가곡과 후기 피아노곡 모차르트 등등 내 심금이 울리는 일이 더러 있다. 잠자고 있던 잠재의식의 어딘가를 이 위대한 걸작들이 자극하는 것 같기도 하다. 나의 어디? 가슴속? 우뇌? 좌뇌? 아니 마음?

한 시간쯤 악보를 따라 물소리 새소리 천둥소리 그리고 따뜻한 햇살 평화스런 들판 등을 돌아다니다가 책을 덮고 눈을 감는다. 그리고 컴퓨터 자판을 눈을 감은 채로 슬슬 건드리고 다니며 이야기를 끌어낸다. 이번에는 마음으로 머리로 '전원'을 듣는다. 듣는다기보다 그냥 거기서 소요한다. 그 속에 내가 있다. 밤이 깊어가는 줄도 모르고 상상 속에 흐르는 아름다운 멜로디의 신비경에 매료되어 노닌다.

오는 5월 7일에 나는 혼자서 40여 일 간에 걸쳐 산티아고 도보 순례길에 오를 예정인데, 그때 내 휴대전화에 이 곡을, 상상의 소리로가 아니라 실제의 멜로디를 MP3로 담아갈 수 있지 않을까? 내가 좋아하는 브루노 월터가 지휘한 비엔나 필하모닉이면 더욱 좋고. 방금 펼쳐본 악보도 월터가 지휘한 콜롬비아 마스터워크 앨범 세트 NO. 275, 일제시대 때 책이다. 아마 SP판을 판매할 때 끼워 준 악보인 모양이다. 어떻게 이런 귀한 책이 내 책꽂이에 남게 되었나. 이사 몇 번 하는 중에 별별 중요한 큰 책들도 어디로 숨었는지 감감 무소식인데. 하느님 감사합니다.

차분한 마음으로 다시 일 악장 맨 처음, 반 박자를 쉬고 나오는 첫 멜로디로 돌아간다. 속삭이듯 나를 미지의 신비계神秘界로 안내하는 입구에 머뭇머뭇 서 있다가 어느덧 빨려들듯 책장을 획획 넘기며 위대한 베토벤의 아름답고 그윽한 전원의 세계로 들어선다. 멀리서 울리는 석양의 종소리 새소리를 시냇가를 거닐며 듣기도 하고 폭풍우가 지나간 어느 지점에서는 하늘을 바라보며 멍하니 서 있기도 한다. 1980년에 방문했던 하이델베르그의 그림 같은 자연 풍광 속에 그때의 일행들, 이종 동생과 그의 남자 친구 디트마, 남편 등도 함께이다. 그때 벌판을 차로 달리면서 나는, 천체물리학을 전공하고 있는 동생에게 베토벤의 전원교향곡을 '보는 것 같다'는 말을 했었지.

한없이 이러고만 있을 수가 없어서 다음 3, 4, 5악장으로 깊숙이 들어간다. 4에서 5악장으로 쉬지 않고 그냥 넘어가는 플룻의 새소리를 받아 클라리넷과 비올라가 화답하는 마지막까지 가는 동안 나는 20대의 우울한 소설가 지망생 한 사람과 스치기도 한다. 시간에 구애받지 않는 소리의 신비체험. 심호흡을 천천히 몇 번 하고 더욱 깊은 명상에 들며 아름다운 가락을 음미하는데, 아주 조용히 흐르던 멜로디의 여운이 막 사라지려하는 찰나 갑자기 플룻부터 콘트라베이스까지 모든 악기가 힘을 모아 꽝하는 포르티시모를 끝으로 대지는 정적에 싸인다. 위대한 베토벤의 전원교향곡이 끝난 자리, 그 적막강산에 나는 미동도 안하고 묵묵히 앉아 있다.

> 현재의 시간과 과거의 시간은
> 아마 모두 미래의 시간에 존재하고
> 미래의 시간은 과거의 시간에 포함된다.
> 모든 시간이 영원히 현존한다면
> 모든 시간은 되찾을 수 없는 것이다.
> 있을 수 있었던 일은 하나의 추상으로
> 다만 사색의 세계에서만
> 영원한 가능성으로서 남는 것이다.
> ……

　난해하기로 유명한 T.S 엘리엇의 장시 『Four Quartet』의 서두를 인용해본다. 알쏭달쏭한 구절이기는 한데 지금 여기 전원교향곡이 끝난 자리에서 음미해볼 만한 시구가 아닐까 싶어서다.

샤갈의 그림처럼

정부영 _ 수필가, 가정학과 69

 하얀 웨딩드레스는 언제나 마음을 맑게 하고 하얘지게 한다. 길게 드리운 뒷자락은 긴 행복을 향해 날아가는 날갯짓이 아닌가. 신부의 설렘과 꿈을 한껏 보듬어주는 웨딩드레스는 모든 이의 축복의 미소가 머무는 곳이다. 친척 조카가 결혼식을 올렸다. 요즘 보기 드물게 여릿여릿해 보이는 신랑 신부는 의젓하고 경건하게 식을 마치고 새 출발을 하였다.

 묵은 옷장을 정리하다가 보자기에 싸여 있는 내 웨딩드레스가 눈에 띄었다. 달무리를 인 듯 겹겹의 망사로 된 베일과 하얀 공단의 정결한 긴 드레스. 또 하나의 출발점에서 갖게 되는 수많은 오묘한 감정들이 겹겹이 떠올라 한동안을 더듬어 보았다. 드레스는 상자에 보관된 채 몇십 년의 세월을 같이 했다. 이사 갈 때만 그때의 감회를 잠깐 일구어주곤 다시 숨어버린다. 그때의 부풀었던 빛깔 고운 꿈과 베일 속에 아른거렸던 알 수 없는 불안을 되살리고는 상자 속으로 잠긴다.

 글로벌 시대라 웨딩드레스도 변화와 유행을 많이 타는 것 같다. 옛 우리 때와 비교도 안 될 만큼 디자인도 다양하고 세련되어 신부의 아름다움을 한껏 돋보이게 한다. 어쩌면 우리가 이렇게 잘 살게 되었을까. 하지만 그런 만큼 가격도 만만치 않다. 연예인들의 고가의 드레스는 명품 이미지가 더 붙여져 일반인들에겐 위화감까지 주는 듯하다. 그러나 한번으로 기회가 끝나고 실용적이지 못해 빌려 입는 경우가 그때나 지금이나 대부분인 걸로 안다. 서구에서는 어머니 드레스를 딸이 물려받아 자랑스럽게 식을 치루는 경우가 많은데 물건 하나를 귀중하게 다루고 의미를 부여하는 그들의 생활의식은 본받을만하지 않을까.

내 웨딩드레스는 지어진 지 벌써 몇십 년이 되었다. 지금같이 잘 살지도 못한 시대였지만 마침 작은 의상실을 하는 친구가 있어 맞춰 입기로 했다. 나만의 것을 갖고 싶은 소박한 고집이랄까 멋스러움이 철없는 마음을 부추겼다. 디자인을 고르고 몇 번의 가봉을 거치는 동안 난 잔잔한 행복감에 젖어있었다. 그 친구의 결혼 선물로 소중히 받게 되었지만. 레이스나 구슬을 달지 않고 심플하고 조촐하게 모양을 냈다. 그때의 짧은 생각에는 그 후에도 좀 멋진 저녁모임이나 그럴듯한 장소에 입고 갈 작정으로 긴 자락을 고치면 평상복 같은 원피스 모양이 되어 더 실리적이라고까지 생각이 들었다.

그러나 그 시대 결혼 생활은 꿈속이 아닌 현실의 테두리에 나를 가두었다. 하늘에 떠 있는 하얀 뭉게구름을 홀연히 바라보기만 했다고 할까. 보기에는 아름답고 신비스런 구름도 실제로는 미세한 수증기 입자들이 모인 덩어리가 아닌가. 결혼 후 십 년 정도는 실생활에 충실해야 했다. 빛나는 하얀 드레스를 입고 갈 화려한 모임도 없었고 감상과 낭만에 젖어들 나만의 시간은 두 아이와 공유해야 했다. 그래서 드레스는 외출을 못하였다.

중년이 되어 은혼의 해를 맞았을 때다. 한가한 어느 날 이십오 년의 길다면 긴 세월이 내 모습에 어떻게 응축되었을까 이리저리 거울을 들여다보았다. 하얀 드레스에 묻어 있던 기대와 각오는 얼마만큼 이루어졌는지. 이제는 얼마만큼 접고 펴야 하는지. 어쩌면 그때가 젊지도 늙지도 않고 미흡하나마 인생을 알고 얘기할 수 있는 시기인 것 같아 가장 좋은 시절이란 생각까지 들었다. 그러면서 아직 꿈을 이룰 수 있는 미완성의 시간을 짚어보며 소중하게 쓰자고 다짐했다. 좋은 곳으로 여행을 가고 싶었다. 중년을 좀 더 무르익게 하고 뜻깊은 추억을 남기고 싶었지만 남편의 회사일이 바빠 무산되었다. 분위기 좋은 곳에서 샴페인을 터트리며 멋들어진 저녁을 갖기로 했다. 그때 옛 드레스가 떠올랐다. 큰 획을 긋는 때이니만큼 결혼의 의미를 새삼 상기시킬 수도 있으려니와 순수하게 환원시킬 수도 있지 않을까 하는 마음이 앞섰다.

긴 자락을 쫙 펴서 방바닥 가득히 펼쳐놓고 이 생각 저 생각에 잠겨든다. 갑자기 조급해져서 드레스를 걸치고 거울을 본다. 웃음이 절로 난다. 디자인도 감각에 뒤졌지만 광택이 있는 공단의 하얀색이 얼굴색과 대비되어 어울리지 않는다. 흰 웨딩드레스에는 아마 젊음이 묻어있나 보다. 지금의 얼굴 표정과 옷 사이에는 시간의 긴 물줄기가 가로놓여 있다. 넓고도 긴 건널 수 없는 물줄기가. 세월은 빛처럼 빠르고 그늘처럼 덧없는 것 같아 순간 가슴이 아려온다. 앞으로의 삶은 빛깔부터 다르니 어울리는 다른 색채의 그림을 그려 넣어야만 한다.

TV나 주위에서 오십 주년이 되는 금혼식에 사모관대나 족두리를 쓰고 전통혼례를 치르며 자손들한테 절을 받는 행사를 볼 적마다 그만하면 축복받은 삶이다 싶다. 비둘기색이나 도라지 꽃 빛의 조촐하고 잔잔한 여운을 주는 여생. 다시 한번 바래본다. 옛 사진처럼 정겨움이 남아 있는 드레스는 그래서 버리지도 못하나보다. 가끔씩 꺼내 거풍시켜야겠다. 그리고 은밀하고 엉뚱한 생각을 해본다. 앞으로의 세월은 얼마나 빨리 달려가 버릴까. 이 세상 접을 때 베 수의 대신 이걸 입고 가면 어떨까. 영겁의 시간에서 보면 살아 있는 이 시간은 순간이고 결혼은 순간과의 결합이 아닌가. 영원으로의 출발점에서 웨딩드레스로 단장하는 게 의미가 있다면 있을 것도 같다. 눈을 감으니 흰 뒷날개 자락을 길게 드리우고 하늘로 부유하는 그림이 어른거린다. 마치 샤갈의 그림같이……

오늘은 웨딩드레스에 얽힌 생각을 많이 해본다. 그리고 무슨 미련이 그리도 많은지 끝까지 알뜰하게도 챙기기까지 한다.

파리지엔느와 현대 모드사

정영자 _ 수필가, 불문학과 64

    1966년 여름학기 이수履修를 위해 불어불문학 석사 학위 연수과정의 학우들과 동행했을 때였다. 처음으로 파리 샹젤리제(Les Champs-Elysees) 거리를 걸으면서 받았던 충격이 아직도 생생하다. 파리지엔느의 오히려 평범한 옷차림에서 풍기는 멋과 세련미에, 마치도 섬광 같은 것이 내 머릿속을 헤집고 지나갔다. 저 자신만만한 아름다움이 어디서 오는 것일까. 짧은 컷트 머리에 심플한 타이트 스커트와 스웨터를 입었을 뿐인데, 걸을 때마다 노브라(no bra)의 얇은 스웨터 밑으로 살랑이는 자태며, 용수철을 단 듯 통통 튀는 활기찬 걸음걸이가 여성인 내게도 눈이 번쩍 뜨였다. 세련미의 뿌리는 아마도 아름다운 문화유산에 둘러 싸인 환경 덕일 것이라고만 생각했다.

    그로부터 10년 후 파리 의상조합학교(Ecole de la Chambre Syndicale de la Couture Parisienne)에서 패션교육을 받기 위해 다시 그곳으로 가게 되었다. 나는 미국에서 석사 학위를 받자마자 결혼했고 어린 딸들도 있었다. 오랫동안 가사 외에는 활동이 전혀 없다 보니 답답하고 허전했다. 마음을 달래 볼 겸 상업용 패턴을 구입해 나와 딸들의 옷을 짓곤 했는데, 그 매력에 깊이 빠져들게 되면서 패션 디자인 공부를 시작하게 되었다.

어느 날 패션 아카데미 원장과 대화 중에 '심플리시티(Simplicity)' 패턴으로 옷을 지었을 때보다 프랑스 유명 디자이너들의 '보그(Vogue)' 패턴으로 했을 때가 훨씬 더 세련된 완성품이 되는 이유를 물었다. 그녀는 간단히 해답을 줬다. 그것이 바로 평면재단平面裁斷과 입체재단立體裁斷의 차이라고.

그때까지 평면재단만 사용해왔던 나는 새로운 기술이 궁금해졌다. 원장은 그 기술을 정통으로 배울 수 있는 유일한 곳이라며 파리의상조합학교를 추천했다. 그때부터 나는 미지의 기술을 배워야겠다는 생각을 구체화하기 시작했다.

오랜 미국 생활을 끝내고 귀국길에 올랐다. 어린 딸들은 어머니와 언니가 돌봐주기로 했다. 공항으로 가기 위해 우리가 탄 차가 서서히 출발하자 둘째가 갑자기 울며 따라오는데, 도리어 네 살인 막내는 엄마가 가야 하면 가야지 왜 우느냐고 울먹이는 게 아닌가. 나는 가슴이 미어져 파리에 도착할 때까지 울었다. 어린 딸들을 두고 온 죄책감과 절박함에 미친 듯 학업에 열중했다.

현대 모드사를 공부하면서 나는 파리가 세계 패션의 중심지가 된 것은 결코 아름다운 환경 덕만이 아님을 깨달았다. 패션산업의 획기적인 발전은 19세기 초에서 20세기 초반에 이뤄졌다. 전에는 긴 끈에 매듭을 묶어 인체의 치수를 채촌採寸했던 방법에 비해, 줄자의 발명으로 훨씬 빠르고 정확하게 사이즈를 얻게 되었다. 1850년대 초에는 미국에서 발명된 재봉틀이 유럽에 소개되었으며, 1863년에는 종이패턴이 개발되었다. 1911년에는 면 소재 머슬린을 입힌 마네킹이 개발되어, 핀으로 원단을 고정해 가며 입체패턴을 편리하게 얻을 수 있게 되었다. 1930년에는 의류 사이즈가 표준화되면서 다양한 작업용 마네킹들이 제작될 수 있었다.

평면재단이 고객의 사이즈대로 자를 이용해 패턴지 위에 원형을 그려내는 반면 입체재단은 3차원의 마네킹 위에 소재를 걸어 놓고 작업하기 때문에 디자이너만의 독창적인 스타일을 창조할 수 있다. 유명 디자이너들은 맞춤복에도 기성복에도 명품 생산에 이 재단기술을 활용한다.

1868에 설립된 파리맞춤의상조합은 회원들의 수적인 증가와 활동에 힘입어, 구성원들의 권익보호는 물론 철저한 자격관리를 위하여 엄격한 규칙을 만들었다. 회원들은 필수적으로 봄, 여름 의상과 가을, 겨울 의상을 위한 패션쇼를 매년 2회 열어야 하며, 각각 60벌 이상의 새로운 디자인을 발표해야 한다.

1960년도 이후부터 맞춤복 분야는 더 이상 디자이너하우스의 이익창출에 직접적인 도움은 되지 못한다. 하지만 쇼를 통해 자기만의 독창적인 스타일을 예시해 줌으로써, 자사의 명성과 인기를 유지, 발전시켜가는 일종의 연구기관 같은 중요한 역할을 담당한다. 여기에서 얻어진 명성과 인지도가 곧 기성복, 화장품, 액세서리 등 모든 자사 상품의 매출과 직결되기 때문이다.

1978년 7월 말, 꺄르벤 본사 2층 쌀롱에는 가을, 겨울 맞춤의상 쇼의 총연습을 위해 디자이너들과 직원들이 모여 있었다. 팬티만 걸친 10여 명의 전속 모델들에게 의상을 입혀보며 액세서리 등 최종 점검을 하고 있었다. 모델 한 명이 갑자기 창밖을 바라보며 비명을 질렀다. 그녀와 나머지 모델들은 일제히 가슴을 부여안고는 소리를 지르며 옆방으로 도망쳤다. 우리들도 놀라서 창밖을 바라보게 되었다. 4~5명의 건장한 남정네들이 유리창에 바짝 붙어 서서 싱글벙글하며 훔쳐 보고 있는 게 아닌가. 화난 꺄르벤 여사가 구경꾼들에게 연유를 물었다. 자기들은 청소용역회사 직원들로 유리창을 닦기 위해 밖으로 나갔는데, 창문을 잠그는 바람에 할 수 없이 구경을 했노라며 능청을 떨었다.

나는 지방시와 꺄르벤에서 일할 때, 봉제실에서나 디자인실에서 시간에 쫓기거나 재촉을 받은 기억이 별로 없다. 오로지 창의력으로 번뜩이는 디자인과 완벽한 패턴, 철저한 봉제기술만을 요구하고 있었다. 이처럼 오랜 세월을 열심히 연구하며 조직적으로 유행을 창조해 왔으니 그 결과가 어찌 파리지엔느의 세련된 옷맵시에 녹아들지 않았겠는가.

스페인 출생 디자이너로 파리에서 활동했고, 그의 작품을 통해서 맞춤복을 위대한 경지에까지 끌어 올렸다는 평가를 받았던 발랑시아가의 패션 디자이너의 역할론을 상기해 본다.

"계획은 건축가처럼, 형태는 조각가처럼, 색채는 화가처럼, 하모니는 음악가처럼, 그리고 절제에는 철학가처럼."

창

한혜경 _ 수필가, 영문학과 81

'거리를 두고 바라보는 모든 것은 시가 된다.'

안식년을 맞아 미국여행을 하던 중 뉴욕 메트로폴리탄 미술관에서 마주친 구절이다. 늘 뭔가를 해야 한다는 중압감에서 벗어나, 구경하고 싶으면 하고 쉬고 싶으면 쉬면서 오롯이 주어진 나만의 시간에 행복하기만 하던 어느 날이었다. 전시실 사이사이 비치된 긴 의자에 앉아 북적거리는 다양한 인종의 사람들을 보며 지금이 내 생애 가장 한가로운 시간이구나, 하는 느낌이 들던 날이었을 거다.

'풍경이 있는 방'이란 주제로 19세기 유럽화가들의 그림을 전시하는 기획전이었다. 흰 벽면 위, 제목에 이어 큼직하게 명기된 "거리를 두고 바라보는 모든 것이 시가 된다. 멀리 있는 산들, 멀리 있는 사람들, 멀리 있는 사건들, 모든 것이 로맨틱해진다"는 노발리스의 시구는 매혹적이었다. 일상에서 잠시 떨어져 있던 여행 중이라 더욱 그랬다.

열린 창을 통해 보이는 풍경은 19세기 낭만파 화가들이 즐겨 다루던 주제라 과연 모든 그림이 섬세하면서도 평화로웠다. 창이 있는 아틀리에에서 그림을 그리고 있는 화가, 창밖을 보고 있는 여인, 창 옆 의자에 앉아 있는 남자 등, 다양한 형태의 창이 있는 실내를 사실적으로 그린 그림들은 보는 사람을 고즈넉하게 만들었다.

창을 통해서만 빛이 들어오고 있으므로 창 주변과 창밖 풍경만 훤하다. 어둑하게 그늘이 드리워진 방 안과 대조적으로 창 너머로는 뭉게구름이 떠있는 푸른 하늘, 푸르스름한 산등성이, 드높은 하늘 아래 노란 잎의 나무들, 우거진 수풀 너머 돛단배들이 드문드문 떠 있는 바다 등이 펼쳐져 있다. 노발리스의 표현처럼 멀리 보이는 풍경은 로맨틱하고 수려하기만 했다.

그런데 우연일까. 창밖을 바라보고 있는 인물은 모두 여성들이다. 그중 모리쯔 폰 쉬빈트의 '아침시간'은 침실을 정돈하다가 창밖을 내다보는 듯한 여성의 뒷모습을 그린 것이다. 서랍장을 사이에 두고 두 개의 창문이 있는데 왼쪽의 것에는 아직 블라인드가 내려져 있어 어둠침침하다. 오른쪽에 놓여 있는 침대 위에는 이불이 흐트러져 있고 옆의 의자 위에는 벗어 놓은 옷인지 시트인지 아무렇게나 놓여 있다. 머리는 하나로 모아 올리고 종아리가 드러나는 길이의 무명 같아 보이는 소박한 원피스 차림으로 보아 여인은 하녀인 듯하다.

창밖으로 보이는 것은 첩첩이 겹쳐진 산등성이들이다. 여인의 고개는 살짝 오른편을 향하고 있어 단순히 풍경을 감상하거나 청량한 아침 공기를 마시는 것 같진 않다. 양손은 창틀을 짚고 왼 발뒤꿈치가 살짝 들려 있어 뭔가를 열심히 보고 있다는 인상을 준다.

무얼 보는 걸까? 산 아래 나 있는 길을 바라보는 걸까? 누군가 아는 사람이 지나가는 걸까? 아니면 산 너머 새로운 세계를 꿈꾸는 것일까? 창밖의 풍경은 아름답지만 그녀가 저 멀리 다른 세상을 꿈꾸고 있는 거라면, 자신의 처지와 다른 삶을 동경하며 내다보고 있는 거라면, 낭만과는 거리가 멀어진다.

창 너머 펼쳐진 정경을 바라보던 소녀 시절 내가 떠오른다.

이층에 있던 내 방. 창문을 열면 마당의 목련이며 이웃집 지붕 너머 공터가 보였다. 창 옆에 책상을 바짝 붙여 놓고는 책상 앞에 앉아 책을 읽거나 공부하다가 창밖을 바라보는 걸 좋아했다. 봄이면 흰 꽃을 소담하게 피워낸 목련을 보며 "목련꽃 그늘 아래서 베르테르의 편질 읽노라……." 노래를 흥얼거리기도 하고 가을을 지나 겨울, 잎이 다 떨어져 헐벗은 나무를 내려다보며 스산해하기도 하고 공상에 잠겨 있다가 뭔가 끼적거리기도 하는 소녀가 있는 풍경. 사춘기 여린 감성에 나뭇잎이 떨어져도 감상에 젖고 별거 아닌 일에도 심각해하면서 한편으로는 아름다운 사랑을 꿈꾸던, 지금 돌아보면 미소가 떠오르는 순수한 풍경화의 일부인 것이다.

시간이 흘러 자신의 행동에 책임을 져야 하는 성인이 되면서 그 창을 떠났고 창밖을 바라보며 감상에 젖을 기회는 점차 사라져갔다.

결혼해서 아이를 낳고 키우면서는 아이가 밖에서 잘 노는지 확인하기 위해 창밖을 바라보기 시작했다. 첫애가 만 세살 때 유아원에 간다고 바이바이 하면서 깡총거리던 모습을 창 너머 바라보며 마주 손 흔들던 기억이 아직도 선명하다. 좀 더 자라서 유치원 다닐 무렵에는 9층 아파트 거실 창으로 놀이터가 잘 내려다 보였다. 놀이터에서 잘 노는지 수시로 내다보기도 하고 밥 먹을 때가 되면 창을 열고는 "밥 먹어라" 소리쳐 부르기도 했다.

아이가 초등학교에 들어갔을 때 살던 아파트에서는 거실 창밖으로 아파트 담장 너머 가로로 길게 뻗은 1차선 도로와 보행로가 건너다 보였다. 키 큰 나무들이 일렬로 죽 늘어선 길 끝에 아이의 통학버스가 섰다. 늦가을부터 겨울까지는 앙상해진 가지 사이로 걸어가는 아이 모습이 잘 보였지만, 잎이 무성해지는 여름날엔 아이의 작은 몸은 나뭇잎들로 가려지고 나무등치 사이로 종아리만 언뜻언뜻 드러나곤 했다. 그렇게 나무들 사이로 지나가는 아이를 지켜보고 있노라면 어느새 가슴은 기도로 가득 차고 눈엔 눈물이 고이곤 했다.

창 너머 하늘을 바라보며 장밋빛 미래를 꿈꾸던 소녀는 이제 창밖의 풍경보다는 구체적인 삶을 걱정해야 하는 중년이 되었다. 아이도 어느덧 성인이 되어 취업과 결혼을 걱정할 나이가 되었다. 오랜만에 거실 창가에서 이제 처녀가 된 아이를 배웅하면서 앞으로 펼쳐질 삶의 매 순간 후회하지 않으며 살아가길 기도해본다.

자의식의 지평선을 밝혀주는 빛

허근욱 _ 소설가, 영문학과 46(입)

지난 20대에 나는 러시아의 작가 '도스토에프스키'가 사형처형의 날 아침, 독감방 안에서 형에게 쓴 편지를 읽은 일이 있다.

"형, 나는 지금 절망하지도 않고 용기를 잃지도 않고 있습니다. 생활은 어떤 상황 속에서도 생활입니다. 생활은 우리 인간을 둘러싸고 있는 세계에 있는 것이 아니고, 바로 우리 인간 가운데 있습니다. 나의 주위에는 많은 사람들이 있습니다. 그 사람들 틈에서, 또 어떤 상황 속에서도 영원히 인간이어야 한다는 사실, 좌절하지 않고 쓰러지지 않는 인간의 생명력, 바로 그것이 참된 생활의 의미임을 나는 깨달았습니다. 지금 나는 살아 있습니다. 나에겐 태양이 보입니다."

나는 '도스트에프스키'의 깊은 작품세계에 매료되었다. 인간을 의식의 해부대에 올려놓고, 그 인간실존의 외피外皮를 뚫고, 인간의 짙은 의식의 심연 속에 복잡하게 엉켜 있는 인간의 본성을 예술로 승화한, 이 작가의 100분의 1이라도 따라가고 싶다는 생각을 했다. 일평생을 걸려서라도…….

그동안 내가 걸어온 삶의 길은, 역사로부터 주어진 민족비극의 한가운데에서, 자유의 존재인 인간적 고뇌의 선택으로 인해 펼쳐진, 그 어둡고 기나 긴 고난의 표류였다.

그 불행의 캄캄한 터널을 지나오면서, 나는 새삼 오늘과 만나게 되면 아직 내가 살아 있다는 것을 깨닫게 되곤 했다. 그러면서 가까이 바라보던 죽음의 이미지가 지적인 허구로 퇴색해 가는 것을 느낄 수가 있었다. 그리고 내 자의식自意識의 지평선을 밝혀주는 한줄기 빛을 발견하게 되는 것이었다. 그 빛은, 정화된, 순수한 세계로 나를 인도해주며 인간실존의 정신적인 실체와 만나게 해주곤 했다. 그 순간 나는, 나의 힘을 넘어서는 하나의 '심벌'을 만들어낼 수 있는 능력을 가질 수 있었다.

또한 그 능력은 인간비극의 체험에 따르는 외피적인 잔인성을 해소시켜 주고, 고뇌의 불덩어리 속에서도 화염조차 느끼지 않으며, 고뇌의 악령 속을 헤쳐나올 수 있는 예지를 선사해 주었다. 그 예지는 인생의 황야에서, 어떤 고경苦境과 맞선다고 해도, 인간 본래의 아름다운 순수성과 착한 인간성을 잃지 않고 지켜나갈 수 있는 힘을 안겨주곤 했다.

나는 항상 원고용지를 앞에 놓고 작품을 쓸 때면, 처음 작품을 쓰는 자세로 쓰곤 한다. 또 공부를 할 때도 처음 대학에 입학했을 때처럼 공부를 하곤 한다. 어떤 틀에 사로잡히지 않은, 무한한 가능성의 자유로움 속에서, 새롭고 참신한, 그 시대와 상황을 살아가는 우리들 인간의 모습을 작품으로 표현하고 싶은 것이다. 그래서 나는 내 자신을 문학실습생으로 생각하며 끊임없이 공부하는 자세로 살아가고 있다. 한 인간의 지식과 능력이, 태평양 바다의 한 방울 물방울과도 같다는, 절실한 생각이 앞서기 때문이다. 다만 나는 최선을 다해 글을 쓰려고 노력할 뿐이다.

어떤 글이든 그 글은 쓴 사람의 분신으로 영원히 남는다. 때가 되어 글을 쓴 사람이 세상을 떠나도 남아 있는 그 글은 후세 사람들에 의해 분석되어 평가를 받게 된다. 그래서 글 한자라도 결코 함부로 써서는 안 된다. 책임을 질 수 있는 글, 진실로 수도하는 마음으로 가슴과 영혼으로 승화된 글을 써야 한다.

사람은 크고 작고 간에 그 상황과 성질이 다를 뿐, 어려운 역경에 직면하게 되곤 한다. 어느 날 갑자기 병으로 인한 죽음의 선고를 받게 되기도 하고 뜻하지 않은 재난의 사고를 당해 삶의 벼랑으로 내몰리게 되기도 하고 경제파탄으로 거리에 나앉게 되는 궁핍한 생활에 쫓기기도 하고 역사로부터 주어진 민족비극의 굴레 속에 불행의 캄캄한 터널에 갇히어 무고하게 죽음을 당하는 경우도 있다. 이처럼 사람은 극한상황의 비극적인 상황에 직면했을 때, 스스로 고통을 승화시켜 체험에 따르는 잔인성을 해소하고 초연하게 자신을 재탄생시킬 수 있는 능력을 갖추게 된다.

그런데 탄생의 껍질을 짊어지고 살아가는 인생의 길에서 직면하게 되는 다양한 체험을 체험으로 끝내는 사람이 있는가 하면, 체험을 자기 가운데 승화시켜 참된 진리를 터득하는 사람이 있다. 모든 지식과 진리를 알게 된다는 것과 깨닫게 된다는 것은 하늘과 땅의 차이이다.

어느 한 순간엔가, 살아 있는 인간의 생명력과 정신력은 자기의 존재가 우주와 완전한 조화를 이루는, 즉 신神의 경지를 체험할 때가 있다. 바로 이 순간, 인간은 인간실존의 외피外皮를 뚫고 의식의 깊은 심연深淵속에 복잡하게 엉켜 있는 여러 가닥의 요소로부터 자기 자신을 해방시킬 수 있는 해탈의 경지를 깨닫게 된다. 이 순간 죽음과 맞닥뜨린 불행의 캄캄한 터널엔 자의식의 지평선을 밝혀주는 한 줄기 밝은 빛이 흘러들어 초연한 평화로움이 찾아드는 것이다. 그 빛은 정화된 순수한 세계로 인간을 인도해주며 인간실존의 정신적인 실체와 만나게 해주고 인간 스스로의 힘을 넘어서는 하나의 '심벌'을 만들어 낼 수 있는 능력을 가질 수 있게 해준다.

이러한 경지는 모든 예술가에게 그리고 종교인에게 찾아든다. 그러나 인간의 옷을 입고 세상 한가운데에서 살고 있는 사람은 순간의 체험을 잊고 살아가게 마련이다. 그런데 예술가에게 있어서는 이 같은 순간 이외의 시간은 이러한 깨달음의 경지를 다시금 포착하기 위한 자기 투쟁의 시간이다.

예술은 이 같은 수련의 표현이라고 생각한다. 그래서 글을 쓰는 문인은 원고용지 앞에 앉으면 수도하듯이 글을 써야 할 것이다. 바로 글은 그 작가의 정신적인 산물이며 유산이기 때문이다.

6부

아씨지행 기차를 타고

인간의 역사는 전쟁의 역사이다

김국자 _ 수필가, 가정학과 66

태풍 곤파스는 지나가고 말로가 올라오고 있다고 한다.

앗! 마루에 눈곱만한 아니 그보다 더 작은 꼬마 개미들이 우왕좌왕하며 기어 다니고 있었다. 비가 억수같이 왔으니 비를 피해 문틈으로 기어들어 온 것 같다.

우선 눈에 들어오는 놈부터 잡았다. 그러기를 몇 차례 하니 개미 시체들이 마룻바닥에 즐비하다. 죽은 개미들을 보니 문득 줄서기가 생각났다.

개미들이 사는 모습을 보면 참 부지런해 보인다. 늘 움직인다. 가만히 있는 놈을 보지 못했다. 그리고 줄서기를 잘한다. 죽은 놈들 중에는 머리를 조금 쓰는 놈이 앞장서서 문틈으로 들어오자 줄줄이 따라 들어와서 한동안 마루, 의자 밑, 카펫 속에서 지내다가 내게 들키게 되었을 것이다.

뜰에서 개미들을 보면 소가 닭을 보듯이 그냥 지나치지만 인간이 사는 방이나 마루에서 만나면 그것은 사정이 다르다. 영역을 침범한 것이다. 그래서 이렇게 죽임을 당한 것이다. 미물의 한 살이가 이렇거늘 하물며 인간들의 영역 다툼이랴.

지난 오월 발칸 7개국을 다녀왔다. 전쟁의 역사에서 그 대표적인 지역이 바로 발칸 반도라고 본다. 수많은 민족이 뒤섞여서 끊임없이 외적의 침입에 시달렸다. 동서남북의 정복자들이 한 번쯤은 침입했던 곳이 바로 발칸 지역이다. 지역적으로 보아도 북쪽은 오스트리아, 헝가리, 우크라이나가 있고 동남쪽 끝으로 보스포루스 해협을 사이에 두고 아시아와 연결되어 있어 특히 터키의 침략에 많은 사람들이 고통을 당했던 곳이다.

첫 번째 방문지가 루마니아였다. 루마니아를 가려면 인천공항에서 비행기로 12시간을 날아서 프랑스 파리로 간다. 그리고 다시 비행기를 갈아타고 루마니아 수도 부카레스트로 가야 하는 여정이었다.

여행을 다니면 여러 가지 얻는 점이 많다. 우선 방문한 나라의 역사를 알아야 더욱 관심 있게 관광을 할 수 있고, 그 나라 문화와 종교에 관심을 가지고 관광을 하다보면 거리의 건물, 지나가는 사람들, 그리고 흐르는 강물도 예사롭게 보이지 않는다.

루마니아는 그 이름에서 뜻하듯 로마 민족이 살던 땅이라는 뜻이라고 한다. 그후 오스만 제국의 지배를 받았고 1881년 루마니아 왕국으로 독립했으나 세계 제2차대전 후 소련에 의해 루마니아 인민공화국으로 되었다가 1991년 민주화가 된 나라이다. 내가 기억하는 루마니아는 기계체조 선수 코마네치의 나라, 유명한 '외로운 양치기'를 연주한 팬 플룻 연주자 게오르크 장피르의 나라이다. 가이드의 설명으로는 이곳에도 한류 열풍이 있었다. 대장금, 이산, 선덕여왕이 텔레비전에서 상영되었다고 한다.

처음 찾아간 곳이 검은 교회였다. 4천 개의 파이프 오르간이 있는 교회로 터키식 양탄자를 가장 많이 소유하고 있는 교회라고 한다. 1542년 기독교가 시작되어 교회 건물을 많이 지었는데 도시의 발전으로 7개의 교회를 통째로 이동시켰다고 한다. 짧게는 12m, 길게는 240m를 이동시켰다고 한다. 이렇듯 건물을 이동시키는 기술이 발달된 나라이고 의학적으로도 인슐린의 개발, 피부관리의 기술이 뛰어나고, 제트엔진을 개발하고 가로등을 전기로 처음 밝힌 나라라고 한다.

다음으로 찾아간 곳은 드라큘라 성이었다. 드라큘라 백작은 실제 인물이었다. 13세 때 아버지와 함께 터키에 초청되어 갔다가 지하 감옥에 감금되었다. 아버지는 터키에 충성을 맹세하고 본국으로 돌아오고 아들은 볼모로 터키에 붙잡혀 있었다. 본국으로 돌아간 아버지는 헝가리로 전향했고 17세 때 드라큘라는 터키를 탈출해서 본국 말라키아로 왔지만 형과 아버지가 현지 귀족에 의해 죽임을 당한 사실을 알았다. 드라큘라는 헝가리로 탈출하여 헝가리 장군의 부하가 되었다가 25세 때 1백여 명의 부하를 데리고 말라키아로 와서 난공불락의 성을 짓고 부모의 원수를 갚기 위해 귀족과 그의 가족들을 무참히 죽였다고 했다.

그후 오스만 침공에 성이 함락되고 드라큘라 백작은 잡혀 목이 베어 몸은 수도원 지하에 묻히고 오스만 군이 머리를 터키로 가지고 갔다고 한다. 이런 비극적인 역사의 성을 보고 아일랜드 극작가 브램 스토커가 드라큘라 백작을 흡혈귀로 묘사해서 소설화시켰다고 한다. 과연 성을 돌아보니 아주 좁은 비밀 통로가 여러 군데 있고 도망갈 수 있는 문이 여러 곳에 만들어져 있었다.

세 번째로 간 곳은 펠레슈 성이다. 펠레슈 성은 루마니아 국보 1호라고 한다. 19세기에 르네상스식으로 지어진 중앙 난방식 건물로 그 당시에도 2인용 엘리베이터가 있고, 진공청소기로 청소를 했으며 닉슨, 모택동, 카다피 등 각국의 수뇌들이 여름 별장으로 다녀갔고 현재는 박물관으로 사용된다고 한다. 일행이 도착한 시간이 오후 6시경이라 내부 관광은 하지 못하고 겉만 보고 아쉬운 마음으로 자리를 떴다.

석유 자원이 풍부하고 기후도 지중해성 기후로 잘 살 수 있는 나라였는데 공산주의 체제 하에서 나라 운명이 한 독재자(차우체스크)에 의해서 피폐되었다. 하지만 앞으로 성장할 수 있고 잠재력이 있는 나라라고 생각되었다. 나는 잠시 아직도 공산 체제 하에서 벗어나지 못하고 가난에 시달리는 북한 동포를 생각하면서 다음 여행지인 불가리아로 가기 위해 개미들처럼 줄을 지어 버스에 올랐다.

아씨지행 기차를 타고

김행숙 _ 시인, 교육심리학과 66

중학교 때 '평화의 기도' 라는 시에 감명받았고 이 시를 쓴 성 프란치스 꼬는 내 마음에 깊이 각인되어 있었다. 그리고 이탈리아 중부 지방에 있는 아씨지를 가보고 싶었다. 일찍이 그의 축복을 받은 도시에 대한 궁금증까 지 겹쳤던 것이다.

사방에 꽃들이 피어나는 봄날, 나는 이태리에 도착해서 아씨지행 기차 를 탔다.

마침내 성 프란치스꼬와 조우하게 되는구나! 그의 겸허한 사랑과 빈 마 음, 그리고 평화를 추구하는 정신에 대해 생각만 해도 가슴이 뛰었다.

나를 평화의 도구로 써 주소서 / 미움이 있는 곳에 사랑을 / 상처가 있는 곳 에 용서를 / 분열이 있는 곳에 일치를 / 의심이 있는 곳에 믿음을 / 절망이 있는 곳에 희망을 / 어둠이 있는 곳에 빛을 / 슬픔이 있는 곳에 기쁨을 / 용서함으로 써 용서받으며 / 위로받기 보다는 위로하게 하시고 / 이해하기 보다는 이해하 게 하시고 / 사랑받기 보다는 사랑하게 하소서 / 자기를 온전히 줌으로써 영생 을 얻기 때문이니 / 오, 주여 나를 평화의 도구로 삼으소서……. ⟨Prayer of St. Francis⟩

당시 성서는 라틴어로만 되어 있어서 서민들은 읽을 수 없었다. 그런데 그는 이 기도문을 아씨지 지방의 방언으로 써서 모든 사람들이 읽게 했다고 한다. 그때 이곳 사람들은 얼마나 큰 위로를 받았을까.

기차가 도착하자 멀리 있는 높다란 언덕 위에 성 프란치스꼬 대성당이 보였다. 멀리서 보기에도 품위 있고 깨끗했다. 830년 전에 태어나 불과 44년 이 세상에 살다 간 분이지만 그는 누구보다도 풍부한 영성과 영향력으로 전 세계인들의 마음을 울리고 있는 것이다.

프란치스꼬는 젊은 날 전쟁에 참여하게 되어 결국 일 년 간 포로 생활을 한 후 긴 회복기를 거치는 동안 처음으로 영적 위기를 맞는다. 뻬루지아와의 전쟁에서 살육에 처절하게 몸서리친 그는 전쟁에서 돌아와 아버지 몰래 집안의 돈과 물건들을 가난한 이들에게 모두 나누어 주었다. 아버지가 크게 노해 아들을 대주교에게 고발했다. 군중 앞에서 프란치스꼬는 입고 있던 속옷까지 모두 벗고 그가 가진 모든 것과 받을 유산까지 아버지께 돌려드리고 집을 떠났다. 그가 벗은 것은 옷이 아니라 그의 소유였다. 그는 변화되어 마침내는 가난한 삶으로의 귀의를 통해, 심지어는 나병환자의 상처에 입 맞추기 위해 고개를 숙였다고 한다. 그는 이렇게 세상에서 가장 낮은 곳에 자신을 두었던 것이다.

자기가 오히려 죄인임을 깨닫고 변화되어 갔다. 이러한 그의 노력은 당시의 어떤 개혁가들보다 민중을 감동시켰고 짧은 시기 동안 그가 이룩한 정신적 영향은 사회 각층으로 침투되어 예수 그리스도에 의해 이미 선포된 복음을 재인식하는 계기가 되었다. 그의 따라갈 수 없는 삶을 배우기 위해 오늘도 사람들은 높다란 언덕을 오르며 성인이 이룩한 평화의 메시지를 듣기 원한다.

유럽의 전형적인 맑은 날씨와 정원에 핀 탐스러운 장미는 아름다웠다. 참 이상한 일이다. 이 소박한 장미원을 보기 전부터 나는 왜 성 프란치스꼬를 생각할 때마다 그의 장미밭을 떠올렸는지 모를 일이다.

대성당 안에는 성 프란치스꼬의 유품이 있었는데 숨 거둘 때 둘렀던 수도복 허리띠가 유리병에 담겨 있고 또 그의 누더기같이 기운 수도복도 전시되어 있었다. 진실한 무소유의 증명이었다. 그는 가난한 마음으로 하늘까지 닿고자 했던 것이다.

또 성 프란치스꼬는 늑대와 들짐승, 새들에게 설교를 하고 그들과 대화를 했다고 한다. 아마도 하나님의 창조물을 보는 눈이 남달랐을 것 같다. 그는 오랜 수도 끝에 원죄 이전의 인간, 에덴동산의 아담 때로 돌아갔는지도 모르는 일이다.

지하성당에 성인의 유해가 담긴 석관이 있었다. 그는 13세기까지 죄수들의 교수형이 집행되었던 죽음의 언덕에 자신을 묻어 달라고 유언했다. 죽음까지도 철저히 예수를 닮기 원했다. 그가 그 자리에 묻히고 나중에 그 위로 성 프란치스꼬 대성당이 지어졌다. 그래서 지하성당 위에 대성당이 있는 것이다. 성당 위에 지은 또 하나의 대성당이 있다니 그것도 내게는 처음 보는 일이었다.

그 뒤 이태리의 이름난 화가들은 다투어 그의 일대기를 그림으로 남겼다. 〈새들에게 설교하는 프란치스꼬〉〈교회의 꿈〉〈소명의 순간〉 등 유명한 그림을 감상하였다. 1997년 대지진 때 그림도 큰 손상을 입었는데 일부 프레스코화는 아직도 복원 중이라고 하였다.

그가 소천하기 이 년 전, 40일 간의 금식 기도 끝에 동굴에서 기도하던 프란치스꼬 몸에는 오상五傷이 나타났다고 한다. 십자가에 못 박힌 예수의 다섯 상처, 두 손 두 발, 그리고 창에 찔린 옆구리 상처가 뚜렷이 그의 몸에도 보였다. 전시장 안에 그림으로 그려 넣고 자세하게 설명하고 있었다. 이것을 스티그마타(성흔聖痕)라고 한다. 어떻게 이런 일이 가능한 것인가? 놀라운 마음으로 반신반의하다 돌아서는데 사람들이 성스럽게 두 손 모으고 간절히 기도하는 모습이 보였다.

골목으로 나오니 기념품 가게가 죽 늘어서 있었다. 이 도시는 완전히 성

프란치스꼬를 기념하는 도시였다. 한참을 걸어가도 끝날 것 같지 않은 가게들을 기웃거리며 느릿느릿 언덕을 내려왔다. 비운다는 것은 이렇게 단순한 것이구나……

나는 오늘의 기억을 오래 남기기 위해 가게에서 〈새들에게 설교하는 프란치스꼬〉 복사본을 샀다. 여기서 장사하는 사람들까지도 모두 성인의 감화를 받은 것일까? 조용한 그들의 얼굴에는 미소가 흐르고 있었다.

중세 유럽 가톨릭의 거목으로, 누구나가 흠모하는 성인으로 살아온 그의 발자취를 따라간 오늘은 내 생애를 통하여 두고두고 음미해야 할 감격스러운 시간이었다.

곰배령 가는 길

박숙희 _ 수필가, 교육학과 70

유월의 폭염이 계속되던 날 몇 개월 전부터 계획해 오던 곰배령 여행을 떠났다.

곰배령은 강원도 인제군 점봉산에 있는 해발 1164미터 되는 곳으로 보기 드문 야생화와 희귀식물들이 많이 서식하고 있어서 '천상의 화원' 이라 부르기도 하고 '야생화 특별 보호구역' 으로 지정되어 있는 곳이다. 곰배령을 가기 위해서는 사전에 인터넷 예약은 필수이고 하루에 2백 명만 입장시키므로 모든 절차가 쉽지 않은 여행길이다. 이것을 어기고 입산 했을 경우는 적지 않은 벌금이 부과된다고 한다.

우리 일행은 아침 일찍 출발하여 곰배령에서 가까운 방태산 휴양림에서 쉬고 다음날 일찍 산에 오르기로 했다. 서울에서 가는 시간이 세 시간 이상 소요되므로 우리가 예약한 9시에 산에 오르기는 어려운 실정이다. 또한 산에 오르는 인원수도 오전 9시 60명, 10시 60명, 11시 80명 이런 식으로 시간차를 두고 입산할 수가 있었다. 아마도 희귀식물들과 많은 야생화들을 사람들로부터 잘 보호하기 위해서 산림청에서 그렇게 하는 것 같다.

느긋한 여행길이었기에 휴게소마다 쉬며 여행은 먹는 재미가 있어야 한다고 K선생님은 열심히 먹거리를 챙겨 주신다. 아이들처럼 즐거워하며 저마다 입담으로 웃음을 터뜨리게 한다. 가끔씩 함께 떠날 수 있는 네 명의 여행 벗들이 새삼 고맙게 생각되었다. 가까운 곳부터 여러 군데 들러 보고 휴양림에서 잠을 자고 다음날 곰배령을 오르기로 했다.

춘천고속도로를 달려 가장 먼저 들린 곳은 홍천 공작산에 위치한 수타사 절이다. 신라 성덕왕 때 건립하고 임진왜란 때 소실되었다가 다시 건립한 이 절은 천년 고찰이라 불리는데 손색이 없을 만큼 오랜 역사의 흔적과 숨결이 그대로 남아 있는 조용하고 아름다운 절이었다. 무엇보다도 특이한 점은 대웅전 안에 한가운데 부처님이 다른 절들과 달리 아주 작은 부처님 상을 모셔놓고 있었다. 불자가 아닌 나는 그 이유를 몰라서 궁금하기도 했지만 마땅히 물어볼만한 사람도 없어서 우리 일행끼리의 추측으로 대화를 나누는데 그쳤다.

수타사 동종은 널리 알려진 종으로 제조기법이 돋보이는 독창성으로 유명하다고 한다. 절의 경내를 돌아본 후에 가까이 있는 '공작산 생태 숲 공원'을 돌아본다. 연꽃들이 싱싱한 큰 잎들을 자랑하고 달래 넝쿨들이 높이 뻗어있다. 울창한 숲길은 산소길이라 불리워진다고 한다. 우리들도 심호흡을 하며 좋은 공기를 흠뻑 마셨다.

다음으로 향한 곳이 '방동약수터'이다. 설악의 오색약수터와 가까운 거리에 있고 물맛도 비슷하다. 인제군 방동 2리에 위치한 방동약수터는 철분과 탄산이 많이 함유된 약수로 소화기능에 특별한 효력이 있어 많은 사람이 찾는 약수터이다. 철분 탓인지 톡 쏘는 비릿한 냄새가 약수를 마시는데 역겨움이 앞선다. 그래도 몸에 좋다하니 일행과 함께 한 바가지씩 마셔본다. 자연과 사람이 함께 살아 숨쉬는 청정 지역 마을이다. 해가 질 때쯤 예약해 놓은 방태산 휴양림으로 향했다. 가뭄을 모르는 듯 숲들은 촉촉하게 푸르게 그늘져 있었고 휴양림 숙소는 그림처럼 예쁘게 숲 속에 자리 잡고 있었다. 물소리 계곡의 바람 소리가 오지를 온 듯이 싱그럽다.

다음날 아침 서둘러 9시에 맞추어 곰배령을 오르기 위해 출발한다. 이곳에서 차편으로 이십여 분 걸린다고 했으나 실상은 그 배가 걸려 산 밑에 주차장을 찾았다. 안내자의 설명도 부족했고 안내 표지판도 너무도 인색했다. 또한 주차장에서 족히 십여 분 거리에 도로는 비포장도로로 마치 총탄에 맞은 듯이 구덩이가 하도 많이 파여 있어서 운전하기에는 너무도 힘든 상황이었다. 지난해에 비가 많이 내릴 때 훼손된 도로를 아직도 이처럼 방치하고 있음이 너무 안타까웠다. 이 비포장도로의 엉망인 모습이 곰배령을 찾는 여행객들 마음에 옥에 티처럼 좋지 않게 기억될 것이라는 생각이 든다.

삼십 분 전에 도착하려던 계획된 마음이었는데 아홉 시가 다 되서야 일행 중 거의 꼴찌로 입구 접수처에 도착하여 한 사람씩 입산 목걸이를 받고 주민등록을 확인한 후에야 안내 숲 해설가를 따라 나설 수가 있었다. 편안하고 그늘진 입구가 1천여 미터나 되는 곰배령을 향해 걷는다는 것에 대한 염려를 없애 주었다. 그곳은 희귀식물과 야생화들의 천국이라 했기에 빨리 보고픈 마음뿐이었다. 산길을 따라 올라가며 해설가는 수시로 멈추어 서서 작은 야생화를 설명하고 손으로 만져보게도 한다. 야생화에 대한 지식을 조금은 공부하고 왔는데도 그 많은 이름을 알기에는 힘들었다. 때로는 메모를 하며 디지털 카메라로 사진을 찍으며 산을 오른다. 숨은 듯이 그늘진 곳에 피어 있는 작은 얼굴에 꽃들이 내 이름을 아시냐고 묻는 듯하다. 그때마다 미안한 마음으로 안내자에게 묻고 메모하곤 하지만 쉽게 외워지지가 않아서 웃곤 했다. 마르지 않은 숲길은 계곡의 물소리와 함께 시원함을 더해주고 간간히 숲 사이로 햇빛이 눈부시게 비친다.

두 시간이 넘게 걸어오는 동안 나무와 꽃들은 친구가 되어서 대화하며 드디어 곰배령에 도착했다. 넓고 넓은 평원 같은 곰배령에는 이름 모를 야생화들이 수줍게 작은 얼굴들을 내밀며 반가운 듯 바람에 살랑거린다. 유난히 보랏빛 제비붓꽃만이 키가 크고 작은 꽃들은 꽃봉오리를 매달기도하고 꽃잎이 져버린 꽃들도 많았다. 상상했던 만큼 화려하게 꽃들이 많이 보이지는 않는다. 아니 야생화 자체가 꽃잎이 작은 것이 대부분이므로 화려한 꽃들의 모습을 상상했던 자신이 조금은 부끄러웠다. 허리를 굽히고 자세히 보니 꽃들의 모습이 더 잘 보였다.

봄꽃들은 피었다 지고 칠월 중순부터 팔월까지 여름 꽃들이 핀다고 한다. 이왕이면 그때를 맞추어 왔으면 더 많은 꽃들을 볼 수 있었을 텐데 하는 아쉬움도 생겼지만 곰배령에 온 것만도 행운이라는 생각으로 마음을 달랬다. 보라빛 제비붓꽃만이 큰 키를 자랑하며 보랏빛 잔치를 한다. 이질풀꽃 애기똥풀 은방울꽃이 보고 싶었는데 벌써 져버린 상태였다. 대신에 고개를 숙여 자세히 보니 새로 올라오는 꽃망울들이 너무 귀엽고 대견했다.

곰배령에는 늘 안개가 끼고 흐린 날이 많다고 한다. 그런데 우리가 올라갔을 때는 밝은 해가 비치고 상쾌한 바람과 푸른 숲이 얼마나 촉촉한지 천상에 화원이라는 표현이 꼭 맞게 느껴졌다. 가지고 온 간식을 먹고 사진을 찍고 난 후 하산을 준비한다. 언제 다시 올지 몰라 작은 미소로 웃는 야생화들을 오랫동안 아쉬움으로 바라본다. 내려오는 길은 올라 갈 때보다 더 힘들고 미끄러웠다. 스틱을 집고 조심하며 그리고 올라갈 때 잘 보지 못했던 꽃들과 계곡의 물 그리고 회귀나무들을 보며 천천히 걷는다. 계곡에는 가뭄을 잊은 듯이 맑고 푸른 물들이 콸콸 흐르고 신선이 나올 것만 같은 환상스런 분위기이다. 까치 박달나무가 계곡 옆 산에는 많았다. 피나무, 물푸레나무, 거제수나무 등이 내가 아는 나무 이름의 전부였다. 문득 숲 해설가가 말씀하시던 꽃 이름 나무 이름 1백 가지 정도 알고 돌아가야 곰배령을 보고 왔다는 보람이 있다는 말씀이 생각나서 열심히 책자와 맞추어 꽃과 나무의 이름을 외워본다. 유머가 넘치고 익살스러우신 K 선생님은 기억력에 한계를 느낀다며 외우기를 포기한다고 말씀하셔서 또 한 번 한바탕 웃었다.

긴 나무가 쓰러진 채로 길을 막고 있다. 쓰러진 나무로 인해 모두가 허리를 굽혀야만 지날 수 있는 그 길을 겸손의 길이라 부르기도 했다. 이번 곰배령 산행에는 산림청 소속 직원의 상세한 야생화 설명과 사랑의 마음 그리고 지키는 모습이 오래도록 가슴에 남는다. 지키는 사람들이 있기에 보존될 수 있고 많은 야생화 서식지인 곰배령을 본 것은 참으로 유익하고 보람 있는 여행길이었다. 세상과 단절된 듯한 천상의 화원 곰배령은 오지 여행을 한 기분이었다.

이제 멀지않은 설악으로 가서 또 하루를 보내며 동해의 여름 바다를 먼저 느껴보려 한다. 힘들게 인터넷 예약으로 곰배령을 볼 수 있게 해 주시고 방태산 그 아름다운 휴양림에서 잠들 수 있게 해 주신 Y 선생님께 큰 박수로 감사 인사 올리며 우리 일행은 환하게 웃으며 설악으로 달린다.

노을 속으로 사라지는 하루

송숙영 _ 소설가, 법학 53(입)

나는 시간을 참으로 아껴 쓴다. 그래서 하루라도 멍하니 노는 시간을 결코 용서하지 못한다. 유년 주일학교 때 선교사님의 '시간을 금과 같이 아껴 쓰면 세상에서 이루고자 하는 모든 소망을 이룰 수 있다'는 가르침과 그것을 하나님의 말씀처럼 행하시던 나의 어머니의 생활관과 말에 크게 감동하는 아이로 자라서 일까? 아무튼 나는 무지무지 부지런하고 약속 잘 지키는 어른으로 컸다. 이것이 모든 세속적 야망에서 해방된 노인세대의 어르신이 된 인간 평등주의자인 나의 모습이다. 젊어서 대학 때는 남존여비가 판을 치던 때에 과격한 남녀평등주의자로 살아왔다. 결혼해서도 여자가 업신여김 받는 것을 결코 용납하지 못하는 아낙이 되어 할 소리는 꼭 하고야 마는 용감한 여성으로 유난히 자기 주장이 강한 여성으로 살았다. 그러나 2012년 7월 나는 온천탕 안에서 미끄러져 허리를 몹시 다쳐서 반 년 가까이 무척 힘든 고비를 넘기고 2012년 12월 아직도 쾌차하지 못한 가운데 연말을 맞이하고 있다. 그런 반년 동안의 어느 날 나는 꼼짝없이 누워서 지내거나 겨우 일어나 앉아 있는 나를 보고 한심해서 눈물을 흘렸다. 나의 말년이 그렇게 속절없이 죽은 사람처럼 누워서 허비하고 만 있다는 뼈아픈 생각에 가슴을 치며 하늘을 원망했다. 잠깐 일 초나 이삼 초의

부주의가 나의 반년을 강탈해 가버리고 만 것이 아닌가?

노년의 이 어려운 시간을 그렇게 허비하며 멍하니 누워서 가족을 기다리며 짜증내고 화풀이하면서 허송세월을 살았다. 평소에는 이를 닦는 시간 십 분을 아까워하던 나의 팔팔한 정신은 실수 이삼 초 때문에 아까운 반년을 허송했다. 그러나 인간의 일상이란 어찌 보면 아무것도 아닌 허무의 연속이 아닌가? 보이지도 않고 만져지지도 않는 시간이란 괴이한 마력은 우리의 생애를 그렇게 흘러서 바람같이 지나가지 않던가.

나의 하루의 스케줄을 반추해보자.

2012년 12월 3일 쓴 일기다.

새로 오는 파출부와 오늘 내가 할 일

①주인 양반의 호칭을 조 회장이라 부르고 안사람의 호칭은 송 여사라 부르세요.

②오늘 그대는 우리 집일의 순서와 풍습을 새겨듣고 테스트를 받아야 합니다.

③그대의 채용여부는 내일 전화로 통보하겠습니다. 내일 서로의 결정을 확인합시다.

④우리집에서는 일주일에 이틀만 파출부를 씁니다. 일급은 7만 원이고 오실 때는 주민등록초본과 핸드폰 번호를 가져오세요.

⑤우리 가정은 재미는 없지만 조용하게 지내는 것을 좋아합니다. 특히 한탄하는 잔소리나 넋두리하는 사람을 덜 좋아합니다.

⑥출근하면, 이틀간 먹을 반찬을 해놓고 김치도 썰어 냉장고에 넣어주세요. 이틀 먹을 것을 준비해주세요.

⑦조미료는 약하게 부드럽고 달달하게 해요. 맵고 짠 음식은 두 내외가 다 싫어한답니다.

⑧주부인 송 여사는 위와 대장이 나빠서 각종 죽을 먹고, 조 회장은 된밥이 아닌 진지를 선호합니다. 낮에는 외식이 많지만 당분간 치과치료를 끝낼

때까지 유동식(죽)으로 준비해주세요.

⑨주부가 찬거리 준비는 늘 마트에 가서 사다놓는데 육류는 피합니다. 고등어, 대구 등 생선 정도가 좋아하는 식성이니 찬을 한 가지 생선조림이나 찌개나 구이로 하고 야채가 주종을 이루어야 합니다. 쑥갓, 배추 등.

⑩출근은 10시, 퇴근은 6시입니다. 저녁상 차려놓고 8시간 노동시간을 지켜주세요.

⑪날파리와 모기가 가끔 꼬이니 모기약을 쓰레기통에 뿌려 날파리를 죽여주시오.

⑫급여일은 합의적으로 정하되 여태껏은 월급제로 했지만 원하시면 보름제도 택합니다.

⑬파출하는 분의 환경을 미리 정직하게 말해주면 참고 하겠습니다.

⑭아침상은 주부가 충실하게 차리고 스스로 셀프서비스가 습관화되어 있으니 일 끝나면 저녁상 차려놓고 다른 볼일을 보셔도 좋습니다.

⑮주1회만 깨끗이 집안 청소를 해주세요.

⑯외부 손님이 오는 경우는 설날, 추석 생일 등 일 년에 몇 번입니다. 밖에서 식사 끝낸 후 다과만 집에서 하지요. 과일 깎아서 준비해 놓으시면 됩니다.

⑰서로 합의가 되면 주 2회 일하고 위급상황은 서로 시간을 배려하도록 합시다.

열여덟 가지도 쓸게 없어서 여기서 끝냈다. 나의 메모는 새로 온 정 여사가 읽고 OK를 놓아서 그 달로 결정이 되어 오래 있던 전 파출부는 3년 만에 떠났다. 친정어머니가 위독해서 고향인 고창으로 간다 했다. 나는 이 나이 되도록 파출부들이 오래 10년 이상 있어 주어서 크게 힘들지 않았다. 모든 것이 나를 낮추고 겸손하게 상대방의 인격을 존중해주는 기독교 사상이 나를 이렇게 편한 주부로 살게 한 것일까.

나의 큰딸과 남편은 내가 허리가 다친 동안 24시간 나를 끔찍이 정성스레 돌봐줘서 가족간 불만은 모두 잊혀졌다. 우연한 화해였다. 잊혀지지 않았다면 금혼식을 지낸 노부부가 그렇게 너그럽게 조용하게 살기도 힘들었을 것이다. 나의 시간에 대한 정신은 아마도 죽을 때까지 지켜질 절대적인 지성인의 미덕은 아닐는지.

하루하루 허무하게 빨리 흘러가 버리는 바람일지라도 사랑하고 아껴줄 만한 가치가 있는 것은 '시간'이라는 존재다. 정말 생각할수록 덧없고 허무한 것이 인간의 하루가 아닐까. 끝내 인생과 시간에 대한 명답을 못 내고 또 하루가 저물어간다. 빨간 노을 속에 허망하게 사라져 간다. 서서히.

2012년 11월 어느 날

추억 속의 하이델베르크

신도자 _ 수필가, 국문학과 60

하이델베르크로 떠난 것은 11월로 접어들어 음산한 초겨울의 한기가 몸 속으로 스며들기 시작할 무렵이었다. 작은 '폭스바겐' 꼭대기에 가득히 짐을 싣고서……. 큰 짐들은 먼저 기차 편으로 보냈다. 큰아이 동원이가 한 돌 반이 되어올 무렵이었다.

하이델베르크가 가까워 오자 '넥커' 강이 소리 없이 조용히 흐르고 있었으며 바람은 스산하게 불어왔다. 초겨울날 해 질 녘 강변의 석양은 슬프도록 아름다웠다. 우리는 잠시 한길가에 차를 세우고 강물을 바라보면서 새로운 고장에 대한 꿈과 기대감으로 마음이 설레었다. 저 멀리 산등성이 위로 아련하게 보이는 유명한 고성인 하이델베르크 성이 희미한 안갯속에서 신비로움마저 자아내는 듯하였다. 여기가 앞으로 우리가 머물게 될 곳이었다.

하이델베르크, 이곳은 영화 '황태자의 첫사랑'으로 잘 알려져 우리에게는 친근하게 다가오는 고장이다. 유럽에서 가장 오래된 아름다운 옛 도시이며 이곳은 2차대전 당시 연합군은 너무나도 아름다운 이 도시에 폭격조차 가하지 않았다고 한다.

독일 최고의 명문대학인 이곳 하이델베르크 대학교에서 남편이 박사 학위 과정을 밟게 된 것이다. 1386년에 설립된 이 대학은 580년의 오랜 역사를 지니고 있는 독일에서 가장 오래된 대학교다. 또한 이 유서 깊은 대학에서는 노벨상 수상자를 7명이나 배출하였다고 한다. 고풍스런 낭만의 대학 도시 하이델베르크는 차츰 우리에게 친근하게 다가왔다. 대학 도시여서인가 유난히 젊은이들이 눈에 많이 띄었다. 또한 세계 각지에서 모여드는 관광객들로 도시는 항상 붐비며 생동감이 있어 우리에게까지 희망을 전해 주는 것 같다.

주말이 되면 우리는 샌드위치며 음료 등 먹을거리들을 준비해 교외로 빠져 나가곤 하였다. 도시를 조금만 벗어나면 볕이 들지 않을 만큼 키가 엄청나게 큰 나무들이 빽빽이 들어선 숲들이 나온다. 그곳을 지나면 마치 동화 속에 나오는 통나무로 지어진 그림같이 예쁜 집들이 보인다. 집집마다 창가에는 빨강 베고니아 꽃들을 담은 나무 화분들이 놓여 있어 지나는 길손들을 반겨 주는 듯하다.

때로는 넥커 강을 따라서 산 중턱에 나 있는 유명 산책로인 '철학자의 길'로 유모차를 끌고 산책하기도 하였다. 헤겔, 하이데커 등 여러 유명학자들이 자주 이곳을 산책하며 명상에 잠기고 영감을 얻었다는 곳이다. 아름다운 산책로를 걷다 보면 누구나 철학자 못잖은 사색에 잠기게 된다고 한다. 그곳에서 내려다보면 멀리 하이델베르크 성과 넥커 강, 그리고 붉은 지붕들로 이어진 구시가지인 알트하이델베르크가 한눈에 들어온다. 마치 오래된 한 폭의 그림 속에 우리가 들어와 있는 것 같다. 하이델베르크에서도 가장 유명한 곳으로 기억에 남는 곳은 대학가에 남아 있는 학생감옥이었다. 치외법권 지역이었던 대학교에서 학생들이 저지른 경범죄는 대학당국에 그 처리를 일임하였으므로 여러 가지 경범을 저지르거나 비신사적인 행동을 했을 때 최저 며칠에서 몇 주까지 그곳에 갇히게 되었다. 학생들은 이 처벌을 오히려 자랑스럽게 생각하며 그 안에서도 낭만을 즐겼다고 한다. 학생들이 그려놓은 낙서와 그림들이 감옥 벽면을 가득 메우고 있다.

오랜 세월이 흘렀어도 조금도 퇴색하지 않고 선명하게 남아 있어 오히려 낙서예술로 유명해졌다.

남편은 주중 오전에는 지도교수와 만나 면담하고, 강의를 듣고는 오후에는 집에서 학위 논문을 썼다. 한창 걷기 시작한 아이가 공부에 방해될까 싶어 나는 아이를 데리고 밖으로 나오곤 하였다. 추운 계절에는 손을 호호 불며 추위를 견뎌야 하였지만 유모차를 끌고 넥커 강변을 산책하며 내일의 꿈을 엮어보곤 하였다. 도시를 감싸며 흐르고 있는 강물을 바라보고 있노라면 강바람은 늘 내게 상쾌하게 다가와 주었으며 마음을 차분하게 가라앉치면서 평온케 해 주었다. 또한 그 강에는 유서 깊은 가장 오래된 다리, 알텐 브뤽케(Alten Bruke)가 있어 석양 속에 품위 있는 분위기를 연출하고 있었다. 거기에 비라도 오는 날이면 그 모습은 더욱 잘 어울리게 마련이다.

그곳의 한국 유학생들은 모두 편안하게 우리 가족을 반겨 주었다. 우리는 곧 타지에 대한 낯설음에서 벗어났고 그들과 가깝게 지내게 되었다. 한 달에 한 번씩 돌아가며 가정을 가진 몇몇 유학생 집에 들 모였다. 우리는 새로운 메뉴를 개발해서 나누어 먹으며 즐거운 시간을 가졌다. 한국 배추가 귀한 그곳에서 나는 양배추 포기김치를 선보였다. 양배추를 4등분하여 소금물에 절였다가 김치 속을 만들어 켜켜 배추 갈피마다 넣어 포기김치를 만들어 그곳에 모인 학생들로부터 크게 환영을 받았다. 때로는 내 단골 메뉴인 돼지갈비, 고추장, 오븐구이도 대접했다. 한 유학생 부부는 그 당시 타국에서는 좀처럼 맛볼 수 없는 두부를 만들어 그곳에 모인 이들이 환호성을 지르게 하였다. 그렇게 가끔이나마 우리나라의 고유음식을 즐길 수 있음은 우리들의 목마른 향수를 적셔 줄 수 있는 행복한 시간이었다.

그 당시, 우리는 모두가 가난했었다. 부족함 속에서도 내일을 위한 희망에 벅차서 무엇보다 더 행복했던 시절이었던 것 같다. 그때는 미래에 대한 희망만 있었으니까,

귀국 후에 여러 가지 어려운 날들이 있으리란 것은 전혀 생각지도 못 했었다.

벌써 45여 년 전의 마치 빛바랜 사진처럼 아득한 이야기다. 여자에게는 돌아가고 싶은 시간이 있다는 말들을 한다. 할 수만 있다면 지나간 그 시간들을 다시 돌이키고 싶다.

우연이 최고가 됐던 경험

오세아 _ 소설가, 영문학과 65

5번 하이웨이를 가로지르는 길 중 하나가 Del Mar Heights Road이다. 이 길은 San Diego에 사는 한국 교포가 많이 살고, 또 살고 싶어 하는 La Jolla에서 북쪽으로 Exit 몇 개만 지나면 나온다. 이 길 양쪽에 자리 잡은 동네는 하이웨이보다 높은 곳에 위치해 내가 살고 있는 집으로 가려면 약간 경사진 언덕을 올라 가야 하고 다시 하이웨이로 나오려면 언덕을 내려와야 한다.

셋집 얻는 요령도 모르는데, 개학이 임박해서 간데다가 내 학교보다 아이 학교가 가까운 곳으로 집을 구해야 하기 때문에 집 구하기가 뜻밖에 난감한데, 아이는 그 옛날 캐나다에서처럼 아파트는 싫고 잔디 깔린 집이어야 한다고 우겨서, 할 수 없이 호텔에 머무는 중, 길에서 우연히 본 전화번호로 연락해서 찾은 집은 거기 식으로 콘도였다. 콘도나 아파트가 우리와는 정반대 개념인 것은 그때 알았다.

자리가 잡힌 후, 알고 보니 아이가 간 학교는 전 미국 공립학교에서 손가락 안에 꼽히는 명문인데, 그걸 어떻게 알았는지 우리가 떠난 후 그곳은 한국 사람들이 자녀를 조기유학 보내는 유명한 학교가 됐단다. 처음 그곳에 갔을 때는 교환교수로 오거나 회사에서 파견된 사람 등 몇몇 뿐이었는데. 무엇보다도 그 동네는 집보다 공터가 더 많아서 나는 La Jolla 변두리 쯤으로 알았는데 말이다. 3년 후쯤, 또 5년 후쯤 다시 갔을 때 그 많던 공 터와 토마토 밭은 사라지고 빼곡하게 집으로 채워졌는데도 집값은 놀랍게 도 우리가 갔을 때보다도 한 배 반쯤 더 뛰었고, 한국 사람이 넘쳐나는 것 에 놀랄 정도로 그곳은 살기 좋은 동네였다.

빠르고 편한 하이웨이를 마다하고 스피드가 무서운 나는 거기 말로 local 로 출근하던 첫날, 우리집만 구릉에 있는 줄 알았는데 하이웨이를 가운데 두고 맞은편 동네도 언덕이었다. 조심조심 언덕을 올라가는데 갑자기 정 면에 맑고 짙푸른 청색이 집과 나무 사이로 보여서 이게 뭔가? 더 조심조 심 기어가다 언덕 위에 올라서니 어마나! 눈앞에 바다가 확 펼쳐졌다. 시 골 동네 바다치곤 지평선이 멀고 짙푸르러서 깜짝! 그 바다를 향해 내려가 서 철썩이는 바다를 끼고 학교에 다니게 된 것도 놀라운데, 나중에 알고 보니 그 바다가 태평양! 신발을 벗어 던지면 어느 날 한국에 도착할 거라 고 아이들이 신나하던 곳.

주말에 본격적으로 바다 구경을 나섰는데 이곳이 바로 그 유명한 Del Mar. 해변은 끝도 없이 긴데, 지는 해를 보러 나온 사람, 조깅하러 나온 사람, 개 산책시키러 나온 사람, 그리고 그 멋진, 파도 타는 사람들! 이쪽 아래로 가면 개가 산책하는 것을 허용한 해변이 있고 저쪽 위로 가면 벌거 벗고 수영하는 것을 허용한 누드비치라나! 바다를 등지고 보면 언덕 위엔 맛있고 운치 있는 식당들이 즐비하고, 거기에서 먹던 아보카도가 듬뿍 든 샌드위치는 지금도 먹고 싶다. 해변을 따라 길게 난 기찻길 위에 건널목이 없어 무심코 바다만 보고 건너다 어떤 사람이 소리쳐 멈칫 돌아 본 순간 내 앞으로 기차가 빠르게 지나갔던 악몽!

해변을 즐길 수 있는 트래킹코스가 있다고, 자기들은 그곳이 비치보다 더 좋아 거기에서 저녁 산책을 즐긴다고 알려줘서, 가 본 나는 선인장 투 성이인 이 언덕이 뭐가 좋을까 했었는데 정말 걸으면 걸을수록 기가 막힌 산책코스였다.(20년 가까이 되어 그 산책로 이름은 잊어버렸다. Torrey Pine Reservation?) 한 모롱이 돌아서면 앞이 확 트이면서 바다가 보이고, 경치 좋은 목마다 꼭 우리나라 정자같이 쉬면서 구경하는 곳이 있는데. 신통한 것은 어디 같으면 부자나 권세가가 터 잡고 살만 한 좋은 곳은 대체로 주민들 차지라는 것에 놀랐다. 그 산책길 위에서 뛰던 사람은 먼저 가려할 때 Right on you! 하면서 앞질러가고. 그러니까 생각난다. 마주 나오는 나에게 문을 열어주며 after you! 하던 흰옷을 즐겨 입던 퀘백사람들. 내가 가려고 연 문을 먼저 살짝 손도 안 대고 나가거나 잽싸게 마주 나오던, 그래서 우리 아이가 진저리치던, 그 어느 도시 얌체족이 배워야 할 매너들!

방과 후면 아이들이 농구나 정구를 치고, 특별한 날엔 수영도 하면서 바비큐 파티도 하던 수영장, 이 모든 것이 내가 사는 울타리 안에 있어 정구 같은 것은 그냥 거기 걸려 있는 칠판에 자기가 와서 칠 시간을 써 넣고 가면 되고, 바비큐 파티 같은 것은 관리사무소에 허가받으면 되고, 주말에 손님이 와도 게스트 하우스에 등록하면 되고, 이런 것들은 떠날 즈음에야 터득한 것이지만, 그래도 아이와 집에 있는 여자에게 천국인 그곳이 실무를 봐야 하는 아빠에겐 고역이어서 부녀자는 안 돌아가겠다고 하고 회사에서 학교에서 귀국 명령이 떨어져서가 아니라, 자질구레한 일처리에 학을 뗀 아빠는 무조건 돌아가야 한다고 한다나.

그때 아이 학교친구 엄마들과 어울렸는데 그중 어떤 엄마는 일류 멋쟁이에 전 세계 브랜드를 꾀고 있었다. 쇼핑몰에 풀어 놓으면 하루종일 걸어도 다리 아픈 줄 모른다는 그녀는 햇빛 속에선 다리가 아파 십 분도 안 걸으려고 했다. 햇볕은 따갑지만 그늘에만 들어서면 시원한 그곳 온도는, 20mile만 더 내륙으로 들어가면 숨이 턱턱 막히는 사막기온인데 그곳만 바닷바람 덕에 참을 수 있었다. 땡볕인 캠퍼스 주차장에 차를 세워놨다가 집에 오려고 차를 타면, 재본 적은 없지만 40도가 훨씬 넘을 것 같았는데, 정작 한국에서 사우나니 한증막이니 가본 적 없던 나는 돈 안들이고 한번 땀내

보자 심산으로 창문도 열지 않고 에어컨도 켜지 않고 그 뜨끈함을 만끽하면서 집까지 달려온 적도 많다.

늘 할머니 얘기를 하던 그 멋쟁이 엄마는 어느 날 할머니가 편찮으시다고 한국에 다니러 갔는데 머리를 자르고 염색까지 하고 돌아왔다. 간병갔다가 초상까지 치르고 온 사람이 틈을 내 명동에 나가 머리를 맡기고 앉아 있었다니, 과연 멋쟁이다웠다. 그냥 할머니가 아니라 일찍 돌아간 엄마대신 자기를 업어 키운 할머니여서 돌아가시기 전에 꼭 뵈어야 했다고. 어리광 티가 귀여운 그녀는 고맙게도 내가 고속도로 겁쟁이라는 걸 알고 한인마켓에 갈 때나 대형마트에 갈 때 나를 싣고 다녔다. 가끔 LA에 내려갈 때도 싣고 가고, 그 유명한 비버리힐즈를 안 보고 가면 되느냐고 나를 싣고 한 바퀴 돌아준 적도 있다.

고속도로 운전을 겁내는 내가 어디 못 가 본 곳이 단풍구경뿐이랴. Torrey Pine Reservation? 트레킹코스 옆으로 미국에 대통령도 다녀갔다는 골프코스가 있다. 두 개로 나누어진 그 코스 중 한 쪽이 바다와 더 많이 면해 있어, Public course지만 명성이 자자한 곳이다. 이곳은 공립 골프코스이기에 당일예약이란다. 새벽 4시면 예약전화가 폭주해서 대부분의 사람들이 전화 한 번 걸면 상대가 통화가 끝났을 때 연결해 주는 전화회사 서비스를 신청해 놓고 그날의 부킹에 매달리기도 하고 아예 새벽에 나가서 줄을 섰다가 3명이나 2명밖에 안 온 팀에 자연스럽게 합쳐 들어간다는 교수도 있었다. 하이웨이를 타고 내려가다가 금방 내려서면 5불밖에 안 하는 버려진 것 같은 공립 골프코스가 또 있지만 거기에는 줄 설 걱정도 거의 없는데 이상하게 그곳을 다닌다고 자랑하는 사람은 보지 못했다. 그 멋쟁이 엄마가 신문에서 오린 Twilight coupon을 들고 가면 공짜로도 칠 수 있는데 말이다.

하늘색과 바다색이 같은 동네. 온도는 40도에 가깝지만 습기가 없어 늘 가을 같던 동네. 그곳에 사는 이대동창들은 전문직 일을 하면서도 음식솜

씨도 뛰어나 파티 락을 열면 훌륭한 솜씨와 맵시에 존경스러웠다. 잔디가 깔린 예쁜 저택에 살고 자녀도 모두 훌륭하게 키운 동창들. 지금도 부럽고 그립다.

아름다운 시간 여행

유순자 _ 시인, 교육학과 63

봄 방학 동안에 가족여행을 가자는 아들의 제안에 나는 조금 망설였다. 장거리를 운전하는 것도 염려스러웠고 평소에 부자父子사이가 그리 살가운 것도 아니어서 여행하는 동안 차 안의 좁은 공간에서 둘 사이의 침묵을 감당하기가 부담스러워 지레 걱정이 앞섰다. 그러나 부질없는 나의 기우였을 뿐, 부자간에는 내가 미쳐 짐작할 수 없는 깊고 두터운 정이 내재하고 있었음을 이번 기회에 가슴으로 느끼게 되었다.

2박 3일 여정으로 어머니가 낳고 자란 곳을 찾아 가보자는 아들의 배려에 남편도 흔쾌히 동의하여 고맙기도 하고 뿌듯하기도 했다. 훌훌 털고 세 식구는 호남고속도로를 달리며 차창 밖으로 다가오는 햇살을 만끽했다. 영암 월평리 선산에 들러 먼저 친정 부모님을 뵈었다 애지중지 보살펴 주시던 외할머니의 사랑을 되새기는 듯 아들은 지그시 눈을 감고 있었다. 내 어릴 적 추억이 동화처럼 살아 있는 목포로 갔다. 집 앞에는 삼학도, 뒤 창문에는 멀리 유달산이 한 폭의 풍경화로 가득 펼쳐지던 기억만으로 내가 살던 집을 물어물어 찾았다. 50년도 훌쩍 넘었으니 고향집 주변의 경관들이 많이 변하긴 했지만 그래도 건물만큼은 옛 모습의 형태가 그대로 보존되어 있어 그나마 반가웠다. 토막 진 삼학도도 안쓰러웠고 주변 도로가 돋

우어진 탓에 예전에는 제법 높아 보였던 이층집이 작고 초라해 보여 마음이 울적했다. 잠깐 동안 눈앞에 아른거리는 어릴 적 기억들로 인해 슬픔인지 기쁨인지 가슴이 먹먹해졌다.

옛 추억을 더듬어 초등학교, 중고등학교를 찾아 봤다. 기억 속의 단발머리 소녀가 낭만이 한껏 부푼 풍선으로 두둥실 떠가는 기분이랄까— 아름다운 비감이 사무쳐 왔다. 초등학교 학예회 때 강당이 따로 없어 육중한 칸막이로 막은 교실을 셋이나 넷을 터서 각 교실에 있는 교단을 쌓아 만든 무대 위에서 학생들과 학부모님들 앞에서 춤도 추고 탭 댄스도 하고 연극도 하던 때가 문득 떠올라 입을 꼭 다문 채 나는 내 발을 내려다보고 있었다.

바다가 멀리 내려다보이는 목포 H호텔의 밤은 호화스러웠다. 바다 위에 별이 쏟아져 박힌 듯 반짝이는 불빛은 방향도 모른 체 현란했다. 짱뚱어탕으로 아침을 먹으면서 갓바위를 꼭 보고 가라는 식당 아주머니의 귀띔. 내 기억 속의 갓바위는 목포의 변두리에 위치한 산중턱으로 그저 이름만 알았을 뿐이었는데 지금은 찰랑대는 물 위에 나무로 바닷길을 만들어 삿갓 쓴 한 쌍의 바위가 물속을 지켜보고 있는 형상을 볼 수 있어서 참으로 신기했다.

갓바위 전설은 옛날에 착한 소금장사 효자가 병든 아버지와 가난하게 살다가 아버지가 돌아가시자 저승에서라도 편히 쉴 수 있도록 양지 바른 곳에 모시려고 관을 지고 가다가 실수로 바닷물 속에 빠뜨리고 말았다. 아들은 불효를 통회하며 하늘을 바라볼 수 없다며 갓을 쓰고 그 자리를 지키다가 죽었다고 한다. 훗날 삿갓 쓴 형상으로 두 개의 바위가 솟아 아버지 바위, 아들 바위로 지금도 여전히 바닷물 속을 지켜보고 있다는 전설이다. 목포 팔경 중의 하나인 갓바위는 지금껏 바닷물 한 자락 부둥켜안고 슬픔을 온몸에 적시며 나란히 목포 앞바다에 잠기어 효심을 일깨워 주고 있다.

한적한 남도 길을 남편이 천천히 차를 몰아 벌교, 강진으로 향했다. 벌교 꼬막 정식도 추억 속의 맛, 새로움이다.

실학의 산실 다산茶山 초당草堂을 찾아 뿌리의 길을 밟으며 올랐다. 억장이 무너질 유배 생활 18년, 처자식에 대한 그리움 또한 오죽했을까, 그 인간적인 고뇌들을 목민심서 같은 역작을 엮으며 승화시켰을 다산 선생의 생애, 차茶와 벗하며 제자 양성에도 정성을 쏟았던 그분의 교육철학에 대해 남편과 아들과 셋이서 이런저런 생각을 나누었다. 정석丁石, 약천, 연지석가산蓮池石假山에는 다산의 외로움이 아직도 묻어 있는 것 같아 애잔한 마음이었다.

동양의 나폴리라는 통영으로 갔다. 비릿한 밤을 지내고 통영의 아침 해가 섬들을 깨운다. 섬과 섬들은 초록의 기지개를 켜며 제각기 고운 자태를 보여주고 있었다. 맑은 하늘과 푸른 바다의 풍광이 낳은 예술인들, 그 낭만의 길을 찾아 걸었다. 이곳저곳에서 유치환 선생의 시가 고개를 내밀었고 박경리 선생의 숨결도 느껴졌다.

꼬막 집들 웅크리고 있는 언덕배기를 숨차게 오르니 통영 앞바다가 훤히 내려다 보이는 동피랑 마을이 있다. 1960년대에서 시간이 멈춰 있는 곳, 이야기가 있는 그림들이 담벼락에서 우리 세 식구를 반겨주었다. 문패를 달은 집과 집들이 서로 기대어 담으로 이어지는 골목길, 소박한 마을의 생애가 동쪽 벼랑에 피어난 벽화마을이 사랑스러워 나는 한참을 멈춰있었다.

남해대교를 지나 다랑이 마을로 들어섰다. 이국적인 시골 풍경이 마치 영화 속의 한 장면 같았다. 층층 다랑이 밭의 내리받이 남해 자락을 경중경중 뛰어 휘젓고 싶은 충동이 분수에 맞지 않게 솟구쳤다.

밭이랑 사이에 심어진 이 고운 순간들이 해마다 내 마음 밭에 파릇파릇한 추억으로 돋아나리라는 따뜻한 생각에 잠겨 있는 동안 아버지와 핸들을 교대한 아들이 운전하는 차는 경쾌하게 서울을 향하고 있었다.

고왔던 기억들을 되뇔 수 있도록 찬찬하게 일정을 계획해 놓은 아들의 세심함이 대견스럽고 고마웠다. 아들이 연분緣分을 찾아 함께 왔다면 얼마나 좋았을까 하는 아쉬움이 가슴 한편에 도사리고 있었다.

세 식구 함께 즐겼던 2박 3일의 행복은 오래토록 내 마음 안에 곱고 따뜻한 기억으로 살아 있을 것이다.

바그다드의 뜨거운 태양

이경숙 _ 소설가, 의류직물학과 72

이번 여름은 유난히 덥다. 예년과 달리 6월부터 화씨 100도가 넘는 날들이 속출하자 텔레비젼에서는 백 년만의 무더위라는 말을 자주 한다. 화씨 100도는 섭씨로 38도 정도 되는 기온이다. 습기라도 있는 날이면 밖으로 나가는게 마치 사우나로 들어가는 것 같다. 그야말로 햇빛은 쨍쨍, 아스팔트는 반짝, 숨은 턱턱이다.

아침마다 커피를 마시며 나는 신문에서 그날의 기온을 살핀다. 내가 사는 오하이오뿐 아니라 딸이 사는 엘에이를 비롯해 뉴욕, 워싱톤, 보스톤, 스포켄 등 친구들이 사는 도시들. 그리고 서울에 이어 바그다드를 마지막으로 체크한다. 바그다드가 거의 언제나 기온이 가장 높기 때문이다. 적어도 바그다드보다는 기온이 낮다는 점에서 위안을 얻으려는 속셈이다.

미국 중서부 기온이 바그다드와 동일하게 104도를 기록한 날, 뉴욕에 사는 친구에게서 이메일이 왔다. 휴가 떠난 큰아들네 집에 가서 일을 좀 해주고 왔다는 내용이었다. 자기는 냉장고 정리를 하고 남편은 뒤뜰로 나가는 데크에 페인트칠을 했는데 그게 마르면 한번 더 칠하겠다며 아들 집에 남은 남편이 서너 시간이 지나도 돌아오지 않아 걱정이 된다는 것이었다.

왜 하필 이렇게 더운 날 고생을 하느냐는 내 답장에 친구는 이렇게 말했다.

"누가 아니래니. 해가 이렇게 쨍쨍 나면 페인트가 잘 마른다면서 저러구 있다. 어쨌든 자기는 하나도 안 힘들고 즐겁대."

평소에도 손주들 일이라면 열 일 제쳐놓고 달려가는 친구 남편이 충분히 할만한 행동이다. 그 편지를 읽고 있자니 며칠 전 우리 가게에 왔던 손님 생각이 났다.

아스팔트까지 눅진눅진해질 것 같은 무더위에 밖으로 나올 엄두가 안 나는지 주차장에 차도 별로 없는 오후 시간이었다. 살살 졸음이 몰려와 커피나 만들어야겠다 싶어 일어서는데 낯익은 손님이 들어왔다. 가끔씩 들러 가발을 사가는 미용사였다. 키가 무척 큰 데다 어깨까지 벌어져 언뜻 보면 남자 같은 그녀는 지친 듯 천천히 발을 끌며 가발 진열대 앞으로 갔다. 씩씩하게 성큼성큼 걸어 들어오던 보통 때와 많이 달랐다. 이십대 초반으로 보이는 젊은 여자가 주춤주춤 그녀의 뒤를 쫓았다.

그동안 잘 있었느냐는 인사에 말없이 고개만 끄덕이는 여자의 표정이 얼마나 침울해 보이는지 더 말을 걸면 안 될 것 같은 생각이 들었다. 나는 다른 볼일이 있는 것 처럼 카운터 뒤로 들어가 멀찍이 서서 바라보기로 했다. 나즈막한 음성으로 둘이 나누는 이야기가 토막토막 들렸다. 젊은 여자의 엄마가 쓸 가발을 고르는 것 같았다. 암 환자라 치료를 받고 있는 중인가? 우리 가게에는 환자의 가족들이 가발을 사러 오는 경우가 자주 있다. 그렇다면 저 둘은 할머니와 손녀 사이? 할머니의 딸이 많이 아픈가? 그러나 늙은 미용사의 표정이나 몸가짐은 환자 가족의 것이라고 보기에는 너무 어두웠다. 환자 자신이나 가족들은 별일 아니라는 듯 일부러 더 밝게 행동하는 경우가 대부분이다. 미용사의 표정은 잡고 있던 희망의 줄을 완전히 놓아버린 사람의 것이었다. 아무래도 환자가 이미 이 세상 사람이 아닌 듯싶었다.

머리카락이 빠진 암 환자 장례식 때 씌울 가발을 사러 오는 사람들을 종종 보아왔기 때문에 대충 보면 감이 잡힌다. 그러나 먼저 물어볼 수는 없는 노릇이라 나는 말없이 그들의 행동을 지켜봤다.

미용사가 가발을 하나씩 들어 찬찬히 모양을 살피는 동안 젊은 여자는 진열장의 이쪽저쪽을 기웃거리며 다녔다. 장신구 쪽으로 가서 목걸이며 귀고리들을 들여다보던 그녀는 주렁주렁 길게 늘어진 귀고리를 집어 귀에 대고 전신 거울 앞으로 걸어갔다. 다소 뚱뚱한 몸매의 그녀는 엉덩이를 경쾌하게 흔들며 걸었다. 몸짓 만큼이나 표정도 밝았다. 죽은 여자가 저 여자의 엄마가 아닐 지도 모르겠다는 생각이 들었다.

잠시 후, 미용사가 가발 하나를 손에 들고 젊은 여자를 손짓으로 불렀다. 가까이 간 그녀는 가발을 보더니 고개를 끄덕였다. 맞아, 엄마 머리 스타일하고 똑같아. 하는 소리가 얼핏 들렸다. 돌아서는 그녀의 눈언저리가 붉었다. 넋이 나간 듯 먹먹한 표정으로 서 있던 미용사는 힘든 몸짓으로 의자에 털썩 주저앉았다. 갑자기 나이가 10년은 더 들어보였다. 늙은 미용사는 가발 쓴 마네킹 머리를 조심스레 자신의 무릎에 뉘었다. 그리고는 누운 마네킹의 머리카락을 정성스레 빗질하기 시작했다. 마치 어린아이의 머리를 빗기듯 그녀의 빗질은 더없이 부드러웠다. 머리카락을 이쪽으로 넘겼다 저쪽으로 넘겼다 하다가 마네킹 얼굴 위로 덮이는 머리카락을 손으로 가만히 쓸어내기도 했다. 그녀의 빗질은 쉬이 끝날 것 같지 않았다. 관 속에 누울 딸의 머리 스타일을 생각한다기보다 어렸을 적 딸의 머리를 빗기던 추억에 잠긴 것 같았다.

눈가에 맺힌 눈물을 손가락으로 찍어내던 젊은 여자는 이번에는 팔찌를 껴보기 시작했다. 그녀의 표정은 어느새 밝아져 있었다. 내 상식으로는 받아들이기 힘든 태도였다. 죽은 자를 사이에 둔 할머니와 손녀의 모습이 어떻게 저렇게까지 차이가 날 수 있단 말인가.

그날 이후 마네킹의 머리를 빗기던 미용사의 모습이 문득문득 떠오른다. 그러다 친구의 이메일을 읽으며 한 가지 깨달음이 머릿속에 자리 잡기 시작했다.

부모를 향한 자식의 사랑을 자식에 대한 부모의 사랑보다 훨씬 부족하게 만드신 것이 하나님의 은혜 가운데 하나라는 깨달음. 만약 치사랑이 내리사랑보다 크다면 이 세상은 많은 혼란 가운데 빠질 것임에 틀림없다. 늙은 부모에 대한 사랑이 지나쳐 어린 자식들을 몰라라 내버려둔다면 세상이 제대로 돌아갈 수 없지 않겠는가. 그러고보면 이조시대 때 늙은 부모를 살리기 위해 자식을 희생하려던 사람을 높이 칭송한 것도 치사랑이 그만큼 귀해서가 아닐까 싶다. 십계명에 자식 사랑하라는 말은 없어도 부모 공경하라는 계명이 있는 것 역시 비슷한 이치일 것이다.

　휴가 간 아들네 가족을 위해 바그다드처럼 뜨거운 태양 아래서 즐겁게 페인트칠을 하는 친구 남편의 마음을 아들이 알까 싶지만, 모른들 어떠랴. 친구 말대로 자기가 좋아서 하는 일인 것을.

남미의 보석 우루과이

이순희 _ 수필가, 불문학과 61

몇 년 전 어느 날 저녁 비쉬에 사는 프랑스 친구 안으로부터 전화를 받았다. 다음 주 우루과이로 떠나니 한참 동안 못 보겠다는 소식과 안부에 관한 전화였다. 나중의 설명은 꽤 그녀에게 중요한 인생변화였다.

어느 여름 그곳에 살고 있는 먼 친척 한 분의 초대를 받고 바캉스를 떠났다가 첫눈에 반해 집을 하나 샀고 프랑스와 우루과이를 반반 오가며 은퇴 후 노후를 보내겠다고 했다. 그녀는 동경 프랑스 대사관에서 10년간 근무했고 여러 나라를 경험한 프로 독신 외교관 출신이다.

그녀의 축적된 고도의 안목으로는 무엇을 쉽게 결정하지 않을 텐데 꽤나 마음에 들었던 모양이었다. 그후 가끔 보내주는 소식은 아주 긍정적인 내용과 행복해하는 것 같았다. 시간이 가면서 거대한 땅 브라질과 만만찮은 아르헨티나 사이에 끼어 있는 대서양 쪽 아주 작은 이 나라에 나도 관심이 쏠리기 시작했다. 일찍이 브라질을 2번이나 여행했지만 바로 아래 몬테비데오에 가볼 생각을 해본 적이 없었다. 볼거리 알거리가 별로 없는 하찮은 남미의 작은 나라로만 내 머릿속에 잘못 각인되어 있었기 때문이었다. 이번 여행도 남미의 파리라는 부에노스아이레스가 목적이었지만 이번에는 꼭 몬테비데오를 들리기로 했다.

16세기 초 원주민들을 몰아내고 수 세기를 거치면서 이들 몬테비데오를 건설했다. 막상 이 나라를 정복해보니 당시 그들이 찾고 있던 절대 가치인 '금과 은'이 부재하여 실망을 안겨준 곳이었다. 산과 숲이 없는 땅이니 광물이 있을 리 없었다. 평평한 초지가 광활하고 강들과 석호가 있어 농업과 축산업에 적합한 땅임을 눈치 챈 정복자들은 말과 소, 양떼들을 유럽에서 실어 날랐다. 그것이 오늘날 'Estancia La Rabida'의 유명한 카우보이(Gaucho)의 자랑스러운 삶을 가능하게 했다. 축구장 3600개 크기 땅에 600마리 말을 다루는 카우쵸들의 현장을 가이드는 말 타는 시늉을 하면서 그곳과 도시 전체가 유네스코 문화유산으로 되어 있는 Colonia 방문을 권유했지만 그림을 그리는 나에게는 세계에서 가장 중요한 라틴 미술관 Ralli와 Casapueblo를 보는 것이 더 우선이었다.

버스로 약 2시간이 소요된다는 2 미술관을 보러 가기 전에 걸어서 돌아볼 수 있는 중요한 것들을 거쳤다. 시민 광장 주변이 모두 볼만한 것으로 몰려 있었다. 사르보 궁전, 공원, 솔리스 극장, 국회의사당, 이 나라의 영웅 Jose Gervasio Artigas의 기마상과 영묘, 이 모두가 도시 심장부에 보란 듯이 당당하게 버티고 있었다. 특히 솔리스 극장 건축양식에서 풍기는 자태가 과거 누렸던 자들의 풍요했던 삶의 질을 상상할 수 있게 했다. 그리고 유일하게 남미에서 백인혈통이 88퍼센트가 되는 나라이기도 하다.

미술관이 가까이 있는 남미 최고의 휴양도시 중의 하나 Ponta del Este로 가는 길은 지중해 어느 멋진 해안도로처럼 풍광이 아름답다. 소나무 유칼리나무들이 보이고 해변 모래사장에 느긋하게 일광욕을 즐기는 남녀들, 고급 호텔, 예쁜 부호들의 별장들, 항구에 메어놓은 요트, 카지노, 깨끗하고 세련된 이모저모가 눈에 들어왔다. 길이 반듯하고 나무들이 우거진 고급 주택가에 우리를 내려놓으면서 띄엄띄엄 우거진 나무들에 가려진 집들을 구경시키며 이 집은 아르헨티나의 재벌 아무개의 별장, 저것은 브라질의 유명 정치인 누구누구의 것이네, 하면서 "우리나라 은행법은 스위스처럼 세계 어느 누구든 돈을 예금하면 실명 비밀보장을 철저히 해줍니다. 공무원들과 정치인들의 신뢰도가 높습니다. 그래서 불안정한 주변 이웃 나라들의 검은 돈 흰 돈이 함께 많이 흘러들어옵니다" 라고 농담조로 설명했다.

드디어 우리 목적지에 도착했다. 그때가 2월 초였는데 혹한도 혹서도 없는 기후라 했는데 하늘은 쨍쨍하고 꽤 더운 날이 계속되었다.

한적한 교외 분위기 지대에 얹혀진 하얀 벽 붉은 기와의 남스페인 풍의 나지막한 건축물, 미술관이 친숙하기 그지없다. 파리나 런던 같은 대도시의 미술관 앞에 밀려드는 관람객들 틈에서 숨이 막힐 것 같은 분위기와는 달리 자유롭게 여유를 가지고 관람할 수 있어서 한여름에 순면이나 모시옷을 입은 기분이었다. 전시 내용은 달리, 모디글리안, 보테로, 벨직의 마그릿트 같은 20세기 초현실주의 거장들의 것들이었다. 그날 나에게 새로운 화가는 젊은 나이의 다니엘 카플이었고, 그의 작품 '탱고'는 쉽게 다가오는 가장 라틴적인 정체성이 요동치는 그림이었다. 그들마다 특이한 이미지 표출 혹은 강열한 색채 그리고 의도적 왜곡과 변형 등으로 논리 이성 철학 모두가 어떤 사조나 체계에 도식적으로 처리하기가 힘든 작가들의 강한 개성을 인정하지 않고서는 작품이해가 어려운 작가들 아닌가.

무질서 속의 내면의 질서, 부재 속에 존재 가능한 철학, 미학 그리고 꿈과 무의식 저변의 환상적인 경지 이런 사유와 이미지로 채워진 미술관 내부가 긴장되거나 전혀 섬뜩하지 않고 뚱보 그리기 배트랑 보테로, 사슴처럼 목이 긴 여자 그리기에 이력난 모디글리안, 멀쩡한 인물화에 사과, 보자기 파이프 등으로 얼굴을 가리기 좋아하는 마가레트를 보아온 관객들이라면 이 미술관이 차라리 익살스럽고 광대의 이면의 얼굴을 찾아보게 하는 재미있고 행복해질 수 있는 공간임을 체험할 것이다.

나는 한없이 행복했다. 특히 야외전시장의 조각상들은 저마다의 몸짓으로 나만 들을 수 있는 언어로 라틴아메리카의 역사 뒤안길의 고뇌 상처 갈등 그리고 희망을 소근소근 들려주지 않았던가.

이 미술관은 1988년 개장되었고 설립자는 이태리와 스페인의 상류층 가계의 혈통을 이어받은 HerryRecanati와 그의 부인 Dr. Martine Recanati이다. 그는 그리스에서 태어나서 부친 사업을 물려받아 승승장구 성공하여 세계 여러 도시 스위스 런던 파리 뉴욕 이스라엘 남미에서 활동한 은행가, 미술수집가였다. 1980년대 사업을 정리하고 랄리 미술 설립을 목표로 첫 삽을 뜬 것이 바로 이곳이다. 지금은 칠레, 이스라엘 2개, 스페인 도합 5개의 라틴미술관을 본인 타계 후에 재단에서 운영하며 모든 사람에게 입장은 무료이다. 누구에게도 재정적 도움을 받지 않는 것이 창설자의 이념이고 상업적 성격을 철저히 배제한 원칙을 지키고 있다. 그래서 서적코너, 커피숍, 식당이 없고 방문객들의 사진 촬영이 허가되어 있는 특징이 있다. 이런 멋진 분들이 가끔 있다. 삼성, 엘지 등의 오너들도 이런 일을 한 번쯤 할 것이라고 기대해 본다.

여기 또 하나의 해변 쪽 미술관은 우루과이 세계적 예술가 Carlos PaezVilaro의 작업실 겸 전시관인 Casapueblo가 각계각층 많은 사랑을 받고 있다. 그는 이 미술관을 직접 설계한 건축가요 여러 아프리카 나라를 여행하여 그림 조각 도자기 벽화 영화 문학 전반에 창작과 출판에 열정을 퍼부었고 피카소 달리 칼터 같은 유럽작가들과 교류하며 1968에는 프랑스에 다히아라는 영화사까지 세워 'Batouk'이라는 제목의 다큐멘터리를 촬영하여 칸느 폐막작으로도 선정된 바 있다. 나는 일찍이 'Casapuelo' 같은 기상천외한 건물을 세계 어디에서도 본적이 없다. 거기다가 단순 미술관이 아니라 작가가 살면서 거기서 작업을 하고 일부는 호텔회의 도서 출판 각종 문화행사를 하며 년간 6만 명 이상의 방문객을 기록하는 명소이며 매일 일몰에 작가가 지는 해에 대해 고별인사를 하는 '태양 의식'에서 작가의 해에 대한 육성 시 낭송을 들을 수 있는 프로그램이 들어있다. 그의 작가 생활 50년간의 작품소장소이며 삶 전부를 한 자리에 축약해 둔 대 예술가의 궁전 그 이상 이하도 아니다. 살아생전에 자신의 성공을 누리는 예술가가 그리 많지 않건만.

　출렁이는 바다를 눈 아래 두고 동화나 어느 전설의 공주가 사는 것 같은 곡선으로만 이루어진 하얀 이 미술관 앞에서 나는 독일 바이로이트의 바그너 축제극장이 문득 생각났다. 그도 생전에 자기 작품을 공연할 극장을 짓지 않았던가. 그리고 당대 인물들 톨스토이 니체 차이콥스키 빌헬름 1세까지 개관공연에 참석했다니.

우연한 만남

장명숙 _ 수필가, 불문학과 62

오랜만에 전화를 받는 것은 반가운 일일 때도 있고, 의아해할 때도 있다. 독일의 함부르크에서 온 전화를 처음에는 대스럽지않게 받고 있었다. 나에게 독일에서 전화할 사람이 있을 것 같지 않아서였다. 그러나 그는 분명히 나를 찾고 나를 확인했다. 이 전화는 참으로 반가운 소식이 아닐 수 없었다.

그는 20년 전 부다페스트에서 만났던 피아노 공부하던 여대생이었다. 나도 그의 이름을 금세 기억에서 찾아낼 수 있어서 몹시 반가웠다. 긴긴 세월이 지나서 모든 것을 잊었을 것 같은데 서로의 뇌 속에 암기되어 있었던 모양이다. 전화번호를 알아내고, 나를 찾아준 것만 해도 그 정성에 대단히 감사한다. 그는 2달 후 서울에서 열리는 학회에 참석할 예정인데 만날 수 있게 되기를 고대하면서 나의 형편을 물었다. 나는 흔쾌히 응했고 우리는 재회의 기쁜 시간을 가질 수 있었다. 독일산으로 유명한 와인과 역시 독일산 최고의 초코릿을 선물로 내게 건네주었다. 우리는 서로의 안부를 묻고 근황을 듣는 것으로 시작하여 이야기로 꽃을 피우기 시작했다. 그는 여전히 예뻤고 19세이던 십대 시절의 티를 홀홀 벗어버리고 30대 후반의 성숙한 숙녀의 모습으로 나에게 다가오며 세련된 자태를 보여주고 있었다. 점심식사를 나누면서 그의 꼬리를 무는 긴긴 이야기는 시간 가는 줄 모르고 이어져 나아갔다.

헝가리의 부다페스트의 프란츠 리스트 음악학교에서 피아노를 전공하던 학생 시절로 거슬러 올라가면서 그와 나와의 '우연한 만남'은 시작된다. 어느 날 생면부지의 그는 나를 찾아와서 자기의 입장을 이야기하기 시작했다. 아버지의 갑작스러운 사업 실패와 가정의 여러 가지 어려움으로 학비를 조달하지 못하게 된 사연이며, 본인의 현상황을 세세히 나에게 말해주었다. 그때 나는 두 아이들이 대학에 다니고 있었고 경제적 여유가 별로 없는 때였다. 이 학생의 학비를 어떻게 도와줘야 할지 막막하고 어떤 아이디어도 떠오르지 않았다. 당장 뚜렷한 방법이 없어서 고민해 보기로 하고 헤어졌다. 그리고 얼마 후 갑자기 한 가지 생각이 떠올랐다. 우리 직원들의 아이들이 여럿 있으니 이왕에 피아노를 배우려면 이 학생을 소개시켜 주는 것이 좋겠다는 생각이었다. 그렇게 해서 피아노 개인교사로 아르바이트의 길이 트였고, 학비와 생활비를 근근히 충당하면서 공부에 매진하게 되었다. 우리집에 올 때는 내가 꼼꼼히 필요한 것, 먹을 것을 챙겨 주었을 뿐 크게 도와준 것은 아무것도 없었다. 그의 사정을 처음부터 끝까지 들어주는 일에는 충실했다. 어려운 이야기를 들을 때는 같이 눈물을 흘리면서 혹시 내 아이들이 같은 경우가 생긴다면 어떻게 할까 하는 쓸데없는 걱정까지 해가며 위로하고 다독였다.

공부에 욕심이 많은 사람은 위만 보고 걷기 때문에 웬만한 고생은 얼마든지 이겨내는 능력이 있는 것 같다. 어느 날 독일로 가겠다고 나에게 인사를 왔다. 어느 정도 모아 놓은 자금으로 독일에 가면 학비가 안 드니까 생활비만 있으면 공부를 계속할 수 있겠다며 야무진 자기 계획을 펼쳐보였다. 나는 그가 음악의 본고장인 독일에 가는 것을 찬성하는 편이었으나 여전히 경제적인 도움은 크게 줄 수가 없었다. 함부르크 대학에 입학하고 얼마가 지나자 기숙사비 내고 생활하다보면 남는 돈이 얼마 없었다. 일자리 구하기는 여기나 저기나 마찬가지로 어려웠다. 어려움과 자금 부족은 언제나 등뒤에 업고 다니는 짐이다. 어떤 방법으로라도 이겨나아가야지 하고 다짐하는 길밖에 분명한 방법은 찾아지지 않았다.

하루는 열심히 피아노를 치다가 점심시간이 되었을 때 너무나 허기지고 배가 고파서 집에 있으니 바깥에 나아가 학교 옆 넓은 공원을 걷기 시작했다. 그때 맞은편 멀리서 유모차를 밀고 오는 한 부인을 만났다. 가까이 오자 그 부인은 영어로 인사를 건네왔다. 독일에서 영어로 인사하는 사람이면 외국 사람이란 생각이 들고 오랜만에 영어 소리가 반가워 대답하며 서로의 통성명이 이루어졌다. 이 부인은 셋째 아이를 데리고 공원을 산책 중인 영국 부인인데 위로 두 아이가 학교에 갔고, 자기는 이 아이를 돌봐 줄 베이비씨터를 구하고 있는 중이라고 했다. 음악도 학생은 곧바로 "네, 제가 할수 있어요"라고 말했고, 그러면서 그는 피아노 치는 학생이란 자기소개를 또렷이 했다. 지금 생각하면 성령님의 인도로 공원을 걷게 된 것 같아서 늘 감사하고 있다고 한다.

사람과 사람 사이의 만남은 이렇게 우연일 때 나중에 역사의 한 페이지를 쓸 수 있게 되는 경우가 종종 일어난다. 계획해서 만나려면 어긋나고 뒤틀리고 하여 무산되는 경우가 생긴다. 이렇게 '우연의 만남'이 한 학생의 인생에 새 길을 열게 될 줄은 아무도 모르고 이루어졌다. 그 자리에서 영국부인의 베이비씨터로 일자리를 확보했고 이어서 부인은 학생의 피아노 수준을 들어보고 세 아이의 피아노 교사로 아르바이트 시간이 늘면서 학교공부와 생활의 안정을 되찾게 되었다. 이어서 피아노 레슨 후 부인의 친구의 아이들까지 아르바이트 시간은 점점 늘어나 그야말로 승승장구하는 일들이 벌어졌다.

우리는 같이 점심을 나누면서 음식이 접시에 남아 있는 것을 그냥 두라고, 조금 후에 나머지를 다 먹겠다며 치우기를 거절했다. 굶어보고 어렵게 살아보았기에 음식 남기는 것을 아껴서 소화된 후 마져 먹고 접시를 내놓았다. 독일에서는 식당에서 남기는 일이 거의 없다는 이야기다. 지금의 생활이 풍족하지만 옛날을 생각하며, 절약하고 아끼고 아름답게 조그마한 것이라도 서로 나누는 생활의 지혜를 그에게서 보았다. 그는 학사와 석사를 마치고, '음악치료사'의 공부를 하는 중이라고 했다.

환자에게 알맞은 음악을 들려줌으로써 환자의 상태가 향상되도록 음악치료의 학문을 공부함으로써 음악으로 남을 도와주는 새로운 직업을 갖게 되는 좋은 방법이기도 하다. 남을 도우면서 나에게도 이익이 있으니 일거양득이 아닐 수 없다. 괴로운 사람, 슬픈 사람을 행복하게 이끌어줄 수 있는 음악치료의 큰 효과를 기대해보지 않을 수 없다. 현재는 함부르크에 있는 아메리칸스쿨의 음악 교사로 일하면서 아름다운 추억을 되씹으며 탄탄한 미래의 꿈을 만들어 가고 있는 음악치료사다. 그의 아름다운 꿈처럼 스마트한 배필을 만나는 세 번째의 '우연한 만남'이 그를 기다리고 있지 않나 생각해본다. 행복이 가득한 가정을 꾸민 그와의 재회를 기대하면서 즐거운 만남을 뒤로하고 헤어졌다. 그는 나에게 '빵 대신 빵 만드는 방법을 가르쳐주신 분'이라고 칭찬해 주었다. 그의 끝없는 발전을 기원한다.

안갯속의 모항크
― Mohonk Mountain House 방문

조현례 _ 동화작가, 영문학과 58

며칠 전 배(Spirit)에서 우리의 결혼 50주년 기념 파티를 멋지게 치루었으니까 그것이면 만족하다고 우겼지만 여기도(모항크) 이미 예약이 되었고 50주년이 또 오는 것은 아니니까 다녀와야 한다고 소현이가 고집했다.

못 이기는 체 하고 날씨가 흐리고 비 오고 한다는 걸 무시하고 우리는 길을 떠났다. 그야말로 모든 것을 내려놓고 길을 떠났다. 마치 '무거운 짐 진 자들아 다 내게로 오라'고 하신 예수님의 말씀대로 우리는 무거운 짐은 아니지만 모든 책임져야 할 자잘구레한 일들을 팽개쳐 놓고 뒤도 돌아보지 않고 집을 떠났다.

지금까지 여행을 꽤 많이 다녔건만 가장 가까운 거리로 길을 떠나는데도 모든 게 새삼스럽고 새롭게 느껴졌다. 사람은 가끔 바깥세상을 내다봐야 하는 걸까 하고 생각하며 사방을 두리번두리번 마치 첫나들이 가는 시골뜨기처럼 두 늙은이가 차를 몰았다.

50년! 50년을 지겹게 붙어 살았구나! 반쪽짜리 인간 둘이 만나서 하나의 인간 구실을 하면서 말이다. 아무것도 아닌 일에 언성을 높이기도 하고 심술도 내고 상대방의 언짢아할 심정은 알게 뭐냐 하는 식으로 마구 짓밟기도 하면서. 그런가 하면 때로는 한시도 상대방이 없으면 못 살 것처럼 죽을등 살등 하면서 말이다. 참으로 못나떨어진 인간답게 살아온 것 같다. 그래서 이토록 오래 살아 왔는지도 모르지 않는가. 서로를 보물단지처럼 사랑하고 아끼기만 했더라면 마귀가 시기해서라도 두 사람을 곱게 놔두었을까 싶다.

1969년에 지어 2년 전에 140주년을 맞았다는 mohonk mountain house는 예상했던 것보다 훨씬 웅장하고 빅토리아조풍을 풍기는 castle이었다. 한편으로는 아직도 본건물을 중심으로 복구사업을 하고 있었다. 물론 계속적인 증축을 해서 사업을 확장했음도 엿볼 수 있었다.

3백에이커 대지에서 288에이커만 샀다던가. 한 가정이 꾸준히 이 family business를 성실하게 부흥시킨 흔적이 여기저기 tour할 때마다 보인다.

4월 초지만 아직 겨울 속의 나목이 그 꿋꿋함을 엿보이는 가운데 곳곳에는 매화꽃망울이 불그레 물들이고 있었다. 석양이 질 저녁 무렵인데 날씨가 흐려서인지 마치 안개 낀 마을처럼 떨어지는 해를 볼 수 없는 뿌연 시골 풍경이다. 나는 부질 없는 상상을 했다. 우리 조상들이 있으면 족히 이곳 풍요로운 산밑 대지 위에 도읍을 옮기면 어떨까 하고 고심했을 것만 같았다.

지난번 몇 차례 크루스를 갈 때 탔던 거대한 배들이 마치 이 성의 구조를 본떠서 설계했나 할 정도로 이 모항크 산장은 배처럼 길게길게 지형을 따라 지어놓았다. 무엇보다도 마음에 드는 것은 대부분의 객실과 침실을 비롯하여 식당 사무실 오락실 등등이 바깥세상과 아름다운 자연과 접하고 있다는 점이었다.

정면 쪽을 바라보면 툭 트인 저 멀리 하늘 아래 굽이굽이 연이은 산마루와 그 밑에 편안하게 자리 잡고 있는 마을과 온갖 과실나무 그리고 관상용 나무들로 둘러 싸인 풍경이 한눈에 들어온다. 건물 뒤뜰은 언뜻 보았을 때 주로 연못으로 낭만적인 분위기를 자아내려고 장식해 놓았다고 생각했다.

꽃나무나 꽃밭도 정면에서보다 훨씬 더 다양하고 화려하게 보였다.

사람들이 누구나 가장 즐기는 메인 레스트랑은 맨 끝이며 맨 첫 번째인 강당같이 큰 홀로 정면과 뒷면을 내다볼 수 있으며 건물 어느 쪽에서도 쉽게 찾아올 수 있는 언제나 따뜻한 분위기를 주는 안방이다.

나는 호수가 바라보이는 뒤쪽도 과히 나쁘지는 않았지만 정면의 풍경이 한눈에 들어오는 앞쪽 창가에 주로 앉곤 했다. 첫날 하얀 상보가 깔린 두 사람만이 앉을 수 있는 테이블 위에 두 개의 물잔과 빈 와인잔이 우리를 기다리고 있을 때 약간의 미묘한 설레임이 내 가슴을 스치고 지나감을 의식했다.

나흘째 되는 아침은 정말이지 마지막임을 배려해서인지 가장 좋은 자리로 우리를 안내해 주었다. 그런데 첫날부터 정작 안개 낀 모항크를 상상했었는데 떠나는 날에야 비로서 그 상상했던 아침이 다가온 것이다.

창밖으로 아무것도 보이지 않았다. 다음 순간 동양화에 나오는 절경이 내 앞에 펼쳐지고 있었다. 사흘 동안 맘껏 바라보았던 첩첩이 싸여 있던 먼 산, 그 가운데로 인가들이 마을을 이루고, 하이킹을 떠나는 사람들이 드문드문 오솔길을 올라가기 시작하는 언덕, 테니스코트 골프장이 놓여 있던 들판이 밤새 흔적도 없이 어디론가 사라진듯 보이지 않는다.

안갯속에 묻힌 Mohonk! 안갯속에 분명히 내가 그릴 수 있는 전경이 있다는 게 새삼 더욱 더 확연하게 시야에 들어오는 게 신기했다.

그런 묘한 분위기에 싸여서였을까. 아니면 간밤에 속이 좀 불편해서 잠을 설쳐서였음인지 아침을 보통 때만큼 탐식하듯 먹을 수가 없었다.

안개가 걷히면서 동양화의 윤곽이 서서히 드러나기 시작하자 우리는 아쉬운 마음을 뒤로 하고 모항크 산장을 떠나왔다.

영주 부석사

최향남 _ 수필가, 정치외교학과 60

부석사는 태백산에서 소백산으로 이어지는 산줄기 봉황산 아래 부석면 북지리에 위치하고 있다. 이곳은 소백산 넘어 북쪽을 관찰할 수 있는 위치여서 대단히 중요한 요충지로 지목되어 왔는데 여기에 부석사를 창건한 것이다. 신라는 바깥 울타리인 이곳을 거쳐야만 백제나 고구려 지역으로 뻗어 나갈 수 있었고 옛날에는 지형적인 조건이 나라의 승패에 큰 영향을 주었을 것이므로 이곳의 중요성을 짐작하였을 것이다. 이같은 부석사의 위치는 신라의 통일의지를 엿볼 수 있다.

의상대사가 당나라에 유학하고 있을 때 당나라의 신라 침략의 뜻을 알아채고 급히 귀국하여 절을 창건하였으며 우리나라 화엄사상의 발원지가 되었다. 부석사라고 이름지어진 것은 무량수전 서쪽에 큰 바위가 있고, 그 바위의 위아래가 서로 붙지않고 떠있어 뜬돌浮石이라 한 데서 연유된 것이다.

1916년 해체 수리 때 발견된 묵서명에 의하면 고려 초기에 무량수전無量壽殿을 중참하였으나 공민왕 7년(1358)에 적의 방화로 소실되었었고 우왕 2년(1377)에 다시 재건되었다고 한다. 부석사는 화엄학의 종찰이었으나 신라 하대에 이르러서는 지방호족을 기반으로 한 선종의 대덕들이 주석하였다. 동리산파의 개조인 혜철(785~861), 선주산파의 무염(800~888),

희양산파의 개조 도헌(824~882), 사자산파 도윤의 제자인 절중(826~900) 등 많은 선승들이 부석사에서 화엄경을 공부했다. 경내에는 무량수전(국보 18호), 조사당(국보 19호), 무량수전 안에는 소조여래좌상(국보 45호), 조사당 벽화(국보 46호), 당간지주(보물 255호), 석조여래좌상(보물 220호), 삼층석탑 (보물 249호), 고려각판(보물 735호)이 있고 그밖에 두 개의 삼층석탑 등 모두 문화재이다. 1977년부터 1980년까지 전체 사역을 정비하여 일주문과 천왕문 승당 등을 새로 지었으며, 1996년에는 유물각을 개수하여 유물전 시각으로 꾸며 놓았다.

'범종각' 범종각은 오층 누각으로 경사가 급한 자리에 누각과 문의 기능을 겸한 절묘한 건축물이다. 앞에서 보면 합각이 있는 팔각지붕이나 뒤에서 보면 맞배지붕인 특이한 건물이다. 위에 올라가서 범종각의 맞배지붕 처마선을 바라보면 소백산을 향해 날아가려고 날개를 펼쳐 오르는 듯이 보이므로 지붕의 앞뒤가 다른 뜻을 알 듯 싶다. 이곳에는 법고 묵어 운판만 있고 범종은 따로 있다.

'안양루' 범종각과 거의 흡사한 오층 누각으로 단아하고 아름다운 건물이다. 아래층에는 안양문이라는 현판이, 이층에는 안양루라는 현판이 붙어있다. 안양이란 말은 극락의 또 다른 이름으로 하품생에서부터 상품생에 이르는 구도 행각을 마치고 열린 계단, 즉 108계단으로 오르면 깨달음의 땅인 극락세계로 오르게 된다는 의미의 누각이다.

'석등'(국보 17호), 이 석등은 통일 신라 시대의 가장 아름다운 석등이다. 사각의 지대석 위에 여덟 개의 연꽃이 피어나고 귀꽃이 힘차게 솟는 듯한 조각이다. 9세기의 부도나 석등에서 보이는 형식이다. 단정한 간주석이 화사석을 받치고 있으며 상대석은 다시 피어오르는 연꽃 모습이고 꽃잎마다 보상화 무늬가 새겨져 있다. 석등의 높이는 2.97m이다.

'무량수전'(국보 18호), 무량수전은 부석사의 본존으로서 신라 문무왕 (661~681) 때 의상대사가 창건한 것이다. 그후 고려 현종 때 중창하고 공민왕 7년 또 불에 타서 우왕 2년에 재건한 것이다. 1916년 해체 수리시에 발견된 묵서명에 원융국사가 중수하였다고 되어 있다. 우리나라 현존하는 목조건물 중 가장 오래된 것 중의 하나로서 주심포 양식의 기본 수법을 잘 남기고 있는 대표적인 건물이다. 정면 5칸, 측면 3칸의 우람한 팔각지붕 집이다.

아름다운 마무리를 위한 마지막 여행

허숭실 _ 수필가, 불문학과 64

인간이 평등하게 통과할 수 있는 유일한 문은 죽음이다.

한국인의 평균 수명이 여자는 80세가 넘었고, 구순을 넘은 분의 장례식에 참석하는 경우도 드물지 않다. 고령화 시대에 대한 기대와 아울러 염려가 요즈음 우리 사회의 화두로 떠오르고 있다. 건강하게 장수하기를 원하지만 경제적으로 자립할 수 없다면 행복한 노년이라 할 수 있을까? 또한 인간이기에 느낄 수밖에 없는 절대고독은 어떻게 풀어갈 것인가. 노화와 질병, 그리고 죽음은 피하고 싶어도 굳이 찾아오는 반갑지 않은 손님이다. 황혼기에 접어든 사람들의 한결같은 소망은 '어떻게 잘 죽느냐'이다. 안락사가 법으로 허용되었지만 진정한 존엄사의 모습이라 할 수 있을까? 죽음이란 명제를 대할 때면 아버지의 임종을 회상하게 된다.

아버지는 소양증으로 한 달이나 약을 복용해도 차도가 없어 종합검진을 받다가 담도에 종양이 생긴 것을 발견했다. 종양 제거 수술을 받고 방사선 치료를 하게 되자, 아버지는 한사코 항암치료를 거부하셨다. "아버지가 치료를 안 받으시면 나중에 우리 가족 모두 후회하게 될 것"이라고 간곡히 말씀드렸지만 아버지의 뜻은 단호했다. 담도암의 예후가 좋지 않다는 것을 아셨던 것이다.

퇴원 후 산책을 다니며 혼자 외출할 수 있을 만큼 회복되자 아버지는 회사일을 정리하고 여행을 떠나셨다. 사방이 꽉 막혀 탈출구가 보이지 않았을 때 손을 내밀어 주었던 분들과 고락을 함께했던 동료와 친구들을 만나 고마움을 전했다. 함께 사업하다가 배신하고 도망간 사람들까지 찾아가 오히려 위로금까지 주었다. 달포 만에 돌아오신 아버지는 살아오는 동안에 진 마음의 빚을 조금 덜었노라 하셨다.

여행을 다녀온 아버지는 손·자녀들까지 다 불러 목사님을 청해 고별예배를 드렸다. 당신의 장례를 위한 준비절차도 적어 목사님께 부탁했다.

아버지는 오 남매를 기르며 어려운 살림을 꾸려가느라 고생 끝에 먼저 가신 어머니를 그리워하며 미안하다고 하셨다. 사 남매는 모두 성가하여 제몫을 하고 있어서, 아버지는 당신보다 먼저 세상을 떠난 장남의 아들들을 걱정하셨다. 그 손자들이 대학을 졸업할 때까지 매월 일정액을 받을 수 있도록 회사지분을 공증했다. 손자들의 공부가 끝나고 나서도 여유가 있으면 학비가 필요한 이웃 학생들을 도우라고 하셨다. 오 남매를 공부시키고 나니 노년에는 조그만 사업체를 운영하실 뿐 아버지 명의로 된 집도 한 칸 없었다. 손·자녀들에게 "너희들이 하고 싶은 일을 다 시켜주지 못한 게 지금도 미안하다"고 하시며 "베풀어야 할 때는 절대 놓치지 말고 사랑을 나누라"는 말씀을 유언으로 주셨다.

아버지는 효와 언어에 대해 특히 강조하셨다. 참된 효행은 호사스런 의복에 맛있는 음식의 공궤와 여행을 보내드리는 등, 가시적인 것보다 부모님의 마음을 헤아려 진정 원하는 바를 이루어 드리는 일이라 하셨다. 외손자에게 '선행善行'이라는 글을 써주시고 낙관을 찍으며 당신의 호를 '소세화小說話'로 지은 뜻을 풀이해 주셨다. 말이 많으면 실수가 따르기 마련이니, 될수록 말을 적게 해야 한다고 자손들에게 이르셨다.

항암치료를 포기한 아버지는 여섯 달쯤 지나면서 고통스러워 하셨다. 암세포가 간으로 전이됐다는 의사의 진단이었다. 아버지는 병원을 다녀오신 뒤 음식을 잡숫지 않으셨다. 뿐만 아니라 진통제도 먹으면 의식이 몽롱해진다며 거부하셨다. 물 한 모금조차 넘기지 않으려고 하셨다. 어떻게든지 치료를 받도록 아버지께 애원했지만 뜻을 굽히지 않으셨다.

어머니가 뇌일혈로 몸도 마음도 스스로 가눌 수 없이 6년을 누워 지내다 돌아가셨다. 뒤이어 시어머님이 노환으로 배변조절을 못하시며 3년이나 고생하다 떠나셨다. 병든 어머니를 수발드는 자녀들을 곁에서 지켜보신 아버지는 "오래 앓는 것은 가족뿐만 아니라 환자에게도 큰 고역이다. 내가 병들면 생명연장을 위해 애쓰지 말라"고 당부하셨다. 아버지는 회복불능인 상태로 생명줄에 매달려 인간의 존엄성을 잃게 될까 두려워하셨다. 그리고 무엇보다 가족들을 아끼고 배려하는 마음으로 거듭 당부하셨다. 어머니를 간병하던 자녀들도 아름답던 삶의 모습이 참혹하게 망가져가는 것을 지켜보면서 생명과 존엄성에 대해 깊이 생각하게 되었다.

결국 이제껏 부모님의 말씀을 제대로 따르지 못하고 살아왔던 자손들은 청개구리처럼 아버지와의 마지막 배웅만은 아버지의 뜻을 따르기로 마음을 모을 수밖에 없었다.

아버지는 창을 열라 하시고 조용히 누워 계셨다. '욥의 부스럼' 같은 세상에서 75년을 살아오면서 겪었던 기쁨, 그보다 훨씬 더 많았던 슬픔과 고난, 우리 민족의 수난사를 회상하시며 이야기를 들려 주셨다.

아버지는 일제 강점기에 조국을 등지고 만주 벌판으로 유랑의 길을 떠나야 했던 디아스포라의 후손이었다. 중국에서 태어나 내몽골까지 전전하다 8·15 해방과 함께 조국으로 돌아와 독립된 대한민국의 공무원으로 봉직했던 시절과 6·25전쟁의 이야기는 대하드라마였다. 생사를 알 수 없던 형제와 친척들을 40년 만에야 중국으로 찾아가 만났을 때가 가장 기뻤다고 하셨다. 이산의 아픔을 겪지 않은 사람들은 어찌 그런 재회의 기쁨을 실감할 수 있으랴. 아버지는 칠순기념으로 그 이야기를 담아 책으로 펴내기도 했다.

아버지는 삶에 대한 애착과 희망을 미련 없이 버리고, 저승사자가 먼저 덤벼들기 전에 저세상을 향해 발걸음을 내디뎠다. 아버지의 안색은 점차 노랗게 변하고 눈자위는 깊어만 갔다. 엷은 미소가 어린 아버지의 얼굴은 더없이 평화로워 보였다. 아마도 영원의 본향으로 가는 길을 꿈꾸는 듯했다.

'본향으로 가는 길엔 내몽골에서 말을 타고 달리던 메마른 사막이 끝도 없이 이어진다. 목이 탄다. 어디에서 생수 한 모금을 마실 수 있을까. 향기로운 들꽃이 무리지어 피어 있는 푸른 들판이 보인다. 휘파람 소리 같은 새소리가 들려온다. 금빛 햇살이 바람에 실려 퍼진다. 하늘도 땅도 황금빛으로 물들었다. 고요함과 아늑함이 깃들여 있는 곳, 이런 평화를 언제 느껴보았던가. 더 이상 시간에 얽매이지 않아도 되는 영원의 입구에 서 있다. 감긴 눈을 뜰 수 없는데 세상의 끝이 보인다. 멀리서 귀에 익은 목소리들이 아득하게 들려온다. 아버지……, 할아버지…….' 이렇게 아버지는 천국으로 가셨을 것이다.

보름 동안 곡기를 끊으신 아버지의 몸은 어린아이같이 가볍고 조그마해졌다. 아버지는 고이 잠든 아기처럼 우리들의 팔에 안겨 다시는 돌아올 수 없는 먼 길을 떠나셨다. 수의를 준비하지 말라고 하신 아버지의 말씀에 따라 세마포로 온몸을 정성스레 감싸 드렸다. 아버지는 에덴동산에서 쫓겨난 디아스포라의 삶을 내려놓고 영원한 안식처로 돌아가셨다. 무슨 수를 써서라도 아버지를 더 모시지 못한 것이 돌이킬 수 없는 한으로 남아 청개구리처럼 회한의 울음을 울고 또 울었다.

죽음 앞에서 자신의 생을 정리하고 아름답게 마무리 할 수 있는 결단은 숭고한 모습이다. 어떻게 사는 것이 잘 사는 것인가, '일생을 잘 살았다'는 것은 죽음의 모습까지 아우르는 뜻이니 어떻게 죽는 것이 잘 죽는 것인가를 고민하지 않을 수 없다. 죽음은 끝이 아니라 삶의 마지막 모습일 뿐 삶과 죽음은 한 폭의 그림이다. 죽음은 살아 있는 자들에게 남겨주는 마지막 교훈이며 잊을 수 없는 추억의 선물이다.

표지 · 본문 그림 _ 황주리

이화여대에서 서양화를 전공, 홍익대 대학원에서 미학으로 석사학위를 받았다. 1987년 이후 뉴욕과 서울을 오가면서 작업을 하였고, 1991년에 뉴욕대대학원을 졸업했다. 평단과 미술 시장에서 인정받는 몇 안 되는 작가이며, 유려한 문체로 쓴 산문집들로 『날씨가 너무 좋아요』, 『세월』, 『땅을 밟고 하는 사랑은 언제나 흙이 묻었다』 등이 있다.

최근에는 첫 그림소설집 『그리고 사랑은』을 펴냈다.

그리움의 빛깔

1쇄 발행일 | 2012년 11월 30일

지은이 | 이대동창문인회
펴낸이 | 정화숙
펴낸곳 | 개미

출판등록 | 제313 – 2001 – 61호 1992. 2. 18
주소 | (121 – 050) 서울시 마포구 마포동 236 – 1 덕성빌딩 2층
전화 | (02)704 – 2546, 704 – 2235
팩스 | (02)714 – 2365
E-mail | lily12140@hanmail.net

ⓒ 이대동창문인회, 2012
ISBN 978 – 89 – 94459 – 25 – 7 03810

값 12,000원

.